Virginia Woolf

ヴァージニア・ウルフ
——変貌する意識と部屋

土 井 悠 子

渓水社

Late photograph of Virginia Woolf by Man Ray. 15 May 1940

ヴァージニア・ウルフ――変貌する意識と部屋

目　次

第一部　序章
　第一章　部屋とユング ……………………………………………… 3
　第二章　ウルフとユング …………………………………………… 23

第二部　作品について
　第三章　『船出』――表向きの部屋と背後の部屋 ……………… 37
　第四章　『夜と昼』――女性の三つの部屋 ……………………… 52
　第五章　『ジェイコブの部屋』――男性の部屋 ………………… 70
　第六章　『ダロウェイ夫人』――空間と意識の階層 …………… 94
　第七章　『燈台へ』――空間の意識から意識の空間へ ………… 115
　第八章　『オーランドウ　ある伝記』
　　　　　　――樫の木と木曜日にみる集合的無意識 …………… 134
　第九章　『波』――花と木にみる意識と無意識 ………………… 152
　終　章　『私自身の部屋』――四つの部屋 ……………………… 182

　注 …………………………………………………………………… 196
　引用・参照文献 …………………………………………………… 261
　ヴァージニア・ウルフ年譜 ……………………………………… 270
　あとがき …………………………………………………………… 273
　索　引 ……………………………………………………………… 277

i

第一部　序章

第一章　部屋とユング

　20世紀の英国を代表する作家ヴァージニア・ウルフ（Virginia Woolf, 1882-1941）は、ヴィクトリア朝英国を代表する文人であるレズリー・スティーヴン（Leslie Stephen, 1832-1904）を父に、フランス貴族の血を引く美しいジュリアを母として、1882年1月25日にロンドンのハイド・パーク・ゲート22番地で生まれた。1941年3月28日に59歳で亡くなったウルフは、第一次世界大戦（1914-1918）を経て、ファシズムやナチスが台頭し世界が第二次世界大戦（1939-1945）へ巻き込まれていく混迷の時代を生きた。牧師や法律家という言葉に関わる知的な人物を輩出している父の家系や、美しいばかりではなく小冊子を出版したこともある文才のある母の血筋から、言葉の才能を受け継いだウルフが初めての小説『船出』（The Voyage Out）を出版したのは、1915年。ウルフはこのとき33歳、作家として決して早い出発というわけではなかった。その後あまり高い評価を受けているとは言い難い『夜と昼』（Night and Day）を1919年に出版し、1922年に実験的小説『ジェイコブの部屋』（Jacob's Room）を、ウルフの代表的な作品と目される『ダロウェイ夫人』（Mrs. Dalloway）と『燈台へ』（To the Lighthouse）を、それぞれ1925年と1927年に出版した。1928年には、半ば遊び心で書いたという『オーランドウ　ある伝記』（Orlando: A Biography）を出版し、ウルフ作品の集成とも言われる『波』（The Waves）を出版したのは1931年。その後1937年には『歳月』（The Years）を出版し、遺作となった『幕間』（Between the Acts）は、1941年ウルフ没後に出版された。『オーランドウ　ある伝記』や『波』とのかかわりがあるエッセイ『私自身の部屋』（A Room of One's Own）を発表したのは1929年で、『歳月』とのかかわりが見られるエッセイ『三ギニー』（Three Guineas）を1938年に出版している。母が

第一部　序章

亡くなった13歳のときに発病の兆しがみられたスティーヴン家に流れる精神の病に苦しみながら、ウルフは九つの小説や『フラッシュ』(*Flush: A Biography*, 1933)、『ロジャー・フライ伝』(*Roger Fly: A Biography,* 1940) などの自伝、数多くのエッセイや日記を記し、手紙を書いた。

I

　亡くなる少し前の1939年から1940年にかけて、ウルフは幼年期の思い出や世界観を「過去のスケッチ」("A Sketch of the Past") に綴っている。将来何かを伝えたいと思ったことを記しているのは初めのあたりで、子どものころ衝撃を受けた三つのできごとと関連して綴られている。しばしば訪れたセント・アイヴスの庭でのできごとである。一つは兄のトビーとたたき合っていたときのこと、二つめは玄関前の庭の花壇の花をみて「あれが全体なんだ」と思ったこと、三つめは知人の自殺を耳にした夜のことだ。最初と最後の例は惨めで自分の無力さを感じさせるできごとだったが、花の場合は違った。ウルフは満ち足りた気持ちになり、そのことが他の二つで感じた思いを埋め合わせた。三つのできごとのうち、花の場合は道理を見つけたと思い、そのうち説明すべきだと思ったのだった。

　　私は表のドアの脇にある花壇をみていた。「あれが全体なんだ」と私は言った。私がみていたのは葉っぱが広がった植物だった。そして花そのものは大地の一部だ、輪が花であるものを取りまいている、ということが突然明らかなものに思えた。あれが本当の花。ある部分は大地で、ある部分は花。……二つの瞬間は惨めな気持ちに終わった。もう一つは、これとは対称的に満ち足りた気持ちになった。私が「あれが全体なんだ」と言ったとき、私は発見したと思った。立ち返り、振り返り探るべき何かを心に閉じこめたと思った。……衝撃を受ける能力が私を作家にしていると思っている。……そして私はそれを言葉にすることによって現実のものにする。私がそれを全体のものとするの

第一章　部屋とユング

は、それを言葉にすることによるしかない。……書いているとき、何と何が関係あるのかということをみつけると思えるときが喜びなのだ。場面をちゃんとしたものにすること、ある人物を一緒にすること。このことから、私は哲学ともいえるものに到達する。日常生活という原綿の背後には、パターンがあるのだと。全世界は芸術作品の部分であり、我々（あらゆる人間のことだが）は芸術作品の部分であると。ハムレットやベートーベンの四重奏はこの大きな全体（vast mass）の真実だが、シェイクスピアもベートーベンもいず、神だっていないのだ。我々は言葉だ、我々は音楽だ、我々はものそのものだ。衝撃を受けるとき、私にはこのことがわかる[1]。

　子どものころを思い出し作家としての原点を述べているこの部分のうち、はじめに書かれているのが子どものころの思い出についてで、続いて書かれているのがそのことについての晩年のウルフの説明だ。子どものころ、花壇の花をみて直感した世界観——咲いている花だけが花なのではなく、花が根を張る大地も含めて花なのだという——を説明して、文学や音楽や世界の創造者の存在は認めず、人は人々をひとくくりとして指し示す「大きな全体」あるいは「大衆」という芸術品の「部分」であり、ものそのものだ、と晩年のウルフは説明を加えている。世界を大きな全体と捉えた子ども時代や、人を「もの」とみなした晩年の人間観は、第二作『夜と昼』出版の1919年に発表した「現代小説論」（"Modern Novels"）で述べられる 'halo' というイメージで語られる人間観とは、異なっているようだ。「現代小説論」を読んでみよう。

　人生のふつうの成り行きにさらされた心は、表面に数え切れないほどの印象——幻想的な、はかない、あるいは鋼の鋭さでほられたもの——を受け止めている。数え切れない原子の絶え間のないシャワーとなって、総計として生そのものとあえて呼ぶものを形成しながら、さらに意識の初めから終わりまで我々を取り囲んでいる半透明の皮

5

第一部　序章

　　　膜、あるいは光り輝く暈（halo）という形をつくりながら、あらゆる
　　　角度から印象はやってくる。この絶え間のない変化する心（spirit）を、
　　　どんな強調や突然の逸脱を呈そうとも、できる限り異質の外側のもの
　　　を混ぜることなく伝えることが小説家の主な仕事ではないだろうか。
　　　（"Modern Novels" より）

　新しい時代の作家は、暈（halo）にたとえられた輝く心の動きを書くのだ、と述べたこのとき、作家ウルフの心にあったのは、「過去のスケッチ」で述べられる、全体の一部やものとしての人ではなく、心を輝かせる個人としての人だろう。
　作家になりたてのころ書かれたエッセイ（「現代小説論」）と、子どものころを思い出して晩年に書かれたエッセイ（「過去のスケッチ」）とでは、描かれる人（の心）が異なっているようだ。ウルフの作品には作品全体を貫く統一性が欠けていると指摘されることがあるのは、このことにも起因しているのかもしれない。それぞれの作品に描かれる人間像をたどってみると、統一感の欠如の意味がみえるのではないだろうか。
　第一作の『船出』から第七作の『波』までのウルフの小説七作品とエッセイ『私自身の部屋』を読むと、主人公の心のありようは彼や彼女が住む「部屋」に描かれている、と言っても過言ではない。第一作『船出』の語り手が言う、「部屋を出たり入ったりするということは、人々の心を出たり入ったりすること」[2]という言葉や、第七作『波』で作者ウルフの分身とも思える登場人物のバーナード（Bernard）が言う、「どの人間かということは、部屋によるんだ」[3]という言葉が示唆的だが、ウルフの作品で描かれる部屋は重要で、描かれる部屋は登場人物の心や意識に関連している。小説やエッセイのタイトルをみても、ウルフが「部屋」にこだわりを持っていたらしいことは明らかだ。第三作目の小説には『ジェイコブの部屋』というタイトルがつけられているし、女性と小説というテーマで女子学生に向かって語りかけた講演をもとにまとめられたエッセイは、「私という部屋」とも読める『私自身の部屋』というタイトルで発表された。

第一章　部屋とユング

　部屋のイメージを人の意識としてなぞらえたのは、ヘンリー・ジェームズ（Henry James, 1843-1916）もそうである。亡くなる直前の3月8日の日記にウルフは、「ヘンリー・ジェームズの文章を書いておく。絶えず観察せよ。やってくる老いを観察せよ。貪欲を観察せよ。私の失望を観察せよ」[4]というジェームズの言葉を記している。彼は1884年に発表した「小説という芸術」("The Art of Fiction")の中で、「体験とは……広大な感性で、感性は意識という部屋（the chamber of consciousness）に張られた細い絹糸の大きな蜘蛛の巣のようなものだ」[5]と述べた。体験を感性ととらえ、意識という部屋に張られた蜘蛛の巣にたとえたジェームズのように、ウルフも感覚を部屋にたとえている箇所がある。二つめの「現代小説論」[6]（"Modern Fiction"）では、存在の感覚ということについて、「大きくて自由であるよりも限定的で閉じ込められた『明るいが狭い部屋』（a bright yet narrow room）にある我々の存在の感覚（our sense of being）を……」[7]と述べ、ぼんやりと輝く暈を連想させる、小さいが明るい部屋のイメージで人の意識や感覚を捉えている。ウルフは'room'と呼び、ジェームズは'chamber'と表現したという違いはあるが、二人は人間の意識を部屋のイメージでとらえていたと思われるのである。ウルフやジェームズだけでなく、一般的に部屋と人の意識や感覚が関連あると受け止める傾向があることは否めない。我々は無意識のうちに、部屋をそこに住む人の意識や心と重ねてとらえる傾向があるのではないだろうか。

II

　部屋について考えるとき筆者が論拠とするのは、我々が一般的に抱いている心と部屋との関連を示唆する、C. G. ユング（Carl Gustav Jung, 1875-1961)[8]の夢にでてきた部屋である。我々のエゴは人生の責任者ではないのだという意味で、「我々は我々自身という家の家主ではない（not master within our own house）と言うのが好きだった」[9]というユングは、彼が夢の中で自分の家にいたとき入っていったいくつかの部屋は、彼の心をあらわす

7

ものだと言っている。本書では『船出』から『波』までの七つの作品と『私自身の部屋』について、ユングの夢に出てきた部屋を考察の物差しとして各作品に描かれる「部屋」について考え、各作品で主要な登場人物の意識がどのように描かれているのか、考察してみたい。

　ユングの夢の中の部屋の一つめのそれは、平面的に配置された部屋で、「ホール」と「個室」という対照的な二つの部屋である。あるときユングは夢の中で、ホテルの「ホール」のような玄関とその背後にある父と母の部屋を見た。ホテルのホールのようなところにいる吹奏楽団は、けばけばしい陽気さや俗衆を示唆しており、その夢の部屋はユングの快活さや世俗的な楽しさを風刺していた。だがこれは外側の面に過ぎず、その背後には、全く異なるものがあった。父の部屋である魚の研究室と母の部屋である休憩所。静寂が行きわたる両親のこの二つの「個室」に、ユングは感じるものがあった。ここは夜の住まうところだがホールは白昼の世界とその表面生をあらわしている、と思ったのだ[10]。「ホール」は人生の表面的なできごとに対応する「人々が集まる」「賑やかな」「表向き」の「昼間」の「大きな部屋」であり、「個室」はそれとは対照的に「静寂」が支配する「背後」にある「個人」の「夜」の部屋だと言うことができるだろう。

　ユングの夢に現れる二つめの部屋は、階層的なそれである。ユングはあるとき、「自分の家」だと思う家の二階の客間にいると気づいて階下に下りた。そこにある地下室に通じる階段を下りていき、さらに深いところへ下っていく狭い石段を下りていくと、岩の中にくり抜かれた背の低い洞窟に入った[11]、というものだ。その夢についてユングは、人が住んでいる気配のする二階の客間は意識をあらわし、一階は無意識の第一段階をあらわす。洞窟にあった原始文化の名残は、意識がほとんど到達し得ない自分の内にある原始人の世界をあらわしている[12]、という。ユングは、家の上階の部屋は意識的なこころをあらわし、下階の部屋は人の個人的な無意識に、さらに地下深くに掘られた地下室は我々の集合的無意識に相応すると説明して、階層性を成す部屋が、我々の意識が階層を成していること、また、意識の基盤にあるのは集合的無意識だということを示唆している。この夢

第一章　部屋とユング

についてユングは次のように結論づけた、と A. スティーヴンス（Anthony Stevens）は説明する。

> ユングは、個人的な無意識の下にはより深くより重要な層があり、後に、彼はそれを集合的無意識と呼んだが、そこには可能性として人類の心的遺産の全てが含まれていると考えた。彼は分裂病の患者の妄想や幻覚を研究し、それらの中には世界各地の神話や民話に見いだされるものと同じ象徴やイメージが含まれていることを発見し、全ての人間には共通する力強い心の基盤が存在し、その基盤の上に個人は自分の私的な人生経験を築きあげるのだと結論づけた[13]。

ユングの夢に出てきた二つの部屋のうち、はじめの「個室」と「ホール」という平面的な部屋は、人を個人として見る人間観と人をグループとして見る人間観、という二つの人間観に呼応する部屋だと考えることができる。個室とホールは同時に、ユングが人のタイプについてまず述べる内向性（introvert）と外向性（extravert）という、「経験に根本的に異なる出会いと判断をする二つの方向で、一方は内面的な反応と価値に、他方は外面的な世界のそれに本来関係してくる各個人の生得の方向」[14]に相応する部屋でもあると言えるだろう。

また二つめの部屋である大地に深く掘られた地下室は、我々のこころの深みに対応する部屋だ。最上階の部屋は意識的な「エゴ」（conscious ego）に相応し、下の階は個人的無意識に、一番下の地下室は集合的無意識に相応する、と考えることができる。ユングの夢に出てきた「我々という家」を構成する階層的な部屋は、人の意識や無意識の階層的構成に呼応していると考えられるだろう。地域を問わない（と思われる）その呼応関係は、我々が（集合的）無意識のうちに覚えるものかも知れない。我々のこころは、意識に覚えるエゴと個人的無意識と集合的無意識が階層を成していることを、ユングのこの夢は伝えているのである[15]。

本書では、ユングの夢に出てきた平面に配置される「個室」や「ホール」、

第一部　序章

階層的に配置される「上階の部屋」・「下階の部屋」・「地下室」という部屋部屋が、どのような人間観や意識と関連するものとして描かれているのかということについて、第一作『船出』から順を追って第七作『波』まで考察を進め、『私自身の部屋』で描かれる部屋についての考察を通して結論を導きたい。表向きの部屋（ホール）と背後の部屋（個室）という平面的に配置される部屋は、主に『船出』・『夜と昼』・『ジェイコブの部屋』・『燈台へ』に関わる部屋である。家の上階の部屋、下階の部屋、さらに地下深くに掘られた地下室という階層的な部屋は、『夜と昼』、『ジェイコブの部屋』や『ダロウェイ夫人』に感じ取られる意識の階層の考察に関連し、後期の作品である『オーランドウ　ある伝記』（以後本書では『オーランドウ』とする）や『波』に関連する部屋である。

　本書は、実のところ、期せずしてユングの集合的無意識を枠組みとすることになったヴァージニア・ウルフ作品論である。第一作目『船出』に感得される二つの部屋のイメージを追求するうちにユングの言葉に出会い、以後の作品もユング関連書を脇に置きながら読み進んだからである。心理学やユングに関する教育をうけたうえでまとめた論考ではなく、厳しいご批判を頂くのは覚悟の上であるが、ここで本書をまとめるにあたって指針となった主要なユング関連書について、簡単に説明を加えたい。

Ⅲ

　1961年に85歳で亡くなった C.G. ユングの批評的紹介とその影響の評価に関するはじめての研究書である *The Cambridge Companion to JUNG* には十七名の研究者が寄稿しており、ユング理論の健全な見直しをはかり、神話や宗教、ジェンダー研究から文学や政治に至る幅広い領域の研究における新しい考え方や方法を探っている。

　同書でユングが投影に関する講義で述べた、四つの段階を経て五つめの段階にいたる投影の撤退の理論を英文学史に適応して解説した T. ダウソン（Terence Dawson）の論考「ユング　文学と文学批評」[16]は、変化する文

第一章　部屋とユング

学のスタイルや発展する社会との相互作用の問題というだけではなく、人間の意識の発展の表現として文学史を捉えている。論考の中でダウソンは、ユングが1942年に行った錬金術（alchemy）についての講義で、我々がどのように「投影」[17]（projection）を「抜け出る」（withdraw）か、ということについての理論を概説していることを指摘している。ダウソンによると、投影を抜け出るときそこには五つの段階があり、それぞれの段階は異なる意識に呼応する、とユングは言っている。ダウソンはその五つの段階を次のように説明している。

　第一の段階は、人が、自分たちと自分たちが住んでいる世界との違いに無意識である状態を言う。
　第二段階は、権威や「差異」を意味する「他者」から分離する状態で、人が次第に独自の主体性（identity）を探求する過程を指す。
　第三段階は、人が独自の道徳律（ethical code）を確認し組み立てるために、絶えず社会の集合的道徳体系（collective morality）という秤にかけて試す段階を言う。
　第四段階は、自分が住む場所での集合的規範（collective norms）や期待をとり囲む空気（aura）は人が作り出すものだ、という実感とともに始まり、あるがままの現実の世界がみえてくる。この段階は投影から抜け出る過程のゴールとなるかにみえるが、ユングによると、そうではない。
　第五段階は、自分との新たな論理的対話、特に我々が殆ど気付いていず、夢や目覚めているときのファンタジーの徹底分析を通してのみ明らかになる我々自身の生来の傾向を問う意識、を始めるときに始まるとユングは言う。
　この長い「過程」は、反逆者や部外者としてではなく、社会の中の固有の人間（specific human being）として自分を認識するようになることで終わる。こうして投影から抜け出る過程は、完全な円形（circle）になる。「過程」のゴールは社会との新しい統合であり、個人の本性、機能、限界を完全に意識するという長所があり、第一段階とは全く異なっている[18]。

第一部　序章

　個人と社会の関連を主軸としてユングによる投影の撤退の理論を適応して文学史を概観したダウソンの論考は、意識の階層と空間の階層の関連を示唆する、ユングの夢の家のエピソードに関するスティーヴンスの解説[19]と響きあい、ウルフの各小説についての考察をまとめる大きな力となった。
　2003年秋、オックスフォード大学 Bodley 図書館 Louise Adey 女史から紹介して頂いた C. スナイダー（Clifton Snider）の著書『夢がつくられるもの』(*The Stuff That Dreams Are Made On*, 1994) で述べられた、「ユング理論と文学への応用」[20]では、投影の撤退の理論に相応すると思われる個性化の理論が文学批評に適用されていて、興味ぶかい。スナイダーは他の文学作品に並んで、『オーランドウ』と『波』についても考察している[21]が、そこで述べられる、ウルフが語る両性具有論がユングの理論に極めて類似している、という指摘[22]は、本書の結論部を力づける論考である。
　ユングの考え方に影響を受け、空間と心理の関連を述べたバシュラール（Gaston Bachelard, 1884-1962）の著書は、主に『ダロウェイ夫人』と『燈台へ』の考察を支える論考となった。ユングとバシュラールに共通しているのは、二人とも心理学に通じているが、その哲学は人の経験を重視する科学的な思考を尊重することによって導かれていることが挙げられる。ユングは自らを、「哲学者ではなく経験科学の徒である」[23]と認識しているし、バシュラールは「科学哲学者」の名称を冠せられる思想家[24]である。また本書でしばしば言及するが、ジェームズ・ジョイス（James Joyce, 1882-1941）の神話的手法や『金枝篇』(*The Golden Bough*, 1890-1936) を評価したエリオット（T. S. Eliot, 1888-1965）も、ジョイスの手法について述べるとき、「科学的な発見という重要性がある」[25]ことを明記している。過去を重視するエリオットの言葉は特に『オーランドウ』や『波』を考察する際の大きな手がかりとなったが、伝統に挑戦的に向き合い混沌として捉えがたく感覚的と認識されがちなウルフが、我々が体験してきたものに対する伝統と無関係ではないことに気づかせてくれた言葉だった。
　ユングの基本的な理論は、「我々の内面と我々を取り巻く世界の真実を見通させ、その思想は人類学や宗教研究から文学理論や文化研究という他

の学問分野にも影響を与えている」[26]という優れた理論だが、筆者の知る限り、これがユングの文学批評理論だと明確に述べているものはないようだ。しかし文学について述べたダウソンとスナイダーの二人の概説に共通しているのは、創造の病を経て到達した心理的状態に関わる理論が発展したと思われる、投影の撤退につながる「個性化」である。(先に述べたダウソンの概説がそれに相当すると思われる。)集合的無意識に意識が向き合うことによって達成される投影の撤退や個性化の理論が、ユングの文学批評を含むあらゆる理論の根幹をなすものであるように思われる。人のこころは意識と無意識とが向き合い段階を経て調和的な一つの全体へと至るが、それで終わりではなく、更に新しい段階を目指して発展してゆく、という発展的な個性化の理論が、ユングの文学批評理論ばかりではなくユング理論の根幹となるものだろう。

　ユングの理論に頻出する個性化だが、ユングは「個性化」という言葉を「自己実現」だと説明していると、スナイダーはユングの言葉を引用している。

> 個性化とは、単一の同質の存在になることを意味し、「個性」が我々の最も深く、最も長く続く、比類のない唯一無二のものを含んでいる限り、自分自身になることを意味する。従って個性化を「自分になること」あるいは「自己実現」と言い換えることができるだろう[27]。

　先述したように、ダウソンは個性化につながる投影からの撤退に至る段階を五段階として明確に提示する[18]が、スナイダーは個性化のプロセスは二つの部分にわかれるといい、その段階をもっと曖昧で緩やかな曲線として捉えている[28]。

　ユング自身は、人生の個性化のプロセスを太陽の運行にたとえ、陽が東から昇り中空に至るまでを第一半期、中空から西に沈むまでを第二半期、とする[29]。第一半期は人生の前半に限られ、この時期の仕事は無意識に対抗するものとしての意識のレヴェル上のものである[30]。ユングは主に人生

13

の第二半期におきる個性化のプロセスに注意を集中している。そこでの作業は、人の内面の唯一無二の個性を発達させるために内面を見ることだ。到達する新しい意識のレヴェル、あるいは個性化の一面を象徴するのは、「死と再生」という特徴であることをスナイダーは指摘している[31]。ユングの理論は死をみることにあるのではなく、再生をみることに特徴がある、とスナイダーは言うのだが、サーマン（S. Salman）もユングの理論と生命の関係を次のように述べている。

ユングの心理（psyche）の見方は最近のDNA技術の発見に呼応するが、存在や経験のあらゆるレベルは元々つながっており、あらゆる生命体は草の葉から人間にいたるまで、違うのは配置だけで遺伝的に同じ四つの成分からできあがっているというもので、あらゆる文化史の中にあるその「一元世界」（unitary world）を、曼荼羅や「ミステリー・サークル」という分化されていない統一体（unity）や統合的全体（integrated wholeness）の中に既に発見している。そういう心理に対するユングの全体的姿勢は、「ポストモダン」だとサーマンは言い、世界や分析の過程やとりわけ「生命の相互の関係にユングの心理の中心はある」、と述べている[32]。

ユング理論のスナイダーの理解は、人生の第二半期におこる個性化を死とのかかわりとして捉え、人生の第二半期を死への準備と捉える傾向が強いように思われる。しかし投影の撤退を四つの段階を経て五つめの段階で新しい出発へとむかう心の発達の問題として捉えるダウソンは、必ずしも投影の撤退を死への準備として捉えてはいない。ダウソンとスナイダーのユング理論の解釈には、このように若干の違いがあることが指摘できる。

IV

ユング批評はこれまで元型批評と混同されることが多かったことを、ダウソンもスナイダーも指摘している。ユングの元型論を批評理論とするユング批評といわれるものは、1960年代から1970年代頃に多少みられたようだ。しかしこれらの批評に関して、「臆することなく、ユング批評は……

第一章　部屋とユング

全ての作品は神話と二十世紀の小説の間で『元型的』に生み出された、と述べた」[33]と、神話をユングの説く元型として作品の分析に援用した批評に、ダウソンは批判的である。彼は、「ユング批評の多くが過去六十年間に出てきた。或るものは秀逸である。しかし多くの研究、特に1960年代から1970年代に書かれた研究の欠点は、前提が非常に曖昧だ」[34]と、これらの批評が元型の定義を曖昧にしたままであることを指摘している。スナイダーは、ユング批評の興隆はユングの考えに大きな影響を受けている元型批評の興隆と同時進行している、と言う。元型批評[35]がユングの批評理論に多大な影響を受けているとするスナイダーは、ユングの文学批評を元型批評や神話批評と同一のものとしてではなく、これらの「亜範疇」(subcategory) に入るものとして捉えている[36]。ダウソンもスナイダーも元型批評や神話批評とユング派文学批評との違いを指摘するが、スナイダーは「あまりできのよくない作品は元型的……だが、ユング派文学批評はその様な作品にあまり注目はしない。ユングの理論を採り入れる批評家は……芸術作品の価値を決定するために他の批評理論を採り入れる」[37]と、元型的と呼ばれる作品に対して辛辣な言葉を投げかけつつ、ユングの批評理論が多様な理論に対応する理論であることを強調する。

V

　元型や投影の撤退や個性化や元型批評に関して述べるとき、ダウソンやスナイダーの言葉には微妙な差異があるように思われるが、そのことを理解するためには、分析心理学の発展の歴史を知る必要があるようだ。というのも、ユング心理学派は統一された一つのグループではなく、チューリッヒとロンドンという二つの都市を拠点として段階的に発展してきた学派で、大きく分けて三つのグループがあるからである。チューリッヒのユング研究所を中心とする「古典学派」(The Classical School) と「元型学派」(The Archetypal School)、そしてロンドンの分析心理学協会 (Society of Analytical Psychology) などを基盤とする「発達学派」(The Developmental

School）という、三つの学派である。

　古典学派は、「1948年からユングその人と共にいたすべての教師や分析家がいたので、チューリッヒの C. G. Jung 研究所でユングの発見や影響が納得できる影響力」[38]にあずかったハート（David Hart）が名づけた学派である。古典学派は自己（Self）について、「ユングは、意識的なエゴだけが不可欠な部分である統合された全体である "Self" の存在を想定する。意識的なエゴ以外は、定義上無制限で不可知であり、夢や直感や動作によって、あるいは偶然のできごとや同時発生的な出来事によってでも、あらゆる方法でそれ自身を知らしめる無意識から成っている」[39]と、かならずあるはずの意識的なエゴと不可知の無意識からなる統合全体が自己（Self）である、と想定するユングの言葉に基づく学派である。古典学派は、「無意識が絶えず意識的生（conscious life）に承認と同化を見出そうとする心の統合探し」[40]である個性化を重視する。個性化のためには、「頭」と「心」の間の、思考と感情の間の、対称性間の葛藤（conflict）が起こってくる[41]。人間は本来、対称性の片方の心的本質に同一化しもう一方を他者に投影するという傾向をもつので、対称性の和解はユングの主要な関心であり、しばしば彼の研究のテーマとなった[42]。個人の生全体の発展は、「エゴの支配」から「自己（Self）の王国」へ、単なる「個人的な価値からもっと非個人的で集合的な意味へ」[43]、というものへの脱出だとユングはみなしたのだ。通常、人生の前半は世界の安全な部分を確立することに捧げられ、人生の後半の挑戦は死への準備となる。しかしこれは、ユング分析や個性化の研究が人生の後半だけに留保されるということではない。個性化とは、異なる何かへ、ではなく本当の自己へ、可能性から現実へ、統合へと抜け出る過程にある人全体を包括しており、いかなる年齢あるいは状況にあろうとも、この霊的で基本的な人間の衝動に注意し反応する準備がある人は、個性化の過程への準備ができている、と古典学派は定義する[43]。

　元型学派は、1960年代の終わりから1970年代の初めに、多くのチューリッヒのユング派とともにヒルマン（James Hillman）によって設立されている。元型学派にとって、「あるのはただ現象あるいはイメージで、それが元型

的」（*archetypal*）なのであり、ヒルマンが「いかなるイメージも元型的だろう」とイメージを重視することには批判もみられる[44]。ヒルマンは「元型心理学」と同義であるとして、「心象心理学」（imaginal psychology）をとり入れている[45]。心象心理学は単一性よりも多様性を評価し、人格は基本的に統一体というよりは多様体である、とする。ヒルマンは一神教心理学よりも多神教心理学を主張し[46]、人間の「存在」（being）だけが魂を持つと主張するデカルトの二元論に対して、非人間的な「もの」もまた魂をもつ、とする。「霊魂信仰」（animistic）心理学である心象心理学は、世界もこころ（soul）をもっており、すくなくとも個人と同じように治療を必要とするとみなし、「環境」あるいは「生態」心理学になった[47]。心象心理学には、ラカン（Jacques Lacan）の記号心理学（semiotic psychology）やデリダ（Jacques Derrida）の脱構造哲学（deconstructive philosophy）との類似がみられる。ヒルマンとラカンはエゴ心理学を嫌い、どちらも基本的にエゴを中心からはずすからだ。ラカンの「心象」（imaginary）は、ヒルマンの「心象」（imaginal）に似ているのである。元型心理学の重要な貢献は、文化的な意味でも臨床的な意味でも、想像ということを重視するということだろう。この意味で、元型心理学は伝統的なユング派分析のイメージを変えた[48]。

　発達学派はロンドンを中心に発展した学派である。子どもの心理を主に研究する発達学派には、フロイトの提唱する精神分析学（psychoanalysis）的流れとユングの提唱する分析心理学（analytical psychology）的流れをふくむいくつかの流れがあるようだ。ユングと彼の直弟子たちが練り上げた分析心理学は、幼児と子どもの発達心理学的側面には焦点を当てていず、患者と分析家との間で起こりうる様々な関係の理解の重要性にも注意を払っていなかった。一方フロイトの精神分析は、個人の子ども時代の初期の源に人間発達の詳細な報告を与えようとする還元的手法に基づいている。フロイトとその弟子は、子どもの発達心理学と患者と分析家の関係の理解、という二つの調査領域を結び、それを精神分析的理論に含むことを始めたが、ユングとその弟子は創造的で象徴的な分野や集合的で文化的な追跡に

第一部　序章

もっと惹きつけられていった。人間の最も洗練された創造的で芸術的な状態、さらに成熟した精神状態の機能に焦点をあてたのである[49]。ユング学派は個性化や投影の撤退の研究に重点を置き、フロイト学派は児童の発達心理学の研究に重点を置く、という傾向があったようだ。フロイト学派とのこの違いが、発達心理学におけるユング学派の取り組みの開始を遅らせた、と考えられる。

　発達学派にはいくつかの流れがあり[50]、フロイトの精神分析の流れをくむクライン（Melanie Klein）、ビヨン（Wilfred Bion）、ウィニコット（Donald Winnicott）、ボウルビィ（John Bowlby）等が主導者となって機能していた研究に、分析心理学の研究者であるフォーダム（Michael Fordham）等が加わって発展してきた学派で、（フロイトの）精神分析学の影響と（ユングの）分析心理学の影響という、双方の影響を受けて発展している学派である。ユング学派の臨床医は、身体あるいは本能に基づく経験というクラインの考えは、元型を通じて現れる本能的な経験に基づく深い心の構造の存在に関するユングの発見に呼応することを発見した。ユングは身体の経験に基づくこころの心象を元型と呼び、クラインはそれらを部分対象（part object）と呼んでいるのである[51]。

　以上の流れをまとめると、古典学派は個性化に、元型学派は元型イメージの多様性に、発展学派は投影の撤退を通して心理研究や臨床に重点を置く、という傾向の違いがあることがわかるが、古典学派からみると、元型学派や発達学派と古典学派との違いは、次のような点としてあるようだ。

　古典学派のアプローチ（手法）は、意識と無意識の間の対話精神に依拠する。従って、エゴを多くの自律的元型事実の一つとする「元型」学派とは対照的に、古典学派は、意識的エゴは全体のプロセスには独自に必要なものだとみなす。そして彼女／彼が自分だけのものだと気づく意識的自己（Self）への個性的到達を、「発達」学派が年齢や意識的段階による発達とみなすのとは対照的に、「古典」学派は発達を年齢や意識的段階によるものとは規定していない[52]。

　このような元型に関する理解の違い、あるいは個性化の理論の段階のと

第一章　部屋とユング

らえ方の違いが、ユング批評をわかりにくくしていることは考えられる。元型[53]というものを、「元型とは推論に過ぎず、証明もできず我々が完全に知ることも難しいが、その中心的な特徴は二重性（duality）にあり、潜在的に陽性（positive）と陰性（negative）という二つの趣を常にもち、様々なイメージやシンボルとして無数にある」[54]といい、元型を無数にあると捉えているスナイダーは、エゴこそが唯一の元型だと考える古典学派ではなく、エゴを多数の元型の一つと見なす元型学派の影響を受けた文学者だと考えられる。また投影の撤退をユングの理論にしたがってきちんと段階を踏んだものと捉えるダウソンは、発達学派の流れをくむ文学研究者だと思われるが、元型のイメージを複数ととらえているようで[55]、元型学派の影響も受けている様子が見受けられる。

　以上、三つの学派の違いを述べた上で、ウルフの作品に関してユング批評と受け止められているいくつかの批評をみると、それらは発表された年代によっても、ほぼどの学派に属するかを推察できるだろう。

　『オーランドウ』について、*The Symbolism of Virginia Woolf*（1965）で、「ユングの言う民族全体と集合的無意識のシンボルとまではいかなくとも、少なくとも "family conscious" とでも名付けるものを描いている」[56]と、作品を集合的無意識との関係でとらえているサーカー（N. C. Thakur）や、「『オーランドウ』の主人公オーランドウは個人であると同時に旧家の元型である」[57]、と述べたボルヘス（Jorge Luis Borges）のテキストが発表された年代（1965年）をみると、彼らの見解は古典学派的見解にたっていると思われる。ポレスキー（Louise Poresky）の *The Elusive Self Psyche and Spirit in Virginia Woolf's Novels*（1981）には興味深い分析が多くみられるが、作品の理解はキリスト教的解釈一辺倒で（ユング自身がクリスチャンだったのではあるが）一神教的色彩を色濃く感じさせるという意味で、単一性を好む古典学派的立場を強固にとっていると考えられる。R. ボウルビィ（Rachel Bowlby）が編者となった *Virginia Woolf*（1992）でフェミニスト批評の流れを述べたスティンプソン（Catherine R. Stimpson）は、「1970年代のはじめに元型に焦点を当てるユング理論への傾倒があった」[58]と述べてい

るが、これは1960年代の終わりから1970年代の初めに設立された元型学派の理論を指していると考えられる。このようにいくつかの論考はあるが、ユングの理論に照らしてウルフの作品を読んだユング批評と認識される批評は、あまり多くはないようだ。

VI

　というのも、ユングの分析心理学[59]は、ジーグムント・フロイト（Siegmund Freud, 1856-1939）の精神分析学ほど脚光を浴びているとは言えないからである。ウルフに関する資料を広く網羅した *Virginia Woolf A to Z* でも、ユングに関する記述は、ラムジー夫人を "archetypal Great Mother and Terrible Mother" としてとらえる批評家達の紹介に数行を割いているだけである[60]。また、2000年に刊行された *The Cambridge Companion to Virginia Woolf* の最終章には、心理分析の項目として「ヴァージニア・ウルフと精神分析」（"Virginia Woolf and Psychoanalysis"）があるが、その項目名（精神分析）で明らかなように、議論の対象となっているのはユングの分析心理ではなくフロイトの精神分析であることにそのことはよくあらわれている、と言えるだろう。厳密に言うとユングの心理学は、フロイトの「精神分析学」（psychoanalysis）やアドラー（Alfred Adler, 1870-1937）の「個別心理学」（individual psychology）と識別するために、「分析心理学」（analytical psychology）と呼称されるべきだとされる。青年時代にフロイトとともに研究する間柄だったユングは、フロイトとフロイトの弟子だったアドラーの理論は還元的（reductive）だと感じている。フロイトは神経症（neurosis）を性的抑圧（「快楽原理」 "pleasure principle"）に還元し、アドラーは精神病（mental disease）を劣等感（inferiority complex）から派生した権力衝動（the drive for power）に還元しているからだ[61]。ユング心理学は、人の心の動きの要因を快楽欲求や権力衝動に還元するのではなく、創造の過程に求める点にあることをスナイダーは指摘している[62]。ユングは「芸術家のこころ（psyche）にある、まだ形になっていない作品は、ここ

ろの媒体である人間の個人的な運命には全く関係なく、圧倒的な力あるいは自然自身の不思議な巧妙さで目的を達する、自然の力だ」[63]と言っており、ユングが芸術作品を芸術家の自伝や個人的な心理に厳密に基づいて分析するのは間違いだ[64]としたからだ。

　ここで本書をまとめるに際しての、筆者のユング理論の理解について説明を加えたい。筆者は、こころは意識と無意識が向き合い、いくつかの段階を経て調和的な一つの全体へといたるがそれで終わりではなく更に発展を目指す、という発展的な方向を帯びる「個性化の理論」[65]をユング理論の根幹だと理解している。そしてその理論は、スナイダーが言うように「再生」[66]を特徴としており、個人のこころの発展は、「エゴの支配から自己の王国」へむかい、単なる「個人的な価値」から「非個人的で集合的な意味のあるもの」[67]にむかって抜け出ると捉えている。そして人や世界を考えるとき、多様体というよりは統一体と捉えたいのだが、一神教的心理学よりも多神教的心理学を支持する傾向が強い、と言えるだろう。

VII

　最後になるが、ウルフ研究書として作品理解の大きな指針となった考察について述べたい。筆者の博士論文をご指導頂いた坂本公延先生のインターテクスチュアル的考察には、人間の経験から生まれてくる思考の傾向を重んじる神話的批評への傾倒が感じられ、本書の各所で引用させて頂いた。殊にジェームズ・ジョイスの神話的手法を高く評価したT.S.エリオットへの喚起をうながして頂いたことは、作品の考察を進める上で重要だった。本書でしばしば引用するエリオットの言葉は、筆者の考察を、特に後期の作品である『オーランドウ』や『波』に関する考察を、神話や『金枝篇』を通して集合的無意識に関連づけるヒントとなったからである。またユングに関する記載よりもフロイトに関する記載の方が多いのだが、意識に関する考察の各所に共感を覚えることの多かったのが、リヒター(Harvena Richter)の『ヴァージニア・ウルフ　内なる旅』(*Virginia Woolf*

The Inward Voyage, 1970）である。作家ウルフについて、視覚と脳との関連が意識に与える様を描出しようとしたと評価しウィリアム・ジェームズ（William James, 1842-1910）や G. E. ムア（George E. Moore, 1873-1958）の思想と通底するととらえるリヒターの考察には、ユングへの言及は少ないが、ユング心理学に近い心理的考察がみられるように思う。

　両ウルフ論に共通するのが、自身が作品を産み出す作家としての目からみたウルフ論であり、作品もだが作品を産み出す作家としてのウルフに焦点が当てられている、という点であるように思われる。作品を通して作家ウルフに近接しようとする姿勢がみられる両ウルフ論に筆者が共感を覚えたということは、ユングのことばを指針として筆者が本書をまとめることになったことと無関係ではないと感じている。先にも述べたように、ユングは作品を作家の集合的無意識が産み出す創造物として受け止めているが、両ウルフ論も、直接的な言及はあまりみられないとはいうものの、個人的無意識を超える集合的無意識にまで及ぶ心理的共感が基盤となっていると思われるからだ。

　その他、心に深く印象を受け影響されたウルフ研究書や論文、また時代考察に関する論考は多く、特にヴァージニア・ウルフ協会の会員の方々の御論考の影響は大きく、ここで一々挙げることはできないのだが、どの方にもどの御論考にも感謝を申し上げる。

第二章　ウルフとユング

　1939年4月、五十七歳になったヴァージニア・ウルフは、来し方を振り返り「過去のスケッチ」を記しはじめた。書き始めたのは4月16日で書き終えたのは1940年11月頃のようだ。五十九歳で亡くなる半年前のことだ。この思い出の中でウルフは自分の世界観のようなものを述べている。世界全体は芸術作品（the work of art）であり、我々は芸術作品の部分だというものだ。『ハムレット』やベートーベンの四重奏はあるが、シェイクスピアもベートーベンもいないし神もいない、という言葉の後、「我々は言葉だ、我々は音楽だ、我々はものそのものだ」[1]と述べている。人生の後半で、神もいず作家もいないが作品はある、と芸術家を無名の存在（anonimity）としてとらえたとみえるウルフの言葉だが、はじめて小説を発表したころからそうだったのではないようだ。ウルフがまだ駆け出しの作家であったころに発表した「現代小説論」では、人を心輝く一人の人間としてとらえているからだ。

　ウルフは、第二作目の小説である『夜と昼』を出版した年（1919年）に最初の「現代小説論」を発表している。この「現代小説論」は後に書き直されたため、ウルフは結局二篇の「現代小説論」を発表したことになるのだが、1919年4月10日付けのタイムズ・リテラリー・サプルメント（*Times Literary Supplement*）に発表したのが、最初の「現代小説論」（"Modern Novels"）である。二つ目の「現代小説論」は、"Modern Novels"を推敲し、強調と削除を加えて1925年に『普通の読者』（*The Common Reader*）に収録して発表した"Modern Fiction"である[2]。

　二つの「現代小説論」で、ウルフは H. G. ウェルズ（Herbert George Wells, 1866-1946）、A. ベネット（Arnold Bennett, 1867-1931）、J. ゴールズワー

第一部 序章

ジー (John Galsworthy, 1867-1933) というエドワード朝作家達を「物質主義者」と呼んだ。彼らは、物語の筋や登場人物の外面描写に重点を置いたり、社会の有り様や人生を外側から描いた、物質主義者だというのである。ウルフの主張は、人が瞬間瞬間に心に感じる印象の集積が生や人生を形づくっているのであり、そういう心のありようを描くことこそが人間を描くことにつながるのではないか、というものだった。これら二篇のエッセイを通してウルフは、現代作家が描くのは、人間の外側ではなく人間の内面、周りの影響を受けて輝く心であり、それが人生や生を語ることになるのだと述べたのだ。二つの小説論で新進の作家ウルフが述べた、人間の内面を描くのだという断言は、後年、人とは名も無き存在で、言葉や音楽やものそのものだ、と述べた言葉とは相容れないかに見えるのだが、この二つの小説論でウルフが述べたかったのはどういうものだろうか。また二つの小説論にみられる共通点と相違点が意味するものとは何だろうか。このことを考えてみるために、"Modern Novels" と "Modern Fiction" の二つの小説論からの抜粋を引用しよう。

1. "Modern Novels" より
人生のふつうの成り行きにさらされた心は、表面に数え切れないほどの印象——幻想的な、はかない、あるいは鋼の鋭さでほられたもの——を受け止めている。数え切れない原子の絶え間のないシャワーとなって、総計として生そのものとあえて呼ぶものを形成しながら、さらに意識の初めから終わりまで我々を取り囲んでいる半透明の皮膜、あるいは光り輝く暈 (halo) という形をつくりながら、あらゆる角度から印象はやってくる。この絶え間のない変化する心 (spirit) を、どんな強調や突然の逸脱を呈そうとも、できる限り異質の外側のものを混ぜることなく伝えることが小説家の主な仕事ではないだろうか[3]。

2. "Modern Fiction" より
内面を覗いてみよう。すると生とは「こんなもの」というものではな

いようだ。一瞬でよい、普通の日の普通の心を調べてみよう。心は無数の印象——ありふれたもの、空想的なもの、すぐに消えてしまうもの、あるいは鋼の鋭さで刻まれるもの、を受け止めている。あらゆる方角から印象はやってくる。無数の原子の絶え間ないシャワーとなって。そして原子が落ちるにつれて、原子が月曜日、火曜日、という生に形を整えるにつれて、アクセント（強い印象）が過去とは違った落ちかたをする。大切な瞬間はここではなく、そこにきたのだ……生とは、対照的に配列された一式の馬車ランプではない。生とは、輝く暈（halo）だ。我々の意識の初めから最後までをとりかこんでいる半透明の外皮だ。この絶えず変化するもの、この未知で限定できない心を、どんなに逸脱しようとも、どんな複雑さを呈していようとも、心とはかけ離れた外部と混じることを出来るだけ避けて伝えるのが、小説家の仕事ではないだろうか[4]。

このように二つのエッセイは言いまわしは多少異なってはいるが、伝えようとするものに違いはないようだ。ことに「生とは、輝く暈だ。我々の意識の初めから最後までをとりかこんでいる半透明の外皮だ」という記述や、「この絶えず変化する……心を……心とはかけ離れた外部と混じることを出来るだけ避けて伝えるのが、小説家の仕事ではないだろうか？」という部分は、"Modern Fiction" と "Modern Novels" の二つのエッセイにほぼ共通する表現で、現代作家としてのウルフの自負が現れていると考えられる箇所である。ウルフがこの主張をイメージとしてとらえたのが、「輝く暈」（"luminous halo"）だ。視覚を通して外部から受ける刺激を受けて輝く心、その心を取り囲んでボンヤリと輝くはかなげな半透明の皮膜。半透明の皮膜は、人の心をつつむ身体や人をつつむ部屋への連想を生み、生のイメージとしてとらえられているようだ。「輝く暈」のイメージは、人の感覚と心、心と身体、人と部屋、というような、柔らかいものとそれをとりこむものへの連想を生む。

　感覚をうけとめる人の心を部屋への連想として考えるのはウルフだけで

はなく、すでに17世紀にジョン・ロック（John Locke, 1632-1704）は人間の知性（understanding）を「暗い部屋」（the dark room）にたとえ[5]、『人間知性論』（*An Essay Concerning Human Understanding*, 1690）の中で、感覚が心に馴染み、記憶として定着する様子を次のように述べている。

> まず初め、いろいろな感官が個々の印象を取り入れて、それまで空いていた室に与える。心はそのあるものに徐々に馴染んでゆき、それらは記憶に留まり名前がつけられる[6]。

イギリス経験哲学の流れをくむロックの言葉は、人の心は部屋のようなものだという、我々が漠然と抱いている感覚に馴染むものだ。

自身も作家であったリヒターは、「eye-mind が対象をどのように体験するか、あるいは身体がその体験にどのように関わるのか正確に描写した作家は、『船出』が書かれる前にはいなかった」[7]と言い、感覚（ことに視覚の）と身体と心理の関わりをウルフが作中に描いたことを評価している。

リヒターは、対象を知覚する（perceive）ために、ウルフはムアの言う、内観的な方法をとりいれた、と言う。例えばムアの言う、「主観的に決定する際に物事が見られる身体的なヴィジョンの角度の重要性」[8]や、「個別的な知覚と普遍的なそれとの間の区別」[9]あるいは込み入った抽象的な考えを「絵画的な図形」（pictorial diagram）として提示するやり方[10]を、ウルフがとりいれようとしたと述べ、ウルフとムアの近接性を指摘[11]する。

ムアは、ウルフもその一員と見なされるブルームズベリー・グループ（Bloomsbury Group）に大きな影響を与えた人物である[12]。現代イギリスの哲学者であるムアは、ケンブリッジ大学を卒業した後、フェローを経てケンブリッジ大学教授となり、バートランド・ラッセル（Bertrand Russel, 1872-1970）、ルードウィッヒ・ウィトゲンシュタイン（Ludwig Wittgenstein, 1889-1951）らとともに、実在論、経験論を主張してイギリス思想をその本来の伝統にふさわしい伝統に返した、と言われるケンブリッジ分析学派を代表する一人である。リヒターは、ムアの「科学的方法」（"scientific method") がブルームズベリー・グループの看板となり、対外的には理性的で探求心旺盛という印象を与えていたが、彼らが直感からくる哲学的あるいは美学的な問題も内面をみて探求した、と述べている[13]。ウルフは姉のヴァネッサ（Vanessa）宛の手紙に「私は勤勉な昆虫のようにムアによじ登っています」（1908年8月3日付け）と記し、読み続けていると何度か書いた後で「私はムアの本を読み終えました」（1908年8月29日付け）[14]と書き送っている。また亡くなる前年の1940年5月には、ムアとデズモンド・マッカーシー（Desmond MacCarthy）とヴァージニアとレナード・ウルフ（Leonard Woolf）がモンクス・ハウスで過ごしたことを、レナードが記しており[15]、ウルフがムアの影響を受けたことは充分考えられる。

　リヒターは、ムアは意識や心の状態を説明するにあたって、"diaphanous"[16]という透明あるいは半透明を意味する言葉を用いているが、これはウィリアム・ジェームズが言う暈（halo）や周縁部（penumbra）というイメージを再生（rework）させたものだと述べ、ムアがW. ジェームズの影響を受けていることを指摘している[17]。リヒターはウルフについては、様々な知覚の過程（process）が、W. ジェームズの主張に独特なものである輝き（luminosity）や視覚表現力（visual force of expression）によって描出されている、と述べている。リヒターの主張は、ウルフとムア、ムアとW. ジェームズ、そしてウルフとW. ジェームズの諸々の関連を指摘し、ウルフがムアやムアを通してW. ジェームズの影響を受けたというものである[18]。

　リヒターは、ウルフが二つの「現代小説論」で述べる「輝く暈」（"luminous halo"）のイメージは、"halo of relations" や "psychic overtone" あるいは 'fringe' という、思考と感覚の流れについてW. ジェームズが述べたメンタルイメージを思い起こさせる、と言う[19]。

　アメリカの哲学者で、「現実の生活と責任から乖離したドイツ観念論と、皮相なイギリス経験論との哲学的対立」（In philosophy the opposition was between a German idealism abstracted from real life and responsibility, and a superficial British empiricism.）に直面したW. ジェームズは、プラグマティ

第一部 序章

ズム[20]と呼ばれる思想を説き多くの著書を残し、「彼の著作において思考と行為、心と体、概念と知覚のあいだの隔たりと戦った」という人物で、「ひとりひとりの独自性を助長しながら、互いの交流を称える立派な理由を示す、普遍的なものの見方を見出し、それを表明した」[21]と言われる。

　ウィリアム・ジェームズは、ハーバード大学で最初化学、ついで比較解剖学と生理学を学び、さらに医学を専攻し、1869年に医学博士の学位を取得し、1873年より解剖学と生理学、75年より心理学を教え、1885年哲学教授となり、1907年ハーバード大学を退職した。最初の著作『心理学原理』(*The Principles of Psychology,* 1890) は12年の歳月をかけて執筆されたもので、従来の思弁的、内省的な心理学にとどまらず、実証的、観察的な事実を重視する科学的心理学を志向する画期的な名著とされ、現代心理学に多大の影響を与えるとともに、深い哲学的含蓄によって現代哲学者達(たとえば、ベルグソン、デューイ、ウィトゲンシュタイン)に広範な刺激を与えた。(以上、小学館　日本大百科事典より) W. ジェームズは、1904年に「意識は存在するか」("Does Consciousness Exist?") という論文を *The Journal of Philosophy* に発表し[22]、現代思想や文学に少なからぬ影響を及ぼしたと考えられている。

　ウルフとW. ジェームズとは、全く無縁の存在ではなかったようだ。W. ジェームズの一歳違いの弟で作家のヘンリー・ジェームズは、ウルフの父で哲学者でもあり高名な文芸批評家であったレズリー・スティーブンが主宰する文芸サロンを、トマス・ハーディー (Thomas Hardy, 1840-1928) やウォルター・ペーター (Walter Pater, 1839-1894) 等と訪れていた[23]。ウルフ自身もヘンリー・ジェームズに会った時の印象や彼の作品について日記に述べている。ヴァージニア・ウルフが、弟ヘンリー・ジェームズを通して兄ウィリアムの思想に触れていたことは充分考えられる。またウルフが個人的にも親しく影響を受けたと思われる T. S. エリオットは、1906年9月にハーバード大学に入学、哲学研究の学部を1909年に終了し、その年大学院に進んで1910年に M.A. の学位を取得し、1911年には同大学の哲学科助手となっている。W. ジェームズがハーバードで最終講義を行ったのは

1907年なので、エリオットが学部生としてW.ジェームズの哲学の授業を受けた可能性は、ない、とは言えないだろう。

　ウルフやジェームズ・ジョイス（James Joyce, 1882-1941）が、絶えず変化していく心の様子を描出し、それが「意識の流れ」("Stream of Consciousness")と呼ばれることは知られているが、この言葉は既にW.ジェームズが『心理学原理』の中で使っている言葉である。ちなみに、W.ジェームズは『心理学原理』の序で、「著書を通して、私は自然科学の視点に近接してきた」("I have kept close to the point of view of natural science throughout the book.")と述べ、更に第一章の冒頭を、「心理学とは現象もその条件も、どちらも精神生活の科学である」("PSHYCHOLOGY is the Science of Mental Life, both of its phenomena and their conditions.")という文章で書き始めている。心理という情緒的と思えるものに、W.ジェームズが科学的にアプローチしたことをよく示す言葉である。

　W.ジェームズは1890年に発表したこの『心理学原理』で、思考や意識を以下の引用のように、「思考、意識、主観的生命の流れ」("Stream of Thought, of consciousness, of Subjective Life")と述べ、川あるいは流れとしてとらえている。水の中に浮かんでは消え、消えては浮かぶ暈（'halo'）になぞらえた意識が、主観的な意味合いを伴うことを示しているのである。

　　意識は断片的に切られて現れるものではない。「鎖」や「列」という語は、瞬間瞬間の意識を表すには適当な表現ではない。意識は連結されたものではない。流れているのだ。「川」あるいは「流れ」という表現は、意識をもっとも自然に言い表す比喩である。今後意識について語るとき、これを思考の流れ、意識の流れ、あるいは主観的生活の流れと呼ぼう[24]。
　　……（中略）……
　　伝統的心理学が説く明確な心象は、実際の心的生活のごく一部を成しているに過ぎない、ということである。伝統的心理学の語り口は、まるで川はただ桶一杯、匙一杯、升一杯、樽一杯とそれ以外の水の容器

から成り立っていると言っているようなものだ。桶や枡が実際に川の流れのなかにあるとしても、水と容器の間には自由な川の水が流れつづけているだろう。心理学者達がよく見過ごすのは、意識という自由な水である。あらゆる明確な心象は、まわりを流れる自由な水に浸っており、染められている。水の流れと共に、遠近を問わないその心象の関係意識、それがやってきた方向の余韻、赴く先の予感がある。心象の意味・価値はすべて、それを囲みそれに従う、この暈（halo）あるいは半影（penumbra）の中にある、——いやむしろ、それに浸され融合して一つになり、その骨の骨、肉の肉となっている。というのも、実際のところ、同一事物の心象を残しつつも、心象はあらためて受け止められ、新たに理解された事物の心象となるのだ[25]。

　ウルフが「現代小説論」で述べた、あらゆる方角から降り注ぐ印象を受けて絶えず変化し輝く心を心象化した「輝く暈、半透明の外皮」（"a luminous halo, a semitransparent envelope"）とは、まさに W. ジェームズが上で述べている 'halo' や 'penumbra' だと言ってもよいだろう。上述の文章の少し後に、W. ジェームズは思考の流れを「脳の働き」（brain-action）ととらえて、「いづこへという感覚、終焉の予兆は、脳域あるいはプロセスに蝋をかける興奮にちがいない」[26]と述べて半円形の暈がたの図形を描き、水平状の線は脳域やプロセスを表し、線の上のカーブの高さはプロセスの強さを表している、と説明している。そして思考に与えるかすかな脳のプロセスの影響を明示するために、心的上音（psychic overtone）、みなぎり（suffusion）、あるいは周辺（fringe）という言葉を使おうと述べている[27]。W. ジェームズは、思考や意識という心に浮かぶ心象を水の中にあるもののように捉え、水に囲まれたその想像的形状を 'halo' と呼んでいるのである。何かを意識するときの脳の働きを示した W. ジェームズが描く暈のその形状が、ウルフが「現代小説論」で述べた暈（'halo'）のイメージとつながっていると思われるのだ。

　W. ジェームズは、意識は流れる水の中にあるようなものだと言うのだ

が、水について心理学者のカール・ユングは「水と無意識」という項目の中で、「水とは……暗い心を表す生きたシンボルである」[28]あるいは、「水とは心理学的に言えば、無意識の中に沈んでしまった精神（ガイスト）のことである」[29]と言い、無意識と水とは心理的に結びつくことを指摘している。ユングはまた無意識を説明して、「無意識はかつてウィリアム・ジェイムズが名付けたように《意識の辺縁》である[30]。こうした周辺現象は、光を当てられたり陰になることによって見え隠れするが、これはすでに見てきたように、フロイトの発見に属している。しかし無意識には……その存在を間接的な情報によってしか知ることができないような、意識化できない類心的な機能があることも考えに入れなければならない」[31]とも述べている。この言葉から推察すると、こころの障害の本質をこころ全体の枠組の中でとらえることを学んだのは、W. ジェームズの著書だと述べているユング[32]は、無意識を W. ジェームズの言う 'halo' のイメージに類するものとして考えていたと思われるのである。

　さらにユングは、意識の周辺現象という概念はフロイトの発見だが、フロイトのいう無意識という意識の周辺現象と W. ジェームズの言う《意識の辺縁》とが必ずしも同じものではないかもしれないことを示唆している[33]。ユングの言う「意識化できない類心的な機能」がフロイトの言う無意識にはないことを示唆するユングの言葉は、ムアを通して W. ジェームズの影響を受けたと思われるウルフが抱く 'halo' の心象が、フロイトの言う無意識というよりは、ユングの言う無意識のものである可能性を示唆している。ウルフの現代小説に対する考えを心象として表象する 'halo' は、「哲学者ではなく経験科学の徒である」[34]と自らを認識するユングが言う、無意識や意識と関連すると考えられるのである。

　実在論、経験論を主張してイギリス思想をその本来の伝統にふさわしい伝統に返した、と言われるムアや、ムア等を通して「全ての著作において思考と行為、心と体、概念と知覚のあいだの隔たり……と戦い続けた」という W. ジェームズの思想に触れたと思われるウルフが対象に向かう姿勢は、「現代小説論」で述べたぼんやりと輝く 'halo' のイメージに反映され

ている、と考えることができる。ウルフの述べる 'halo' のイメージは、主体的あるいは内観的に対象に迫る視点とかかわるものだと言えるが、その視線は、W. ジェームズが描く 'halo' の心象が示唆的だが、内観的というよりもほとんど身体的と言えるのではないだろうか。

　身体性の重視はウルフの第五作『燈台へ』にも明らかにみられる。登場人物の一人である画家のリリー・ブリスコー（Lily Briscoe）は、小説の第三部の５章で、自分が描こうとしていたラムジー夫人が目前にいないことに虚しさを覚えて「それは体が感じるのであって、頭ではない」[35]と述べ、まだ完成しない絵のことを考えたとき、「私がつかみたいものは神経の受ける衝撃、なにものかになる前の、ものそれ自体だ」[36]と言い、ラムジー夫人を「本当に見るためには五十対の目でも充分ではなく、なかには夫人の美しさがわからないという目も必要だ」[37]と回想するからだ。画家であるリリーに、神経で衝撃を受け感得する、という身体的な感覚を、ウルフは特に強く意識させているようだ。

　ウルフが「現代小説論」で示した 'halo' という心象は、一読すると精神や頭脳という非身体的な要素に関わるという印象が強い。しかしその心象が、神経に意識という機能が呼び起こされるのだと説明する、W. ジェームズの影響を受けていると思われることを推測すると、敢えて伝統に挑んだ現代作家、と目されるウルフが、経験を重視するイギリスの伝統に繋がる作家であることを示している、と感じられる。

　"Modern Novels"（1919）では、印象が「数え切れない原子の絶え間のないシャワーとなって、総計として生そのものとあえて呼ぶものを形成」する、と述べた言葉が、"Modern Fiction"（1925）では、「無数の原子の絶え間ないシャワー」となった印象が「落ちるにつれて、原子が月曜日、火曜日、という生に形を整える」という日常性を強調する書き方に変化している。この変化が示唆するのは、印象という神経に受ける経験の積み重ねが生となるのだ、という主張が、年数を経てウルフの中で強くなったことを示しているように思われる。ウルフが作家としての道を模索していたころに抱いたと思われる、身体性、日常性という経験を重視するものへの緩

第二章　ウルフとユング

やかな傾倒は、その後のウルフの作品にも表れているのではないだろうか。

第二部　作品について

第三章　『船出』——表向きの部屋と背後の部屋

　ヴァージニア・ウルフの第一作目の小説『船出』(1915) の主人公レイチェル・ヴィンレース（Rachel Vinrace）は、少女の頃母を亡くし過保護気味に育てられた若い女性である。彼女はある時、自分が高い壁の間を注意深く御されて這っているような自分の人生は、活気がなくいびつだと気づき、怒りを感じている[1]。小説のあらすじはこうである。

　貨物船を所有する船会社の経営者である父ヴィンレース氏は、二十四歳になったレイチェルを叔父夫妻付き添いのもとで船旅をさせたのだが、叔母ヘレンの目にレイチェルは年中家にこもって血色も悪く、言葉遣いもちぐはぐで年齢のわりに世間を知らない娘として映る。船上でのちょっとした出来事の後、冒頭で述べたようにレイチェルは自分が今まで厚い壁に守られて過ごしてきたことに気付き、人間とは何かという問題につきあたるのである。叔母のヘレンは、そんなレイチェルに避暑地の別荘に滞在することをすすめ、レイチェルはサンタ・マリーナ（Santa Marina）の海辺の丘の白い家での生活を始め、小説の舞台はサンタ・マリーナの別荘や別荘の近くのホテル、ジャングルへと向かう船旅にうつる。別荘の近くにあるホテルにおもむいたレイチェルは、様々な人と出会い社交の生活を過ごすうちに、将来は沈黙についての小説を書きたい、というテレンス・ヒューイット（Terrence Hewet）という青年と出会い恋をするが、人々の社交の生活や教会での礼拝、自分が覚えるヒューイットに対する気持ち、などに次第に当惑を覚え始める。あるときレイチェルは小舟でのジャングル旅行に加わり、孤独と向き合うことの意味を考え、次第に人生に向き合いはじめる。レイチェルは人間や人生についての考えを深めて行くのだが、ジャングル行きの際かかったらしい熱病のために命を落としてしまう。

第二部　作品について

　十一歳の時母を失い、二人の未婚の叔母に育てられたレイチェルは、物事に強い感動を覚えることを避け、ピアノを弾くことに逃げ込む傾向がある二十四歳の女性である。彼女が心を動かされることを避けるのは、「何かに対して強く感じると、その感じ方が人と異なるとき、他の人との間に溝が生じることを懼れるから」[2]だ。物事をそういう風に受け取る彼女は、ある矛盾を抱えている。すなわち、他者との深いつながりを求めるあまりに、何かを鋭敏に感じとる心を鈍らせようと自分に強いる、という矛盾を抱えているのである。
　しかし、感動に心ふるわせることを避ける人間が、他者との間に緊密な人間関係を結べるだろうか。人とのつながりを思うとき彼女の心に浮かんでくるのは、「話す相手を求めて窓の外を眺めている、喪服を着たやせた未亡人」[3]という若い女性らしからぬ、寂しい女性の姿である。
　人との交流を求めて窓の外を眺めている喪服のやせた未亡人は、レイチェルが自分に抱いている姿ではないだろうか。レイチェルは、自分が高い壁で外部から仕切られた空間におり孤立した人間だ、と考えているのだ。では、レイチェルが自分の姿を重ね合わせている喪服の未亡人は、どのような人間として描かれ、この未亡人が孤立を覚える部屋には、どのようなイメージが与えられているのだろうか。『船出』に描かれる人間観と部屋を考察することは、この小説で作者ウルフが描こうと意図したものを探ることにつながるのではないだろうか。
　船名がギリシャ語で「陽気な騒ぎ」を意味するユーフロジニー（Euphrosyne）号で、ロンドンから南米に向けて出航したレイチェルは、乗客のダロウェイ氏（Mr. Dalloway）に、彼が語った'unity'ということについて尋ねる。しかし、男女の性差による役割の分担を当然のこととするダロウェイ氏は、次のように語る。

> 人間とは仕切られた客室ではなく、組織ですよ。想像力ですよ、ヴィンレース嬢……状況を複雑な機械として考えてごらんなさい。我々小市民はその機械の一部なのですよ[4]。

38

第三章　『船出』

　ダロウェイ氏の世界観は、レイチェルが抱く世界観とはひどく異なるものだった。人は小さな個室に閉じこもっている存在ではなく、複雑な機械の一部品として存在するのであり、全体の一部に過ぎない、と説明するダロウェイ氏の世界観は、レイチェルに、「でも未亡人の心は？　愛情は？」[5]という疑問を抱かせる。人を全体の中の小さな一部だとするダロウェイ氏の見方と、レイチェルが抱く部屋の中で孤立する人間像は、レイチェルの成長を描いた教養小説という体裁をとったこの小説にみられる、二つの人間観を提示していると考えられる。この小説について、ウルフはリットン・ストレイチー（Lytton Strachey）に宛てた手紙で、「私には考えがあったのですが、それを感じさせたとは考えていません。私が望むのは、人生の大騒ぎという感じを与える、ということです」[6]と、述べている。手紙に述べられる「人生の大騒ぎの感じを描きたい」という意図が、ウルフが好きだった『マクベス』（Macbeth）の有名なセリフとの関連を想起させることは坂本氏が指摘している[7]。

　　　　　　…消えろ、消えろ
　つかの間の燈火！人生は歩き回る影法師、
　あわれな役者だ、舞台の上で大げさに見栄をきっても
　出場が終われば消えてしまう。白痴のしゃべる
　物語だ、わめき立てる響きと怒りはすさまじいが、
　意味はなに一つありはしない。（5．5．23-28）（小田島雄志訳）[8]

にぎやかな舞台のような、その「人生の大騒ぎの感じを描きたい」というウルフの意図をよく表しているのは、船旅をする「ユーフロジニー号」の名前もだが、小説の幕切れの場面ではないだろうか。主人公レイチェルは、サンタ・マリーナで、父が後見役を依頼したヘレン（Helen）と共に下船し、ヘレンのヴィラに滞在することになる。町にはホテルがあり、彼女はホテルの滞在客である作家志望の青年テレンス・ヒューイット（Terrence Hewet）と出会い恋をする。しかし、ある時テレンスたちと川を遡る船旅

に出たレイチェルは、そこで熱病にかかったのか、サンタ・マリーナに帰ってから発病し、夢と現実の間を行ったり来たりして、あっけなく死んでしまう。やがてホテルでは、滞在客達がレイチェルの死を悼んでホールに集まってくる。外を吹き荒れていた嵐はそのうち収まり、嵐の後の澄んだ空と海の美しさに感嘆した人々は、やがて自分の寝室へとホールを退出し、小説は終わる。そして、テレンスの友人であるセント・ジョン・ハースト（St. John Hirst）の目前を通り過ぎる人々のその様子は、セント・ジョンの目には、「自分たちの本やカードや毛糸玉や、仕事用籠をとり、一人また一人と寝室にむかっていく、黒くぼんやりとした物体の行列」[9]と映ったのである。

　セント・ジョンの目に映った「黒くぼんやりとした物体の行列」という人間観は、『マクベス』で描かれた人間観との関連を思わせる、と言えるだろう。ホテルのホールを粛々と影の行列のように退出する人々の姿には、人を、ローソクが燃え尽きるまでの短い間に言葉で観客に語りかける役者とみなし、人生とは、舞台の上で大騒ぎのうちに演じられるものだ、とするマクベスの人間観と重なるものがあるからである。しかし、ウルフがこの小説で描こうとしたのは、「人生の大騒ぎの感じ」だけだろうか。

　半ば眠りながらもホールの人々の言葉をしっかりと耳にとめ、周りの出来事をありありと把握していたセント・ジョンの眼に、人々の姿が物体の行列のように映ったという時、セント・ジョン・ハーストの名が聖ヨハネを連想させる "St. John" という洗礼名で記されていることにハーパー（Howard Harper）は注目している。ハーパーは、ヨハネの伝導の書で創造したのは世界ではなく言葉であったと指摘しているのである[10]。

　ハーパーは、ウルフが描出したアーティスト達が創造するのは言葉であり、『船出』の結末はウルフの九つの小説の原型だと言うのである[11]。しかしハーパーの理解は、ウルフが目指したものを十分に汲んでいるとは考えにくいのではないだろうか。というのも、彼の視野からは、この作品におけるもう一つの重要な人間観が欠落しているように思われるからである。それは、やはり上述の『マクベス』のセリフにあったローソクの炎と

第三章　『船出』

人を関連させるもので、テレンスが語った言葉に示される人間観である。
　テレンスは、「君は僕の泡を見ることはできないし、僕は君の泡を見ることができない。僕たちが互いのことを見るのは、あの炎の真ん中にある灯心のような小さな斑点だ。炎は僕たちについてどこにでも行く。それは、正確に言うと僕たち自身ではなく、僕たちが感じるものだ。この世は短い、あるいは人とも言えるが。ありとあらゆる人だ」[12]と言う。テレンスは、人を炎の真ん中の灯心だ、というのだ。テレンスが言う炎の中の灯心という心象は、次作『夜と昼』（Night and Day, 1919）にも出てくる心象でもある。
　「灯りはともされた。その輝きはよく磨かれた木に映えていた」[13]という文章で始まる『夜と昼』の最終章である第34章では、主人公キャサリン・ヒルベリー（Katharine Hilbery）と、恋人ラルフ・デナム（Ralph Denham）が互いを思うとき、「煙の中でぼんやりと燃えている炎、命の根源」が見えてくる[14]。『船出』のテレンスが言う炎の中の灯心という心象は、この「煙の中でぼんやりと燃えている炎、命の根源」というそれに結びつくものだと言えるだろう。
　この心象は更に言うと、『船出』出版の四年後である1919年に、ウルフが新しい時代の作家としての自負を語ることになる"Modern Novels"（1919）で述べた一節につながるものでもあるだろう。ウルフはこのエッセイで、人生あるいは生を、「意識の最初から最後まで我々を取り囲んでいる半透明の皮膜、あるいは輝く暈輪」[15]だと述べ、人生や生を'halo'という詩的で美しい心象で表現している。
　セント・ジョンが認識する人々の姿とマクベスのセリフとの関連が適切であるとすれば、セント・ジョンとテレンスの人間観は、人生をローソクのように短いとする点では一致していると言えるだろう。しかし、人々を言葉で語りかける役者と見るか、あるいは、一人一人が光輝く暈輪（halo）のように輝きを発する感覚的な存在であるとみるか、という点では大きく異なっているのだ。
　二人の違いは、人間を見る目にも表れている。人々の姿を物体の行列と

41

とらえ、役者のように語りかける存在だとみなすセント・ジョンの人間観は単純で、彼は「人間とはグループ分けできるものであり、ある集団として線引き出来るし、彼らは決してその線の外には出ないものだ」[16]という。これに対して、固有の感覚が炎のように人を輝かせるとみるテレンスは、人間を個々人としてみなし、「あらゆるものは異なっている。二人として同じ人間はいない」[17]し、「人々は、そんなにも異なることを考えながら、寝につく」[18]と言うのである。

このように人々の姿を「物体の行列」つまりグループとして見るセント・ジョンの人間観が、ダロウェイ氏の言う大きな機械の一部分としての人の姿に呼応し、「人生の大騒ぎの感じを描きたい」というウルフの意図に呼応しているとすれば、その一方で、テレンスが抱く一人の人間の固有の輝きこそ重要だとする人間観は、未亡人の心や愛情にこだわるレイチェルの人間観に呼応する、と言えるだろう。

『船出』では、このように異なる人間観が示されていると考えられるのだが、ではこの二つの人間観は、部屋のイメージとどのように関わってくるのだろうか。『船出』の部屋のイメージについて考える前に、ウルフの作品における「部屋」についての批評家達の分析を概観してみよう。

ネアモア（James Naremore）は、ウルフの作品には二つの経験世界がある、と言う。一つは、時間に拘束され地上に縛り付けられた自己（self）の世界である。男性的自我（ego）の、知的で型にはまった日常世界があり、そこでは死を恐れ時間と空間がもたらす別離が苦悩になる、と言う。もうひとつは、感情的でエロティックな女性的感覚に溢れ、人生が水中にあるように暈輪のようなものに丸ごとくるまれている自己のない世界である。そこでは個別の人格は死後の世界の暗示で絶えず溶解し、死が性的統一を思わせる、と分析する[19]。ネアモアは、ウルフの作品一般について、個別の人格（personality）を客体化したものが「部屋」であり、部屋は壁に仕切られた個人の自我（ego）の極め付きの孤立を暗示すると言っている[20]。

女性的な世界を短絡的にエロティックな感覚と結びつける視点に疑義が

第三章 『船出』

あるとはいえ、ウルフの作品における二つの世界についての分析は鋭いと言える。だが彼の部屋の理解は『船出』に出てくる部屋のイメージに当てはまるだろうか。例えば、レイチェルが抱く孤独な「喪服のやせた未亡人」がいる部屋のイメージは、知的で男性的なエゴをイメージしたものだろうか。レイチェルがダロウェイ氏への反論として心に抱いた「未亡人の心や愛情」という言葉が暗示的だが、『船出』における部屋は、人間のエゴとは異なるもののイメージとして描かれているのではないだろうか。

では、他の批評家達は、ウルフの作品に出てくる部屋をどのようにみているだろうか。例えばマイゼル（Perry Meisel）は、「強い自我（selfhood）が安全な家であるならば」[21]という言い方をし、強固な自我と家あるいは部屋とを重なるものとしてみている。一方ミノオ＝ピンクニー（Makiko Minow-Pinkney）は、『ダロウェイ夫人』にでてくるダロウェイ夫人の「屋根裏部屋」("attic room") を、「自己の内なる密かな空間」("a secret space within the self") という「この社会を構成している男性的自我を完全に放棄する」場所だとしており[22]、ネアモアとは逆に、部屋の外を男性的自我の世界であり、部屋は男性的自我の放棄を暗示している、とする。またディバティスタ（Maria DiBattista）も、部屋を「自己主張」の場としてではなく、「自己放棄」と「自己熟考」の場であるとしている[23]。また臼井雅美氏は部屋を自己の小宇宙として捉え、自分のための空間の追求は自我の独立の上で必要であり、自己の追求を意味していると述べている[24]。

ウルフの作品に出てくる部屋を考えるとき、部屋を自己や自我に重ねてとらえることはしばしば見られるが、強固で意志的な自己に重なるとみるか、あるいは感覚的で情緒的な自己に重なるとみるか、という二つの大きな見方があることをこれらの批評は示している、と考えられるだろう。

では、『船出』における部屋のイメージは、どのように描かれているだろうか。『船出』のダロウェイ氏は、人生について説明するためにコンパートメントの連なり、という比喩を持ち出したが、レイチェルが人生を垣間みる場として描かれているサンタ・マリーナのホテルにも、コンパートメント形式の部屋をはじめとする様々な部屋が設定されている。レイチェル

はある夜、ヘレンと共に"seeing life"と称して、サンタ・マリーナの市街に出かける[25]。南国らしい熱気に溢れた通りを抜け、ホテルの敷地に入り込んだ二人は、ホテルの庭からホテルの様々なセクションを盗み見る。中でも印象的なのはホテルのホールだった。その部屋は、「ラウンジと呼ばれてはいるが、実際はホールでホテルで一番大きな部屋」[26]だと説明されている。

　この大きな部屋は、小説の最終場面でレイチェルの死を悼む人々が集まってくる部屋である。そのときでさえこの部屋は、声こそ密やかであったが、「言い様のない生命のざわめきで満ちていた」[27]のだった。そこはまた、滞在客のスーザンの婚約を祝って小説の大きな出来事の一つとなるダンスパーティが催される部屋でもある。人生の節目の折々に人々が集い、活気と賑わいを生み出す場所として描かれているホテルのホールは、「人生の大騒ぎの感じを描きたい」という、いわばウルフの表の意図の舞台となる場所だと考えられる。

　ガストン・バシュラールはその著書の序文で、十一世紀に建てられた塔を改築した建物の部屋や、ローマ時代に築かれた地下室の壁などの歴史的構造が我々の精神的構造と重なると述べたユングの言葉[28]を引用しながら、家を精神（soul）の分析の手段とする土壌があることを説明している。

　　家を人間の心を分析する手段とする土壌がある。……思い出ばかりでなく、私たちが忘れているものは「家にある」のだ。我々の心は、住まいなのである。そして「家」や「部屋」を思い出すことによって、自分の内に「とどまる」のだ[29]。

　では、バシュラールが影響を受けたというユングは、ホールをどのようにみているのだろうか。ユングにとって家や部屋は心理のイメージだった[30]というが、ユングは自伝の中で、夢に出てきたホールと父と母の個室について次のように語っている。長くなるが、引用してみよう。

44

第三章　『船出』

　夢の中で、一度も行ったことのない大きな袖の部分が家にはあったので、それを見ようと決心し、とうとう中に入ったところ、大きなダブルドアがあった。開くと研究室として作られた部屋だった……父の仕事部屋だったが、父はそこにはいなかった。壁の棚には想像しうる限りの魚の入った数百の瓶があった。……すすむと、母の部屋に通じるドアがあった。誰も中にはいなかった……部屋はとても大きく、床から二フィートの高さのところに、天井から五つの箱が下がった列が二列あった。まるで小さな庭園の休憩所のようだった……これはもうずいぶん前に亡くなった母が訪れた部屋だとわかった。……母の部屋の反対側にはドアがあった。開いて入ってみると、大きなホールだった。私は大きなホテルのロビーを思い出した……吹奏楽団が大きな音で演奏していた。背後ではずっと音楽が聞こえたが、どこからそれが聞こえるのかはわからなかった。ホールには誰もおらず、楽団だけがダンス音楽やマーチを響かせていた。ホテルのロビーの吹奏楽団は、けばけばしい陽気さや俗衆を示唆していた。誰も、この賑やかな表面の裏に別の世界が、同じ建物の中にもあるとは思わないだろう。ロビーの夢のイメージは、いわば私の快活さや世俗的な楽しさの風刺だった。だが、これは外側の面に過ぎないのだ。その背後には、全く異なるものがあり、それは楽団の響きの中には調べることができないものだ。魚の研究室と魂のための天井からつり下げられた休憩所。この二つの部屋に、私は感じるものがあった。ここは夜の住まうところだが、その一方でロビーは白昼の世界とその表面生を表していた[31]。

　ユングは、大きなホテルのロビーを思い起こさせる大きなホールでは賑やかにブラスバンドが演奏していた、と言い、ロビーのそのブラスバンドが示唆するのは表面的な楽しさや世俗性だと言う。そしてこの騒がしい表面の背後（behind the facade）に、もう一つ別の世界が同じ建物内にあり、音楽が鳴り響くロビー或いはホールと対比するものとして、ホールの背後にある父の部屋と母の部屋を挙げ、「どちらの部屋も、神秘的な静けさが

支配する、畏れを覚えさせる場所だ」[32]と述べている。

　ホールと父と母のそれぞれの部屋を、人が交流し賑わうための「大きな部屋」と、静寂が支配し畏れを覚えさせる「個人の部屋」という対比として述べたユングは、父と母の部屋という「夜の住まいがある一方で、ロビーは白昼の世界とその表面性を意味していた」とも述べている。(ロビーでの昼間の賑わいの中での生活と個室での夜の沈思の生活という、人生の二つの側面が、二つの部屋の対比に示されることを示唆したこの言葉は、ウルフの次作『夜と昼』の主人公キャサリンの悩みにそのままつながる。キャサリンは、昼間客間で社交の生活を送るとき、魂は夜にあるように暗く沈み、自室で思索や数学の研究に過ごす夜、魂は昼間にあるように活動的になる、と客間での昼間の社交の生活と自分の部屋での夜の思索の喜びという、行動と思索の分断に悩むのである[33]。)

　ホールと個室についてのユングの解釈を念頭に置いて考えてみると、『船出』で描かれるレイチェルとダロウェイ氏がそれぞれ抱く異なる人間観、あるいはセント・ジョンやテレンスの人間観が示唆する二面性は、ホールと個室という二つの部屋のイメージに呼応しているとは言えないだろうか。つまり、ホテルのホールという大きな部屋で繰り広げられる人々の言葉のざわめきが示唆する「人生の表面性」と、ホールの背後にある静けさのしみわたる個室での孤独に憩う生活が示唆する「人生の内面性」、という構図に集約されると考えられるのである。

　そして、人々が集う大きな表の部屋であるホールとその背後の個室という構造的な対照性は、小説全体を支えているとは考えられないだろうか。というのも『船出』の舞台は、ロンドンという大都市と、サンタ・マリーナという小さな町とが主な舞台である。ヒロインのレイチェルは、ロンドンからユーフロジニー号という船で出航し、サンタ・マリーナという南国の町にあるホテルとヴィラに着き、更にサンタ・マリーナから小舟で川を遡ってジャングルに行き、再びサンタ・マリーナのホテルとヴィラへと戻ってくる。従って、小説の主な舞台となるサンタ・マリーナという南国の小さな町についての考察が必要となるが、その前に、人は大きな機械の

第三章　『船出』

一部だと認識するダロウェイ氏が、'unity' についてレイチェルに説明するとき語った言葉について考えてみよう。

　　ほとんど我々は伝達はできないのです！……この寡黙、この孤立、それこそが現代生活の問題なのです！[34]

人とはロンドンの一角にある大きな機械の部品のようなものだと認識するダロウェイ氏は、現代という時代における個人の孤立と互いの孤立を深める原因となる言葉の欠如を指摘し、現代という時代と言葉との緊密な関連を示したのである。
　しかし小説の主な舞台となるサンタ・マリーナでは、言葉の欠如はあまり問題にならない。ある老婦人は夜ホテルの自室で本を読んでいたが、上階からはブーツで歩き回る音が聞こえ、隣の部屋からは隣人の気配が感じられて、本に集中できなくなってしまう[35]ほどである。言葉を交わさなくても隣人の存在を感じられるこの老婦人は、レイチェルが抱く「部屋の窓から外を眺め誰か話す人を求めている、喪服を着たやせた」孤独な未亡人像とは異なっている。壁の薄いホテルの個室が象徴するように、サンタ・マリーナでは人と人を隔てる壁は薄く、人は孤立する存在というよりは、溶け合う存在として描かれているのである。
　三百年前と人口があまり変わらないサンタ・マリーナだが、「ポルトガル人の父がインディアンの母と結婚し、その子供達はスペイン人と結婚」[36]し、人々は混じりあってきた。そしてこの町で人々は、「まるで対等な者のように話す。」ここには、「貴族がいないから」「召使いは人間」[37]だからである。サンタ・マリーナは、人種を隔てる壁も身分を隔てる壁も薄く、従って言葉はあまり重要な意味を持たず、人々が混在し一つに溶けあう町として描かれている。
　ベレスフォード（J. D. Beresford）は「小説の実験」の中で、「ヴィクトリア朝のような時代には、個人の認識が集団の中で融合される傾向が現在よりも大きかった」[38]と述べ、二十世紀に移りこの集団思考は解体してし

まったと時代相を分析している。こうしてみると、サンタ・マリーナの町は、個人の認識が集団の中で融合される傾向を残した古い町として描かれていると考えられるのである。

　このように、サンタ・マリーナは、現代文明の中心にある大きな工場を思わせるロンドンと対比させ、原初的で生命力に溢れた場所として描かれていると考えられる。ロンドンを内部が細分化された現代という表面性を意味する大きな部屋だと考えるならば、サンタ・マリーナはその背後の壁が薄く溶合している部屋のイメージで描かれている、と考えることができる。そしてサンタ・マリーナにおけるこのような壁の薄さは、言葉に頼るよりも感覚的なものに依存しがちな人々の傾向を示している、と考えられる。

　それでは、ユングが言うように、音楽が響き渡る賑やかなホールが象徴する人生の表面性と、その背後にある個室が象徴する無言の静けさがもたらす人生の内面性という対照性を、小説の出来事にみる事が出来るだろうか。小説の出来事の一つはホテルのホールで行われたダンスパーティだが、ホールでのパーティの喧噪は、ユングの言う表面性につながると言えるだろう。では、その裏にある無言の静けさが支配する出来事とは何だろうか。それは、レイチェルとテレンス・ヒューイット、セント・ジョン・ハースト、ヘレン達六人が小舟で向かう森への遡行ではないだろうか。「夜の核心」[39]という暗黒の世界へ分け入るかのようなこの遡行で、川を遡ると木々はおおいかぶさり、聞こえてくるのは木の葉のすれる音だけという深い森の闇の中で、言葉を交わそうという彼らの気持ちは失せ、その言葉は「薄く小さく」なり、六人はいつの間にか一つの群となり無言のうちに河岸の暗い陰影を見つめる[40]。森は、華やかなざわめきに満ちたホテルのホールでのダンスパーティとは対照的に、静寂と暗闇が支配する世界であり、暗闇という壁で心理的に隔てられてはいるが、そこでは人は孤立するのではなく共通の心情で結ばれる。そしてこの時、森にいた彼らは、少年たちが歌い終わったあとも天井にその声がひびいている「聖堂」のような部屋のイメージを与えられた空間にいたのである[41]。

第三章 『船出』

　流れる水や木の葉がすれて生じる森の物音は、人々が話す声ではなく自然がかもしだす音であり、時折響いてくる叫びは、森の静寂を一段と感じさせる効果を持つ。この畏怖を覚えさせる聖堂のイメージを与えられた森で一晩眠れなかった無神論者のセント・ジョンは、思いがけない経験をする。彼は、眠れぬまま神の不在を証明する詩を書こうとしたが、夜明けに出来上がった二十行の詩は、神の実在を証明する詩になっていたのである[42]。この出来事は、ホテルで執り行われた礼拝との対比で読むとき、ウルフの意図が一層明確に感じとれるだろう。ホテルで執り行われたキリスト教の礼拝は、言葉によって司られる。礼拝に出席した者のうち、テレンスは神を思うよりも言葉の美しさのみを楽しみ、セント・ジョンはサッフォー（Sappho）を読みふけった[43]。言葉の支配下にあるとき、二人は言葉が持つ美しさやよそよそしさにとらわれ、あまり神について深く感じ入ることはなかったのである。

　こうしてみると、ロンドンという現代文明の中心にある都市から、サンタ・マリーナという現代以前の時代の面影を残す町へと船出し、更にサンタ・マリーナの奥地にある聖堂のイメージを与えられた「森」という原初的な部屋を船で目指すというストーリーの展開が示すものは何だろうか。ストーリーは、ロンドンを工場のような世界として描き、人間の存在がまるで機械の一部品のように孤立しているその世界から、情緒的で感覚的な心情で人々が一つに結ばれている世界へ遡行することの意味、として描かれているのではないだろうか。また、人々が言葉を介して交流し熱を生み出す華やかな現代という時代から、変化が少なく人々が静けさのうちに融合調和していた時代への逆行、の意味でもあるだろう。そしてそれは、言葉が支配的である表の世界の背後にある、静寂がゆきわたる世界を求める気持ちが表わすものだ、と言えるのではないだろうか。そして、これらストーリーの展開が収斂して行くのは、レイチェルの死のように思われる。

　森から帰って発病したレイチェルの病状は、テレンスやセント・ジョン、ヘレン達の願いも空しく、悪化の一途をたどった。彼女は誰の目にも明らかに死へと向かっていた。しかし、誰もがレイチェルの死を確信したとき、

第二部　作品について

　彼女は混濁した意識の中で、川の底に沈み、テムズ川の川底というトンネルを歩いていたのだった。

　　彼女を心配するものたち皆が彼女は亡くなったと思っていたとき、彼女は死んではいず、海の底で体を丸めていた。時には暗闇を、時には光りを見ながら横たわっていたその時、誰かが海の底にいる彼女の体の向きを変えた[44]。

　レイチェルが通ったトンネルや、トンネルの湿り気、水が染み出るアーチ型の通廊は女性の体を表し、海へ戻ったレイチェルの意識が示すのは子宮への回帰だというローゼンマン（Ellen Bayuk Rosenman）の指摘[45]にもみられるように、身体を丸めて水にたゆたうレイチェルの姿は、母の胎内にいる胎児を連想させる。ロンドンという現代の中心にある都会を流れるテムズ川の川底というトンネルを抜けて、レイチェルは、時間を遡り生命の象徴である海へ還っていった、と言えるのではないだろうか。作品のはじめの部分で、孤独な「喪服のやせた未亡人」に自分を重ね、物事を感じる鋭敏な心を鈍らせることを自分に強いていたレイチェルは、作品の終盤、死につつあるという出来事の表面下で、女性的な感覚の溢れる無言の部屋、生命を生み出す子宮を思わせる感覚的な「部屋」へと還っていったのである。死にゆくレイチェルと、死の間際に水の中へ、子宮という感覚的な生命の根源の部屋へ還っていったその意識、というストーリーの重層性こそ、「人生の大騒ぎの感じを描きたい」という表の意図の裏に隠された、もう一つの意図を示唆しているように思われる。ウルフはストレイチー宛の手紙に「私には考えがあったのですが、それを感じさせたとは思いません」[46]と書いている。その言葉は、「人生の大騒ぎ」という表の世界の背後にある、女性的で感覚的な、力強い無言の世界への回帰を願う気持ちを描出したい、という意図を指していたのではないだろうか。

　ハーパーが指摘したように、一面においてウルフは言葉の創造を意識し、言葉を中心にして廻っていく人生のありようを描こうとしたのかもしれな

い。この人生のありようは、ホールという大きな部屋に象徴される人生の表の出来事と言えるだろう。そしてもう一つウルフが追求したものは、ウルフの小説の核心は沈黙だというネアモアの指摘[47]と重なるが、言葉が支配する世界の背後にあり「子宮」によって表される、孤独で感覚的な、言葉のない世界ではないだろうか。この無言の沈黙の世界は、ホールという表向きの部屋に対する背後の部屋としてイメージされていると思われる。ただネアモアは、女性的な感覚世界を部屋のイメージとしては捉えず、知的で強固な男性的自我を部屋のイメージとして捉えていた。しかし、女性作家であるウルフにとって、女性的な感覚世界こそが、男性的で強固な他者である表の世界に対する、背後の「部屋」であったはずである。ウルフの作家としての船出で、「人生の大騒ぎの感じ」の描出とともに彼女が密かに目指したのは、その言葉のない沈黙の世界の描出でもあったのではないだろうか。

第二部　作品について

第四章　『夜と昼』——女性の三つの部屋

　見えたり聞こえたりするもの（being）と目や耳には直接感じられないが存在すると思われるもの（non-being）とは、どちらも我々の生活や人生を豊かに彩る大切なものである。しかしふつう一般に考えられているのとは異なり、自分の先達の作家たちを、'body' を描写する「物質主義者」（materialist）であると非難し、同時代の作家であるジェームズ・ジョイスを「精神的」（spiritual）だと讃えた[1]ヴァージニア・ウルフにとっては、現実的で日常的なものが、どちらかというと 'non-being' に相応し、日常的なものから遊離し心に存在すると思われるものが、'being' に相応していたのかもしれない。

　晩年子どもの頃を追憶して書かれた「過去のスケッチ」の中で、ウルフは、日々が 'being' とそれ以外の 'non-being' の二つの要素で成り立っており、日々の生活には 'being' よりも 'non-being' がずっと多い[2]、と述べている。4月18日の火曜日を例にとり、この日は「'being' の平均からするとよい日だった」のだという。天気が良く、数頁の書き物を楽しみ、高台と川を散歩し、引き潮や、田園が色づいて自分の好きな色合いになっていることを心に刻み、柳が空の青の中でうぶ毛にくるまれて柔らかな緑と紫だったことを思い出し、チョーサーを嬉しく読み、本を書き始めた、からである。それにひきかえ、調子の悪い日は、「'non-being' の割合が多い」のだという。歩いたり、食べたり、ものを見たり、壊れた掃除機を直すというやらなければならないことを処理したり、夕食を整えたり、注文をしたり、料理をしたり、本を束ねたり、という日々の日常の生活を支える現実的な事柄は 'non-being' に相応するというのだ。この箇所を読むと、ウルフにとって、読んだり書いたりという行為や、海や田園の風景や木々の様子を

第四章　『夜と昼』

心に刻むというような、心を豊かにし創造性に関わる事柄は 'being' を意味し、日々の生活の雑用的な事柄は 'non-being' に相応することがわかる[3]。続けてウルフは、本物の作家は両方の 'being' を伝えることができるだろう、ジェイン・オースティンはできるし、トロループ（Trollope）やおそらくサッカレイ（Thackeray）やディケンズ（Dickens）やトルストイ（Tolstoy）もそうだ。自分は『夜と昼』や『歳月』でそれを試みてみたのだけれど、うまくいかなかった、と記している[4]。

「過去のスケッチ」でほぼ一頁にわたって述べられたこの箇所を読むと、ウルフが第二作『夜と昼』(1919) で描こうとしたものが、'being' と 'non-being' という対照的な二つの要素であることがよくあらわれている。

'being' と 'non-being' という対照的なこの二者は、例えばスミス（L. P. Smith）が言うように、"the living half" と "the sleeping half" という、相いれない二つのものとして考えることもできるかもしれない。スミスは、この二つをウルフの子供時代の「部屋」との関連で説明している。すなわち、"the living half" は、読んだり書いたりする「完全な幸せ」("perfect bliss") を知る所であり、"the sleeping half" は、自分の基本的な部分は眠っているわけではないが、顔を洗ったり衣服を整えたり眠ったりするための場所だとウルフが考えていた[5]のだと説明している。

部屋といえば、ウルフの作品で言うと『ジェイコブの部屋』という小説や『私自身の部屋』というエッセイがあるが、これらは部屋が作品のタイトルとなっている。若くして亡くなったウルフの兄のトビーがモデルだという『ジェイコブの部屋』の主人公は、ジェイコブ・フランダース（Jacob Flanders）という青年である。ジェイコブは、ケンブリッジ大学に学び第一次世界大戦で戦死したという若い男性である。一方『私自身の部屋』には実在した女性と共に架空の女性たちが登場する。だが多くの女性はジェイコブとは違い、教育の機会も与えられず確たる自分の場所もあるわけではない。中でも哀れなのはシェイクスピアの架空の妹として登場するジュディス（Judith）である。彼女は兄に劣らぬほどの才能に恵まれながらその才能を発揮する機会を与えられることもなく、「ある冬の夜自らの命を

第二部　作品について

絶ち、今日バスが居酒屋エレファント・アンド・カースルの前で停まるあたりの路傍に葬られる」[6]のだ。

　二十世紀初めに生きる一青年像として描かれていると考えられるジェイコブが、家父長制のもと男性優位の社会にあって、ケンブリッジにもロンドンにも自分の部屋を持つという幸運に恵まれながら、あまりものを書いたり一人思索にふけることもしないまま亡くなったと描かれる一方で、豊かな才能に恵まれながら何も書くこともできずに死んでいったジュディスは、何かを書くときは、おそらく「納屋の二階にあるリンゴ置き場でこっそりと少しばかりのものを書いた」[7]のである。部屋をもちながらもあまり書くことをしなかったジェイコブと、才能はありながら書く部屋を持たなかったジュディスが置かれた違いはあまりに大きい。もしジュディスがジェイコブのような部屋を持っていたら、どんなものを書いただろうか。家父長制批判の色彩濃い『私自身の部屋』に登場するジュディスの悲劇は、書いたり考えたりするための場所として、納屋のリンゴ置き場しか持ち得なかったことにあるのである。

　ジュディスの例が示すように、女性が考えたり書いたりするとき、女性のための場所はウルフの作品に常に見られる問題として浮かび上がってくる。本章では、ウルフの第一作『船出』と第二作『夜と昼』をとり上げ、ヒロイン達女性の場所の問題を部屋の問題として捉え、部屋が示唆する女性像について考察してみたい。

　『船出』では、ヒロインのレイチェル・ヴィンレースが、ラムジー夫妻に付き添われて南米へ船旅をする途中、船上で知り合った作家志望の青年テレンス・ヒューイットと結ばれるが、作品の終盤で死んでゆくというストーリーが展開する。シェイクスピアの『十二夜』(*Twelfth Night*) によく似た筋書きの「恋の間違い劇」だと言われる『夜と昼』では、ヒロインのキャサリン・ヒルベリーが、婚約者ウィリアム・ロドニー (William Rodney) との婚約を取りやめてラルフ・デナム (Ralph Denham) と結ばれ、キャサリンと別れたロドニーは別の女性と結ばれて、めでたしめでたしのハッピー・エンドを迎える、というストーリーの展開をする。

第四章　『夜と昼』

　『船出』のヒロイン、レイチェルは、経済的には恵まれた環境にあるが幼くして母を亡くし、未婚の叔母二人に育てられ、世間や男女の関係に疎い女性として描かれている。一方『夜と昼』の主人公のキャサリンは、高名な詩人を祖父にもち、文学書や評論の編集にたずさわる父と、祖父の伝記を書こうとしている母との三人で、ロンドンの高級住宅街に住み、知的で文学的な雰囲気のなかで暮らす若い女性として描かれている。キャサリンは恵まれた豊かな環境に育ち日々を過ごしているが、悩みがないわけではない。キャサリンの悩みは、自分の部屋をもってはいるが、その部屋を「自分の王国」とできないことにあるのである。

　さらに『夜と昼』には、もう一人印象的な女性が登場する。キャサリンが小説の最後で結ばれることになるラルフ・デナムという男性を密かに愛する、メアリー・ダチェット（Mary Datchet）という女性である。『船出』のレイチェルと『夜と昼』のキャサリンとメアリーという三人の女性は、それぞれ異なる女性として描かれているように思えるが、その違いはどのような部屋の違いとして描き分けられており、その違いが示唆するものは何だろうか。

　『船出』のヒロインのレイチェルと、『夜と昼』のヒロインのキャサリンは、ある共通点をもっている。小説のはじめで、「何かに対して強く感じると、その感じ方が人と異なるとき、他の人との間に溝が生じることを畏れ」て、感動に心ふるわせることを拒んでいた『船出』のヒロインのレイチェルは、「人は思ったことを言わず、感じたことを話さないように見える」[8]と、言葉で内心を言い表すことにためらいを感じている女性である。

　しかし作品の中盤、ホテルの滞在客スーザンの婚約を祝うパーティーで得意のピアノを弾き、滞在客達と一つの輪になってダンスを楽しんだ[9]後、彼女は花や小石が仲間だった子供の頃の新鮮な感覚を取り戻しつつあることに気付き[10]、言葉に対してあまり信頼をもてない気持ちから回復し、言葉を美しいものだと思う[11]ようになる。物事を感じる感覚を取り戻したレイチェルは、作品の後半でジャングルへの旅行中に罹った高熱のため死んでしまうのだが、薄れてゆく意識の中で彼女は、自分が「海の底で体を丸

めて横たわっている」[12]ように思ったのだった。レイチェルは、言葉に信頼を置かず、感動を忘れてしまっている小説の冒頭の状態から、しだいに言葉に美しさを見い出すようになるがやがて死を迎え、海底という沈黙が支配し女性的な感覚の溢れる子宮を思わせる世界へと、心理的な時間をさかのぼって還っていったのだと考えることができるだろう。レイチェルが還っていった沈黙の世界は、ネアモアが指摘[13]するように、ウルフの小説の核心を占めるものだと考えることもできる。

一方『夜と昼』のキャサリンは、夢想にふけることを喜びとする女性として描かれている。キャサリンは偉大な詩人を祖父に持つ名家の子女であるにもかかわらず、「文学の素質がなく、言葉が好きではなかった。自分自身の感情を理解し、それを美しくぴったりと力強い言葉で表現するためのあの絶えざる努力、自省の過程に持って生まれた嫌悪さえ覚えた。……彼女はその反対に、黙っていることが多く、書くことはもちろん、話すときでさえ自分を表現することをためらう」[14]という、寡黙で自分をうまく表現できない女性として描かれている。しかし、夢想にふける一面をもちながらも、食事を注文したり召使いに指示を出したり支払いをしたり時計がちゃんと動くように気をつけたり、たくさんある花瓶にいつも新鮮な花が活けてあるよう取り仕切るのは、キャサリンの生まれつきの才能だと考えられており、キャサリンは非常に実用的な人だと評判だったのだ[15]。

ウルフは手紙で、「キャサリンのモデルは私ではなく、絵に対する情熱を隠して社交界へ出ることを強いられていた姉のヴァネッサだと考えるように」[16]と述べている。日中母の手伝いとして客間で客たちに上手にお茶をすすめながらも、ヴァネッサを思わせるキャサリンの心は夢想へと引きずられ、その「幻想の世界では現実の世界が強いる緊張から感情が解き放たれ幸せだが、そこから覚めるときは常に諦めと禁欲的とでもいうような現実を受け入れることを強いられる」[17]という状態を繰り返す。

そういう彼女が至上の喜びを覚えるのは、母の手伝いから解放される「深夜、自分の部屋で数学や星について考えるとき」[18]で、深夜の論理的な思索はいつの間にか詩的な瞑想に発展してゆき、彼女は宇宙との一体感を覚

える[19]のである。

　『空間の詩学』（*The Poetics of Space,* 1958）中で個人と住まいの関係を論じたガストン・バシュラールは、退屈した子供が隠れ家で白昼夢みることについて、「詩を読むこととは、基本的に白昼夢を見ることだ」[20]と述べているが、キャサリンの思索も白昼夢のようなものだと言ってよいだろう。現実の生活に満たされない思いを抱き、思索に耽ることによって白昼夢をみるキャサリンは、文学の素質がなく言葉で自分を表現することにためらいを覚えるとはいえ、現実よりも詩的な世界への憧れを持つ女性として描かれているということができるのである。

　レイチェルとキャサリンには、二人とも言葉を苦手とするという共通点があるが、レイチェルがピアノを弾き、音楽という言葉では表しにくい感覚的な芸術に熱中するのに対し、キャサリンは数式や星座という知的なものに興味を抱き思索に耽るという違いがあることが指摘できる。祖父である偉大な詩人の伝記を書くことに積極的になれないキャサリンは、「数学は文学の正反対だから」[21]と、数式や星座への思索を深めるのである。

　「ロドニーとヒルベリー氏その他、二人のダロウェイ氏、タンズリーやラムジー氏達は、言葉と文字を命令し支配するために用いている」[22]と言うレオナーディ（S. J. Leonardi）は、キャサリンの人生にとって、言葉とは「造り上げた人工的な」ものであり、キャサリンは、彼女の男性の祖先のものではない言葉を求めて、数学の中に幾分かそれを見出したのだと分析している[23]。小説の導入部での言葉に対するキャサリンやレイチェルの消極的な姿勢が示すのは、二人が、無意識のうちに「男性の……財産である言葉」[24]を、自分のものとして受け入れることに抵抗を覚えていることを示している、と考えることもできるだろう。

　それでは、レイチェルとキャサリンの人物像の大きな違いはどんなところにあるのだろうか。『船出』の主な舞台は、南米の小さな町であるサンタ・マリーナとジャングルという場所だが、『夜と昼』ではロンドンという現代文明の中心にある都市が舞台である。『夜と昼』は都市におけるヒロインの成長の姿を描いた小説であり、従って『船出』のヒロインとは性

格が異なると考えるのは不思議ではない。『夜と昼』を古典的な都市小説として興味深く読みとったスキアー（Susan Merrill Squier）は、「ウルフは、都市と極めて知的な仕事とを関連づけようとしたかにみえる」[25]と述べ、1915年当時のウルフの意識に、都市を知的な資質と関連づけようとする傾向があったことを指摘している。ウルフ自身が1915年3月にロンドンという混み合う都市に部屋を求めて探したことに関するこの指摘は、1919年に書かれた『夜と昼』が南米を舞台とする『船出』とは異なる傾向を持つ小説であり、従ってキャサリンはレイチェルとは異なる資質を備えたヒロインとして描かれていることを示唆している。

例えば、「昔を思い出すと生活が食事によって四つの部分に区切られていた」[26]と思う素朴なレイチェルに対して、キャサリンは一日が社交と思索という二つのものに分断されることに悩む[27]という違いがある。この違いは、幼い時に母を亡くし二人の未婚の叔母に過保護気味に育てられたレイチェルが、社交という公の生活には未熟であり、生活を食事という身体的で習慣的なものを指針として捉えているのに対して、深夜数式や星座について考えるとき胸を躍らせ、日中は社交の生活を送るためにそのことに専念できないことに悩むキャサリンは、レイチェルよりももっと知的で、公の生活である社交の生活とそれに対する私的な生活という重層の人生を送ることに複雑な思いを抱いている、という二人の資質の違いとして現れているとも言えるだろう。そういう二人のありようは、二人の部屋に対する感覚と無関係ではないかも知れない。

サンタ・マリーナのヴィラで与えられた『船出』のレイチェルの部屋は、「他の部屋から切り離された大きな個人的な部屋で、そこではピアノを弾いたり読んだり考えたりでき、世間をよせつけない聖域のような要塞」[28]なのだが、そのことをレイチェルはあまり喜ぶ様子はない。一方キャサリンは客間の上階に自分の部屋を持ってはいるものの、その部屋で思索に心おきなく専念できるのは深夜だけであることに悩んでいる。この二人の自分の部屋に対する認識にはあきらかな相違がみられる。つまり、レイチェルの方は、自分の部屋が外部から完全に遮断された要塞のような部屋であ

ることに気付いていないのに対し、キャサリンは、客間という公の部屋の上階に個人的な空間を持ってはいるが、その空間を自分自身のための王国とはできないことに悩んでいる、という違いとして現れているのだ。自分の部屋に対する二人の認識は、自己が「存在」するか否かという問いかけが、自己が「主体性」を持っているか否かという問いかけに発展したものだ[29]というローゼンマンの指摘は、あたっていると言えるだろう。あるいは、リヒターが言うようにウルフが二つの作品を「成長の年月と主体性の問題」と考えていた[30]と考えることもできるだろう。『船出』の語り手は、「部屋を出たり入ったりするということは、人々の心を出たり入ったりすることだ」[31]と述べ、部屋はその部屋に住む人の心を表すものだと認識しているが、レイチェルとキャサリンの自分の部屋に対する認識の違いが示すのは、自己に対する認識の違いだと考えることが出来るのである。

　後年「女性と小説について」というテーマについての講演原稿に手を入れまとめられた『私自身の部屋』(1929) の中で、ウルフは詩情と物質的なものとの関連を、「知的な自由は、物質的なものに依存する。詩情は、知的な自由に依存する」[32]と述べている。

　「書く」という創造的行為を生み出す根源となる「詩情」は「知的な自由」から生まれるが、それは「物質的なもの」の裏打ちによってもたらされるのだ、とするこの言葉は、「物質的な条件、知的な自由、詩情」という三者が階層的な相関性を持つ、とウルフが理解していたことを示している。この階層的相関性を思わせる言葉は、若い頃を振り返って、父親であるレズリー・スティーブンについて述べたウルフの言葉と響き合う。父レズリーの書斎の棚から「新しい本」を取り出すために二階に上がって父と話し、その傑出した世俗離れぶりに愛着を覚えるが、下の居間におりると兄のジョージの話すゴシップに聞き入った、と記している箇所で、ウルフはこのように述べている。「生活の分断には興味深いものがある。階下は純粋な慣習のものであり、上階は純粋な知性のものだ。しかし両者の間には何のつながりもない」[33]。

　ウルフ自身のこの言葉は、建物の構造の階層性と経済の階層性が知的生

第二部　作品について

活の階層性と関連があるものとして述べたものだろう。そしてウルフのこの言葉は、『夜と昼』のキャサリンが置かれた状況にそのまま当てはまる。キャサリンが昼間を慣習的に過ごす「客間」は下階にあるが、夜になり思索や研究に耽る自分の部屋は客間の上の階にあるのである。一階にあり、他の部屋と並ぶレイチェルの部屋とは異なり、キャサリンの部屋は慣習的な生活を送る部屋の上にある。そうしてみると、キャサリンの部屋は詩情や知性と深く関わる部屋として描かれている、と理解することができる。二人の部屋がおかれた違いは、二人のヒロインの自己を意識する意識の違いを描きだしている、と考えることもできるのである。自己について深く考えることをしないレイチェルの部屋に対する意識は、作中変化することはないが、キャサリンは違う。キャサリンの自分の部屋に対する意識は、大きな変化をみせるのである。次に、部屋に対するキャサリンの意識の変貌について考えてみたい。

　キャサリン・マンスフィールド（Katherine Mansfield, 1888-1923）が「ジェイン・オースティンを思わせ」「古くさい」と手厳しく批評し[34]、E. M. フォースター（E. M. Forster, 1879-1970）が「古典的なリアリズムの習作」[35]だと、あまり高い評価を与えなかった『夜と昼』は、キャサリンとラルフの関わりがストーリーの中心となる古典的な恋愛物語の形をとっている。

　キャサリンと心を通わせることになるラルフは、文学を好み、詩はなすべき価値のある唯一のものだと信じている[36]有能な弁護士である。夢見る精神が自分の資質の中でも一番価値のあるものだと思っている彼にとって、夢は、現実の世界と戦うための活力を生み出す重要な源となっている[37]。沈黙を好み詩を読もうとしないキャサリンが、言葉に関わることに消極的な傾向のある存在であることとは対照的に、ラルフは、言葉を武器とする弁護士という職業を持ち、言葉を紡いで語られる詩を好む。ラルフは、言葉との関わりが強い存在として描かれている。

　文学の素質がなく、「黙っていることを好み、書くことはもちろん、話すときでさえ自分を表現することをためらう」と、寡黙で自分をうまく表現できない女性として描かれているキャサリンは、言葉に関わることに消

第四章　『夜と昼』

極的だ。そのせいだろうかキャサリンは生き方においても消極的だと描かれる。ジェイン・オースティン（Jane Austen, 1775-1817）が居間で密かに小説を書いた[38]ことはよく知られているが、夜になると自室で数学や星について密やかに思索するキャサリンも、階段に足音がすると、オースティンが小説を書くときそうしたように、父の部屋から持ち出したギリシャ語辞典の間にメモしたものを挟んで隠した。居間のテーブルが執筆の場所であったオースティンとは違い、キャサリンは客間の上階に自分の部屋を持っていた。しかし、キャサリンが自分のために使える時間は限られていた。彼女は、「思索と行動の、孤独の生活と社交の生活の間の、心が輝く日の光にあるように活動的である側面と、夜にあるように瞑想的で暗い側面との分断が、何故あるのだろう」[39]と、昼間の行動の生活と深夜の思索の生活という分断に悩むのである。

　昼間の社交の生活という、いわば「表」の生活と、それに対する、深夜の上階の自室でひっそりと楽しむ「裏」の思索の生活という分断的な関係は、ユングが自伝で語っている、ホールと両親の部屋との関係によく似ている。建築物を個人の一面だと捉えていたユング[40]は、建物の「ホール」と父と母のそれぞれの「個室」を、音楽が鳴り響き人が交流して賑わう「表向きの部屋」と、静寂が支配し畏れを覚えさせる個人のための「背後の部屋」、という対比として捉えており、静かで畏怖を覚えさせる父と母のそれぞれの部屋という「夜の住まいがある一方で、ロビーは白昼の世界とその表面性を表している」[41]と述べているからである。

　キャサリンの、「昼間の客間での社交の生活」と「夜の自分の部屋での思索の生活」における心の分断的な状態は、ちょうどユングが対比させた、音楽が鳴り響くロビーという表の公の場所と、沈黙がいきわたり畏怖を覚えさせるその背後の個人の部屋、という部屋が持つ特性の対比に匹敵すると言えるだろう。自分の部屋がありながら思索に専念できないキャサリンは、夜の思索の世界と昼間の暗い心の状態を、夜と昼という時間の区切りのうちに捉えざるを得ないでいる。キャサリンの悩みは、自分の部屋という空間を、夜も昼も「自分自身の部屋」として思索に専念するための空間

61

第二部　作品について

とできないことを示唆しているのである。

　自分の部屋を自分の王国とできないことに悩むキャサリンに対し、弁護士という職業に就き言葉を操ることに巧みなラルフにとって、部屋は異なる様相を示している。ラルフは長年の努力の結果、獰猛で強い夢みる精神をコントロールし、「仕事の時間と夢の時間を互いに損なうことなく横並びに区切ることができるのを誇らしく思っていた」[42]からである。

　夢が現実に立ち向かう活力の源となっているラルフには、キャサリンのように昼間の暗い瞑想状態と深夜の光輝く心の活動という分断状態に対する当惑はない。ラルフは、行動の時間と思索の時間を、クロノロジカルな流れにある昼と夜という時間で区切るものとして捉えたのではなく、仕事の部分と夢の部分という併存するものとして捉えていたのである。言い替えると、ラルフは行動と夢想を通時的な時間の流れの中の各部分として捉えたのではなく、共時的な時間のひろがりのうちに併存するものとして捉えていた、と言うことが出来る。

　ラルフが行動と夢想を共時的なひろがりのうちに捉えることができるのは、彼の部屋と関わりがあると言えるだろう。豊かとはいえず、美しいともいえない家ではあるが、一家を支える家長であるラルフは、ミヤマガラスとロンドン市街のすばらしい眺望がある家の最上階に部屋を持っていたからである。「ラルフは苦情を言うこともなく我慢していたが、家がひどくみっともない、という事実だけではなく、誰もが彼に頼っていることは明らかだった。そして彼の部屋は、ロンドンのすばらしい眺めとミヤマガラスのいる家の最上部にあった」[43]のだ。キャサリンとは違い、ラルフは部屋で考え事をしたいときには、「大きな字で『不在』と書いた小さな札をとり、ドアの取っ手にそれをかけ」[44]人の立ち入りを禁止する。

　ラルフは、誰からも邪魔されることのない空間を、時間に関わりなく自分の場所として確保できるのである。ラルフの部屋は、「男性にはすべての部屋が開かれており、もしそうしたければドアを閉じ邪魔するものを閉め出して、自分の時間とエネルギーにあわせて仕事に向かうことができた。彼らは、部屋をどのように使いたいかを決定でき、その目的のために部屋

第四章　『夜と昼』

を確保しておくことができた」[45]とクライン（K. G. Klein）が言う状態にあったのである。キャサリンが、自分の部屋でありながらその空間を時間に関わらずいつも自分だけのものと出来る、という状態にはないことにいらだちを覚えていることを考えると、ラルフの部屋は極めて特権的だと言うことができる。しかしラルフは自分の部屋がそういう特権的な部屋であり、自分がその部屋の主であることに、何の疑いも抱かない。

　共に夢想癖のあるキャサリンとラルフだが、夢想や思索にひたることを、キャサリンは通時的な時間を区切ることによってしか捉えざるを得ず、ラルフは共時的な時間の拡がりの中に捉え得るという違いがあるのである。二人の違いは、時間に支配される空間としての部屋しか持ち得ないか、あるいは時間の制約から開放された空間としての部屋を持ち得るか、という点にあると言えるだろう。そういう二人の部屋のイメージは、小説の進展と共に変貌してゆくのだが、ここではキャサリンの部屋の変貌について考察してみたい。

　あるときキャサリンはラルフと川の畔を散歩したが、「あなたこそが、僕にとってこの世の現実です。」[46]というラルフの言葉を聞いたとき、現実の身体はレイフと話しながら歩くという行動をし、もうひとつの身体は遥か上空の星について思索する、という「二つの身体を持つ」という奇妙な感覚を覚えたのだった。

> 彼女は他の星のものである白い影の割れ目のある円盤を、望遠鏡で気まぐれに眺めた。彼女は二つの体を持っている、という感じを覚えた。一つの体はデナムと川の畔を歩いており、もう一つの体は目に見える世界を覆っている蒸気の皮膜の上にあるきれいな青い空に漂っている銀色の球に集中していた[47]。

「ウルフの登場人物によく描出されるが、現実から分離し精神的な二重性をもつという精神分裂症の人格の伝統的な描写に似ている」[48]とカミングス（M. F. Cumings）が指摘するこの奇妙な感覚を覚えたとき、キャサリ

第二部　作品について

ンは、行動と同時に思索するという二重性を覚えたのだと考えられる。

　キャサリンはこのとき、昼間は行動せざるを得ず、思索するのは夜だけという、時間に制約された状態から解放され、共時的な拡がりのうちに思索を行動と併存するものとして認識できたのではないだろうか。行動と思索の二つを同時に認識できたこの出来事をきっかけにキャサリンは変化するのだが、その変化は、それまで深夜に限って密かに楽しんでいた数学の研究に、ある日の昼間没頭した、というエピソードとして作中に描かれる。彼女はある昼の日盛り、自分の部屋にこもり、部屋のドアの向こうで人々が働いている気配を聞きながらもその気配に煩わされることなく、数式について熟考したのである。

> まだ昼のまっただ中だった。トントンという音や掃除をする音がしていた。それは人々がドアの向こう側で立ち働いていることの証であり、すぐにでも開け放たれるかも知れないドアが、外界から彼女を守る唯一のものだった。しかし彼女は自分が自分自身の王国の女主人であることを思い浮かべた。無意識のうちに自分の主権を身につけていたのだった[49]。

初めて「自分の部屋に対する主権を認識し、部屋を自分の王国とした」 (mistress in her own kingdom; assuming her sovereignty) キャサリンは、ユングの言う「個性化」を果たしたと考えられるだろう。ユングは個性化を「個性化とは……自分自身になることを意味する。従って個性化を『自分になること』あるいは『自己実現』と言い換えることができるだろう」[50]と述べている。個人の生全体の発展は、「自己（Self）の王国」(the realm of the Self) へ抜け出すことだとユングはみなした[51]のである。自分のものでありながら自分のための空間として捉えることのできなかった部屋を「自分の王国」(her own kingdom) だと意識したキャサリンは、このとき自己実現を達成し、同時に自分が時間に関わりなくいつでも自由に振る舞える空間、すなわち「私自身の部屋」をはじめて得たことになるだろう。

第四章　『夜と昼』

　キャサリンは、もはや夜という思索のために区切られた時間に限って心を解放するのではなく、昼という行動の時間にも、ドアという仕切りで外界から区切られた自分の王国で心の活動を可能なものにした。キャサリンの変貌をみると、女性が詩を書こうとするなら、五百ポンドの年収と鍵のかかる部屋が必要だと、『私自身の部屋』の中で象徴的に語ったウルフの言葉が思い出される。

　　彼女に自分自身の部屋と年収五百ポンドを与え、心の思うことを述べさせ、彼女が心の中に思っていることの半分を語らせるままにするのです。すると彼女は昨今の本より良い本を書くでしょう。彼女は詩人になるかも知れません[52]。

ウルフのこの言葉を読むと、ジュディスの悲劇を思わずにはいられない。ジュディスがもし物質的なものに恵まれ、いつでも自由に思索に専念できる自分自身の部屋を持っていさえしたら、兄に劣らぬほどのすばらしい詩劇を書いたであろうことは、想像に難くないからである。
　キャサリンが自分の部屋の主権を認識し研究や思索に専念する空間を得た、というエピソードの後、小説の終盤で、ヒルベリー夫人はラルフに「キャサリンが詩を読むようにさせてくれてありがとう」[53]という感謝の意を伝え、キャサリンが詩を読みはじめたことを示唆している。時間に関わりなく、自分の部屋で自由に考えたり書いたりできる部屋を自分のものとし、詩を読み始めたキャサリンの変貌は、前述の「知的な自由は、物質的なものに依存する。詩情は、知的な自由に依存する」という後年ウルフが述べた言葉と符合するのである。
　『夜と昼』ではもう一つ印象的な部屋が描かれる。要塞のように堅固なレイチェルの部屋とも、いかなる場合でも自分の好きなように振る舞うことができるラルフの部屋とも異なり、変貌を遂げ、時間に関わりなく孤独のうちに思索に耽ることが可能になったキャサリンの部屋とも異なるのが、『夜と昼』に登場するメアリーの部屋である。メアリーは、レイチェ

第二部　作品について

ルやキャサリンとは異なる出自として描かれている。『船出』のレイチェルは、父が所有する豪華客船で南米への旅行を楽しむ経済的な余裕のある環境に育ち、『夜と昼』のキャサリンは、ロンドンの高級住宅街で生活している。この二人とは異なり、メアリーは、リンカーンシャーという田園で、牧師の娘として「五百年か六百年前のものらしい細い赤煉瓦」[54]の暖炉のある台所を居間にした家で育ち「秋の葉と冬の日差しを混ぜ合わせたような、優しさと強さのある」[55]女性として描かれている。田舎からロンドンに出てきて自活しているメアリーの部屋は、「ストランド街から入ったオフィス街という便利のよいところにあり、かなり大きく、様々な会合を開きたい人々に提供される部屋」である[56]。

　人々がしばしば集まる客間のような性格を持つメアリーの部屋は、一人静かに物思うキャサリンの部屋とも、要塞のようなレイチェルの部屋とも違っている。メアリーの部屋は、ユングの言う（表の）背後の部屋の特徴は乏しく、むしろ表向きの部屋のイメージを持つ部屋として描かれている。そういうキャサリンとメアリーには、表向きの部屋との関わり方に違いがみられる。その違いは、キャサリンが客間という人々が集まるための部屋で慣習的に上の空で訪問客の接待にあたるのに対し、メアリーは自分の部屋に人々が集まるための条件として、机を動かしたりお茶の準備をしたりという「すべての支度は、メアリーがすること」[57]としているというところにある。メアリーは、部屋を「自分の王国」としているのである。

　メアリーは、数百年前の赤煉瓦でできた田舎の家で育ち、「茶色がかかった瞳をした動きにすこしぎこちなさのある娘で、田舎で生まれ、信仰に篤く誠実であった勤勉で尊敬すべき祖先の血を受け継ぐ家の娘」[58]である。そういう境遇で育ったからだろう、メアリーは、無責任な傍観者の表情を失い[59]、できるだけ互いに離れないで歩いて行こうとしている労働者の一群の一員だと考えることや、雨の日に地下鉄やバスに乗ると事務員やタイピストや商人と雑踏や湿り気を分かち合う[60]ことを好む女性として描かれる。レイチェルやキャサリンが、一人でいることを好む傾向があるのに対して、メアリーは常に無名の人々から成る大衆（mass）の中にいることを

第四章　『夜と昼』

好む女性として描かれている。偉大なオーガナイザーになって社会を大きく作り替えるよう運命付けられたのだと思うメアリー[61]は、女性共同組合（Women's Cooperative Guild）を導いたマーガレット・L．デイヴィス（Margaret Llewelyn Davies）がモデルとなっているというハッセイ（M. Hussey）の指摘[62]もある。自分の内面よりも外に目が向き、社会的な活動に関心を持ち、名もない人々とのつながりを大切に思うメアリーの部屋は、個室でありながら、にぎやかな表の部屋の性格をもつ「個室兼居間」というイメージをもち、『ジェイコブの部屋』で描かれる賑やかな男性の部屋を思わせる部屋だということが出来る。

　キャサリンとメアリーの違いをまとめると、このように言えるだろうか。詩人の孫であり自らも詩的な世界を夢想するキャサリンが、ロンドンに住み、詩という文学の伝統に深く根ざす存在であるのに対し、メアリーは、田園と結びつき、信仰に篤く誠実で勤勉なイギリスの名もない人々の暮らしの伝統に深く根ざす存在として描かれている、と言うことができるだろう。また見方を変えれば、夢想好きなキャサリンが、思考や詩という書かれた言葉に繋がる傾向が強く、他方「停車場の訛がある言葉で、明確に自分を表現でき」[63]、未来の自分のことを考える時、「群衆と騒音に刺激されるという奇妙な方法で、絶えず考え続けてゆくことが必要だった」[64]と思うメアリーは、大勢の人々が話す騒音のような言葉にしっかりと繋がっている、と言えるだろう。『夜と昼』の原題は、「夢と現実」（"Dreams and Realities"）だとブリッグス（J. Briggs）は言うが[65]、キャサリンとメアリーは、「夢と現実」、「夜と昼」、「思索と行動」、あるいは、「都市と田園」、「文学的な伝統と庶民の伝統」、また、「書かれる言葉と話される言葉」、など多様な対比の象徴として捉えることができるのである。

　キャサリンとメアリーの違いを部屋の違いとして捉えると、キャサリンの部屋が一人で書いたり考えたりという個人的で密やかな「背後の部屋」や「鍵のかかる個室」に繋がり、メアリーの部屋が人々の話し声や会合という「表向きの部屋」あるいは、人々が「共有する部屋」に繋がると言うことができる。そういう二人の違いは、思索や研究に専念したい気持ちが

第二部　作品について

強いキャサリンの視線は自己の内へと向けられ、「個人の意識」へ向かうのに対し、事実を重んじ名前も持たない多くの人々との関わりを好むメアリーの視線は自己の外部に向けられ、人々が「共有する意識」へ向かうという違いとしてあらわれているとみることができるだろう。

　一方は自己の内側に目が向き、他方は外界の現実に目が向くという二人の主人公のちがいは、『夜と昼』を出版した頃に発表された、「ベクトルを逆」[66]とする「キュー植物園」("Kew Gardens", 1919) と「壁のしみ」("The Mark on the Wall", 1917) という二つの短篇小説を思い起こさせる。1919年に発表された「キュー植物園」と、これに先立つ1917年に発表された「壁のしみ」という二つの短篇小説では、語り手の視点が、「壁のしみ」では自分の内面を凝視することに向けられ、「キュー植物園」では語り手の前を通る人々や事物を描写することに終始向けられている、という特徴がある。向けられる視線が、一方は内面へ、他方は外界の人や事物へという、ウルフにとっての 'being' と 'non-being' に相当するかもしれないと思われる二つの対象であることは、興味深い。キャサリンやメアリーの意識のちがいは、二人の部屋のちがいによくあらわれているのである。

　キャサリンには二つの部屋がある。レイチェルもそうだが、自己の内側に目が向くキャサリンの意識に呼応する「背後の部屋」である「個室」と、キャサリンが昼間を過ごす「表向きの部屋」である人々に開放されている「客間」である。この二つの部屋は、女性の部屋について後年論じた『私自身の部屋』で描かれる二つの部屋へとつながる部屋であり、また外界の現実に目を向けるメアリーの個室でもあり客間でもある「個室兼居間」は、若い男性の部屋を描いた次作『ジェイコブの部屋』を経て『私自身の部屋』で描かれる三つめの部屋へつながっていくと思われる。

　「試みてみたけれど、うまくいかなかった」[67]とウルフ自身は評しているのだが、キャサリンの変貌を中心として（『船出』の）レイチェルや（『夜と昼』の）メアリーの意識や部屋を考えると、キャサリンとメアリーという二人の女性像やその部屋は、ウルフが描こうとした 'being' と 'non-being' という二つの 'being' に深く関わるものであり、ウルフの作品

にあらわれる二項対立的な要素と思われるものにかかわる部屋だと言えるだろう。ハフリー（J. Hafley）が「おそらくウルフの小説のなかで一番不満足な作品」[68]と評した『夜と昼』は、概してあまり高い評価を受けているとは言えない。しかしウルフの全作品にとって不可欠な作品だ[69]と評価するリー（H. Lee）や、ウルフのライフワークの大部分の神秘的な言語を作り上げているイメージやシンボルがこの作品には見られると認めるハーパー[70]もいるように、『夜と昼』はその後発表されたウルフ作品の道しるべとなる作品であるように思われる。

第二部　作品について

第五章　『ジェイコブの部屋』――男性の部屋

　人は親しい者を失ったとき、その人に深くかかわる何物かを眼にして不意に涙する。そこはかとない何かの気配を感じたとき、目には見えないものの存在を強く感じる。半分開いたドア、風にめくられている読みかけの本などが、そこにいるはずなのにもういない人のことを思わせる。目に見えるものと目には見えないもの。何かを見ることと目には見えない何かを「感じ取る」という感覚的なかかわりが、そこにはある。

　ジョーゼフ・コンラッド（Joseph Conrad, 1857-1924）、ジェームズ・ジョイス、D. H. ローレンス（David H. Lawrence, 1885-1930）等と並んで二十世紀を代表する現代英国作家として認識されるヴァージニア・ウルフは、何かを「見る」ことによって目には見えない何かを「感じ取る」という視覚に関わる感覚的な要素を、言葉を連ねてつくりあげてゆく、小説という思考に関わる芸術に取り入れようと試みたのだろうか、と思わせるような作品を書いている。

　ジェイコブ・フランダース（Jacob Flanders）という青年の短い一生を描いた、ウルフの第三作『ジェイコブの部屋』(1922) は、現代芸術の巨匠ピカソ（Pablo Picasso, 1881-1973）が二十世紀初頭に試みた絵画手法を、小説技法として取り入れて書かれたとも思われる実験的な作品である[1]。

　ピカソは、移動する視点から見る対象を一枚の画布上に描くことにより、「人物が断片に分解され」た「キュビズムの基礎」[2]となる手法を編み出した。ピカソの手法を思わせるように、様々な登場人物が彼らの眼に映るジェイコブの容貌を語ってゆく、という斬新な形式をとる『ジェイコブの部屋』は、多数の視点が「見る」ジェイコブの表層描写を羅列している。その羅列されたジェイコブの表層の描写を読み、ジェイコブという青年の、目に

第五章　『ジェイコブの部屋』

は見えない内面を読者が「感じ取る」ことを狙ったと思われる小説である。ウルフ自身が日記で「テーマは空白だが、形式には非常な可能性がある」[3]と述べていることからも推察できるように、『ジェイコブの部屋』という小説は、形式こそ斬新だ。だが、ジェイコブという青年像が読む者にはわかりにくいことは、おおかたの批評が繰り返し指摘するところである。

しかしこの読者にはつかみにくいとされるジェイコブ像を、小説のタイトル『ジェイコブの部屋』として掲げられている「部屋」に焦点を当てて考察してみると、その片鱗が見えてくるのではないだろうか。部屋とその住人とのかかわりについては、カザン（F. Kazan）も言うように「部屋とはそこに住む者の人格を表す」[4]ものだという認識を我々は暗黙のうちに持っている。第一作『船出』の中で、「部屋を出たり入ったりするということは、人々の心を出たり入ったりすることだ」、とウルフ自身が語り手に述べさせているように、ウルフにとっても部屋は、リヒターが言うように、「ウルフ好みの人格や心の状態を表す」[5]とする認識があるからである。

「部屋」と言えば、ガストン・バシュラールはその著書『空間の詩学』の序文で、家を精神（soul）の分析の手段とする土壌があると説明しているが、その根拠は、十一世紀に建てられた塔を改築した建物の部屋や、ローマ時代に築かれた地下室の壁などの歴史的構造が我々の精神的構造と重なると述べた心理学者ユングの言葉[6]であるとしている[7]。

人々が経験的に体得している心の基盤について「元型」（archetype）という言葉を用いて説明したユングは、「部屋」についてあるイメージを抱いていたと思われる。家や部屋を個人の一面と捕らえていたというスティーヴンスの指摘[8]にもあるように、ユングは、夢に出てきた賑やかなホールと父と母の個室について、「ドアを開けて大きなホールに入った。それは大きなホテルのロビーを思い起こさせた。……ロビーのブラスバンドが示唆するのは表面的な楽しさや世俗性であり、この騒がしい表面の背後（behind the facade）に、もう一つ別の世界が同じ建物内にあるとは、誰も思わないだろう」[9]と言っている。彼は続けて、音楽が鳴り響くロビー或

71

いはホールと対比するものとして、ホールの背後にある父の部屋と母の部屋を挙げ、父と母の「どちらの部屋も、神秘的な静けさが支配する畏れを覚えさせる場所だ」[10]と述べ、ホールを「白昼の世界とその表面性を意味している」とし、父と母のそれぞれの個室を「騒がしい表面の背後の別の世界」だと述べている[11]。

　ユングの言葉には、家という建物の中の、「ホール」はラッパや音楽がにぎやかに鳴り響く「にぎやかな表向きの部屋」であり、「個室」は沈黙がゆきわたり孤独のうちに過ごすための「静かな背後の部屋」だという認識が見られる。ユングはこのように、部屋が持つ特性についてあるイメージを抱いていたと思われるのだが、ウルフが描いた「ジェイコブの部屋」はどのようなイメージを伴う部屋で、そのイメージが連想させるのはどのような人物像だろうか。

　本章では、この実験的だとされる作品がどのような作品として意図され、またその意図が作品にどのように映し出されているのかという点について、「部屋」のイメージを切り口とする考察を試みたい。考察はまず作者ウルフがこの作品を書くに当たって意図したと思われるものを探り、次に意図のもとに描出されたものについて考える。このことは同時に、現代作家として認識されるヴァージニア・ウルフの、時代に向かう姿勢を考えることにつながるだろう。

　若くして亡くなったウルフの一歳年上の兄トビーをモデルにしたと言われる『ジェイコブの部屋』の主人公ジェイコブの一生は、イギリス南部のコーンウォールの海岸で幼年時代を過ごし、ラグビー校を経て1906年10月にケンブリッジ大学に入学し、シリー群島を友人のティミー・ダラントと訪れ、ロンドンにも部屋を持ち、クララやフロリンダやファニーという女性たちとつきあい、ギリシャを一人で旅行中にサンドラ・ウィリアムズという人妻を知り、第一次世界大戦で二十六歳の若い命を落とす、というものである。作品は、夫を亡くして二年後、まだ幼いジェイコブの母ベティー・フランダース（Betty Flanders）がコーンウォールの海岸で涙とともに手紙を書く場面で始まり、ジェイコブがケンブリッジ大学に学び二十

第五章　『ジェイコブの部屋』

六歳で戦死したことを暗示する第13章の後、第14章のジェイコブの部屋の描写で終る。

　小説の最終章である短い第14章は、読みかけの手紙などが散らばるジェイコブの部屋で、そよ風にカーテンがふくらむ窓の外を眺め、戦死したジェイコブを偲ぶ親友のボナミーのつぶやきで始まる。

「彼はすべてのものを、そのままに残して行った」ボナミーは感嘆した。「何も整理されていない。手紙は全部、誰にでも読めるように散らばっている。……」……十八世紀には特徴があった。これらの家々は百五十年ばかり前に建てられた。部屋は形がよく、天井は高い。出入り口の戸の上部には木彫りの薔薇か牡羊の頭蓋骨がある。きいちご色に塗ってある羽目板でさえも、立派だった。……空の部屋の空気が物憂く、カーテンをふくらませる。花瓶の花が動く。誰もそこに座っていないのに、籐製の肘掛け椅子がきしむ。ボナミーは窓ぎわへ歩いて行った。ピックフォードの貨物自動車が、町の通りを走って行った。バスが数台、ミューデイの角で立ち往生していた。エンジンが鳴り、ブレーキをかけた荷馬車屋たちは、素早く馬をとめた。耳ざわりな騒がしい声が何か分からぬことを叫んだ。すると突然、あたり一帯の木の葉がそよぎ立つように思われた。……「どこもかしこもこんなに混乱して」と、ベティー・フランダースが、寝室のドアを勢いよく開けて言った。……「これはいったいどうしたらいいのでしょうね？ボナミーさん。」彼女はジェイコブの古靴を一足さし出した[12]。

　母のベティーが息子ジェイコブの履き古した靴をさし出すことで小説が終るのは何故だろうか、という疑問は誰しもが抱くところだが、古靴と言えば、「（夫の）レナードがどこかに行ったとき、ウルフは彼のことを懐かしいとは思わなかったのに、彼の脱ぎ捨てた足形の残った靴を目にしたとたんに、涙ぐんだ」[13]という逸話をマーカス（L. Marcus）は紹介している。足形のついた靴とその持ち主、言い換えると「シンボルと意味」[14]とも言

73

えるものの強いつながりを示すとも言えるこの逸話は、脱ぎ捨てられた靴を見ることが靴を履いていた人物の人生を連想させ、その不在を強烈に思わせることを示している。ジェイコブの部屋を描いた小説の最終章は、あるものを見ることと目には見えない何かを「感じ取る」こととのかかわりを思わせるヒントになっていると言えるだろう。

ウルフはこの小説を書くにあたって、日記に次のように書いている。

> 新しい小説のための新しい形について或る考えに思いいたった。……私の疑念は、それがどれだけ人間の心を包みこめるか、ということだ。人間の心をそこに網で捕らえることが出来るくらい対話（dialogue）をつくる能力が私にあるだろうか。なぜならば、今回のアプローチは全く違うだろうと想像するからだ。足場をつくることなどせず、一片の煉瓦もみえない。全てがたそがれのようにぼんやりしていて、ただ心と情熱とユーモアなどだけがすべて霧の中で灯のように輝くのだ[15]。

ウルフの日記を読むと、『ジェイコブの部屋』という小説は、対話という「語られる言葉を駆使して新しい小説の形式をうみだし」、その形式の中に人間の心という「目には見えないものを捉えたい」という「意図」を持って書かれる小説であることを示している。

新しい作品には足場や煉瓦、つまりメーファム（J. Mepham）が言うように、「エドワード王朝人の感覚でいうとプロットや'reality'の枠組み」[16]という小説に必要とされるものはないものの、心や情熱は霧の中で燃える炎のように輝く、とウルフが語っている箇所については、作品の形を説明する言葉が「足場」「煉瓦」という堅い建築用語であるのに対し、自己（self）を表すのに「心」「情熱」「ユーモア」などという情緒的な言葉を用いていることをカザンは指摘[17]している。小説の枠組みという形式を説明するものが、目に見えるものであるのに対し、人間の内面を説明するものが、目には見えないが感じ取るものであるとする指摘がここには見られるが、こ

の対比は、ウルフの作品に常に見られる重層性を指摘するメーファムが言うような、「外側」と「内側」という対比としても捉えることができるかもしれない。彼は、ウルフの人間観には、変わり映えのしない日常を送る公の生活という外側と、個人的で密やかな内面、という重層性をもつ存在だという認識があると述べている[18]が、この重層性は、日々我々が目にする日常の生活という表向きと目には見えない感覚的な世界である人間の内面、という対比としても捉えられるからである。

　『ジェイコブの部屋』はこのようなイメージを伴う意図の下に構想され書かれたというのだが、では、『ジェイコブの部屋』よりも以前に書かれた作品ではどうだろうか。古典的な恋愛小説という形式を借りた第一作『船出』でウルフが密かに描こうとしたのは、沈黙の世界に対するこだわりだと考えられる。主人公レイチェルの恋人で作家になることを志望するヒューイットは、「沈黙についての小説、人が言わないものについての小説、を書きたい」[19]と将来の夢を語り、作品の最後で死んでゆくレイチェルの意識は、海の底で体を丸めて横たわる夢をみながら、子宮を思わせる静かで女性的な感覚世界へと還ってゆく[20]のである。また、シェイクスピアの『十二夜』という恋の間違い劇との相似を指摘するシェーファー（J. Shaefer）の評[21]にも見られるように、第二作『夜と昼』は、ヒロインのキャサリン・ヒルベリーとラルフ・デナムの恋物語という形をとっている。しかし『夜と昼』でウルフが描こうとしたと思われるのは、社交という人生の表向きの生活よりも、人間の内的世界である思索への主人公キャサリンの強い思いだ、というメッセージだろう。キャサリンは、昼間客間に集まる人々をもてなす社交の生活を送っている時、魂が夜にあるように暗く沈み、その反対に、夜自室で数学や星座について思索する時、魂は昼間にあるように活動的になる、という昼間の社交の生活と夜の思索の生活の分断に悩む[22]からである。これら最初の二作は、形式としては主人公の恋愛と結婚という旧来のストーリー展開を装いながら、密かに「沈黙」や「思索」という目には見えないものに対する作者の固執を描いている、と言うことができる。

第二部　作品について

　これに対して、1922年に書いた『ジェイコブの部屋』でウルフが固執したのは、「沈黙」や「思索」という目には見えないものよりも、従来とは異なる枠組みとも言える「小説の形式」で、坂本氏が指摘するように「表層の、それ故に漂うような人間関係の構築を試みようとする」[23]作品だと言えるだろう。しかし、斬新な形式によって描かれたが必ずしも明確には読者に伝わってこない、と指摘されることが多いジェイコブ像を、最終章の第14章で描かれた「ジェイコブの部屋」に注目して考察してみるとどうだろうか。
　ジェイコブの部屋を、語りの意識（narrative consciousness）のなかに創り出された空間だ[24]と言うハーパーは、銃声の聞こえる暗闇にジェイコブが消えた第13章で小説は終わっており、第14章は小説を振り返ってみるためのエピローグ[25]だと言う。しかしジェイコブの部屋の様子が描かれた第14章は、エピローグというよりももっと重要で、ジェイコブ像を理解し作品全体を概観する為に書かれなければならなかった一章ではないだろうか。
　というのも、第14章には作品を理解するためのヒントが描き込まれているのではないか、と思われるからである。先に引用した少々長い第14章の部屋の描写をもう一度読むと、二つのことが述べられていることに気づく。「十八世紀には特徴があった。これらの家々は百五十年ばかり前に建てられた。部屋は形がよく、天井は高い。出入り口の戸の上部には木彫りの薔薇か牡羊の頭蓋骨がある」という部屋のしっかりした造りと、「空の部屋の空気が物憂く、カーテンをふくらませる。花瓶の花が動く。誰もそこに座っていないのに、籐製の肘掛け椅子がきしむ」というかすかな部屋の気配、という異質のもの二つが、部屋の描写として描かれていることが指摘できる。第14章で描出されるジェイコブの部屋は、部屋の表層という目に見えるものと部屋の気配という目に見えないが感じられるもの、という異質のものについてそれぞれ述べているのである。
　すでにハーパーやミノオ＝ピンクニー、キーリー（R. Kiely）や吉田氏が指摘している[26]が、部屋の二つの側面を述べた第14章のこの二つの文章は、第5章と第3章で描かれるジェイコブの部屋の描写に出てくる文章であ

第五章　『ジェイコブの部屋』

る。すなわち上記の引用の前半の部屋の表層についての描写は、第5章で描かれるジェイコブのロンドンの部屋の描写に出てくるものと文の配列などのわずかな違いを除けば同じであり[27]、後半の部屋の気配についての描写は、第3章で描かれるジェイコブのケンブリッジの部屋の描写と重なる。なぜウルフは、このような手がかりを作中に残したのだろうか。ウルフがこの小説で描こうとしたジェイコブ像を考えるとき、この第5章と第3章のジェイコブの部屋について考えてみる必要があるだろう。まず、第5章について考えてみよう。

　最終章で「十八世紀には特徴があった。これらの家々は百五十年ばかり前に建てられた。部屋は形がよく、天井は高い。出入り口の戸の上部には木彫りの薔薇か牡羊の頭蓋骨がある」[28]と十八世紀とのかかわりを示唆する部屋の表層を描写した一節は、第5章第3セクションで述べられるロンドンのジェイコブの部屋の描写の一節と同じである。以下に引用してみよう。

　　これらの家々は……百五十年ほど前に建てられた。部屋は形がよく、天井は高い。出入り口の戸の上部には木彫りの薔薇か牡羊の頭蓋骨がある。十八世紀には特徴があった。（第5章より）[27]

　ジェイコブは、ケンブリッジの部屋とケンブリッジを出た後住んだロンドンの部屋、という二つの部屋をもっていたらしいことが作中で示されるが、第5章で描かれるジェイコブの部屋は、窓の下はロンドンの街路でその昔恐らく十八世紀には宮廷人が住んでいたと思われる、形よく均整がとれた部屋である。形、天井の高さ、ドア板の彫り物[29]、部屋の腰板の色、という部屋の端正な表層が十八世紀の特徴を表しているというこの部屋は、ハーパーが言うように[30]、理性、均整、特権、中庸、伝統という、ジェイコブがケンブリッジで教えられた人生そのものを思わせると同時に、部屋の端正な表層はギリシャ彫刻のようなジェイコブの「整った容貌」[31]を連想させる。

第二部　作品について

　ロンドンのジェイコブの部屋は十八世紀とのかかわりを示唆するが、十八世紀とはどんな時代だったのだろうか。十九世紀の批評家マシュー・アーノルド（Matthew Arnold, 1822-1888）は十八世紀を「理性と散文の時代」と呼んだが、大きくいうと十八世紀の前半は理性が重んじられ、後半は新聞や雑誌など定期刊行物の興隆により一般の市民が読み物や小説を読みはじめ、散文が発達した時代だとされる。十七世紀に起きたピューリタン革命や名誉革命という宗教的あるいは政治的革命と十九世紀に入ってから絶頂期を迎えた産業革命という経済的な革命の狭間にあって、十八世紀は政治的にも経済的にも比較的安定した時代で、例えば詩人のクリストファー・ピット（Christopher Pitt, 1699-1748）は、十八世紀前半の時代を、「神と運命がほほえんで、イギリスを一番幸福にした時代」とまでうたっていると矢本氏は指摘している[32]。また文学史の流れから見ると、小説の興隆のあったこの時代は、十八世紀初頭の批評の伝統においても「概括的で普遍的なものに対する古典的な偏愛が依然として強く支配した時代」で、「文学の対象は『時と所を越えて万人が信じるもの』」であったとワット（I. Watt）は言う[33]。また一般に古典作家を規範として厳格な批評基準や表現形式を尊重し、「理性と感情の調和、形式と内容の一致（decorum）などを心掛けた Classicism として分類される時代」[34]だが、その反面、個人の想像力や情熱という感覚的なものが枯渇した時代だとされている。

　形式を重んじる古典主義（classicism）に傾倒していた十八世紀と、二十世紀の初めに生きたジェイコブの部屋とのかかわりを示唆するその第5章は、ロンドンの町を走る真っ赤な郵便車の描写で始まる。ラムズ・コンデュイット街の歩道の縁石をかすめるように走り抜ける郵便車の描写といえば、この小説が書かれた二十世紀の初めが、自動車や飛行機が発明され実用化された画期的な時代[35]であることを思いおこさせる。この画期的な機械文明が混乱をもたらすものでもあったことは、先に引用した第14章の一節に、「ピックフォードの貨物自動車が、町の通りを走って行った。バスが数台、ミューデイの角で立ち往生していた。エンジンが鳴り、ブレーキをかけた荷馬車屋たちは、素早く馬をとめた」[36]と、時代の最先端をいく

第五章　『ジェイコブの部屋』

自動車やバスと昔ながらの荷馬車が引き起こす、通りでの混乱を描いていることにも見られる。

　この時代の急変する世相について、ウルフは「あらゆる人間関係に変化が起きたのが1910年の12月頃だと考えましょう」[37]と、「ベネット氏とブラウン夫人」("Mr. Bennett and Mrs. Brown")の中で述べているが、二十世紀初頭は、社会や経済や政治の分野を問わず、様々な変化が見られた時代でもあった[38]。その変化は、人々の心にも変化をもたらしたと思われる。例えば、この頃馬車に代わって人々の足として走り始めた自動車は、時代の人間観にも影響を与えたのではないだろうか。

　第5章の冒頭を読むと、バスが渋滞し間近に反対のバスに乗っている乗客たちを認識できるはずなのに、人々は互いに心を閉ざし、ジェームズ・スポールディングとかチャールズ・バッジョンという「タイトル」(表題)を読みとるだけであり、互いを認識する時「赤い口ひげの男」[39]だとか「パイプをふかしているグレイのスーツの若い男」[39]という、色や形という目に見える表層でしか認識しないことが描かれる。人々が互いを認識する際に表層に頼ったり表題を認識するだけにとどまるのは、互いに挨拶をしたり話したりする余裕もなく慌ただしくすれ違うバスや自動車のスピードが一因となっているのかも知れない。通りを走り抜けるバスの乗客達は、人を個性を持つ一人の人間として認識することが難しく、勢い表題を認識するために表層に頼らざるを得なくなるのではないかと推測できるからである。

　「抹香臭い欺瞞的な過去という大きな溝越しに、高みから我がもののように古典時代に挨拶を送り」[40]、形式と内容の一致などを心掛けた古典主義(Classicism)が重んじられたとワイリー(Willey, B)が言う十八世紀と、二十世紀初頭に共通するのは、表層に対する認識だと言えるかもしれない。人を語る時目に見える表層に頼る傾向は、二十世紀初頭の人々が抱いていた人間観が次のようなものだと述べられることでも分かる。

　男なのか女なのか、冷静なのか涙もろいのか、若いのか年とっている

のか。どのみち人生は影の行列にすぎない。なぜ私たちが影であるそれらの人のことをあつく心に抱き、別れをとても悲しむのかを神はご存じだ[41]。

すなわちその人間観とは、人は「男であるか女であるかのどちらか」、あるいは「若いのか年とっているのかのどちらか」で、「人生とは影の行列」なのだというものだ。一人一人の個性を見分けるのではなく、目に見える表層から人間を判断しようとする人間観である。人をそのように見る我々は、ポストに投函しようと爪先だって背伸びしている少女を見ても可哀想にとも思わず、そういう感情は「靴の中の砂の一粒」[42]くらいの感じしか抱かない。人を見ても感情の機微を探るのではなく、「我々は冷静であるか、あるいは涙もろいかのどちらか」だという、表層に従った判断をすることになる。人に対する大まかな認識が描かれる第5章に登場するロンドンの人々は、心の革のカーテンを翻し同じ顔に塗った同じ影のようで[43]、終日続く労働の後、夕方六時になるとコートを羽織り、歩道をズボンの足のように別れたり「ひとかたまりの形を作って」[44]進み、地下に潜って家路につく。灰色の教会の尖塔が彼らを受け入れる。年老いて白っぽくなった、罪深く、威厳のある都市。尖塔や事務所が河岸を賑わす都市を、「巡礼者は永遠に歩き続ける」[44]のである。

第5章では、人を語るとき目に見える表層に置き換えて語ることにあまりこだわりを持たない人々の意識が示唆されるが、上の引用で述べられる「どのみち人生は影の行列に過ぎない」という言葉が示唆するのは、人間とは「影の行列」というひとかたまりを形成して明日へまた明日へと歩き続けるものだ[45]という、人を個人としてよりもグループの中の断片としてとらえようとする表層的な人間観だと考えられる。人を一人の人間として認識するのではなく、ひとかたまりの群をなす断片として認識する人間観は、第一作『船出』に登場する乗客のダロウェイ氏が主人公のレイチェルに語って聞かせる「人間とは……状況を複雑な機械として考えてごらんなさい。我々小市民はその機械の一部なのですよ」[46]という人間観に通じる

第五章　『ジェイコブの部屋』

ものがある。
　この人間観は、十八世紀に見られた人間観に通じるものでもあっただろう。十八世紀前半に活躍したポープ（Alexander Pope, 1688-1744）の作品には、思想的あるいは批評的内容を持ったものが多いとされるが、たとえば、「『人間論』(*An Essay On Man,* 1733-34）は、宇宙の中に生きる人間の存在から説き起こし、人間は神について知るよりもむしろ人間自身を正しく知らねばならぬこと、そして人間はたがいに助け合って大きな調和と秩序のある社会を形成すべきものだということ、それゆえ個人の幸福は全体の幸福にむすびつくことになる、これを実現するのが人間の目的であること、などという趣旨を叙述している」[47]のである。『ジェイコブの部屋』の第5章でウルフが描出を試みたのは、ジェイコブが生きた二十世紀初頭という時代の人々が抱いていた「個」よりも「全体」の一部として人間を把握しようとする傾向で、それは『人間論』に述べられた十八世紀の思想にも通じる人生観や人間観であり、この作品の時代の雰囲気だと考えられるのだ。
　では次に、最終章の後半部分で述べられる、「空の部屋の空気が物憂く、カーテンをふくらませる。花瓶の花が動く。誰もそこに座っていないのに、籐製の肘掛け椅子がきしむ」[48]という、部屋の空気の動きや椅子のきしむ音という目には見えない気配を描写した部分について考えてみよう。
　この部分は、第3章の第6セクションに出てくるケンブリッジにあるトリニティーのネヴィル・コートの最上階にあるジェイコブの部屋の描写[49]と重なる。

　　空の部屋の空気が物憂く、カーテンをふくらませる。花瓶の花が動く。誰もそこに座っていないのに、籐製の肘掛け椅子がきしむ。

　空気のかすかな動きに、亡くなったはずのジェイコブを思わせる効果があるとミノオ＝ピンクニーも言う[50]ように、第3章のトリニティーのジェイコブの部屋は、第5章で描かれる部屋とは異なっている。ウルフが描こうしているのは、全てがとてもイギリス的だという丸テーブルと二客の椅

第二部　作品について

子、エリザベス朝時代の本、ギリシャとジョシュア卿の絵、ジェイン・オースティンの作品、ルネッサンス期のイタリアの画家達についての本などで、そこに住む二十世紀初めに生きるイギリスの一青年という個人に関わる何かを暗示しているのかもしれない。

　ロンドンの部屋よりもケンブリッジの部屋の方が、ジェイコブという一人の青年にもっとかかわりを持っていることは、次のごく小さな記述に表れていると見ることが出来る。ロンドンの部屋では、若者が出版社に投稿したものの送り返されてしまった論文が、母のベティーから送られて来たコーンウォールの消印のある手紙などと一緒に「ジェイコブ」と白いペンキで書かれ部屋の隅に置かれた黒い箱に投げ入れられ、「真実に蓋がされてしまっていた」[51]のに対し、ケンブリッジの部屋では、赤線で囲まれた小論文が無造作に「テーブルの上に置いてある」[52]のである。ケンブリッジの部屋の方が、ロンドンの部屋よりは、そこに住む若者の内面を披瀝する空間であることを、この記述は表しているとみることができる。

　しかしロンドンの部屋に比べれば若者の内面が披瀝されるそのケンブリッジのジェイコブの部屋も、第二作『夜と昼』の主人公キャサリンが深夜思索にひたる部屋とは明らかに異なっている。キャサリンの部屋が、孤独のうちに思索という内的世界にひたるための「私自身の部屋」という個室としての性格を持っているのに対し、ジェイコブの部屋は、思索にひたるための部屋として描かれているとはみえないからである。彼の部屋は、カザンが言うように「いつも社交の集いに、いつも断片的なダイアローグに取り囲まれ」[53]た部屋で、そういう彼の部屋は、「ジェイコブの心というよりは、彼が達成する唯一の社会的なスペースを示している」[54]とフィリップス（K. Phillips）は言いあてている。

　絶えず同性の友人達に取り囲まれざわめきのうちにあるジェイコブの部屋は、ケンブリッジの他の部屋がそうであるように、一人思索にひたるための個人的なスペースというよりは、音楽が演奏され賑わう「白昼の世界とその表面性」[55]を表すというホール（集会室）としての特質を持つものとして描かれていると考えられ、「騒がしい表面の背後の別の世界」[56]という

第五章　『ジェイコブの部屋』

密やかな部屋としての性格を持たないことが示唆されるのである。
　では、ケンブリッジの部屋を描いた第3章で描出される人間観とは、どのような人間観だろうか。第3章で印象的に描かれるのは、キングズ・カレッジの礼拝堂を軽やかに舞う白いガウンに身を包み、長靴を履いて整然と行進する若者達の姿である。若者達は、「彫像のような表情で、信心によって抑制された確信や権威を漂わせ、ガウンの下に長靴を履いた若者の行列は整った隊列を組んで進む」[57]と述べられる。太い蝋燭がたてられ、白いガウンをまとって立ち上がる若者たちの姿は、続いて述べられる、木の下に立てられたカンテラに目的を持たず意味のないものに駆りたてられるかのように集まってくる、「森の昆虫」[58]のイメージにつながると言えるだろう。
　『ジェイコブの部屋』を書いている頃、ウルフは T. S. エリオットの作品を意識していたとパンケン（S. Panken）はいう[59]が、1914年に *Poetry* 誌に掲載され1917年に出版された、そのエリオットの『プルーフロックの恋歌』(*"The Love Song of J. Alfred Prufrock"*) にも、蝶や昆虫のイメージがみられる。例えば、エリオットのこの詩の第6スタンザで、"And when I am formulated, sprawling on a pin,/ When I am pinned and wriggling on the wall," と述べられるイメージは、ピンで留められる昆虫のイメージに重なると考えられるからである。ウルフ自身も1899年に昆虫採集に出かけたことを日記に記しているが、ウルフやエリオットの詩や小説にみられるこのような昆虫のイメージには、同時代人のファーブル（Jean Henri Fabre, 1823-1915）が1879年から1910年にかけて出版した、文学的に見ても優れた作品であるとされる全10巻の昆虫観察記録『昆虫記』(*Souvenirs entomologiques,* 1879-1910) の影響があるのかもしれない。
　心を輝かせる一人の青年というよりは、青年の典型としてまるで昆虫の標本のように均質的・同質的な存在として描かれるケンブリッジの若者の姿は、個人としての顔を持たないロンドンの無名の人々の姿に重なる。「キュー植物園」で描かれる人々が、蝶やカタツムリと同質に描かれるように、この作品でも人は「もの」と同列に描かれるという側面を持つので

ある。このように描かれる人間像は、後の1939年に書かれた「過去のスケッチ」でウルフが述べた無名性（anonymity）につながる、「我々は言葉だ、我々は音楽だ、我々はものそのものだ」[60]という有名な一節の中の、「我々はものそのものだ」という言い回しへと発展していくものだろう。

　白いガウンを翻してさっそうと歩く若きエリート達の行列は、しかし第5章で描かれるロンドンの街路を黙々と行進する一群の人々のような影の存在ではない。街の人々もキングス・カレッジの礼拝に参列する若者も、ひとかたまりになったり秩序だった行列を形成し長靴（boots）を履き歩いていくが、ロンドンの街をゆく人々が無口で黒っぽくぼんやりとした影の行列で、「口を引き締め」[61]「心の皮のカーテン」[62]をはためかせているのに対し、ケンブリッジのジェイコブの部屋、チャペル、ホール、図書館は、学者や学生達の饒舌が響きわたり、にぎやかに言葉が行き交っているからである。ケンブリッジの空間は、言葉と「背教者ユリアヌス」[63]が支配する空間である。

　ケンブリッジには、ギリシャ語の炎、科学の炎、哲学の炎という三つの炎が燃えている窓がある、という。いずれも言葉が燃えたたせる炎である。書物に「書かれ」、スピーチで「語られ」、ラテン語やギリシャ語で書かれた「詩」の言葉が燃え立たせる炎である。ハクスタブル（Huxtable）老教授が眼鏡を取りだし書類を広げると、彼の頭脳の廊下を整然と足早に足音が行進し、ホール全体、ドームがアイディアでいっぱいになる[64]。ソップウィズ（Sopwith）教授は、奇妙なスピーチの堅い繊維をよりながら、とにかく話し続ける[65]。エラスムス・コーワン（Erasmus Cowan）教授は、まるで言葉が唇にのせたワインででもあるかのように、ラテン語をヴァージル（Virgil）を、カタルス（Catullus）を、吟じてみせる[66]。そして彼らの部屋には、いつも若者がいる。

　第3章で描かれるケンブリッジのジェイコブの部屋は、ロンドンの部屋よりはジェイコブの内面を披瀝する部屋だと考えられるが、絶えず言葉がにぎやかに響きわたっているその個室は、あまり孤独の時を静かに思索に浸って過ごすことのない青年像を示唆していると言うことができる。ジェ

第五章　『ジェイコブの部屋』

イコブが孤独のうちに思索という内的世界にひたることが感じられず、沈黙が行きわたる「背後の部屋」という、個人の内的な生活と結びついた個室としての性格からは遠いことを思わせる空虚な空間であるこの部屋は、言語中心主義（logocentricism）と男性文化偏重（masculine cultural value）のどちらもが虚ろであるということをさらけだしている[67]ことを示す意図を持つとも考えられるのである。

　こうして第14章の部屋の描写を手がかりに小説を読み解いていくと、第５章で表出されると考えられるのが、表層を頼りとし、ひとかたまりのグループとして人間を捉えようとする時代の思想的傾向であり、他方第３章で表出されると思われるのが、ケンブリッジで学ぶ青年の、思索に耽ることが少なく言葉に支配されがちな内面の傾向だと推測することができる。第５章に描かれるロンドンの無名の人たちも、第３章で描かれるケンブリッジの学生達も共に長靴を履いて行進する。長靴を履き心に皮のカーテンをかけ乏しい表情のまま、均質的な細片の集まりとして行進する人々の姿は、戦場を行進する兵士達の姿を連想させるものでもあるが、ズワードリング（A. Zwerdling）が指摘するように当時の社会の雰囲気に残る第一次世界大戦の影を伝えるものだ[68]。第14章でボナミーが述べるジェイコブの部屋の描写が示唆するのは、目に見える表層を頼りとし、人をひとかたまりのグループとして表層的にしか認識しない時代の傾向を背景にした、対話や議論を重んじるが思索という目には見えない内的世界をあまり持たない空虚な人物像ではないか、とみることができるのである。

　しかしここで、もう一度79頁で述べた第５章の引用箇所[69]に戻ってみよう。引用を読むと、語り手は人間を、「男なのか女なのか」、「冷静なのか涙もろいのか」、「若いのか年とっているのか」だと言い、人生とは「影の行列」にすぎないのだと述べている。しかし続けて語り手が、「なぜ私たちが影であるそれらの人のことをあつく心に抱き、別れをとても悲しむのかを神はご存じだ」と述べて、人間を虚しい影の存在だと言いながら、その死を悲しむという矛盾を認めたり、「なぜ若者が世界で一番現実的で堅固だということに驚くのだろうか」と問いかけるのはなぜだろうか。ある

85

いは、第3章で、部屋が示唆するジェイコブ像はミノオ＝ピンクニーが言うように「空しい幻影」[70]だと描かれていると思われるにもかかわらず、「彼（ジェイコブ）は感受性が強かった。しかし言葉はマッチを覆うために掌を窪ませる冷静さとは相容れなかった」[71]と述べられるのは何故だろうか。語り手は、空しい幻影として受け取られがちなジェイコブのことを、「ジェイコブは感受性が強かった」と述べたり、「マッチを覆うために掌を窪ませる冷静さ」のある、実体のある若者だったと述べるのである。

　この言葉のそれぞれには、第3章や第5章が暗示する、人間を影のような存在だと見なし、細片や断片の一つとして人間を認識する人間観に対する疑いが込められているのではないだろうか。この言葉は読む者に混乱を引き起こすが、この混乱は語り手の視点の不確実性によって引き起こされるのかもしれない。語り手の問題について既に坂本氏やハフリーやベイジン（N. T. Bazin）らの議論があるように[72]、確かにこの小説には、ひとつの視点から語る語り手とそれとは一致しない別個の視点から語る語り手がいると思われる。しかしここでは語り手の問題に焦点を当てるのではなく、語り手が複数の視点から語ることによって引き起こされる混乱が意味するものについて考えてみたい。ウルフが描こうと意図した人間観に反逆を挑むかのような、混乱を引き起こすものを「背後の意図」と仮に呼ぶこととすると、作中にはどのような「背後の意図」が描き込まれているのだろうか。またそれが意味するのは、何だろうか。

　ウルフがこの作品を書くにあたって意図したと思われるのは、「対話」という技法を用いた新しい形式によって人の「心」という内面を描きたいというものだった。しかし対話という「語られるもの」によって目には見えない内面を描出しようとするウルフのこの意図は、小説の第3章の冒頭あたりで、以下に引用する、もう一人いると思われる語り手の言葉との齟齬を引き起こす。

　　人々のことをかいつまんでわかろうとしても無駄。語られることを正確に、また成されることを完全に、わかろうとするのではなく、ヒン

第五章　『ジェイコブの部屋』

トに依らなければならない[73]

　この言葉は、第3章の書き出しで、ケンブリッジに向かう十九歳になったジェイコブと同じ車両に乗り合わせ、ジェイコブの様子を仔細に観察するノーマン夫人について、語り手が述べる言葉である。ノーマン夫人は、ウルフの意図を裏切るかのように、表層に従って人をグループわけしてかいつまんで認識することなどできず、「語られること」ではなく「ヒント」によって人は人を理解しなければならない、と主張するのである。この言葉には、対話という語られる言葉によって心を描こうという表明された意図に対する反逆が垣間見えるし、同時に、人間を理解しようとすれば、言葉ではなくヒントを察する感受性に信頼を置くべきだという主張が感じられ、語られるものを中心とする人間関係への懐疑が述べられていると理解出来るのではないだろうか。

　言葉を介在して結ばれる人間関係や人をひとかたまりのグループにかいつまんで認識する人間観に対する疑念は、別の形でも描出されていると考えられる。先に述べたように、小説の第3章では、一人思索するよりも人々と語ることを重視する傾向の青年像が描かれていると思われるのだが、その第3章は、以下に述べるように、もう一つの人間観を鮮やかに提示している、という興味深い現象がみえるからである。

　新しい小説の形式を求めて書かれたこの小説では、視点を次々と変えてゆくという斬新な手法によって、ジェイコブという青年の表層が描出されることに主眼が置かれ、主人公ジェイコブの内面の考えが記されることはほとんどない。数少ない例外は、次に説明する第3章で述べられる、女性に対するジェイコブの反感である。

　ケンブリッジの部屋で絶えず同性の友人に囲まれており集団志向的なジェイコブは、教会の礼拝に参列した女たちがかぶっている色とりどりの羽根やパンジーや勿忘草がついている帽子が、「個別の感じ」(a sense of individuals) を与えるのが気に入らない。そういう個別の感じを打ち出すことによって、整然とした礼拝の規律を乱す女性たちの存在を煩わしく思

87

い[74]、犬に等しい存在だとして反感を持つ[75]。犬が自分の領域を明確にするためにマーキングとして不敬な行いをするように、規律あるべき教会の中で、女性達が様々な色や形やデザインの帽子をかぶって自分の持ち味を誇示し、整然とした集団を乱すことに彼は反感を覚え、「女たちは罪と同じくらい醜い」と蔑視するのである。しかしこの箇所は、読み方を変えれば、犬にも等しいと男達が侮蔑する女性の資質的特徴が、「感性」にあり、ひとかたまりであるよりも「個別的」(「個性的」)であることを重視することにある、ということを明確に表明していることに気付く。こういう人間的資質は、第5章でウルフが表出した、人をひとかたまりの存在とみなす人間観や、第3章で描出した、言葉を重視する指向の人物像の対極に位置するものであることは言うまでもないだろう。男性優位の考えに染まったケンブリッジの青年の描写が、裏を返せば女性的資質を鮮やかに提示するところにも、「背後の意図」を読み取ることができるのではないだろうか。「対話」を連ねるという斬新な小説手法によって時代の人間観を作品に描こうとしたと思われるウルフの最初の意図に反して、語られる言葉で人を知ろうとするのは難しく、また人をグループとして捉える人間観では「人間を知ることが到底難しく」、「普遍的な真実や価値は幻影」だということを示す、とマーカスが言う[76]手がかりが、こうして作中に密かに書き込まれていると思われるのである。

　そして、個別的な人間観を逆説的に提示した小説の第3章は、第12章と呼応しているのではないか、という推測を生む。というのも、第3章で述べた「人々のことをかいつまんでわかろうとしても無駄。語られることを正確に、また成されることを完全に、わかろうとするのではなく、ヒントに依らなければならない」[77]という言葉は、再び第12章で繰り返されるからである。

　第12章の舞台は、ギリシャである。ギリシャがこの小説と深いかかわりをもつことは、ハンセン(C. Hansen)やズワードリングやビショップ(E. Bishop)たちがすでに指摘している[78]ところだが、第12章では、ケンブリッジの知的エリート教育の仕上げとしてギリシャ旅行[79]におもむくジェイコ

第五章　『ジェイコブの部屋』

ブが描かれる。ギリシャを旅行中ジェイコブを見かけたサンドラ・ウェントワース・ウィリアムズ（Sandra Wentworth Williams）は、二十六歳になったジェイコブのことを「単なる田舎者としか思わなかった」のだが、このことについて、語り手は第3章の冒頭で十九歳のジェイコブと同じ車両に乗り合わせたノーマン夫人について語った言葉をそのまま述べる。「人々のことをかいつまんでわかろうとしても無駄。語られることを正確に、また成されることを完全に、わかろうとするのではなく、ヒントに依らなければならない」[80]。

　第12章の舞台となるギリシャについて、ウルフはどのような特徴を持つものとして描いているのだろうか。「誰もがそう思うわけではないが、草木の生えていない土地、石が多すぎて耕せない荒れ野、イギリスとアメリカの間にある波立ち騒ぐ海原の方が、都会より我々にふさわしいということは、大いにありそうだ」[81]と語るとき、語り手は、都市よりも荒野や荒海という人間の手が入らない自然の方が人間には向いているのではないか、と示唆する。語り手はそれとなく、ギリシャをロンドンという機械文明の発達した都会の対極にある地として表わし、ギリシャに現代や都市との対極にあるものとしての位置を与えていると考えられる。

　続いて、そういう荒野や荒海にいると、「慣習上の必要条件（qualification）を人は嫌うところがある。人々は一つの部屋に集まってくる。『お会いできてうれしい』と、誰かが言う。それは嘘だ」[82]と、ホールのような大きな部屋に集まって交わされる都会での社交の生活への疑問を語り手は述べる。このとき語り手は、ユングの言う「にぎやかな表向きの部屋」の特徴を都市に見ているのではないだろうか。荒野のようなギリシャの劇場跡の大理石に腰を下ろして、ボナミーに「ギリシャへ来ることは、文明から自分を守るということがわかる唯一の機会だ」[83]と手紙を書いたジェイコブは、イギリスに帰ってボナミーに会ったとき、「会えて嬉しいということを示すような言葉は言わなかった」[84]のである。

　ギリシャの文明について、ウルフは両義性をもつものとして描いている、と考えることもできるだろう。ギリシャ文明の一面が個人よりも集団を重

89

第二部　作品について

んじる傾向にあることは、「風はアテネの通りの暗がりを吹きぬける、その吹き抜ける風には、一人の人間の感情や特徴の詳しい分析を許さない、押さえつけるような力がある。ギリシャ人、レバノン人、トルコ人、英国人のあらゆる顔は、その暗やみの中ではほとんど同じに見える」[85]と書きあらわされる。

しかし同時にギリシャ文明には、ジェイコブが読むパンフレットの説明にもあるように、「芸術的なセンスは、数学的な正確さに優先する」[86]という芸術性がある。個人的な感覚である直感的な芸術的感覚を数学的正確さよりも重んじる別の面もあることが示されているのだ。ロンドンが「にぎやかな表向きの部屋」のイメージを持ち、影の行列の中の細片という人間観に呼応するとするなら、ギリシャは個人としての人間を認める人間観に呼応すると言えるかもしれない。そのことは、第12章で描かれるジェイコブの変貌に表れていると考えられるのではないだろうか。第12章でケンブリッジ教育の仕上げとしてギリシャ旅行に出かけたジェイコブは、無意識のうちに政治を考えるようになり[87]、歴史の重要性についてノートを書き始める[88]という、ビルドゥングス・ロマンを思わせるような成長をみせるのだが、同時に、「影の行列」の中の細片として人を捉える人間観とは相容れない感覚を覚えるからである。

ギリシャのホテルの窓から外を眺めながら、「自分だけが孤独なのではなく、すべての人が孤独だと気付いて憂鬱」[89]になったジェイコブは、翌日オリンピアの丘へむかう途中、幼い日を過ごした故郷のコーンウォール[90]の海岸に似た海がみえる場所に座り、「英国の外で、一人きりで、全体から切り放されて、一人でいることが素晴らしいということにはまだ気付かなかった」[91]。だがその後オリンピアの丘の頂上に立ったとき、彼は一人でいることを大いに楽しみ「人生でこんなに幸せだったことはない」[92]ことに気付いたのである。

ジェイコブは、ケンブリッジの生活では侮蔑の対象であった、礼拝堂での色とりどりの羽根や飾りをつけた女性達の帽子が誇示する「個別の感じ」を、オリンピアの丘の上で喜ぶべき我がものとしてこの時実感したのだと

第五章 『ジェイコブの部屋』

言うことができるだろう。ジェイコブが孤独を楽しむオリンピアの丘は、このとき都市という「にぎやかな表向きの部屋」の裏にある、「静かな背後の部屋」のイメージに重なると言うことができる。ジェイコブの変貌について、人は人生についてまわるイリュージョンをつくり出す力にまず対応しなければならないが、その力というのは、その人間の精神に個人が組み込んでいる両親のイメージである[93]と、ユングの理論をひきながら説明するポレスキーは、ジェイコブが自分の個性化を完遂するためには、基本的な要素である「女性性」(the feminine element) を得なければならないことを学ぶのだ、と言っている[94]。確かにジェイコブにとってギリシャ旅行は、男性優位の社会の伝統を受け継ぐ教育の仕上げという表向きの目的を果たしもしたが、それと同時に、女性に特有だと侮蔑していた個別的（個性的）であることを好むという女性性と思われる感覚を彼自身が帯びる、という産物ももたらしたのである。

　先史時代からの古い歴史を持つ故郷のコーンウォールのような海が見えるギリシャを旅する間に、ジェイコブは現代から古代へ、都市から都市の周辺へ、青年から幼年へという心理的な時間を密かに遡る旅をし、彼の無意識にひそむ女性性を認識したのである。ユングの言う個性化を遂げることにもなった心理的なその遡行は、機械文明の発達したロンドンに代表される都市の生活にしばしばみられる表層的で単純な人間観や、ケンブリッジの教育で身についた男性優位主義的な思考の拘束から、ジェイコブが次第に解放されていったことを意味すると考えられる。ロンドンからギリシャへ、オリンピアの丘へというジェイコブの旅は、「にぎやかな表向きの部屋」としての現代の都市ロンドンから、はるかな古代の都市ギリシャという「静かな背後の部屋」へと向かう旅でもあっただろう。時代の空気を背景とした空虚な人物像として描かれるはずであったと思われる青年像は、女性的資質を得て個性化を遂げるという「背後の意図」をあらわしている、と言うことができる。ジェイコブに起こった変化が示唆するのは、ひたすら速度や機能性を求めて変貌を遂げてゆく現代文明、あるいは言葉を重視する思想やコミュニケーション、表層的で人間を個人として認めに

91

くい人間観などに対して、現代作家として認識されるウルフが抱いた違和感の表明だと考えることもできるのである。

　新しい形式を生み出すことを目的として書かれたはずの『ジェイコブの部屋』は、大方の人々が認めるように、視点を次々と移しながら表層を描くという、いかにも実験的な形式の小説である。しかしクロノロジカルな時間にしたがって展開してゆくその筋書きは、旧来の小説と同じように主人公の成長を描くビルドゥングス・ロマンだとする評価にみられるように、あまり斬新なものとは言えないかもしれない。第一作の『船出』や第二作の『夜と昼』が、古めかしい物語の展開という装いの背後に、沈黙や思索という目に見えない世界を描こうとした意図がみえる作品であることとは異なり、この小説は、心という目に見えないものを描くために対話を組み立てて形を整え、新しい実験的な小説を書こうという意図はありながら、その展開には古めかしさが残った小説だと言うこともできる。しかし第一作や第二作を、古めかしい展開の背後で目に見えない思索や沈黙の世界へのこだわりを描いている重層的な作品であると評価するなら、『ジェイコブの部屋』もそれらと同じく、時代を先取るかのような実験的なものを書きたいという表向きの意図の背後に、時代の傾向に投げかけられた疑問あるいは表層の背後にあるものへの視線という「背後の意図」が隠された、奥行きのある作品だと評価することが出来るのである。

　自分の感覚に信頼を置き、個人の独自性を誇る女性的感覚は、人間を影の行列の一員としてみる人間観にはそぐわない。粛々と隊列を組み黙々と歩き続ける人々が履く長靴は、帽子の形や色の違いを競って誇る感覚にはそぐわない。コーンウォールの浜で「涙とともに手紙を書く母」を冒頭に、ジェイコブが残した「古靴に困惑し、涙する母」[95]を結末に描いたこの小説は、母の涙という女性的な感覚に溢れるものに丸ごとくるまれているのである。実験的な小説という新しい衣をまとった『ジェイコブの部屋』という作品に込められたウルフの意図を正確に把握しようとすれば、小説の最終章が示唆し、この作品のもう一人の語り手が言うように、語られることをわかろうとするよりも、目には見えないヒントを「感じ取る」ことが

第五章 『ジェイコブの部屋』

必要となるのではないだろうか。

第六章　『ダロウェイ夫人』——空間と意識の階層

　草稿段階で 'The Hours' と名付け、その構想について「生と死、正気と狂気を描き、社会制度を批判したい」[1]と日記に記した、ヴァージニア・ウルフの第四作『ダロウェイ夫人』（1925）は、総理大臣の出席も予定されている社交的なパーティーを飾る花を買うために、ダロウェイ夫人が外出する場面から始まる。新鮮な朝の空気とドアのきしむ音に触発され、ウェストミンスターの邸宅から街路に降り立ったダロウェイ夫人は、少女時代を過ごした田舎のブアトンでそうだったように新鮮な気持ちを感じ、ピーター・ウォルシュ（Peter Walsh）のことを思い出し、ビッグ・ベンの鐘の音を耳で捉えながらヴィクトリア街を横切り、どんなに見捨てられたような人々でも人生を愛していると感じた、と小説の最初の二頁で述べられる。

　パーティーを開くという現実の時間に起こる出来事に向かって進行する物語は、同時に現実の時間を越えて「意識の流れ」を追っている。現実の時間の流れを示すのは、ビッグ・ベンやセント・マーガレット教会などの鐘の音の描写であり、「ロンドンの社会領域（social territory）の地形測量」[2]とするビア（G. Beer）の指摘が言い得ているが、クラリッサ・ダロウェイやピーターやクラリッサの娘のエリザベス（Elizabeth）たちの移動とともに彼らの目に映る、ロンドンの空間や建物の変化の描写である。

　変化する街並みの描写が現実の時間を「地平状」に表していると考えるなら、ダロウェイ夫人の心理描写は、移動と空間の変化とともに意識が沈潜しつつ変化することを示唆している、と言えるだろう。花を買うために戸外に出たダロウェイ夫人が、ドアのきしむ音を聞き新鮮な大気に触れて故郷のブアトンを思い出す様子は、"[she] plunged at Bourton into the open air"[3]と表現される。「沈める」あるいは「投ずる」ことを意味する

第六章　『ダロウェイ夫人』

'plunge' が用いられるこの表現は、戸外へと身体を「投じる」ダロウェイ夫人の動きに呼応して、主人公の意識も戸外と同列に置かれたとみえるブアトンでの過去の思い出へと「沈潜する」ことを示唆しているからだ。

多数の視点から見たジェイコブの表層を描いた前作の『ジェイコブの部屋』とは異なり、はじめ「時間」と名付けられた『ダロウェイ夫人』の冒頭部分は、身体の移動と移動がもたらす空間の変化に、意識が呼応していることを示唆していると思われる。「心理の海へと下降していく意識を描いた」[4]と坂本氏が的確に言いあてたこの小説で、主人公の意識は空間の変化とどのように関わり、どこへ行きつくのだろうか。この章では、主人公の沈潜する意識と主人公が身体を置く空間との関連を、ユングの言説を援用して分析してみたい。

意識と空間の関連を分析するにあたって、小説の流れに従ってダロウェイ夫人の意識を追ってみよう。ダロウェイ夫人は、ウルフの第二作『夜と昼』の、昼間の応接間での社交に身が入らず、深夜自分の部屋で思索に没頭することに至福をみいだした主人公キャサリンとは違い、外国語も歴史も知らず、本も読まず[5]、考えることも書くこともピアノを弾くことさえできない[6]という女性で、ウェストミンスターに住む上流夫人というにしては庶民的で平凡なイメージを与える女性である。しかしダロウェイ夫人にとって、パーティーの「完璧なホステス」[7]だとピーターに批判がましく言われようとも、あちこちに住む人々を集めパーティーを創造することほど重要なものはないのである。

その夜開かれるパーティーのための花を買おうと邸を出たダロウェイ夫人は、ロンドンの街路を歩く。二十年以上もウェストミンスターに住み、都市での社交の生活を楽しんでいるかに見える彼女は、「ロンドンでの散歩は好きだわ。……本当よ、田舎での散歩よりいいわ」[8]と、ロンドンの街路の散歩を田園の散歩とほぼ同列に捉えて楽しんでいる。

ウルフが都市や街路に抱くのは「生の河」(a river of life) というイメージで、都市を「現代の疎外」(modern alienation) と、また街路を行く人々を「死せる魂の寒々とした行列」(bleak procession of dead souls) と捉えた

第二部　作品について

T. S. エリオットの理解とは明らかに異なる[9]とメーファムは言う。確かにダロウェイ夫人にとって、車やバスや飛行機の騒音が溢れ、楽隊や人々が醸し出す喧噪が響き渡るロンドンの街路は、彼女の好きな「生、ロンドン、六月のこの瞬間」(life; London; this moment of June) という晴れやかさを感じさせる場所であり、通りをいく人やものに、自分やピーター（Peter）の命が引き継がれると思わせる場所なのである。ロンドンの街路は、自分がブアトンの田舎の屋敷の木々や見知らぬ人々の一部であり、よく知った人々が張る枝の上に拡がった霞のようだと感じさせる空間でもあるのだ。

> でもどういうわけか、ロンドンの街路で、潮の衰退と流れにのって、ここ、あそこに彼女は生き残り、ピーターは生き残り、互いのなかに生きている、彼女は確信した、故郷の木々の一部である彼女……あったこともない人たちの一部、木々が枝を上げるのを見るときその枝に彼女を持ち上げる人たち、彼女がよく知る人たちの間に拡がる霧のように拡がって[10]

ボンド街を行くときダロウェイ夫人は、自分が見られず、知られず、他の人々に混じって行進をしていると感じ、もうクラリッサという個人ではなくリチャード・ダロウェイ夫人という表題として自分を認識している。

> 彼女は自分が目に見えず、見られず、知られないという奇妙な感覚をもった、そこではもう結婚もなく、今や子どもを持つこともないが、ただボンド街をゆく他の人たちとこの驚くべき厳粛な行進をする、ダロウェイ夫人というこの存在、もはやクラリッサですらなく、リチャード・ダロウェイ夫人である存在……[11]

社交的なダロウェイ夫人は、対話を通して巧みに他人との交流をはかり、適度な距離を保ってくれるリチャード（Richard）と結婚したのは正しかったと思ってきたはずだ。だが、花を買って邸に戻ったダロウェイ夫人は、

第六章　『ダロウェイ夫人』

　社交界の重鎮であるブルートン令夫人（Lady Bruton）の午餐会に招待されたのは夫のリチャードだけだと知り、残された自分の生命の余白には生活の色合いや味わいを吸収する能力がわずかしか残っていず、年老いて胸のふくらみがなくなったと感じて[12]、ふと不安を覚える。"Fear no more ..."[13]と『シンベリン』（Cymbeline）のダージの一節を呟きながら、尼僧のようにあるいは塔を探索する子供のように、彼女は屋根裏部屋に上がっていく。そしてベッドが段々狭くなっていくと感じている。ダロウェイ邸の上階に位置する屋根裏部屋は、ダロウェイ夫人が寝室としている個室のような彼女の空間だ。だがその部屋は、「生の核心、屋根裏部屋は空虚だった」[14]と、emptiness と併記されている。その表現は、ダロウェイ夫人が尼僧や子供という男女の性とは無縁の者のように登っていくその部屋が、激しく若々しい感情や情熱や生命力とは縁遠い場所であることを思わせる。ダロウェイ夫人の個室となっている屋根裏部屋は、仮死のまま眠るイモジェン（Imogen）のように、ダロウェイ夫人の生命の力が衰えていることを示唆している、と言えるだろう。

　だがダロウェイ夫人は、思い直す。「彼女はまだ年取ってはいない。ちょうど五十二歳になったばかりだ」[15]屋根裏部屋から客間に下りたダロウェイ夫人は、インドから帰国して自分を訪ねてきた旧友のピーターと話す。感情が激して泣き出した彼を慰撫しながら、「もし彼と結婚していたら、このにぎやかさは毎日私のものだったかもしれない」とピーターと結婚しなかったことを悔い、リチャードが自分を置いて出かけたことを考えると、「私はずっと一人だわ」[16]と思ってしまう。

　このように小説の初めの部分で、ダロウェイ夫人の意識は身体の移動がもたらす空間の変化とともに変化している、と言えるだろう。ブアトンを思い起こさせる街路を歩くとき、ダロウェイ夫人は喜びに溢れ、街路の人々に田園に木々に自分の命が受け継がれていくことを感じ、自分は誰にも知られることのない無名の存在だと感じている。しかし社交の場に自分は招待されなかったことに衝撃を覚えて屋根裏部屋に登ったとき、老いを感じ、残された自分の命を思った。そして下階の客間に下りたときに、若かった

97

自分を省みたのである。

　この変化をみると、彼女が身体を置く「街路」と「客間」と「屋根裏部屋」という階層的な空間は、ダロウェイ夫人の意識の段階と呼応している、と言えるのではないだろうか。つまり、他者との関わりを覚える意識を座標として考えると、街路では無数の他者につながっている自分を感じ、邸宅の下階では個人的な他者との関わりを思い、上階では自己の命を考えるというように、ダロウェイ夫人の意識の中で他者との関わりのありようが、いわば「円錐形」の階層状態を成すが如くに描かれている、と考えることができる。あるいは時間との関わりで言うと、客間は過去の自分を省みる意識とつながり、屋根裏部屋は未来の自分に覚える不安とつながる、というように、その階層空間がダロウェイ夫人の過去を思うことから未来を考えるという内面的な時間の方向性に呼応するものとして描かれている、と考えることができるのである。

　このように、一方で街路を歩くとき他者につながり受け継がれる生を喜び、感じつつも、屋根裏部屋へ登るとき他方で生への不安に覚醒するという、相反する意識を覚える人物として描かれているダロウェイ夫人がセント・ジェームズ公園の入り口に立ったとき、「彼女はとても若い、が同時に言いようもないほど年取っている、と思った」[17]と、矛盾する感覚を覚えたと描写されるのは無理もないだろう。この作品についてウルフが日記に記した抱負のうち、「生と死」というテーマは、時間の永遠の流れにまき込まれて生き延びる生を感じつつ、限定的な自分の時間を覚えて不安にとらわれる、という矛盾をはらむ意識として示され、その意識が、街路と客間と屋根裏部屋という空間の階層と関わるものとして描出されているということができる。

　しかし空間と意識の関連性をそのように捉えるのは、ウルフに固有の感覚というわけではないだろう。心理学者のユングは、ある時自分がみた集合的無意識につながる夢[18]について述べ、その夢について説明を加えている。少し長くなるが、ユングがみた夢の説明を引用してみよう。

第六章 『ダロウェイ夫人』

　これは夢だ。私は知らない家にいた。二階建ての家だった。それは「私の家」だった。自分が上の階にいて、そこはロココ調の美しい古びた家具が置かれた客間のようなところだとわかった。壁に掛かっているのはたくさんの貴重な古い絵だった。これは私の家だろうかと考え、「悪くない」と思った。しかしその時、下の階がどんなものか知らないという考えが浮かんだ。階段を下りると私は一階にいた。そこでは全てがもっと古く、家のこの部分は十五世紀、十六世紀にさかのぼるものに違いないと気づいた。家具は中世風で、床は赤煉瓦だった。どこもかなり黒っぽかった。私は「さあ家中をみてまわらなくては」と思いながら、部屋から部屋へと歩いた。重いドアがあり、それを開けた。ドアの向こうに、地下室へつながる石の階段があった。また階段を下りていくと、はるかに時代の古そうな美しいアーチ形天井の部屋にいることがわかった。壁を調べると、普通の石の塊の間に煉瓦の層やモルタル壁の中に煉瓦の破片があった。見るとすぐに、それがローマ時代にさかのぼる壁だとわかった。私はひどく興味を覚えた。床をもっと念入りに眺めた。石板でできておりそのうちの一つに輪があることを見つけた。それを引っ張ると石板は持ち上がり、再度深部に下りていく狭い石の階段が見えた。この階段も下りていくと石に彫られた天井の低い洞穴に入った。床には埃が分厚く積もっており、埃の中には原始文化の名残りのような骨や壊れた陶器が散らばっていた。見るからにとても古く半ば崩れた人の頭蓋骨を見つけた。それから、私は目を覚ました[19]。

　要約すると、「見知らぬが『自分の家』だと思う家の、二階の客間 (salon) にいると気づき、階下に下り、ある部屋にあった地下室に通じる階段を降りていくと、昔のものだと思われる美しい丸天井の部屋にいた。その部屋の石板の床を見ると輪がみえたので引っ張ると石版が上がり、深いところへ下りていく狭い石段が見えた。石段を下りていくと、岩の中にくり抜かれた天井の低い洞窟に入った。埃の中に骨や壊れた陶器が散ら

ばっていた」という夢の話だ。この夢の家について、ユングは、「家が、こころ（psyche）、つまりそれまで無意識だったものが加わったその時の意識の状態、のイメージのようなものを表す」[20]と考えた。そしてこの夢の建物の階層と心理の階層にはある関連がある、と説明している。つまり、「古めかしい様式だが人が住んでいる気配のする二階の客間（salon）は意識をあらわし、一階は無意識の第一段階をあらわす。……洞窟（cave）では、原始文化の名残を見つけたが、それは意識がほとんど到達し得ない自分の内にある原始人の世界をあらわしている」[21]というのである。

　これに続けてユングは、「長い間誰も住んでいない中世風の一階、ローマ時代の地下室、前史的な洞窟」という下の階や地下の部屋部屋は、「過去の時代と、意識の過去の段階とを意味する」と述べて、部屋の階層が時間と意識の積み重ねを表すと、説明している[22]。そして、この「人間の心の構造的図式（structural diagram）を構成するその夢は、心の基礎には*非個人的な*（impersonal）本質がある、ということを暗示していた」と述べている。その非個人的な本質とは、「個人的な心の下に先験的（a priori）に存在する集合的な心の存在を暗示」したもので、その集合的な心とは、「経験を重ね信頼できる知識を得た後に、本能の形態すなわち元型であると認識した」[23]ものだったというのである。

　深層の心理と関係する元型[24]と呼ばれる基盤は、人間を狩猟・採集生活に適応させるように進化し、人類はその歴史の九十九パーセントを狩猟・採集生活に費やしてきたので、元型のプログラムが準備する生活は現代の都市社会の生活とはかならずしもうまく適合しない[25]とスティーヴンスは言う。

　家は人の心理を総合的に表すもので、部屋の階位が「過去の時代と、意識の過去の段階とを意味」している、と家の構造と心理の構造との図式的類似を指摘するユングの説明は、『ダロウェイ夫人』で描かれる、空間の階層とダロウェイ夫人の意識の階層の図式的類似を説明する際に援用できるのではないだろうか。ユングは、二階の客間が一人の人間の意識を、一階が無意識を、地下室や洞窟が集合的無意識を表している、と言うのだが、

第六章　『ダロウェイ夫人』

『ダロウェイ夫人』の舞台となる、「屋根裏部屋」、「客間」、「街路」という空間の階層のうち、ピーターと結婚しなかった自分を省みる「客間」はダロウェイ夫人の意識を表し、ブアトンを思い出し、他者や田園や木々に命の繋がりを覚える「街路」は無意識を表すと考えることができる。そしてその階層はダロウェイ夫人の過去から現在へという、時間と意識の積み重ねを表しているとみることができるだろう。

　このように、ダロウェイ夫人の意識の構造は円錐状を成していると捉えうるのだが、ダロウェイ夫人がまだクラリッサ・パーリーであった頃から、彼女の意識の構造はそうだったのだ。記憶の中で、自分と一緒にバスでロンドンの街を行くとき、「どうして互いを知ることができるだろう」[26]と他者と自己とを厳然と区別する感覚を持ち併せているにも関わらず、同時に「話したこともない人たちに奇妙な親近感を彼女は覚えた。通りにいる婦人、カウンターの後ろにいる男性——木々や納屋にさえも」[27]と、話したこともない人々や、木や納屋にまで親しい感じをもつという、矛盾する感覚をもつクラリッサがいたことを、ピーターは覚えている。クラリッサがこのように説明のつきにくい感覚を覚えるのは、次のような先験的な理論（transcendental theory）に落ちつくからだ、と、クラリッサが説明したことをピーターは覚えているからだ。

> 我々の幻影、我々のあらわれている部分というのは、他の部分、広く拡がっている我々の見えない部分、に較べるととても瞬間的だ。見えない部分は生き延び、どこかでこの人やあの人にとりついたり、ある場所を歩き回って、死んだ後も生き返るだろう[28]。

　この「先験的な理論」とは、「個人の生命の限界を超えるという意味での生存を意味する」[29]とするハーパーの指摘があるが、上の引用文中で意味がわかりにくいとされる、「我々のあらわれている部分」（the part of us which appears）をユングの夢の家の二階の客間が示す意識に、また「我々の見えない部分」（the unseen part of us）を個人的無意識や深層にある集合

的無意識を表す、と読み替えてみることはできるだろう。全ての人間に共通する心の基盤の上に個人は自分の私的な人生経験を築きあげるのだ、というユングの理論と、「我々のあらわれている部分は瞬間的」だが、「広く拡がっている我々の見えない部分は生き延び、死んだ後も生き返る」とウルフが述べる「先験的な理論」とは、齟齬をきたさないと思われるからだ。クラリッサの意識は他者と自己を明確に区別しようとするが、意識の深層では見知らぬはずの人々や木々や納屋に奇妙な親近感を覚えて喜ぶのである。

　クラリッサの意識の構造は、家の一階と地下室と洞窟という階層的空間が「過去の時代と、過ぎ去った意識の段階を示している」[30]と説く、ユングの言説の構造的図式に相応していると言えるだろう。更に、この構造的図式は、結婚してダロウェイ夫人となってから覚える「屋根裏部屋」と「居間」と「街路」という空間の意識の構造ともよく似ていることが指摘できる。クラリッサが覚えるという「先験的」な感覚は、次作の『燈台へ』でラムジー夫人（Mrs. Ramsay）が感じる感覚に通じる感覚だ。

　「存在し行動する全てものは、広がり、輝き、話し、消えゆく。そして人は収縮して自分自身、楔形の黒い芯、他人には見えない何者か、に引き締まってゆく」[31]と言い、人は見えない無名のものになっていくことを信じるラムジー夫人は、自分とリリー、カーマイケルの三人は、「我々の幻影（apparitions）の下には暗く広がり底知れず深いものがあり、時折表面に上ると、それを人々が我々だと思うのだ、ということを感じなくてはいけない」[32]と語るからだ。

　暗く広がり底知れず深いものの上にあらわれるものが我々だというラムジー夫人の感覚は、クラリッサが覚える先験的な感覚に通じるものだろう。クラリッサからダロウェイ夫人へ、さらに『燈台へ』のラムジー夫人へと、主人公達は先験的な感覚を受け継いでゆくようだ。ブアトンにいた頃もロンドンに暮らしてからも、ダロウェイ夫人は街路という大地をゆくとき、自分が誰にも知られず誰にも見えない存在であると感じ、ユングの言う「非個人的な本質」（impersonal nature）[33]をもつ無名の存在としての自分が他者

とつながっていることを無意識のうちに感じとっているのである。

　このようにダロウェイ夫人の（無）意識は空間の階層とある関連を持つとわかるが、ウルフは、作中のリージェント・パークの場面でも、地下の深い場所が太古の記憶につながる場所であり、同時にこの記憶の中では人が無名性を帯びる存在であると描写している。リヒターが歴史の、神話の、伝説の声だと言い[34]、ヒリス・ミラー（Hillis Miller）が「魂の集合的復活の日」[35]と歌っていると読み解いたのは、老女の歌、つまりリージェント公園駅の向こうから聞こえてくる大地から噴き出す「太古の泉の声」(the voice of an ancient spring) である。この「太古の泉の声」は、「年齢や性のない声」(the voice of no age or sex)[36]と表現される、非個人的な声である。太古の記憶と結びつく大地の奥からわき上がる泉の音を、年齢も性もわからない非個人的な声だとする説明には、太古の記憶の中で人は男とも女とも若いとも老いているとも判明しがたい無名の存在だ、というウルフの含意が読みとれる。ウルフにとって、家の一階とつながる大地は無意識の世界につながり、地下は無名性を帯びる太古の記憶、つまり集合的無意識とつながるのである。

　「客間」と「街路」が、ダロウェイ夫人の「意識」と「無意識」と関連することは述べたが、では、ダロウェイ夫人が不安を覚える「屋根裏部屋」は、何を表しているのだろうか。ユングの言説に共鳴し「家のイメージに我々は心理的統合の真の本質をもっている」[37]と、家の各所のイメージが心理全体を表すとして「位相心理学」（Topology）の観点から心理を論じた詩人哲学者ガストン・バシュラールは、ユングが *Modern Man in Search of a Soul* で述べた、夢にでてくる「地下室」（cellar）と「屋根裏部屋」（attic）について、次のように述べる。

　　家の高所を夢見るとき、人は知的な思考という理性的な領域にいるが、……地下室の場合は、夢が働く。夢が掘られた大地に至ると、夢は際限がない[38]。

第二部　作品について

　バシュラールは、屋根裏部屋という家の高所はイメージとして人間の理知的な思考と結びつき、大地に掘る地下室や洞窟は夢という人間の無意識と結びつく、と説明するのである。
　人の「意識」や「無意識」を、ユングは「家の上階」と「一階や地下室や洞窟」になぞらえ、「知的な思考」と夢という「無意識」を、バシュラールは「屋根裏部屋」と「地下室」になぞらえている。ユングやバシュラールの指摘に共通するのは、屋根裏部屋や建物の上階が人間の理知的な思考や意識に結びつき、一階や地下室や洞窟が過去の記憶や夢という無意識につながるという点である。ユングやバシュラールの言説に従うと、思考や意識と結びつく屋根裏部屋でダロウェイ夫人が考える死への不安は、理知的な思考の領域にある意識のものであることを示している、と理解できる。同時に、ダロウェイ夫人が街路で覚える他者へつながる喜びは、ダロウェイ夫人の個人的な記憶のかなたにある集合的無意識の領域の感覚であることを表している、と理解できるだろう。
　上述のように、ユングやバシュラールは、「地下室」や「洞窟」という夢にあらわれた心理的な空間が集合的無意識を表す空間だと述べているのだが、『ダロウェイ夫人』にこれらの空間は描き込まれているだろうか。作中で地下室や洞窟が描かれているわけではないが、「洞窟」のイメージをウルフが語っていることを我々は知っている。原題を「時間」と呼んだこの作品について考えるとき、ウルフは日記に次のように記しているからだ。

　　「時間」そして私の発見についてたくさん言おう。どうやって美しい洞窟を私の登場人物の背後に掘るか、ということ。それが、私の望むものを正確にあたえると思う。人間らしさ、ユーモア、深さ。その考えというのは洞窟がつながり、それぞれが現在の瞬間という白日の下にあらわれる、というものだ。(1923年8月30日付け)[39]
　　トンネリング・プロセスと私が呼ぶもの、それによって過去を分割して語るのだが、を見つけようと一年間手探りした……(1923年10月15

第六章　『ダロウェイ夫人』

日付け)[40]

　ウルフが日記に書いた、「洞窟を掘る」・「洞窟がつながる」・「それぞれが現在の瞬間という白日の下に出てくる」・「過去を分割して語るトンネリング・プロセス」という表現にでてくる「洞窟」や「トンネル」とは、何を意味しているのだろうか。
　日記で「トンネル操作によって過去を語る」と述べていることでわかるが、トンネルは過去と関わるものであろう。トンネルと過去との関わりは、『ダロウェイ夫人』に続いて書かれた『燈台へ』の第三部にもみることができる。『燈台へ』の第三部には、絵を描こうとするリリーについて、「彼女は、絵の中へ、過去の中へ、トンネルを掘りながら進んだ」[41]と述べる一節がある。この一節は、亡きラムジー夫人の絵を描こうとするリリーが、絵を過去の思い出と捉え[42]、記憶にトンネルを掘りつつ、絵の制作に没入しようとしていることを意味すると考えられるのである。
　洞窟やトンネルは、太古の記憶や無名性につながる場所であり集合的無意識につながる大地に掘られる空間だ。ウルフが「洞窟」や「トンネル」に言及するとき、これらの空間が集合的無意識のイメージを帯びることをウルフは認識していた、と考えることができるだろう。屋根裏部屋がダロウェイ夫人の知的な思考と関わり、客間が現在感じている意識と、街路が過去の無意識と関わるとするなら、ウルフが人物の背後に掘ると言った洞窟やそれらをつなぐと思われるトンネルは、ダロウェイ夫人のはるかな過去に結びつく集合的無意識に関わる何かを探りあてることを意味すると考えてもよいのではないだろうか。ウルフが日記に記した「洞窟を掘る」・「洞窟がつながる」・「それぞれが現在の瞬間という白日の下にあらわれる」・「過去を分割して語るトンネリング・プロセス」という表現は、自分の記憶にある過去もだが、自分では覚えてはいないはるかな過去の記憶である集合的無意識をも掘り起こし、現在という白日の下につなぐことを意味していると考えることができるのである。
　『ダロウェイ夫人』では空間の垂直的な階層と意識の階層とは関連ある

105

ものとして描かれている、と言うことができるのだが、ウルフは意識と空間に何らかの関連があると認識していたのだろうか。後年、娘時代のことを思い出して書いた「過去のスケッチ」の中で、ウルフは家の下の階と上の階について次のように述べている。

　私たちの生活の分断は奇妙だ。階下では純粋なしきたりが、階上では純粋に知的なものがあった[43]。

この記述の意味するものを考えると、ウルフは意識と空間の関連性を意図していたかもしれないと推測できる。下の階が生活の慣例やしきたりに関わる空間であり、上の階が知的な要素に関わる空間であることを意味するこの一節は、部屋の階位が意識の緊張感の度合いに連動するとウルフが認識していたことを示しているからだ。ユングやバシュラールが指摘するように空間と意識にはある関連性をみてとることができるのだが、その関連性をウルフも直感しておりこの作品に取り入れたのではないか、と感じさせる。

　ウルフがこの作品に意識の階層性を描き込んだとき、彼女はユングの心理分析的な思想に影響を受けていたのだろうか。心理学とウルフの関連について言うと、ウルフの夫のレナード・ウルフ (Leonard Woolf) は自伝でフロイトを革命的な影響者として1911年に言及し、1914年にはフロイトの著作 (*The Psychology of Everyday Life*) の書評を *New Weekly* に掲載している。またヴァージニアの弟のエイドリアン・スティーブン (Adrian Stephen) とその妻カリン (Karin) は精神分析家になったが、その関係からか、1924年にホガース社は、国際精神分析学協会ロンドン支部から心理学関係の出版物、特にフロイトの全集の出版を引き継いでいる。このように、フロイトとの関連でしばしば議論される[44]ことでも明らかだが、レナードとヴァージニアのウルフ夫妻は当時目新しい学問として注目されていた心理学と無縁ではなく、彼らがフロイトやユングの影響を受けた可能性はあり得ると思われる。しかし、ウルフがユングとの関連で議論されたことは、あまり

多くはないようだ。

　1913年に袂を分かった[45]とはいえ、フロイトの弟子であったこともあるユングの基本的な理論は、「我々の内面と我々を取り巻く世界の真実を見通させ、その思想は人類学や宗教研究から文学理論や文化研究という他の学問分野にも影響を与えている」[46]とされる。しかし反ユダヤ主義者であるとする誤解と覚しき認識[47]が支配的であることにも起因するためか、ユングの分析心理学[48]は、フロイトほどの脚光を浴びているとはいえず、ユングとの関連でウルフを論じたものはあまり多くはない[49]。近年発刊された *The Cambridge Companion to Virginia Woolf* でも、最終章は心理分析の項目として "Virginia Woolf and psychoanalysis" を掲げてあるが、タイトル "psychoanalysis" で明らかなように、議論の対象となっているのはフロイトの精神分析に関するものである。

　フロイトやユングを通してだけではなく、ウルフには集合的無意識に類する考えに触れる別の機会もあったのではないだろうか。その機会とは、ウルフ夫妻が1923年にホガース社から出版した『荒地』（*The Waste Land*）の著者、T. S. エリオットを通じたものであったことが推測できる。

　ウルフがトムと呼んで親しんだエリオットは、「伝統と個人の才能」（"Tradition and the Individual Talent"）(1919) の中で、詩人には「歴史的感覚」(the historical sense) が必要だが、この歴史的感覚は「過去の過去性というだけではなく、過去の現在性という感覚」[50]を意味するという主張を展開し、現在の中に生きる過去の感覚の必要性を説いている。また1923年11月に *The Dial* に掲載した「『ユリシーズ』，秩序，神話」（"*Ulysses, Order, and Myth*"）では、「現代が発見した最も重要な表現」[51]だと『ユリシーズ』（*Ulysses,* 1922）を讃え、更に『ユリシーズ』に描かれた現代と古代の間の相似性を高く評価している[52]。『ユリシーズ』にエリオットが見た現代と過去の相似性は、ユングの説く元型[24]と関連すると考え得るだろう。エリオットと近い関係にあったウルフが、心理学への恩恵を語るエリオット[53]に影響をうけたという可能性もまた、あり得るのである。

　『ダロウェイ夫人』に描き込まれたダロウェイ夫人の意識と空間の関連

を分析すると、その関連は、ユングが分析する夢の家における部屋と意識の関連、あるいはユングの言説に共鳴したバシュラールが説明する家の各所と心理の関係に呼応することが明らかだ。ウルフがユングの分析心理学を知る機会があったかどうかははっきりしないが、幾つかのつながりを考えると、その可能性がなかったとも言えないだろう。

　しかし、なぜウルフは作品にこのような意識と空間の関連性を書き込んだのだろう、という疑問が残る。この関連性を提示することを通してウルフが伝えたかったものは何だろうか。ロンドンの街路を行くとき、自分の命が町のあちこちや木々の葉につながっていることを喜ぶダロウェイ夫人の背後にウルフが掘った「洞窟」は、どのような集合的無意識に関わるのだろうか。

　ロンドンの街を歩くとき、クラリッサは自分の命が街のそこここにあるいはブアトンの木々の葉につながり、自分が無名の存在であることを感じている。木々と自分がつながっていることを感じとる登場人物は、クラリッサだけではない。ウルフがアメリカ版『ダロウェイ夫人』の序論で、初稿には存在しなかったが後にクラリッサの分身となることになったと説明した、セプティマス (Septimus Smith)[54]もその一人である。セプティマスについて、自身も作家であるリヒターは、『ダロウェイ夫人』に現れるウルフの心理的なものへの専心は、ホガース社が *The International Psychoanalytical Library* を出版し始めた1922年に始まっており、1923年5月に栗色の *Dalloway* ノートに「心理学的なものは、現実的になされなければならない」とウルフが記していることを指摘し、セプティマス・スミスの病的な状態の表現がまさにそれだと述べている[55]。

　小説の後半で、パーティーの最中にその死がダロウェイ夫人に知らされることになるセプティマスは、クラリッサの分身というだけではなく、例えばプール (Roger Poole) が作中の人物とウルフを囲む実在の人々を比較して図式化してみせる[56]ように、作者ウルフの不安定な精神状態を代弁する人物として描かれている、とする見方が一般的だろう。しかし、セプティマスは狂っているというより「感じない」青年として描かれている、とす

るイーデル（L. Edel）やポレスキー、プールら[57]が指摘するのは、自分が「感じない」という理由でこの世から糾弾され人々から死を宣告されていると、セプティマスが何度も思い悩む点である。

　感じないと彼がおびえるのは、アイスクリームやチョコレートの味が感じられず、美しく着飾って活き活きと話す人々の姿に何の感興も覚えないからであり[58]、ヨーロッパ大戦に出兵し、イタリア戦線で戦友のエヴァンス（Evans）が被弾し自分の目の前で戦死を遂げたとき、悲しみを感じないことにほっとした[59]からである。あるいは隣に座った妻のレチア（Rezia）が、セプティマスの子供が欲しいとすすり泣く声を遠くに聞き取るのに、心には何も感じない[60]からだ。

　だが、セプティマスを「感じない」人物として描かれているとする見方も、表層的に過ぎると思われる。というのも、セプティマスは人々を避けて遠ざかり、リージェント公園の樹の下の椅子に座る[61]のだが、木々の葉を見て木々が自分に合図していると思い、字は読めないが空に描かれる飛行船の煙の文字をみて、感動し、涙を流すからである。

　　そうだ、とセプティマスは見上げて思った。彼らは僕に合図しているのだ、と。実際の言葉でではない、それは彼がまだ言葉を読めないからだ。しかしこの美しさ、この申し分のない美しさは、わかりやすい。そして涙が彼の目にあふれた。尽きることのない慈愛とよき笑いのうちに、一つの形を想像もつかない美しさで次々と彼に授け、永遠に単にみることだけのために、美をさらなる美を彼に与えようという意図を合図している、空で消えて溶ける煙の言葉を彼が見ていると。涙が彼のほほを流れ落ちた[62]。

　「セプティマスは『感じない』ことに悩んでいるにもかかわらず、『感じすぎる』ことに途惑っている」[63]とするマイゼルの指摘もあるが、人に対峙するとき何も感じず、感じをなくしたかに見えるセプティマスは、実は豊かな感受性の持ち主で、木々や空という自然を目にするとき感覚に訴

えてくる自然との交流を強く覚える人物として描かれている、と考えるべきではないだろうか。

　人々から離れ、木々や草に囲まれているとき心安らぐセプティマスが座るリージェント公園は、木々が植わり葉が生い茂る「都市の田園」[64]とマーカスが言う空間だと言えるだろう。クラリッサと分身のセプティマスの共通点の一つは、一方がリージェント公園の樹の下であり、他方が人々の行き交う街路やブアトンの田舎という違いはあるが、ともに田園を想起させる場所に自分の命が結ばれていることを感じているということだ。ウェストミンスターに住み田舎よりも都市の生活を楽しんでいるかにみえるダロウェイ夫人だが、ロンドンではなく田舎にいる彼女の姿がピーターには見える。クラリッサとの長い友情を振り返ると、彼女は田園や英国の収穫期をピーターに思い出させるのである。

　　冷静で、淑女らしく、批判的で、でも美しく、ロマンティックで、と野原やイギリスの収穫を思い出しながら……彼はロンドンではなく田園にいる彼女をしばしば見たのだった[65]。

　他方、ダロウェイ夫人の分身として描かれたセプティマスは、人は木とつながっていると感じる青年である。

　　人間の声は、ある雰囲気の条件下では木に生の刺激を与えることができる……
　　そして木の葉は彼自身の身体に何百万もの繊維でつながっている。
　　……
　　大地が彼の下でふるえた。赤い花が彼の肉体の中で育つ。その固い葉が頭のそばで音をたてた[66]。

セプティマスはリージェント公園の上空を飛ぶ飛行船が描く飛行機雲の形を隣に座った婦人が声をあげて読むのを聞いて、人間の声が木に生の刺激

第六章　『ダロウェイ夫人』

を与えると感じたり、自分が木とつながっている、あるいは自分が大地に根を張る植物ででもあるかのように思っている。それだけではなく妻のレチアをみると、「彼女は、花咲く木だ」[67]と、人を木でもあるかのように見立てるセプティマスは、正気とも思えないほど木との強いつながりを覚えるのである[68]。

　それほどまでに木に執着を覚えるセプティマスは、夜学で教えてもらったイザベル・ポール女史（Miss Isabel Pole）が、「彼はキーツに似ていませんか？」[69]と言うように、木への愛を歌ったロマン派の詩人キーツ（John Keats, 1795-1821）を思わせる人物だ、と言うこともできるだろう。イギリスの森へのキーツの愛は、マロリー（Thomas Malory, 1400-1471）の森を背景にするスペンサー（Edmund Spenser, 1552?-1599）の森や、妖精やロビン・グッドフェローが陽気に飛び回るイギリスの民間伝承の森を背景とするシェイクスピアの森への愛によっていや増す[70]と述べられるほど、キーツの木への愛着は強く、「彼の木への愛は、自然への、詩への、そして人生そのものへの愛を包含する」[71]とまで言われるのだ。キーツの木への愛着にみられるのは、十九世紀のロマン主義的風潮が強まるにつれて先祖帰りしていったという、森をめぐる各種の感情のひとつであろう。木を人間のように人間を木のように感じて喜怒哀楽を分かち合うという、木に対する同類共感的な感情もそこにはあった[72]というからである。ロマン主義とセプティマスのつながりは、他にもみられる。

　キーツを思わせるセプティマスは、窓から身を投じる直前、「人が時々夕刻になるとやってくる、森のはずれの地面にあいた窪み、あるいは木々の配置のために暖かさが拡がり、空気が鳥の羽のように頬を打つこの暖かい場所、この静かな空気のポケット」[73]という場所にいると思って心安らぐ。セプティマスが自分を取り戻す心地よい場所だと半ば夢見て思うのは、周りを木立に囲まれて空気がゆったりと動く暖かな地面のくぼみだが、この地形は、ギルピン（William Gilpin）が *Remarks on Forest Scenery, and Other Woodland Views*（1791）の中で美しい地形として言及している、グレイド（glade）という林間に取り残された小さな草地を想起させる。こうい

111

う草地は、ワーズワース (William Wordsworth, 1770-1850) やキーツ、その他のイギリスロマン派の詩人達が熱愛し、その後もイギリス人の感性の中に生き続けている小風景だと川崎氏は指摘している[74]。

セプティマスは木を人間のように感じるだけではない。「人間どもは木を伐ってはいけない。ある種の神が存在しているのだ」[75]と言い、木にある種の霊のようなものがあるとさえ感じている。木に霊性を感じたのは、イングルウッド (Inglewood) というかつては古い広大な森林であった地方で育ち、そのことを終生忘れなかったというワーズワースもそうだという。例えば"Nutting"(1800) という詩の最終行は、「なぜなら森には霊が住むのだから」[76]という言葉で締めくくられることにそれはよく表れている、と言えるだろう。

そうしてみると、木に共感を覚えるキーツを思わせるセプティマスは、ロマン派の詩人と通底するものを持ち、殊に木に霊性を感じるという点でワーズワースをも思わせる、と考えることができるのではないだろうか。ワーズワースに対するウルフの愛着は、*The Prelude* の序文にある"emotion recollected in tranquility"という言葉にウルフが特に共感していたというメーファムの指摘[77]や、『時間』がほとんど『ダロウェイ夫人』として完成していた1922年から1924年の間のある時期に、ワーズワースの *The Prelude* の Book VII を読んだウルフが、「私の本のための良い引用になる」と述べていること[78]にもみてとれるだろう。『オーランドウ ある伝記』の主人公オーランドウのモデルとなったヴィクトリア・サックヴィル＝ウェスト (Victoria Sackvilles-West, 1892-1962) は、『オーランドウ ある伝記』について述べた際に、ウルフが「心の底では、生来ロマンティック」だと言っている[79]。亡くなる前年の日記 (1940年6月13日) に、「ワーズワースの手紙が、私の唯一の薬であることがわかった」[80]とウルフは記し、ウルフ自身もワーズワースに心癒されることを認めているのである。

木や花に強い関心を示すセプティマスについて、「詩人の目で世界を見ている」とするブラックストン (B. Blackstone) の意見[81]もあるが、描写が分裂症の症状に似ていると指摘するリヒター[82]は、ウルフが心理分析的な

含意のもとにセプティマスを描いた[83]という。確かに、人と対峙するとき、人に対する感じがないことや人への恐怖を覚え、木々や空という自然と共にあるとき、その美しさや生命力に心を震わせるセプティマスは、我々が無意識のうちに抱いている自然や木に対する共感を体現していると言うこともできるだろう。

　セプティマスの木々への共感は、ロマン派詩人ばかりではなく、古の人々が抱く木々への共感につながるものとして描かれている、と考えることもできるだろう。古のヨーロッパの人々が、樹木に対して崇拝の念を抱いていたことは、大著『金枝篇』の「木の崇拝」や「樫の木の崇拝」という章で詳しく述べられる。中でもケルトや古代ゲルマン人や北欧の人々、というブリテン島にかつて住んでいた人々が、ことさらオークを聖なる木として崇めていたことは、「樫の木の崇拝」が特に詳しく説明する[84]ところだ。ダロウェイ夫人は、見知らぬ青年の自殺を耳にしたとき、自殺した青年セプティマスに何かしら自分が似ていると感じて「彼がそうしたことを、嬉しく感じた」[85]と描出される。その言葉は、見知らぬはずのセプティマスの死を聞いたとき、ダロウェイ夫人の背後に掘られた「洞窟」に潜む無意識をダロウェイ夫人が不意に意識した、という意図のもとに述べられているのではないだろうか。一面識もないこの青年と自分は似ていると感じたダロウェイ夫人は、都市に住み、華やかなパーティーの女主人として人々の間を歩いている自分もまた、心の奥深くで森や木や田園につながっていることを直感したのである[86]。

　ウルフが人物の背後に掘ったと日記に記した「洞窟」は、「大地に掘られる部屋」というイメージを帯びている。ユングの夢に出てきたように、「洞窟」は個人的な追憶をさらに遡り、他者との違いを意識せず互いに溶けあっていた無名性を帯びる原始人としてのはるかな過去の記憶へつながる空間を思わせる。無名の原始人としての記憶につながる洞窟は、自己が無名であるが故に無名の他者に連綿と受け継がれてゆく生を覚える空間でもあるだろう。はるかな過去の記憶につながる洞窟は、同時に未来に生きのびる生につながるという脱構築性をはらむ空間でもあるのだ。両義性を

帯びる「洞窟」という空間は、「屋根裏部屋」で自分の未来への恐れを覚える一方で、「街路」を行くとき生の喜びを覚える、という矛盾するとみえるダロウェイ夫人の時間感覚を支える「集合的無意識の空間」なのである。

　田園よりもロンドンの生活を愛しているかに見えるダロウェイ夫人が、無意識の部分にセプティマスを分身とする元型の基盤を遺した人物として描かれているとするみかたは、エリオットが「伝統と個人の才能」の中で詩人には必要だと述べた、「過去の過去性ばかりではなく過去の現在性」という歴史感覚を、『ダロウェイ夫人』という作品がはらんでいることの証左となるだろう。街路へ、田園へ、木へ、と過去に向かって沈潜していくダロウェイ夫人の意識は、洞窟という集合的無意識の空間を探り当てて、イモジェンが死から蘇ったように、死の不安から蘇ることになったのだ。そして生と死とを併せ持つこの感覚こそが、「考えを練ること、書くことをしない」と描かれ、上流夫人として描かれてはいるがそれらしからぬダロウェイ夫人の人物像に奥行きを与え、作品にひろがりを生むことになったのではないだろうか。空間の階層に呼応して沈潜していくダロウェイ夫人の「空間の意識」を描くことに始まった小説は、「集合的無意識の空間」を探り当てたのである。

第七章　『燈台へ』
　　　──空間の意識から意識の空間へ

　時々我々は時間の中にいる自分たちのことをわかっていると考えるが、我々にわかるのは、ものが固定している空間の連続が時間だということである。人はとけ去ることは望まないものだ、そして過ぎ去ったものを探し出すとき、過去のなかでさえ時間がその飛翔を「中断」することを望む。無数の小さな穴のなかに、空間は凝縮された時間を内包している。それが空間というものだ[1]。

　十三歳というまだ少女であった頃に美しい母ジュリア（Julia）を亡くしたヴァージニア・ウルフは、晩年書き記した「過去のスケッチ」の中で、母が亡くなった後長い間その幻影にとりつかれていたと述べている。そして四十四歳になる年に『燈台へ』（1927）を書き終えてから、「母の声が聞こえたり姿が見えることが少なくなった」[2]のだった。「『燈台へ』に取りかかろう」と記した1925年5月14日付けの日記には、「子供時代、セント・アイヴズ、父の性格を完全に書くこと、そして母も」[3]と作品に対する抱負が書かれていて、『燈台へ』でウルフが描いたのは母ばかりでなく父についてでもあったことがわかる。父や母を描くと述べているこの作品を小説と呼ぶことにはあまり気が進まず、「挽歌」[4]と名付けたことでもわかるように、『燈台へ』は、亡くなった父や母を悼みその思い出をたどるという意味合いの濃い、過去へ視線が向けられた作品だと言えるだろう。過去に視線が向けられていることは、画家のリリー（Lily Briscoe）の描写にも表れている。
　小説の第三部「燈台へ」で、十年後に再び絵筆をとる画家のリリー・ブリスコーは、第一部「窓」で描かれたラムジー家の別荘での日々を追憶しながらカンバスに向い、着々と絵を描いている。すると、「着々と絵を描

第二部　作品について

いていたリリーは、ドアが開き大聖堂のような暗く重々しい場所で黙って見上げて立っていたと感じた」[5]のだった。「そしてリリーが絵の具の青に筆を浸すと、過去へも筆を浸した」[6]のだ。「リリーは、絵へ、過去へとトンネルを掘り進んだ」[7]のである。

　リリーが絵を描いていると「ドアが開き」、「絵の具の青に筆を浸すと、過去へも筆を浸し」、「絵へ、過去へとトンネルを掘り進む」と感じると描写されるのは、リリーにとって「過去の追憶」とは「部屋に入る」ことであり、また「過去の追憶」が「絵」と同義であることが示されているという判断の根拠となる。一方は小説であり一方は絵だが、リリーは創造するという点において作者ウルフと重なる人物として読者の目には映る。リリーについての描写は、ウルフがジョン・ロックの言うように、過去の記憶を、絵と関わる思い出としてまた部屋と関わるものとして捉えている[8]、ということの証左となるだろう。思い出が絵画と関わるものとして捉えられているという前提は、(1) 絵画性はどのように示されているのか、また(2) なぜ思い出を絵画と関わるものとして捉えようとしたのか、ということについて考えさせる。本章では、この二点を中心に思い出の絵画性について考察したいが、その前に小説の第一部でリリーが描こうとしている絵についてまず考えてみたい。

　「窓」("The Window")、「時は往く」("Time Passes")、「燈台」("The Lighthouse") という三部からなる小説の第一部「窓」で、ラムジー夫人 (Mrs. Ramsay) に招待されてラムジー邸に滞在している画家のリリーは、絵を描いている。庭の芝生に立っているリリーが眺めているのは、ラムジー家の別荘の窓の中に見えるラムジー夫人である。リリーは、ラムジー夫人と彼女の脇にいる息子のジェームズ (James) を描いているのだ。リリーの目に映る「窓の中のラムジー夫人」という設定は、「ベネット氏とブラウン夫人」("Mr. Bennett and Mrs. Brown", 1923) で述べられた、車輛の窓辺に座るブラウン夫人を思い起こさせる。ウルフはこのエッセイで、ウェルズやゴールズワージー、ベネット、というエドワード王朝 (Edwardians) の作家を評して、「エドワード朝の人々は、人物の性格に決して関心を持

第七章 『燈台へ』

たなかった。外の何かに関心を示した」[9]と批判している。エドワード王朝作家の主眼が、窓の中に座るブラウン夫人の意識や感情という 'inside' ではなく、窓の外にみえる工場や理想郷という人間の外部の物質に置かれていると批判した彼女は、自分の世代であるフォースターやローレンスというジョージ王朝（Georgians）の作家達について、彼らは主眼を窓の「外」ではなく、車輌の「内」に座るブラウン夫人に置いているのだと述べた。

「ベネット氏とブラウン夫人」を発表した二年後の1925年にウルフは『燈台へ』の執筆に取りかかり、二ヶ月で完成するだろうと日記に記した[10]この小説は、結局1927年に完成している。「ベネット氏とブラウン夫人」で語った言葉を証明するかのように、第一部「窓」を通して、窓の中から窓外を眺める描写は極めて少なく、窓に関する描写のほとんどは、窓外の庭から窓のなかのラムジー夫人とその脇にいるジェームズについて述べられたものである。第一部でリリーが描こうとしている「窓」の内側とは、「ベネット氏とブラウン夫人」でウルフが語ったように、窓のなかに座るラムジー夫人の意識や感情という内面の世界だと言えるだろう。

ラムジー夫人自身も、窓の内側の空間である部屋は彼女が創り上げた世界であることを認めている。ラムジー氏にとって、家中の全ての部屋は生命を与えられなければならなかったというが、そういう夫に対してラムジー夫人は「客間と台所を創り出し、部屋に熱を与えた。彼にそこで安らいでもらい、出たり入ったりして楽しんでもらいたかった」[11]と考えていたからだ。時として人々の眼にお節介として映ることはあっても、人と人とを「溶け込ませ、流れをおこし、創造するという努力の全てが彼女にかかっていた」[12]のだ。男性には産み出す力がないことを感じた彼女は、自分がその役を買って出なければ、誰もそれをしようとするものはいない、と思い、止まった時計を一振りするように、軽く武者震いをした[13]のだった。

気持ちを奮い立てて交流の場を創り出そうとするラムジー夫人の描写は、『ダロウェイ夫人』の主人公ダロウェイ夫人の言葉を思い起こさせる。ダロウェイ夫人は、パーティーを、ばらばらに存在している人たちを一つ

117

第二部　作品について

に集める作業と考え、「一つの捧げものであり、統合であり、創造である」[14]と言うのである。ラムジー夫人の言葉はダロウェイ夫人の言葉に通じるものがあり、その感覚を引き継いでいる、ということができる。

ラムジー夫人がその手腕を発揮するのが、第17章の客間での晩餐である。作品の構想を練るとき、第一部を「客間の窓で」(at the drawing room window)、また第二部を「七年が経って」(seven years passed)、第三部を「船出」(the voyage) と考えていると日記に記している[15]ことからみると、完成稿で「窓」となった第一部は「客間の窓で」という含みがあると思われる。晩餐のこの時、窓の外にいた人も内にいた者も、あるいは浜辺に出ていた子供たちも、滅多に晩餐に加わろうとはしないバンクス氏 (Mr. Bankes) までも一緒にテーブルに顔を揃える。あまり大きな出来事の起きない小説にあって、ハイライトとなるのは日が暮れた後の客間での晩餐の様子だが、その場面は要約すると次のように描写される。

ピンク色の縞の入ったとがった貝やブドウなどは、海底からとってきたトロフィーやネプチューンの晩餐を思わせ、バッカスの肩から下がるブドウの葉の束を思わせる。暗くなり八本の蝋燭が灯される。窓ガラスで夜が遮断され、窓外をみると水中にあるかのように物が揺らめき消えていき、部屋の内は秩序のある乾いた陸地のようで、それまでまとまりのなかった部屋の雰囲気は一変し、皆がある島の窪地に集まり、流動的な外界に対するという共通の目的をもつかのような変化が起こった[16]、のである。

ラムジー夫人が創り上げる晩餐の舞台となる客間は、「海底」(the bottom of the sea)、「ネプチューン」(Neptune)、「貝」(shell) 等に彩られ、人々は気持ちを一つにし、部屋は水にかこまれ暗い戸外に輝きを発する「窪地」(hollow) にたとえられているが、これらは何かを示唆するのだろうか。

「窪地」は、『ダロウェイ夫人』について思いを巡らせていたときウルフが日記に記した、「美しい洞窟（cave）を私の登場人物の背後に掘る……洞窟がつながり、それぞれが現在の瞬間という白日の下に出てくる」[17]という記述や、「トンネリング・プロセスと私が呼ぶもの、それによって過去を分割して語るのだが、を見つけようと一年間手探りした」[18]という言

第七章　『燈台へ』

葉との関連が考えられる。洞窟ほど深くはないが、晩餐の場面の描写として用いられた、大地に掘られる「窪地」は、洞窟に通じる要素を持つと思わせるからだ。「洞窟を掘る」「トンネリング・プロセス」という言葉が、トンネルを掘りすすんで洞窟という過去の思い出をたどることを意味するのは、先に引用した「絵へ、過去へとトンネルを掘り進んだ」というリリーについて述べた一節を読んでも推測できる。心理学者ユングは、彼の夢に出てきた「洞窟」(cave) は、「集合的無意識」(collective unconscious) や「自分自身の中の原始人の世界」(*primitive man within himself*) を表していると思っていたとスティーヴンスは言い[19]、ユング自身もそのように記している[20]。「窪地」は過去の記憶である無意識をたどることを思わせるが、その窪地を彩ると描写される、「海底」、「ネプチューン」、「貝」という海を連想させる言葉や、部屋そのものが「水中」にあるようだという描写も無意識とのかかわりを思わせる。というのも、海は我々の無意識の状態との関連で語られることが多く、元型として海は無意識を象徴するとユングは言う[21]からだ。こうしてみると第17章の晩餐の場面は、無意識と関わるものとして描写されている、ということができるのではないだろうか。

　晩餐を終えた後、子供たちの様子を見に二階の寝室に上がる途中の階段でのラムジー夫人の描写にもそのことは指摘できるようだ。ラムジー夫人は、「まるでしきりの壁が薄くなったので、実際（ほっとして幸せな感じだった）一つの流れとなり、椅子、テーブル、地図は彼女のものであり、彼等のものであり、誰のものでも構わない、という人々と共同体であるという感じ」[22]を覚え、自分と他者とを隔てる壁が薄くなり人々と融合した幸せを感じたと述べられるからだ。夜の帳の中で半透明の窓ガラスを通して輝やき、あたかも周りを水に囲まれた島にある窪地のようだと描写される晩餐の場面は、自己にこだわりがちな人々の意識がとけあい、心を合わせる、という集合的な（無）意識の状態を暗示していると考えることができる。

　ラムジー夫人が創り出す晩餐の部屋の雰囲気は、孤独のうちに思索し充足した時間を過ごす『夜と昼』のヒロイン、キャサリンの部屋とも違うし、『ジェイコブの部屋』で描かれる、言葉と「背教者ユリアヌス」[23]が支配

第二部　作品について

する、賑やかなジェイコブの部屋とも、『ダロウェイ夫人』のダロウェイ夫人が老いを覚えて愕然とし虚しさを覚える屋根裏部屋とも、異なっている。このように、人々の心が一つにまとまりほっとした幸せの感じ[24]を覚えさせる部屋のイメージは、それまでの作品にはなく、第五作目の『燈台へ』で初めて描出されるものだ。人々がまとまり、幸せを覚えさせる客間の一瞬こそ、ラムジー夫人の世界だと言えるだろう。

　晩餐の場面が集合的な意識のイメージを与えられていると思わせるもう一つの要素は、ラムジー夫人が晩餐の場面でともした八本のローソクである。ラムジー夫妻には八人の子供がいる。ガラス窓で仕切られ八本のローソクが灯された晩餐の部屋は、透明な水中にぼんやりと輝く大きな暈輪を思わせるが、このイメージはあるものを思い起こさせないだろうか。ウルフは1919年に"Modern Novels"として発表し、推敲と強調と削除を加えて1925年に『普通の読者』に「現代小説論」("Modern Fiction")とした小説論で、周りの印象を鋭く受けとめて輝く心が半透明の皮膜に包まれてぼんやりと輝く様を人生にたとえ、暈輪（halo）のイメージとして次のように述べている。

　　　生とは、対照的に配列された一式の馬車ランプではない。生とは、輝く暈（halo）だ。我々の意識の初めから最後までを取り囲んでいる半透明の外皮だ[25]。

「第二章　ウルフとユング」で述べたように、暈輪は、「意識の流れ」を提唱した哲学者のウィリアム・ジェームズやジェームズに影響を受けたムアの影響を受けて、ウルフが言ったものだ[26]とリヒターは言うが、晩餐の場面はその'halo'のイメージにつながるように思われる。

　「現代小説論」で述べられる暈輪は、単独の心が光源となり半透明の皮膜を通して輝く様を述べたと考えられる。それに対して、複数の光源がぼんやりと輝くイメージを与えられたラムジー夫人の晩餐の場面は、複数の人々の心が輝く集合的な意識の状態を表していると考えられるのではない

第七章　『燈台へ』

だろうか。実際、部屋の性格を考えても、客間は個人のための部屋ではなく、人々が集まり話し交流するための部屋で、人々の心が一つになることが幸せと思われるような場である。ともされた八本のローソクは、ラムジー夫妻の八人の子供の数と合致する。ラムジー夫人が一人ずつについての性格や人生について述べているのだが、子供たちは、プルー（Prue）、アンドリュー（Andrew）、ナンシー（Nancy）、ロジャー（Roger）、ローズ（Rose）、ジャスパー（Jasper）、キャム（Cam）、ジェームズ（James）の八人である[27]。（余談ではあるが、ネアモアは「七人」の子供と言う[28]が、間違いではないだろうか。）八本のローソクがともされた客間でのラムジー夫人の晩餐の場面は、ラムジー夫人が創り出す世界が、子供たち一人一人の意識によって照らされていることを暗示し、晩餐の場面とラムジー夫人の子供たちの意識とが関わりを持つことを示唆するように思われる。

　では、子供たちの集合的な意識と関わることを示唆するその晩餐の場面を、ラムジー夫人はどのようなものとして捉えているだろうか。賑やかな楽しい一時を過ごした後、ラムジー夫人は部屋を一歩出て振り返り、見ている間にも消えてゆく美しい情景（scene）が既に過去のものとなったことを知る。

　　戸口に足をかけて、見ているあいだに消えてゆく情景のうちに彼女は一瞬とどまった、……それから肩ごしに最後の一瞥を投げながら彼女が動くと、それが既に過去になったと彼女にはわかった[29]。

そして、こう考えたのだった。

　　見えるもの全てを永続するものとして刻みこもう。みんなはどんなに長く生きようとも、今夜に、この月、この風、この家、そして彼女に帰ってくるだろう[30]。

　ラムジー夫人は、目に見える晩餐のひとときは時が止まった情景となっ

121

て永続するものとして刻まれ、月も風も家もそしてラムジー夫人も、人々の思い出になると信じているのだが、このことは、ラムジー夫人が二つのことを願望として信じていることを示している。一つは、晩餐のひとときが時を止めた情景となるということであり、もう一つは、情景が誰か特定の個人の思い出というよりも、人々の集合的な意識の思い出となる、ということである。「仕切の壁が薄くなり、感情が一つの流れになり、人々との共生の感じ」[31]を、ラムジー夫人は覚えたのだ。

　時が止まった情景となり、思い出として人々の心に残る、というラムジー夫人の信仰は、子供たちの記憶に残りたい、という無意識の思いに支持されるのではないだろうか。晩餐の始まる前、ラムジー夫人は燈台に次第に魅入られ、見ている燈台と一体になった感覚を覚えて「子供たち、忘れないでね。子供たち、忘れないでね」とつぶやき、「我らは神の御手の中にあり」[32]と信仰告白とも思える言葉を発する。何故発したのかとラムジー夫人自身がいぶかるこの言葉は、もうすぐやってくる死を予感し、子供たちに自分のことを覚えていて欲しいと思う、無意識の気持ちから我知らず口をついてでた言葉とも受け取れる。この作品を 'elegy' と呼んだウルフは、ラムジー夫人の言葉にそういう意を込めたのではないだろうか。

　情景を記憶としてとどめておきたい、と願うラムジー夫人を描いたウルフの意図は、文学そのものの形態に関するものかもしれない。スナイダーは、ユングが「心理学と文学」("Psychology and Literature", 1950) の中で、文学を二つの形態、つまり意識的心から湧いてくる「心理的」（psychological）なものと集合的無意識から湧いてくる「幻想的」（visionary）なものという二つの形態に分類している、と述べている。その例としてユングは、ゲーテの『ファウスト』（*Faust*）を挙げ、『ファウスト』の第一部は心理的（psychological）だが、第二部は幻想的（visionary）だと述べ、その他の例として、ダンテの *Shepherd of Hermas* やブレイク（William Blake）の絵と詩、ジェームズ・ジョイスの『ユリシーズ』などを挙げている、とスナイダーは指摘する。ユングが「幻想的状態」（visionary mode）と言うとき、それは「まるで前史時代の深淵から出現したとでもいうかのように、

第七章　『燈台へ』

人間の心の背域（hinterland）や光と闇とが対照する超人的な世界からその存在を導く奇妙な何か」を意味するという[33]。ユングが述べた「幻想的状態」は、背域の規模はずいぶん違うとは言え、多くの人々の記憶に情景として残りたい、というラムジー夫人の信仰とも言える願望につながる、と言えるのではないだろうか。ラムジー夫人の、晩餐のひとときが時を止めた情景となり子供たちの記憶に残ることへの、信仰とも言える強い願望は、集合的無意識から湧いてくる「幻想的なもの」への信仰に相応する、と言えなくもないのである。

　時間をとどめた情景（scene）に対するウルフの姿勢について、C. ベル（Clive Bell）は、「彼女の創造的な衝動はしばしば情景（scene）の印象から生まれてくる。そしてこの純粋でほとんど画家ともいえるようなヴィジョンが、彼女を同時代の人々から切り離しているのだ」[34]と語り、小説を書くときウルフの感覚が絵画的な要素を多分に含むことを指摘している。晩餐の場面が時をとどめた情景となり人々の共通の思い出になる、というラムジー夫人の時間に対する信仰は、冒頭に引用したガストン・バシュラールの言葉を想起させる。

　　時々我々は時間の中にいる自分たちのことをわかっていると考えるが、我々にわかるのは、ものが固定している空間の連続が時間だということである。人はとけ去ることは望まないものだ、そして過ぎ去ったものを探し出すとき、過去のなかでさえ時間がその飛翔を「中断」することを望む。無数の小さな穴のなかに、空間は凝縮された時間を内包している。それが空間というものだ[35]。

「我々は時間の中にいる自分たちのことをわかっていると考えるが、我々にわかるのは、ものが固定している空間の連続が時間だということである」という表現は、瞬間ごとの空間の状態は絵画としてとらえられるが、その絵画が連続して映画のフィルムのようにつながると、自分たちが時間の流れの中にいるように感じるものだ、と述べていると理解できる。思い出が

とけてなくなってしまうことを望まないのは、人の常である。我々は過去の思い出を記憶に遡って探すとき、時間が飛ぶように過ぎ去ってしまうのを「とどめ」ておきたいのである。空間はある瞬間を凝縮し、その情景をとどめている。バシュラールは、我々が記憶するのは時間が止まった状態の空間の様子だと述べている。

　バシュラールはまた思い出ということについては、次のように述べている。「無意識はとどまる。思い出は静止している。そして思い出は空間に固定されれば、ますます不動になる」[36]。バシュラールが言うように、ウルフは出来事を一幅の絵のように空間に拡がる静止した光景としてとらえれば、人々の無意識のうちに記憶としてとどまる、と考えたのだろう。窪地に皆が心を一つにして集まっているとたとえられた晩餐の場面は、バシュラールが言い、ラムジー夫人が願うように、空間に固定されたものとなり、人々の無意識のうちにとどまっただろうか。

　ウルフは 'Notes for Writing' と表紙をつけた小誌を記しているが、その中で『燈台へ』について「廊下でつながれた二つのかたまり」(two blocks joined by a corridor) と記し、H型の図形を描いている[37]。この図形については、歴史的 (historical) なものから観念的 (ideological) なものへの転換に光を当てたい、というウルフの気持ちから決定された小説の構造で、二つのブロックは第一部と第三部を表し、二つのブロックをつなぐ廊下は第二部の「時はゆく」("Time Passes") をあらわしている[38]、とするズワードリングの見方がある。確かに二つのブロックは、過去の思い出と現在の思いという異なる内面の時間を象徴しているとも考えられる。いずれにしても第二部は、第一部と第三部という異なる様相をつなぐ役割を担っていると思われる。

　第二部では、燈台の光に定期的に照らされる部屋が荒れ、遠くで第一次世界大戦を思わせる砲火の地響きが聞こえる様子が描写される。ウルフは日記で、第二部の仮題を「七年が経って」[39]と述べているが、完成稿は10章から成り、各章が一年を表すかのように時の横暴がそれぞれ述べられ、ラムジー夫人亡きあと第一次世界大戦を間に挟んだ十年の年月が過ぎたこ

第七章　『燈台へ』

とが示される。第二部の第8章でマクナブ夫人（Mrs. MacNab）が別荘の手入れにやって来る。歯もない老婆で、七十年近くを過ごした人生は楽でも居心地よくもなかったし、子供たちのうち二人は私生児で一人は彼女を捨てた[40]、と述べられるマクナブ夫人について、「ラムジー氏が持つ事実（fact）への敬意も持たず、ラムジー夫人が抱く内なる真実の瞬間への渇望ももたない、『ダロウェイ夫人』に出てくる年老いた street singer のような人間に漂よう力を思わせる」[41]と述べるケーレ（S. Kaehle）&ジャーマン（H. German）の指摘にもあるように、マクナブ夫人は、『ダロウェイ夫人』に登場する、リージェント公園駅の脇で歌う老女のように、名も無い人々の典型として描かれたと考えられるだろう。

『ダロウェイ夫人』に出てくる、ミラーが「魂の集合的復活の日」[42]と歌っていると読み解いた老女の歌、つまりリージェント公園駅の向こうから聞こえる、大地から噴き出す「太古の泉の声」(the voice of ancient spring) を歌う老女の歌声は、「年齢や性のない声」(the voice of no age or sex)[43]と描写されている。この描写には、老女の声は太古の記憶と結びつく地下深い場所から沸き上がり、その記憶の中で人は男とも女とも若いとも年とっているともわからぬ無名の存在だ、とするウルフの含意が読みとれる。その老女のイメージを受け継いだと思われるマクナブ夫人は、客間の戸棚の中にラムゼイ夫人が愛用していたグレイの上着を見つけ、グレイの上着を着て横に子供たちの一人を伴ったラムジー夫人の在りし日の姿を思い出す[44]。

> はたいたり整えたりしながらマクナブ夫人が足を引きずりゆっくりとさまようと、望遠鏡の端っこの黄色の光線か円のように、かすかにそしてちらちらしながら、灰色のコートを着た婦人が花の上にかがみ込み、寝室の壁の上や、鏡台の上や、洗面台の横をさまよった。[45]

ラムジー夫人は、マクナブ夫人という無名性を帯びる人物の記憶の中で、あちらこちらの部屋の空間に固定された絵のような情景として鮮やかによ

第二部　作品について

みがえったのである。

　第一部第17章で示された、空間に固定された情景が人々の思い出になることを確信するラムジー夫人の信仰は、無名性を帯びるマクナブ夫人が、在りし日のラムジー夫人の姿を情景としてふと思い出すことによって証明された、と言えるだろう。本章のはじめに述べた最初のテーマ、「絵画性はどのように示されているか」という問いかけに対する答えは、空間に固定された絵のような情景として示されている、とすることができるだろう。空間に情景が固定されることによって思い出が絵画化され、バシュラールが言う、「無意識はとどまる。思い出は静止している。そして思い出は空間に固定されれば、ますます不動になる」[46]ことが、第二部で証明されたのである。では、二番目のテーマ「何故、思い出を絵画と関わるものとして捉えようとしたのか」ということについて考えてみたい。

　第三部「燈台」を概観すると（文字通り、読むのではなく見ると）、あることに気付く。第三部では、括弧付きの会話体がみられないということである。第一部に戻ってみると、語りのあちこちに点在する括弧のついた会話が時間の経過を示す、という工夫が見られる。しかもその会話のうち、ラムジー氏が吟じた「軽騎兵の突撃」を除いた残りの全ては、ラムジー夫人が中心になって人々との間に交わした言葉である。第三部に入り会話体が消滅するのは、巧みな会話で人々の交流を生み出す人物として描かれているラムジー夫人を欠いてしまったからに違いない。第一部で小説の中心にいたラムジー夫人のお喋りは、小説の時間を知らせる物差しとなり、小説を進めていったのである。では、第三部で時間の経過を示し、小説を先に進めていくものは何だろうか。

　「水平的なあるいは時計の時刻は、いつも『空間の動き』(a motion on a space) として計られる」[47]というウォーフ (B. L. Whorf) の言葉が示すように、動きは時間の代替になりうる。会話体を欠いた第三部で動きを示すものは、「舟」である。ラムジー氏は、ジェームズやキャム (Cam) と一緒に舟に乗り、十年前に行こうとして果たせなかった燈台へ向かっている。三人が乗った舟の動きをみているのは、リリーだ。リリーは庭の芝生に出

第七章　『燈台へ』

て十年前にラムジー夫人が座っていた「窓」を眺め、同時に湾を出て行く「舟」を眺望する。絵描きだからだろうか、身体的な感覚を重視し、「感じるのは身体で、頭ではないわ」[48]と、物事を体感で計るリリーは、時間を距離で計る。第3章から第9章までの間に書かれた、舟の動きを語るリリーについての言葉を拾ってみよう。

（第3章）
ラムジー氏がキャムやジェームズと座っているのは、あのずっと遠くにいる静かな小さな船だわ、と彼女は決めた。ほら、帆を上げた……彼女はそのボートがゆっくりと他のボートの横を海へと舵を取るのをみた。

（第5章）
そうよ、あれがあの人達のボートだわ、と芝生の端に立ってリリー・ブリスコーは決めた。

（第7章）
ほらまた……彼女は眼下の入り江をみた……入り江の真ん中の茶色の点がある。ボートだわ。そう、彼女はすぐに気づいた。

（第9章）
距離にはものすごい力があるわ。あの人達は距離に呑みこまれてしまった、彼女は感じた、あの人達は永遠にいなくなった、あの人達は自然のものの一部になってしまったわ[49]。

　舟の動きを捕らえるのがリリーの目であることは、「彼女は決めた・彼女はみた・リリー・ブリスコーは決めた・彼女はみた・彼女は気づいた・彼女は感じた」("she decided・she watched・Lily Briscoe decided・she looked・she realized・she felt") 等の言葉で明らかになる。はじめリリーの眼にはっきりと映り、段々小さく遠ざかって、終には海の青に溶け込んで消えてしまう舟は、会話体と同じ機能を果たしていると言える。「島の庭にいるリリーと海上の舟とで、交互に語られる個所で用いられる、〈遠ざかる〉(recede)

127

第二部　作品について

や〈距離〉(distance)という言葉は、キャムの想いでは空間、リリーの考えでは時間である」[50]というケーレ&ジャーマンの指摘にあるように、距離と時間とはこの場合、異語同義だと言える。リリーが「距離にはものすごい力があるわ」[51]「舟が湾を横切って行けば行くほど、ラムジー氏への思いが変わってゆくわ」[52]と思うとき、距離に関わる表現が時間に関する表現に変わっても、その意味は変わらないということになるだろう。

　時の経過を知るために必要なものは、第一部の会話を聞き取り思考するものから、第三部の「遠ざかって行く舟」を見て時を計る視覚的なものへの転移、つまり聴覚に関わるものから視覚に関わるものへの転移であることが明らになる。この転移は、小説の中心にいるものの転移でもあった。人々の気持ちをおしはかりつつ会話の中心にいたラムジー夫人から、舟と自分との距離を測るリリーや、無意識を象徴する海[53]へ父に引っ張られて乗り出し、十年前の思い出につながる島の大きさを見て船と島との距離を測るジェームズやキャムの視点へ、という転移である。感覚で言うと聴覚から視覚への転移だが、この転移は、先に述べたユングのいう「心理的」なものから「幻想的」なものへの転移に相当する、とも言えるだろう。

　第一部の窓が象徴していた、人々を集めて晩餐を開き言葉を交わして創り上げるラムジー夫人の世界は、先に述べたように十年という時間のトンネルをくぐり抜けて、情景として残る思い出の世界へと変わった。思い出は絵画化され意識に定着したのである。あるいは、第一部でラムジー夫人とジェームズがラムジー氏に抱く思いが描かれた、窓の中、つまり部屋という「空間の意識」は、第三部の十年後の思い出という、いわば「意識の空間」のものへと転換したと言うこともできるだろう。

　第一部と第三部では、空間と意識のありようが転換したことが上述のように示されるが、ウルフは「部屋」にどのようなイメージを抱いていたのだろうか。『燈台へ』出版の一年後に出版された、文字通り部屋をタイトルとする『私自身の部屋』で部屋はどのように書かれているだろうか。

　1928年に発表した『私自身の部屋』で、ウルフは、「女性が小説を書こうとするなら、お金と自分自身の部屋を持たねばならない」[54]と述べ、も

第七章　『燈台へ』

し女性が何かを書こうとするなら、誰にも邪魔されずいつでも好きなように思索に専念できる自分のための部屋を持つことが必要だ、と述べている。ウルフがこの様に述べるとき、部屋という空間は独立した人格の象徴としての意味を担っている、と考えられる。しかし『私自身の部屋』の別の場所で、ウルフは次のようにも述べている。大学の構内に入り午餐をとりながら、女性には認められていない男性の特権について考えをめぐらせている場面でのことである。

　　この部屋（room）を出て、戦前へと過去にさかのぼり、ここからあまり遠くない部屋（rooms）で開かれた、これとは違ったもう一つの午餐会を考えてみなければならない[55]。

　ウルフがこう語ったとき、「部屋」は記憶や思い出という人間の「意識」と関わる意味あいを伴うものとして用いられていることが指摘できるだろう。ウルフの中で、「部屋」は、浸蝕不可能な独立した人格を表す浸蝕不可侵の「空間」という確固たるイメージと、過去の思い出につながる流動的で変幻自在な「意識」というイメージの、二つの異なる要素があることが指摘できるのである。ウルフにとって思い出という意識が「部屋」のイメージと関わりを持つことは、冒頭で述べたリリーの絵の制作の描写にも示される。十年前を思い出しながら着々と絵を描いていると、リリーは、「ドアが開き」大聖堂のような暗く重々しい場所で黙って見上げて立っていたと感じた[56]、ではないか。
　部屋を具象的な空間というよりも抽象的な意識をイメージするものとして捉えた作家は、ウルフだけではない。ウルフが机上にその写真を飾っていたという逸話があるほど強い影響を受けたと思われるヘンリー・ジェームズは、兄である哲学者ウィリアム・ジェームズがそうであったように、人間の意識に関心を持っていた。1884年に *Longman's Magazine* の9月号に書いた「小説という芸術」（"The Art of Fiction"）の中で、ヘンリー・ジェームズは、小説とは有機体であり理論や形式論では捉えがたいものだとし、

第二部　作品について

経験という現実をみることについて次のよう述べている。

> 経験とは巨大な感受性であり、意識という部屋（the chamber of consciousness）に張られた細い絹糸から成る蜘蛛の巣だ[57]。

ウルフは room と呼び、ジェームズは chamber と表現したが、ジェームズもまた、部屋を人間の意識を表すものとして捉えていたということがわかる。

　第二番目のテーマに戻るとして、何故ウルフは、思い出を絵として捉えようとしたのか、という問題が残る。Holograph draft の Appendices をみると、H 型の図形に続いて、「浮かんできたトピック。彼女の美しさが、すべての人々に彼女が与える印象によってどのように伝えられるか」[58]と記してある。「これらの人々に与える印象によって彼女の美しさが伝えられること」が、『燈台へ』で描こうとするトピックであることが記されたこのメモは、ラムジー夫人が、特定の個人の思い出となるよりも人々の共通の思い出となる人物として描出されている、と判断するための根拠になるだろう。「感情が人々と共生しているという感じ」[59]を覚えた晩餐の場面が固定されて永続する情景となり、人々の、とりわけ八人の子供たちの思い出になることを、ラムジー夫人は信じたのだ。

　本章のはじめに掲げた、なぜ思い出を絵画とかかわるものとして捉えようとしたのか、という「思い出の絵画性」が提示する疑問に対する答えを、ここに見いだすことは出来ないだろうか。思い出は、空間に固定され静止した情景という絵画的なものとなることが示されたのである。ユングはヴィジョンが集合的無意識にかかわることを指摘した、とスナイダーは言うが[60]、絵画的なものは無名性を帯びる人々の無意識に刻まれ、人々の無意識のうちに蘇る、という認識はウルフにもあったと思われる。無名性を帯びるマクナブ夫人や子供たちの記憶に情景として残るラムジー夫人を描いたウルフには、視覚という感覚的なものに大きく依存する絵画は、特に優れた知性や思考力を必要とするわけではなく、子供やありふれた無名の

第七章　『燈台へ』

人々の記憶に残りやすく、また蘇りやすいという認識があったのかもしれない。

　このように、過去の追憶は絵画性と関わり、絵画性は多くの人々の集合的な（無）意識と関わることが示された。そして人々の集合的意識は、個我の意識にあまりとらわれない無名性につながると言うことができる。無名性といえば、個人名を持たず黒や灰色の服をまとい、過去が不明で、紫の楔形としてリリーに描かれるラムジー夫人は、「ウルフの小説の誰よりも、自己（self）の放棄に共鳴している」[61]というネアモアの指摘があるが、ラムジー夫人が個我にとらわれず無名性につながる人物であることは、「ラムジー夫人の経験では、自分自身としてではなく黒い楔形としてなら休息を感じることはある」[62]人物として描かれていることに表れている。

　そういう感覚を持つラムジー夫人は、「存在し行動する全てのものは、広がり、輝き、話し、消えゆく。そして人は収縮して自分自身、楔形の黒い芯、他人には見えない何者か、に引き締まってゆく」[63]ことを信じ、このように言う。

　　自分とリリー、カーマイケルの三人は、我々の幻影（apparitions）の下には暗く広がり底知れず深いものがあり、時折表面に上ると、それを人々が我々だと思うのだ、ということを感じなくてはいけない[64]。

　ラムジー夫人のこの信念は、『ダロウェイ夫人』の主人公クラリッサが抱く感覚によく似ている。まだ娘であった頃、クラリッサはロンドンの街路をピーターとバスで行くとき、「自分が話したこともない人々、通りの女性、カウンターの後ろの男性、木や納屋にまで奇妙な親近感を感じる」という感覚を覚えたが、彼女がこのような感覚を覚えるのは次のような先験的な理論（transcendental theory）に落ちつくからだ、と語り手は述べるからだ。

　　現れている我々の一部である我々の幻影は、広く拡がる我々の見えな

い部分である他のものに比べるととても瞬間的だから、見えないものはどういうわけかこの人やあの人にくっついたり、ある場所に出没したりして、死んだ後も生き延びる。多分、恐らく[65]。

「現れている我々の一部である我々の幻影は、広く拡がる我々の見えない部分である他のものに比べるととても瞬間的」だと『ダロウェイ夫人』の作中で述べられるこの「先験的な理論」は、しばしば指摘されるように、『燈台へ』のラムジー夫人が信じるものに通じるところがあり、ラムジー夫人がクラリッサの感覚を受け継ぐ人物だとわかる。

だが、ラムジー夫人が、自分とリリー、カーマイケルの三人の名を挙げ、この理論を覚えておかなくてはならないと強調するのは何故だろうか。ラムジー夫人は、人々を「融合させ、交流をおこし、創造すること、全てが私にかかっていた」という人物である。リリーは流行しているポンスフォートの絵には惑わされまいと、自己の創造性にこだわる画家だ。そしてカーマイケル氏は、独自の世界に閉じこもり人と交流することを避ける超現実的な詩人だ。ラムジー夫人の言葉の背後には、創造に関わる者たちこそ、このことを意識すべきだというウルフの気概を読みとることが出来る。

ウルフのその気概の裏には、「伝統と個人の才能」(1919) の中で、創造に携わるものには「歴史的感覚」('the historical sense') が必要だが、この歴史的感覚は「過去の過去性ばかりではなく、過去の現在性という感覚」[66]を意味するという主張を述べた、T. S. エリオットの言葉があるのではないだろうか。「ウルフとほとんど同年でウルフが内心密かにライバル視していた」と言われるジェームス・ジョイス[67]について、1923年11月にダイアル誌 (*The Dial*) に「現代が見出した最も重要な表現」とエリオットは書き[68]、『ユリシーズ』 (*Ulysses*, 1922) に描かれた現代と古代の間の神話的類似性を高く評価している[69]。ラムジー夫人が言う、我々の見えない部分は暗く広がり底知れず深く、死んだのちも時折あの人この人にとりついたり、或る場所に現れるという感覚は、我々の背後には深く遠い過去の集合的な記憶があることをウルフが示唆していることを示しているので

はないだろうか。この感覚は、エリオットの言う「過去の過去性ばかりではなく、過去の現在性」[66]に通じる感覚で、過去を現在の中に生きるものとして捉えようというウルフの主張を感じさせるものだ。

　リリーがカーマイケル氏と共に立つ庭の芝生の上では、第一部で描かれたラムジー夫人の世界を象徴する「窓」を見、同時に第三部で描かれる「舟」という時の経過を確認することが出来る。リリーが覚える、「後にひっぱられつつ前に進むという奇妙な感覚」[70]が示唆する背反性は、時の流れを意識しつつ空間に固定された情景としてよみがえるラムジー夫人を思う、という「過去の現在性」を覚える感覚につながると言えるだろう。小説の最後でリリーがカンバスに引いた線は、過去と現在を分割的な局面として捉えるための線ではなく、過去を現在の時の流れの中に感じて、ひとつの局面としてつなごうとした線ではないだろうか。それは、この作品を'Elegy'と名付け両親を追憶した作者ウルフの感慨でもあったに違いない。

第二部　作品について

第八章　『オーランドウ　ある伝記』
　　　——樫の木と木曜日にみる集合的無意識

　昨今日本でも流行しているのはイングリッシュ・ガーデン[1]だが、イギリス庭園の紹介でしばしば出てくる庭園の一つに、「シシングハースト城」（Sissinghurst Castle）の庭園がある。シシングハーストは、ヴィクトリア・サックヴィル＝ウェスト（通称ヴィタ）が夫のハロルド・ニコルソン（Harold Nicolson）と共にサックヴィル家の館であるノール（Knole）を出た後、1930年に移り住んだ城である。ヴィタ達は廃墟のようであった古屋敷を買って改造し、庭園を造り、30年以上もそこに住みそこで亡くなった。ヴィタ達が移り住み作り上げたシシングハーストの庭園は、今日流行のイングリッシュ・ガーデンを代表する名園の一つとしてその名を知られている[2]。優れた庭園を造りあげたヴィタは、ヴァージニア・ウルフとも関わりのある人物である。
　1927年5月に第五作となる『燈台へ』を出版したヴァージニア・ウルフは、その頃から日記に新しい小説についていろいろ記している。『オーランドウ　ある伝記』（1928）（以後『オーランドウ』とする）を出版する一年前にあたる同年10月頃の日記を読むと、この頃、『燈台へ』の次の小説のアイディアがわきつつあったらしいことがわかる。1927年10月5日（水）付けと10月22日（土）付けの日記、10月9日に書いた手紙の一部をそれぞれ読んでみよう。
　10月5日（水）付けの日記には、次作の構想について、「千五百年に始まり現在まで続くオーランドウという伝記で、ある性から別の性へとヴィタが変わる」[3]と述べ、一週間もすれば書くと記している。また約二週間後の10月22日の日記には、「オーランドウを半ば遊び心ではっきりとわかりやすく書いているので、どの言葉もわかるだろう。しかし事実と空想のバ

第八章 『オーランドウ ある伝記』

ランスに注意しなければならない。それはヴィタ、ヴァイオレット・トレフュシス、ラセラス卿、ノール館、などを基にしている」[4]と記している。これらの記述は、この小説がヴィタ・サックヴィル＝ウェストとヴィタが育ったノール館とをモデルとする小説で、遊び心をもって書かれようとしていたことを語っている。

また、ヴィタに宛てた1927年10月9日付けの手紙では、「あなたが作品の主題としてすぐれているのは、主として貴族の出身という点にあるのですが、それにしても四百年にわたる貴族生活とは一体どういうものでしょうか……今、『ノールとサックヴィル』を読んでいます。あなたの精神というほの暗い屋根裏部屋は豊かですね」と書いており、この小説がヴィタの書いた『ノールとサックヴィル』(*Knole and Sackvilles,* 1922) に基づいていることを明らかにしている[5]。

完成した小説は、十六世紀エリザベス朝イギリスの貴族の家に跡取りの男児として生まれ、長じて美しい青年貴族となり、十七世紀のある時変身して女性となり、ヴィクトリア朝時代に結婚し、二十世紀までの四百年近くを詩を書き続けながら生き抜き、男児を生んで母となり、詩集を出版し女性詩人として認められることになったオーランドウを主人公とする『オーランドウ』という作品になった。『オーランドウ』は、イギリスの文化や文学の歴史を背景としてヴィタの家系の歴史を描くと共に、エリザベス一世がサックヴィル家の先祖トマス・サックヴィルに与えた、ノールという広大な館の歴史をなぞる、寓意に満ちた楽しいファンタジー小説となったのである。主人公オーランドウのモデルとなったのは、ウルフと一時期非常に親しい関係にあったヴィタである[6]。

英国の名園を造りあげたヴィタは、貴族であるサックヴィル家に生まれた作家でもあり詩人で、ウルフより十歳若く、1926年に『大地』(*The Land,* 1926) というすぐれた詩を書いている。自然をうたったこの詩は、エピグラフとしてヴァージル (Virgil, 70-19B. C.) の『農事詩』(*Georgics*) からの引用文（巻三、289-90）を掲げた詩で、1927年度のホーソンデン賞 (Hawthornden Prize) を受賞した[7]。『大地』の他にも『庭園』(*The Garden,*

135

1946)という詩が、ハイネマン賞（Heinemann Prize）（1946年）を受賞している。『オーランドウ』の作中でオーランドウが書いた詩は、ヴィタの『大地』からとられたものである。自然をうたった詩人らしく、ヴィタは後半生を田舎で過ごし、孤独と思索を愛するようになった。ヴィタは庭園に関する著作や様々なカントリー・ハウスの設計に関する意見を述べているが、それらに描かれる生活は、ウルフに捧げられたという『シシングハスト』(*Sissinghurst,* 1930)[8]という詩や『大地』や『庭園』という長詩に明らかだが、ヴィタの人生そのものだという。二十世紀初期から中期にかけての詩の潮流に反して、彼女は自然とその愛すべき農耕の世界をテーマや背景として、雄大な自然を長詩にうたった[9]。

オーランドウのモデルとなったヴィタがうたった大地につながる力強い詩は、しかしその頃現代詩として衆目を集めていた T. S. エリオットの詩とは異なる味わいをもつ詩である[10]。1926年10月30日に、ヴィタは「現代英詩の傾向」（"Some Tendencies of Modern English Poetry"）という演題で王立文学協会で講演をしている[11]が、「もし私たちの子孫が、この悲しい空虚な暗黒の時代の後に、もっと明るい光りの中にあらわれるなら、彼らは間違いなく私たちのことを回顧するでしょう」[12]と述べて、エリオットの詩『うつろな人』（*Hollow Men*）から引用したという数行[13]を読んでいる。

この講演は、その後1928年10月2、16、30日と11月13、27日の五回にわたって BBC からロンドンで放送されており[14]、その草稿の最後のあたりでヴィタは次のように語っている。

> 詩を、日々の生活とは切り離され、ぴったり閉められた客車に隔離されたものだと考えるのは、ばかげています。文学とは常に、程度はあるが、一般的な思想傾向を映し出すものでなくてはなりません。私たちが、あるいは私たちの子供達が、人の心を占めている四季の問題に還っていくのをみるという可能性はあるのです[15]。

ヴィタは、今日のイングリッシュ・ガーデンの流行にみられる自然への、

第八章　『オーランドウ　ある伝記』

四季への、田園への回帰を予見するかのように、詩についてこのように述べた。

　ウルフが『オーランドウ』を書くとき、いたずらごころ（an escapade）で「半ば笑いながら、半ば真剣に、多いに誇張を交えて」[16]書くと述べてはいるが、同時に「事実と空想のバランスに注意しなければならない」[17]ことも念頭に置いていたことが日記からうかがいしれる。半ば遊び心で書いたとは言え、自然や大地への強い執着をもつヴィタをモデルとする『オーランドウ』は、ヴィタが1922年に書いた『ノールとサックヴィル』（1922）を資料として生かし、事実をきちんと踏み「事実と空想のバランスに注意」してサックヴィル＝ウェスト家の家系をなぞった一種の自伝であることは、すでに指摘されている[18]。

　ヴィタの家系の事実を踏んだ上で書かれた『オーランドウ』は、大地をうたったヴィタをモデルとするにふさわしい展開をみせる。小説冒頭の十六世紀、すみれ色の瞳をした十六歳の美少年オーランドウは、彼の父か祖父が野蛮なアフリカの地で切り落とし館の屋根裏部屋の垂木にかけておいたムーア人の頭部を、刀でつついている。そして館のその屋根裏部屋で、オーランドウは「自然の緑」を「文学の緑」に書こうとする。だが、自然をみるとオーランドウはその美しさに心を奪われる。オーランドウは、「文学の緑」を書くべき韻や韻律は「自然の緑」をみると粉々になってしまう、と思う少年だった。

　　自然の緑はひとつのもの、文学の緑は別のもの。自然と文学はもともと違うものだ。二つを一緒にするとそれぞれが相手を引き裂いてしまう。オーランドウが見ている緑の色合いは、彼の韻を崩し韻律を破った[19]。

　十六世紀のオーランドウ少年が彼の部屋である「館の最上階の屋根裏部屋」[20]で書こうとしたのは、話し言葉とは遠い韻律正しく美しい言葉の詩だった。しかし四百年近くもの長い間肌身離さずもっていた「樫の木」と

第二部　作品について

　表題をつけたノートに書いては消し消しては書いて書きためた詩は、母となった二十世紀には自然の問いかけに口ごもるように応える言葉で書かれた詩稿になっていた。出版された詩稿『樫の木』(*The Oak Tree*) は、アディソン (Joseph Addison, 1672-1718) の『カトー』(*Cato*, 1713) を思わせトムスン (James Thomson, 1700-48) の『四季』(*The Seasons*) にも勝る、と登場人物のニック・グリーン (Nick Greene) が評価する詩となり、バーデット・クーツ賞を受賞したのである。二十世紀になり、詩稿『樫の木』がバーデット・クーツ賞を受賞したという作中のエピソードは、ヴィタが書いた『大地』が1927年にホーソンデン賞を受賞した、という事実を思い起こさせるだろう。

　「英国のヴァージル」と言われるトムソンの『四季』は、ヴァージルの『農事詩』の伝統をひき、労働と素朴な田園生活を讃美し、生命に息づく大地と人間の四季の営みを語った詩だ。ヴァージルやトムスンに並ぶとして高い評価を受けたその詩集を、女性詩人オーランドウは感謝の意味を込め館の庭園の向こうの丘に生える樫の木の根元に捧げものとして埋めよう、と一瞬だが思う。「詩を書くこととは、声が声に応える密やかなやりとりではないのだろうか？　森や農場や、門で首を並べて立っている褐色の馬や鍛冶屋や台所、小麦や蕪や草や庭で咲くアイリスの、昔ながらの低いささやき声に（彼女が）ここ何年も口ごもるように答えてきた、密やかでゆったりとした恋人同士のやりとりのような詩は他にはない」[21]と思うようになった二十世紀のオーランドウが書いた詩は、散文調の優れた詩となり出版され、「樫の木の生える丘」の大地に感謝と共に返礼として捧げられようとしたのである。

　時代相に合っているとは言えない、巡る四季を歌う詩人を描いた『オーランドウ』のストーリーを追ってみると、この小説があるものにつながりをもっていることに気づくだろう。オーランドウは「樫の木」と名付けられた詩のノートを四百年近くも肌身離さず持ち歩き、このノートに書きためた詩をもとに二十世紀になって『樫の木』という優れた詩を書き、その詩稿は農事詩の系譜につながるすぐれた詩であると評価された。そして出

第八章 『オーランドウ ある伝記』

版されたその詩の本を、感謝の意を込め大地への返礼としてオーランドウが埋めようかと思ったのは、丘の「樫の木」の根本だった。

丘の樫の木の下は、オーランドウが心安らぐ場所として描かれる場所である。1946年に出版された『オーランドウ』アメリカ版の表紙に描かれているのが、木とその下で寝そべる人物であることがよく示しているが、どの時代にあっても名声を求める心が砕かれるとオーランドウは樫の木が生える丘で物思いに耽り、自分が営々と働いた名も無い人々につながっていることを思い無名であることに歓び心慰められるのである。小説のはじめで、館の最上階で熟考の上練られた言葉で詩を書こうとしたオーランドウは、小説の最後では、無名性を帯びる大地に口ごもるような口調で書かれた詩集を捧げようとした、という『オーランドウ』のストーリーを追ってみると、この小説が大地や無名性という方向をめざしており、「樫の木」をテーマとして書かれた小説ではないか、と思い当たるのである。しかし、ウルフはなぜ『オーランドウ』を無名性や樫の木と関わるものとして描いたのだろうか。本章では、『オーランドウ』と樫の木との関連について考えてみたいが、その前に、ウルフの時間感覚について考えてみよう。

既に述べたが、小説の要所を占める出来事はヴィタの家系の事実と合致しており、『オーランドウ』が、空想の羽だけを羽ばたかせて書かれた小説ではないことは明らかだ。サックヴィル家の系譜を綿密に検討し小説とつき合わせてみると、事実としてはあり得ない男性から女性への変身が一大イベントとなるこの小説は、トマス・サックヴィルを始めとする男性の詩人が存在するヴィタの家系の事実を、オーランドウという詩人の生涯に、「T.S. エリオット流にいえば、『歴史的感覚』で透視している」[22]と考えることができるからだ。

エリオットは、「伝統と個人の才能」(1919) の中で、詩人には「過去というだけでなく、過去が現在に生きているという認識」を意味する「歴史的感覚」(the historical sense) が必要だと述べている。その歴史的感覚とは、自分の時代の感覚だけではなく、彼自身の国の文学全体を含むホーマー以来のヨーロッパの文学全体が同時的存在と同時的秩序をもつという感覚

だ、という[23]。さらに「『ユリシーズ』、秩序、神話」という評論でエリオットは、1922年に出版された『ユリシーズ』でジェームズ・ジョイスが試みている手法について、「科学的な発見という重要性がある」と述べ、「占星術はさい先のよい方法であり、心理学、民族学それに『金枝篇』は数年前には不可能であったものを可能にした。語りの方法に代わって神話的な方法を用いるのだ。私が思うにそれは現代世界を芸術的にする一歩だ」[24]とも述べている。現代詩に拡がる不毛と無秩序の展望に形と意味を与える手法として、ジョイスが用いた方法を、心理学、民族学、『金枝篇』を手がかりとする「神話的方法」だ、とエリオットは高く評価したのである。

　ジョイスの手法を神話的だと評したエリオットの言葉は、ユングの言う集合的無意識を思い起こさせるだろう。ユングは、「分裂病の患者の妄想や幻覚を研究し、それらの中には世界各地の神話や民話に見いだされるのと同じ象徴やイメージが含まれていることを発見し」、「全ての人間に共通する力強い心の基盤が存在し、その基盤の上に個人は自分の私的な人生経験を築きあげるのだと結論づけた」[25]のである。過去の経験の積み重ねが伝える、人々に共通する力強い心の基盤こそが、先行きの不透明な時代には活きてくることを、エリオットは伝えたかったのではないだろうか。

　ジョイスの発見を科学的だと高く評価したエリオット自身も、過去の文学を枠組みとし、古代の人々の思想や感覚を頼りとする神話的手法を用いて、精緻に組み上げられた詩を書いている。オヴィド (Ovid, 43B. C.-A. D. 17?) の『変身譚』(*Metamorphoses*) に登場するタイレシアス (Tiresias) が盲目の老人として登場する『荒地』(*The Waste Land,* 1922) は、男と女を体現するタイレシアスの変身を、「いわば、負の座標に設定することで、現代の性の不毛な相を詩に定着させ」[26]たと坂本氏は言う。

　たしかにエリオットが『荒地』の最後で描いたのは、褐色の冬の大地に潤いをもたらす春の雨の到来を予感させる遠雷の響きだ。かすかに聞こえる遠雷の響きに新らしい命へのわずかな希望を託してはいるが、不毛を描いたとみえるこの詩に登場する老いたるタイレシアスは、詩の精神の象徴とも受け取れるだろう。エリオットに対抗するかのように、ウルフも男と

第八章　『オーランドウ　ある伝記』

女を体現する人物を主人公とする小説を書いている。つまり、小説の初めの十六世紀には男性でありながら、十七世紀後半に女性に変身し二十世紀まで生き延びた人物を主人公とする、『オーランドウ』である。貧弱な乳房の女性となったタイレシアスとは違い、オーランドウは結婚し母となり、四季を巡る自然との豊かな交歓を歌う詩人になった。オーランドウもタイレシアスも、両性を知るという共通点はもつが、オーランドウは豊穣と結びつき、タイレシアスは不毛と結びつくと言えるかもしれない。その違いはどこから生まれるのだろうか。ここでエリオットが詩人には必要だと言った「歴史的感覚」を、ウルフはどのように捉えていたのか、考えてみたい。

『オーランドウ』がまだ小説としてはっきりとした形となっていない頃、1926年11月23日の日記に、ウルフは「未来は過去から花咲く」という不思議な表現で、『オーランドウ』になると思われる作品について述べている。

　　でも私は時々ある女性の半ば神秘的な深いもののある人生にとりつかれる。それは一つの出来事で語られるだろう。時間は完全に消え、未来は過去から花咲く。一つの出来事、言ってみれば花の落下、にそのことが含まれているかもしれない[27]。

一人の女性の半ば神秘的な人生について考えると、花の落下という出来事がそのことを内包するとウルフは記している。そのことを言い表すのが「未来は過去から花咲く」という言葉である。一人の女性の半ば神秘的な人生というから、どうやら『燈台へ』の次作となる『オーランドウ』の物語について述べたのではないか、と推測できる。しかし、花が落ちるという出来事が「未来は過去から花咲く」ことにつながる、とは奇妙な表現であり、感覚ではないか。だが、花が落ちるという出来事を単純に自然の出来事として捉えてみる。すると、「未来は過去から花咲く」という言葉は、花が枯れ大地に落ち、枯れたその花の種から新芽が芽吹き、再び花が咲き命が受け継がれてゆく、という自然の命のサイクルを言い表した言葉と受

141

け取れるのではないだろうか。確かに、枯れた花は過去のものであり、その花から咲く花は未来のものと捉えうるのだ。とすれば、過去は現在を経て未来へつながっており、エリオットが言う「歴史的感覚」に通じるものがある、といえるだろう。

しかしウルフの考える「歴史的感覚」は、エリオットのいう歴史的感覚と同じではないようだ。過去の枠組みに現在の枠組みを捉えるのだと、いわば「過去に現在をみる」と述べたエリオットの感覚とは異なり、「未来は過去から花咲く」という表現は過去と現在の先にある未来をみているからだ。言い換えると、「未来は過去から花咲く」とは、「過去に未来をみる」言葉、とも言えるだろう。現代の不毛を描いたエリオットの歴史的感覚には僅かにしかほの見えない未来への展望が、ウルフの歴史的感覚にあっては中心にあるように思える。タイレシアスとオーランドウは、「過去に現在をみる」エリオットと「過去に未来をみる」ウルフの歴史的感覚の違いを反映している、と考えられるのである。では、「過去に未来をみる」という時間に対するウルフの感覚は、「樫の木」という小説のテーマや無名性とどのように関わるとして書き表されているのだろうか。

樫の木の根元に出版された詩稿『樫の木』を捧げものとして埋めようと一瞬とはいえ考えたオーランドウは、詩を生み出す母として大地を捉えていると言えるだろう。大地に母のイメージをみる感覚は、科学的で合理的な現代精神とは相容れないし、キリスト教的感覚とも相容れないだろう。オーランドウは十七世紀にトルコで昔ながらの生活を送るジプシー達と暮らしたころ、自然の美しさに対する崇敬にも似た愛情を抱くに至った。生得の病である「自然愛というイギリス病」[28]が未だかつてなかった程の重症となってしまったオーランドウは、母なる大地を畏怖したケルト的な感覚を甦らせたのかもしれない。自然が英国よりも遙かに広大で迫力ある彼の地で、オーランドウが抱いたその感覚は、しかし、ウルフの空想の産物ではないと思われる。それは、1927年におこった完全月食を体験して実感した、ウルフ自身の感覚でもあったに違いない。

『オーランドウ』にウルフが取りかかった頃、1927年6月29日に、イギ

第八章　『オーランドウ　ある伝記』

リスでは二百年来だという完全月食を見るために、ロンドンから北ヨークシャーに向けて特別列車が仕立てられたという。ウルフもその特別列車にヴィタやハロルド（ヴィタの夫）やクライヴ（ウルフの姉ヴァネッサの夫）と共に乗りこみ、ヨークシャーに月食を見に行っている[29]。光りや空の様子や、再び明るくなる様が大いなる救いを思わせるなどという記述が、翌30日の日記に三頁にわたって記されているが、月食の印象の中でウルフが次のように書いている箇所がある。長い文章なので、要所を抜き出してみよう。

　　さて月食のことを書かなければ。……空はだんだん灰色になってきたが、それでも羊毛のようなまだらの空だった。……青白い灰色はヨークシャーの農場には全く似合わない、というわけでもなかった。……私たちは世界の誕生時のとても昔の人々、ストーンヘンジのドルイド、のようだと思った。……色彩がなかった。大地は死んだ。驚くべき瞬間だった。……光が大いなる恭順から出てきたとき、強烈な感情を覚えた。跪くような何か、低くそして急に昇ったそのとき、色彩が戻った……大いなる救いの感じ。回復に似ていた……これが自然の力のものだ。私たちのすばらしさも明らかだった。……どうやって暗さを表現すればいいだろう？　そのことを予測していないときに、いきなり突入した。空のなすがままに。私たち自身の高潔さ、ドルイド、ストーンヘンジ、そして競って走る赤い犬、あらゆるものを心に思い浮かべた。ロンドンの居間からつまみ上げられてイングランドの荒野に置かれるのも印象深いものだ[30]。

ロンドンの居間からつまみ上げられ、イングランドの荒野におかれるとは印象的だ、と結ばれる日記のこの一節で、ウルフは、ヨークシャーの農場で月食を体験して「自分たちが世界の誕生のころの昔の人々、ストーンヘンジのドルイドのようだと感じ、あたりの暗さに世界が死んだように思ったとき色彩がもどり、回復する自然の力を思い、自分たちの崇高さを、

ドルイドを、ストーンヘンジを、疾走する赤い犬を、思い描いた」(要約)と述べている。ドルイドは、ブリテン島にローマ兵が侵攻してくる以前、まだブリテン島が深い森に覆われていた頃、この地に住んでいたケルトの祭司たちであり、ストーンヘンジは古代の人々の宗教的な場所だとされる先史時代の環状列石である。月食と月食からの回復という神秘的な自然の出来事に遭遇して、遙か古代の人々や文化を思うウルフの姿が、ここにはある。オーランドウが覚えた病気と見まがうような自然への敬愛の念は、ウルフ自身が抱いた思いでもあったであろうことが、よくわかる箇所だ。

　返礼の意を込めて、詩集『樫の木』を大地に埋めようか、と思った二十世紀のオーランドウは、大地を母と思う感覚を甦らせたと言えるが、その感覚は、大地と共に生きる農民の感覚に近いのではないだろうか。本質的には「瞑想的で動物と自然を愛し、田園と四季への変わらぬ情熱があった」[31]オーランドウだから、十九世紀には、「『私の仲間を見つけたわ。ヒースの原野よ。私は自然の花嫁だわ』と、冷たい草の抱擁に恍惚として身を任せて言った」[32]のだった。そして、「詩を書くこととは、声が声に応える密やかなやりとりではないだろうか？」[21]と、昔ながらの自然の低いささやき声に口ごもるように答える密やかでゆったりとした恋人同士のやりとりのような詩について語る二十世紀のオーランドウも、自然との営みに歓びを見出している。

　小説が終わる第6章で、人間の心で同時に七十六種類の時間が刻まれているとするなら、人間精神には一度に二千五十二もの自己がいるという説もある[33]と思うオーランドウは、十六世紀から二十世紀までの来し方を振り返って様々な自己を呼び出す。すると次々と自己が表れてくる[34]。その中で、千年も育っている木々や納屋や牧羊犬に愛着を抱く自己、夜や農民が好きで穀物のことがわかる自己は、大地に繋がる農民としての自己に違いない、と述べられる。

　　木々は、と彼女は言った。(ここで別の自己が入ってきた)私はあそこで千年も育っている(彼女は繁みを通り過ぎていた)木が好き。それに

第八章 『オーランドウ ある伝記』

納屋も。(彼女は道端の崩れた納屋を通り過ぎ、用心深くそれを避けた)そして夜。でもみんなは。(ここでまた別の自己が入ってきた)みんな?(彼女はその言葉を質問としてくり返した)わからないわ。……私は農民が好き。私には収穫のことがわかるわ[35]。

オーランドウの祖母のある人は、野良着を着て、搾った乳桶を運んでいた[36]というから、農民的感覚はオーランドウの多様な自己のうちでも一番強い自己の感覚なのだろう。ニック・グリーンが『樫の木』を読んで、「現代精神の痕跡がなく、真理、自然や、節操のない奇抜さが横行する今日には稀な、人間の心を聞き取ることを重んじて書かれている」[37]と絶賛した言葉には、本章のはじめに引用した、詩についてのヴィタの言葉と響き合うものがある。

月食を体験し、花が落ちるという出来事が未来は過去から花咲くことを示唆する、と感じたウルフもまた、大地に寄り添って生きた古代のケルトの人々や農民の感覚を我が感覚として覚えたに違いない。主人公 Orlando の名前を分析的に考えると、"O! Land O!"とも読めるのだが、『オーランドウ』という小説は、大地や自然を強く意識した小説なのである。

エリオットは歴史的感覚が頼りとするのは、心理学、民族学、そして『金枝篇』だと言ったが、その言葉はユングの言う集合的無意識のような感覚に通じるものを意味しているとも受け取れる。大地に覚えるオーランドウの感性は、代々家系に伝わってきた遺伝のような感覚で、「ユングの言う民族全体と集合的無意識のシンボルとまではいかなくとも、少なくとも"family conscious"とでも名付けるものを描いている」[38]と述べたサーカーの評もあるし、「オーランドウは個人であると同時に旧家の元型だ」[39]というボルヘスの評価もある。だが、『オーランドウ』は、ヴィタ個人にかかわる遺伝、という家系的な無意識を描いただけだろうか。貴族でありながら木々や納屋や牧羊犬にオーランドウが覚える愛着は、「私の家系的意識」というより、もっと深層の、「私たちの集合的意識」あるいは「私たちの集合的無意識」[40]とでも言うべき意識が覚えさせるものではないだろうか。

第二部　作品について

　2002年は日英同盟条約百年に当たる年で、英国大使館は記念として、環境という地球的な問題をイングリッシュ・オークの植樹を通して語り合うことを目的とした活動を、「日英グリーン同盟」と銘打って行っている。日本の各都道府県に最低一本のイングリッシュ・オークを植樹する計画だという。活動のシンボルとして選ばれたのがイングリッシュ・オークだという事実によく表れているが、英国人は樫の木に特別な感情を抱いているといわれる[41]。ゲルマン人にとってもそうだというが、樫の木は王者の木であり永遠の生命の象徴だと、古の人々は思っていたと思われるし、今なおそうだろう。その気持ちは、小説の最後でオーランドウが樫の木をみて抱く「樫の木はますます大きくなりどっしりと節くれだってきており、今なお生命の盛りにある」[42]という感慨にも表れていると言えるだろう。

　サックヴィル家のノール館の庭にあったのは樫の木ではなくぶなの木だというが、樫の木を始め大地にしっかり根を張る年経た木々は、人々に生命力や尊厳を感じさせるものだ。エリオットが神話的手法を可能にすると示唆した『金枝篇』は、古代の人々の風俗習慣などを網羅した大著である。本のタイトルが示すように、この大著には人々が持つ樹木への崇拝の気持ちや近代ヨーロッパにおける樹木崇拝の名残りが詳しく述べられ、木々に抱いた古代の人々の情感が詳しく説明してある。著者のフレイザー (Sir James Frazer, 1854-1941) は、第一版の序文で、近代に生きるヨーロッパの人々がもつ古代的な感覚には、原始人たちがもっていた精神的な要素が今なお残っており、農民の間に生き残っている信仰と慣習は原始的宗教に関する信ずべき例証だと、次のように述べている。

　　原始的アーリア人はその精神的素質と組織について言えば、絶滅してはいないのである。彼は今日なお我々の間にいる。教養ある世界を革新した知的道徳的なもろもろの大勢力は、ほとんど全く農民を変えることができなかった。彼はその秘められた信仰において、ローマやロンドンが今ある場所を森林がおおいつくし、リスがたわむれあそんでいた時代の、その祖先たちと何ら異なるところがないのである[43]。

第八章 『オーランドウ ある伝記』

　フレイザーは木の中でも、特に樫の木に古代の人々が抱いた崇敬の念について「樫の木の崇拝」("The Worship of the Oak") という章を設け、ヨーロッパにおけるアーリア系民族の全てが樫の木を崇拝したことを述べている。古代ギリシャや古代イタリア、アイルランド、南ヨーロッパと中央ヨーロッパのケルト人、古代ドイツ、スラブ人、リトアニア人などが崇拝した雷神との関わりから、樫の木の崇拝を述べているのだが、その大意は以下のようである。

　　ギリシャ人もイタリア人も、天空、雨、雷の神であるギリシャの主神ゼウス（Zeus）ないしはジュピター（Jupiter）と樫の木は関連があると思っていた。ゼウスが樫の木の形をとるとして樫の木が崇められたドドナは、ギリシャ最古のそしてもっとも有名な聖所だ。ドドナではヨーロッパのどこよりも雷が荒れ狂うと言われ、そのとどろきは、樫の葉ずれの音がそうであるように、神の声を聞かせる場所にふさわしいものにした。……ゼウスは雨とともに雷鳴と稲妻を司った。……古代イタリアでは、あらゆる樫の木はゼウスのイタリア版であるジュピターに捧げられた。ローマのカピトルの丘で、ジュピターは樫の神だけではなく雨と雷の神としても崇められた。……南ヨーロッパから中部ヨーロッパでは……ガリアのケルト人のドルイド僧団が寄生樹とそれが生えている樫の木をこの上なく神聖なものと考えた。彼らは荘厳な礼拝の場所として樫の森林を選び、儀式は必ず樫の葉をもちいて執り行った。「ケルト人はゼウスを崇め、ケルト人が抱くゼウスのイメージは高い樫の木だ」とギリシャ人の作家は言っている。……実際ドルイドという名前が正に、「樫の人」という以外のものを意味しないと権威者たちは信じている。古代ゲルマン人の宗教では、神聖な樫の森林への崇拝が最高の位置を占めていたと考えられる。グリムによれば、彼らの聖なる樹の主なものは樫の木だった。樫の木は特に、雷神ドナルあるいはスカンジナビア人の神トールにあたるトゥナールに捧げられたようだ。……チュートン族の雷神ドナール、トゥナール、トール

などがイタリアの雷神ジュピターと同じであることは、我々の言葉である木曜日（Thursday）、すなわちトゥナールの日に表れている。これはラテン語のジュピターの日（dies Jovis）をトゥナールの日と置き換えただけである。このようにチュートン人の間でもギリシャ人やイタリア人と同じように、樫の神は同時に雷神でもあった。更にこの神は、雨を降らせ土地に実りを与える偉大な多産豊穣の神と考えられていた。……樫の木、雷、雨の神がその昔ヨーロッパのアーリア系の主な民族に崇められ、彼らの神殿の主神であったことが、これまで述べた調査からうかがえる[44]。

「樫の木の崇拝」という一章を読むと、１．古の人々にとって、樫の木はゼウスやジュピターという主神でもある雷神を意味し、樫の木はことにジュピターにささげられたこと、２．ケルト人が樫の木をゼウスとして崇め、３．古代ドイツでは、雷神であるドナール（Donar）あるいは、スカンジナビア人の神トール（Thor）に相当するトゥナール（Thunar）に樫の木が特に捧げられ、４．トゥナールはジュピターに相応する雷神であるが、そのことは、木曜日（Thursday）という日が、ラテン語の「ジュピターの日」（dies Jovis）を「トゥナールの日」と置き換えただけのことであることに表れており、５．この神が雨を降らせ土地に実りを与える多産豊穣の神と考えられていた、ことがわかるのである。「樫の木の崇拝」という章が物語るのは、豊穣をもたらす雷神や樫の木や木曜日と、ケルトや古代ドイツやスカンジナビアの人々との深い関わりであるが、ここで、オーランドウの出自について考えてみよう。

オーランドウの出自については、以下の引用のような記述がみられる。つまり、オーランドウの先祖は、「北方の霧のなかから王冠をかむってやってきた」[45]というから、樫の木に執着を抱くオーランドウは、遙かな昔ローマ兵やキリスト教の宣教師達によって北辺に追いやられ、「樫の木」を聖なる木として崇めたドルイドか、スカンジナビアあたりからやってきた北方民族の末裔なのかも知れない、という推測が成り立つ。あるいは「ケン

第八章　『オーランドウ　ある伝記』

トかサセックスの大地の気質が、ノルマンディからきたやせて繊細な体液に混じった」[46]とも書かれているところをみると、オーランドウは、フランスの地に定着して繊細になったとはいえたくましい北欧人の血を濃くひいている、と考えられる。いや、「初代は征服王に従ってフランスからやってきた」[47]というからには、オーランドウは間違いなくウィリアム大王の従者であった始祖、スカンジナビア人につながる血をひいているのだ。

　フレイザーが伝えるのは、昔の人々と雷神や樫の木との深い関わりだが、北欧人の血を引くと考えられるオーランドウの出自を考えると、「スカンジナビア人の神トールに相当するトゥナールに樫の木は特に捧げられた」という『金枝篇』の記述から推測できるのは、オーランドウと樫の木との深い関わりである。さらに、オーランドウの父祖の地であると考えられる北欧の人々が信仰した雷神トゥナールの日（Thunar's day）とは、主神ゼウスやジュピターの日である木曜日（Thursday）であり、木曜日とオーランドウの先祖とは特に深い関わりがあることがわかる。『金枝篇』を読むと、オーランドウの出自、樫の木、木曜日[48]、雷神は、強いつながりを持っていることがわかるのである。

　確かに「木曜日」という日は、「樫の木」と並んで、『オーランドウ』という小説で重要な意味を持つ日である。第一に、十七世紀後半に起こったオーランドウの変身は、オーランドウが深い眠りから目覚めた５月10日の「木曜日」[49]だ、ということがある。そして第二に、オーランドウが男児を生んだのは３月20日の「木曜日」午前３時[50]で、第三に、オーランドウがロンドンから車で館に戻り、館を廻りながら遙かな過去を思い出し、小高い樫の木が生える丘に登って詩稿『樫の木』のことを考え、夫のシェルマーダインが飛行機の轟音と共に降り立ってきて小説が終わるのが、1928年10月11日「木曜日」の真夜中十二時だ。そして第四に、この日は、『オーランドウ』の出版の日（1928年10月11日木曜日）でもあった。男性から女性への変身という小説の最大の山場、男児を生む日、小説の幕切れの時刻、小説の発刊の日、と作品の節目となる出来事が起こるのはいつも「木曜日」だ。オーランドウの変身と木曜日を、キリストの復活の日と関連づける坂

149

本氏の分析[51]は緻密だが、オーランドウの変身だけでなくオーランドウが母になった日でもあり、小説の幕切れの時間でもあり小説の発売日でもある木曜日は、小説全体と強いつながりがある日なのである。

　小説の節目を木曜日と定め、「樫の木」をテーマとした小説の現在時間と出版日を木曜日としたのは、オーランドウの先祖の神である雷神トゥナールの日が木曜日であることと関係しているのではないだろうか。豊穣の神でもある雷神として崇拝された「樫の木」をテーマとするこの作品の重要な出来事が雷神の日に起こる、ということは、この作品が、ヨーロッパの人々が遙か昔に信仰していた、雷神につながる作品であることを示していると思われる。オーランドウは、男性神を神とするキリスト教をまだ知らなかったケルトや北方民族の人々の信仰の的であった、雷神や木曜日につながる人物だ、と考えることができるだろう。

　敬虔な英国国教徒であったエリオットが書いた『荒地』は、太陽が草を枯らせ、かすかに聞こえる遠雷の響きも春の雨への期待を裏切ることを描くが、『オーランドウ』で描かれるのは豊穣の大地だ。雷神は、『荒地』では不毛と結びつけられ、『オーランドウ』では豊穣と絡むとして描かれているのである。小説の最後で、オーランドウの夫シェルマーダインが樫の木の生える丘に降り立つとき響き渡る飛行機の轟音は、「樫の木の崇拝」という章の導入としてフレイザーが記している、ドドナの丘の樫の木にゼウスが降り立つ様子を想起させる。遙かなる昔、ゼウスは葉ずれや雷鳴とともにドドナの丘の樫の木に降り立ったという。ウルフは、「樫の木」という詩を母なる大地の産物だと描いたこの作品の底流に、「樫の木」と「木曜日」に雷神を思う古の無名の人々の感覚を重ねたのではないだろうか。

　小説のテーマである「樫の木」に古代の人々が抱いていた深い愛着や雷神に抱いた畏怖の念を考えると、『オーランドウ』という小説は、オーランドウやヴィタの家系的無意識というよりも、もう一歩ふみこんだ民族的無意識、あるいは集合的無意識を枠組みとして書かれた小説のように思える。「未来は過去から花咲く」と日記に記し、過去に未来を透視しようとしたウルフが書いた『オーランドウ』は、ヨーロッパに限らず古代の人々

第八章 『オーランドウ ある伝記』

の遺伝子に深く刻まれ、現在の我々にも今なお生きている木や天候の神に対する畏敬という集合的無意識を小説の大きな枠組みとする作品であることを感じさせるからだ。『ユリシーズ』が、ギリシャ神話という古典文学を主な枠組みとすると考えるなら、『大地』や『オーランドウ』は、名も無き私たちの先祖が大地と共に生きていたころ抱いていた、大地に母なる神を思い雷を父なる神と畏怖する農民的感覚を基調とする大地の文学だ、と言ってもよいのではないだろうか。

第二部　作品について

第九章　『波』——花と木にみる意識と無意識

　　私は表のドアの脇にある花壇をみていた。「あれが全体なんだ」
　　と私は言った。私がみていたのは、葉っぱが広がった植物だった。
　　そして花そのものは大地の一部だ、輪が花であるものを取りまい
　　ている、ということが突然明らかなものに思えた。あれが本当の
　　花。ある部分は大地で、ある部分は花[1]。

　四百年近くを生き延び自然との四季の営みをうたった女性詩人を『オーランドウ　ある伝記』(以後、『オーランドウ』とする) で描いたあと、ヴァージニア・ウルフが第七番目に書いた小説は『波』(1931) である。小説は、「太陽はまだ昇っていない。海には布のしわのようにかすかにしわがよっているが、空との区別がまだつかない」と、海と空との区別がつかず眺めが暗い混沌の状態の世界を思わせる描写で始まる。『波』の冒頭は、この世のはじめの様子を述べる「創世記」や『日本書紀』の冒頭を思わせる。「始めに、神は天地を創造された。地は混沌であって、闇が深淵の面にあり、神の霊が水の面を動いていた」と、「創世記」は、この世が混沌の未分化の状態から始まることを述べている。『日本書紀』も、「古に天地未だわかれず、陰陽分かれざりしとき、混沌れたること鶏子の如くして……」[2]と天と地が混沌のうちに一つであったことを述べて始まる。それまでのウルフの作品とは異なり、海から昇ってくる太陽が、空や海や波、それに庭や森や小鳥や蝸牛を照らし出し、暗く混沌のうちにあったそれまでの世界が明らかになる、という自然の描写と共に始まる『波』は、小説の形式もそれまでの小説とは異なる小説である。

　『燈台へ』を1927年5月に発表した3ヶ月後、8月14日付けの *New York Herald Tribune* に「芸術の狭い橋」("The Narrow Bridge of Art") と名

第九章 『波』

づけたエッセイをウルフは書き、新しい小説のフォームについてこのように述べている。

 それは散文で書かれるだろうが、詩の特性を多分に備えた散文で書かれるだろう。詩のもつ高揚のようなものがあるが、散文のもつ凡庸も多分にあるだろう。劇的ではあるが、劇ではない。演じられるのではなく、読まれるだろう[3]。

 ウルフは、詩のような高揚感と散文のような凡庸さとを備えた、詩のようでもあり散文のようでもある文章で書かれた、劇のような形式が新しい小説になるだろう、と述べている。
 『波』は、「芸術の狭い橋」でウルフが語ったこの言葉を思い起こさせる、変わった形式の小説である。小説は九つの大きな部分からなり、それぞれの部分が二つの大きな枠組みで構成されている。一つの枠は、小説のタイトルでもある波の動きと運行する太陽の描写を中心とした自然界の様子をイタリック体で述べる部分でできており、もう一つの枠は、登場人物達が述べる独白の部分からなっている。この二つの部分が交互に組み合ってできた章が九つあり、最後に「波は砕け散った」(*The waves broke on the shore.*) という一行がきて小説は完成している。一つの章を、劇でいう一幕と考えるとすると、小説は九章あるいは九幕からなっている、と言えるだろう。あまり批評家たちが注意を払わなかった「波は砕け散った」という最後の一行に注目し[4]、この一行を第10章と捉えて小説は十章からなっているとみる坂本評は、この一行に「静まった自然への回帰のリズム」を読みとっている[5]。波が磯に砕ける様子や太陽が空にかかる様子を描いたイタリック体の部分は、劇でいうと開幕の前に観客に説明を施し、幕と幕の間をつなぐ「ト書き」のような役割を果たしている、と考えられる。また、登場人物達が会話をしたりそれぞれ内心の思いを語る部分は、劇で言うと台詞や独白の「語り」の部分と考えてよいだろう。ト書きと語りとで一幕あるいは一章ができあがっている、と考えることとして考察をすすめ

153

第二部　作品について

たい。

　「語り」と「語り」の間をつなぐ「ト書き」は、『波』の構想を練っている頃に書かれた『燈台へ』の第二部に役割が似ているようだ。『燈台へ』では、第一部の別荘の庭での情景と、第三部の十年後に思い出す別荘での思い出、という異なる時間の世界を結ぶのが第二部で、第二部は、十年という時の流れと、その時の流れがもたらす自然の荒廃の様子を描いている。異なる時間の世界を結ぶ『燈台へ』の第二部のように、太陽の運行と打ち寄せる波を描写した『波』の「ト書き」も、生まれ、学び、恋をし、仕事を得、結婚し、初老を迎える七人の登場人物の、様々な人生の異なる時代を描いた、「語り」と「語り」を繋ぐ役割を果たしている、と考えることができる。

　1931年に発表した『波』の前作『オーランドウ』が、長い時間軸を生き延び、男性から女性へと変身した一人の人物を主人公としてあつかったのに対し、『波』であつかうのは七人の主人公たちの幼少から初老までの各個人の一生である。各章の冒頭のイタリック体の描写のあとに続くのは、バーナード（Bernard）、ネヴィル（Neville）、ルイス（Louis）、スーザン（Susan）、ジニー（Jinny）、ローダ（Rhoda）という六人の登場人物が、各自の視点からほとんどモノローグで物語る語りの集成だ。この六人の他に、自ら語ることはしないが六人の記憶に登場するパーシヴァル（Percival）という青年が登場し、全部で七人の登場人物がそろうことになる。だがこの変わった形式の小説で、ウルフは何を描こうとしたのだろうか。

　『燈台へ』の最後の頁に取り組んでいた頃、日記にウルフは『波』に関して記し始めている。1926年9月15日付けの日記。「三時に起きた。こころにわき上がる苦痛の波のようなものが身体に押し寄せる……なぜこれを感じるのだろう。波がわき上がるのを見守ろう……失敗。失敗。（波がわき上がる）……波が砕ける。死んでいればいいのに！　あと数年だけを生きればいいのなら良いのだが。もうこの恐怖に向きあえない。（私の上にひろがるこの波だ）」[6]と、不安定なこころの状況を、波がうち寄せるように恐怖が身体にうち寄せる、と述べている。波がうち寄せる呼吸のようなリ

第九章　『波』

ズムは、このころのウルフにとって、こころの状態に似たものであったことがわかる。9月30日には、「この孤独の神秘的な側面、つまり、人ではなく、人がおかれている宇宙の何か」に、ある見解（remark）をつけ加えたいと述べ、さらに「書くことによって、何ものにも届かない。私が作り上げたいこととは、奇妙なこころの状態の記録だ」[7]と記し、これがもう一つの本の背後にある衝動かも知れない、と推測している。そしてこの記述の脇の余白に "Perhaps The Waves or Moths（Oct. 1929）" とメモが記してあるところをみると、この記述は後に『波』となる小説についての覚え書きであることが推察できる。（『波』は、はじめ日記では Moths と記されていた）

　9月30日付の日記の文中に、「深い憂鬱や抑圧、倦怠、などの中にあって、驚くべき刺激的なものがこれだ。遙か先を通り過ぎて行く鰭がみえる」という記述がある。「遙か先を通り過ぎて行く鰭がみえる」という言葉は、『波』のバーナードが小説の最後のあたりで述べる、「沈黙の大海原に鰭が躍り出るようだ。『やがて鰭は、思考は、深みにまた沈み』、満足と本望のさざ波を、まわりに広げる」[8]という言葉との関連を思わせる。「鰭」が「思考」と言い直されていることを考えると、日記に記された「はるか先をゆく鰭が海面にみえる」状態とは、意識の表面に思考が浮かび上がることを意味しているように思われる。ぼんやりとしていた小説の構想が、この頃のウルフの意識の表面に浮かび始めたことを意味しているのだろう。

　9月30日付のあまりまとまりのない日記の記述を読むと、ウルフが『波』で描きたかったテーマとは、「人がおかれている宇宙の何か」について述べ、「奇妙なこころの状態を記録」する、という二つの点にあったのではないかと推察できる。

　では、この二つのテーマをウルフはどのように作品に書き表そうとしたのだろうか。そして、この二つのテーマを描くことを通してウルフが読者に伝えたかったものは、何だろうか。「波は砕け散った」という小説の最後を締めくくる一行と、二つのテーマは、何か関わりがあるのだろうか。この章では、ウルフが描きたかったと思われる二つのテーマはどのように

155

第二部　作品について

描かれ、二つのテーマが最後の一行とどのように関わるのか考えてみたい。

「人がおかれている宇宙の何か」について述べたい、という抱負が作品にどのように関わるのか、という点について考える前に、イタリック体で描写される「ト書き」部分で描かれるものについて考えてみよう。ト書き部分で主に描かれるのは、打ち寄せる波と庭の様子と太陽の運行である。小説のタイトルは『波』だから、波の描写には何か意味を託してある、と考えられる。まず小説のタイトルでもある、波の描写をみてみよう[9]。

　（第1章）「白い飛沫の薄いヴェールを砂浜に拡げ、眠るように吐息を吐く」波は
　（第2章）「青く、緑に浜辺に扇形に拡がり、砂浜のあちこちに浅い水たまりを残して去り」
　（第3章）「扇形を描いて岸を駆け……跳ね返っては退き」
　（第4章）「規則正しい音を立てて崩れ落ち、波しぶきが舞い上がり、きらめく波は力強く寄せては返し」
　（第5章）「次々と寄り集まっては砕け、砕け落ちる勢いで、しぶきが跳ね返った。波は濃い青に染まり……さざ波立った。波は砕け、退いてはまた砕けた。大きな獣が足を踏みならすような音を立てて。」
　（第6章）「波は寄せ集まり、背を曲げて砕け散った……波が退くと、打ち上げられた魚がその中で尾を振り動かしていた。」
　（第7章）「波は彼方向こうの水たまりまではもはや及ばず……砂浜は、真珠のように白く、滑らかで輝いていた。」
　（第8章）「波は岸辺に近づくにつれて光を失い、塀が崩れ落ちるように……長く尾を引く震動をたてて砕け散った。」
　（第9章）「波は砕けつつ、砂浜の遙か彼方に白扇をひろげ……吐息を漏らしつつ引き返していった。」
　（第10章）「波は岸辺に砕け散った。」

夜の海に生まれ眠るように静かに浜辺にうち寄せていた波は、やがて激

第九章　『波』

しく岸に打ちつけ、砕け、そのうちに光とともに勢いを失い、白い飛沫を残して静かにまた夜の闇に消えてゆく。潮の満ち引きに従って変化をみせる波の様子が、イタリック体の「ト書き」のなかに、「芸術の狭い橋」で述べた「詩のもつ高揚のようなもの」を思わせる文体で、美しく描かれている。第4章まで、穏やかにうち寄せていた波は、第5章ですばやく打ち寄せ、第6章で激しく砕け散り、やがて静かに吐息のように退いてゆき、第8章では暗い闇の中で岸を洗い、第9章では波は海に還っていく。磯にうち寄せる潮による波の変化が示唆するのは、子宮を思わせる暗い海[10]から生まれ、成熟し、栄光を得、その栄光に翳りが生じやがて大きな時の流れに巻き込まれていく、我々の人生そのものではないだろうか。我々の人生を打ち寄せる波になぞらえ、暗黒から光の中に生まれ、成熟へと這い進み、やがて栄光に翳りが生まれ、時の鎌に刈り取られる、と波を歌ったシェイクスピアのソネット六十番[11]に、『波』の創作の海図[12]をみいだした坂本評は潮の満ち引きと岸にうち寄せる波が、人生の「いわば原型的イメージとして成立する」[12]と指摘している。

　ト書き部分で波とともに描写されるのが、太陽である。太陽もまた波のように天頂に向かって力強く上昇し、正午になると力を失ったかのように下降し始める。心理学者のユングは、そういう太陽の動きが人生を思わせる、と言っている。動物や植物を愛し、子供の頃だけでなく、生涯にわたり湖や森や山々の美に見飽きることがなかったというユングにとって、自然は至高のものであり、彼の全著作の中には印象的な自然描写が織り込まれているという。老年になっても、年には勝てぬという話のでたおりに、ユングは「そうはいってもいまだに多くのものが、植物や動物や雲や昼、夜が、そして人間の中の永遠のものが、私に充実感を与えてくれる。自分が頼れなくなればなる程、万物との親和の感情が育ってくる」[13]と語っていたという。年を重ね身体的に自分への信頼が薄れるにつれ世界のあらゆるものと親和する感覚が育つことを覚えた、というユングは、人生の中年期を一日のうちの真昼にたとえ、太陽について次のように述べている。

第二部　作品について

　朝、太陽は無意識という夜の海から浮かび上がり、自分の前にひろがる広くて明るい世界を見上げる。空に向かって高く登っていくにつれ、その広がりはますます大きくなっていく。自分自身が上昇することによって行動範囲が拡がっていくうちに、太陽は自分自身の意義を発見する。そして、できるだけ高いところに到達し、できるだけ広い範囲に恵みを浸透させることが自分の目標であることがわかる。その確信をもって、太陽はまだ見えぬ天頂に向かって進路を進む。なぜ天頂が見えないかというと、太陽の行路は全く独特で個人的なので、絶頂点をあらかじめ計算することはできないのだ。正午の鐘が鳴ると、下降がはじまる。下降するということは、午前中には大切に抱いていた思想や価値観がすべて反転するということを意味する。太陽は自分自身との矛盾におちいる。いわば、光線を放射するかわりに、吸い込まなければならないのだ。光と熱はおとろえていき、ついには消えてしまう[14]。

　ユングは、光を放射しつつ天頂を目指して昇り、昼の到来と共に光りを吸い込むように沈んでゆく太陽の動きが、人生の元型的なイメージを帯びていることを示したのだが、『波』では太陽の動きはどのように描かれているだろうか。ト書き部分の太陽の描写をまとめてみよう[15]。
　第1章では太陽はまだ水平線の下にあってあたりは暗く、海と空の区別はつかない。第2章と第3章で徐々に昇ってくる太陽は、第4章で更に空高く昇っていく。第5章で空の天頂にのぼりつめた太陽は、第6章ではもはや天頂にはなく下降を始め、第7章では低く沈んでしまう。第8章、太陽はすでに沈みかかっており、第9章で太陽は完全に水平線に姿を消し、空と海との見分けがまたできなくなる。第9章での太陽の様子は、「太陽は沈んだ、空と海とは区別がなかった」（Now the sun had sunk. Sky and sea were indistinguishable.）と一行だけ語られ、第10章では太陽についての記述はない。
　波と同じように、太陽も、ユングが言うように「無意識という夜の

海」[16]から浮かび上がる。格調高く語られる太陽の上昇と下降の動きは、陽が出てから沈むまでの一日の時間の経過を示すと同時に、波と潮の加減の様子の描写がそうであるように、空にかかる位置とその日差しの様子が人生の盛衰を読者に思わせる。『波』で描かれる太陽の運行もまた、波がそうであるように、人生の元型的なイメージを帯びていることが指摘できるのである。

　混沌から生まれ、退いてはうち寄せながら、また暗やみに消えていく波が示唆するもの。夜明けの暗闇から現れ、天頂を目指して登り、ふたたび暗い海に消えていく太陽の運行が示唆するもの。「人がおかれている宇宙の何か」について述べたい、という日記に記されたウルフの意図は、波と太陽の勢いの移り変わりの描写に表れている、とみることができるのではないだろうか。暗い海から昇り空を行き再び海へ戻る太陽も、命をはぐくむ海で生まれ岸にうち寄せ砕け再び海へ帰ってゆく波も、宇宙そのものの呼吸のように規則的に律動し人の世の一巡りを表しているように思うのは、我々人の常だろう。「ト書き」部分で描かれる波や太陽の描写は、我々が無意識のうちに覚えている人生の成りゆきだと言うことができるのである。

　『波』のことを考えている頃の1929年8月22日に、ウルフは移ろっていく人生の時についてうたった詩の数行を、日記に書き留めている。ワーズワースの *The Prelude* 第七巻を読んだと記し、その中の八行を、「とても良い引用だ」[17]と書き記している。

　　いまこうして、私たちを手間取らせている事柄は、
　　多くの人には、威厳も足らず、努力に値するものでもないと
　　思えるだろう、だが、こころの内をみるひとたちには
　　笑われることはないだろう、
　　滅びゆく人生の時を
　　互いに束ねている絆と、
　　記憶と想いの世界を存在させ、支える

第二部　作品について

不思議な柱を、みるひとたちには[18]。

　こころの内側をみる人々には、滅びゆく人生の時を束ねる「絆」（ties）と、記憶と想いの世界を存在させ支える「柱」（props）がみえる、とワーズワースはうたう。「人がおかれている宇宙の何か」について述べたい、というウルフの日記の記述は、絶えることも倦むこともなく日々繰り返される波や太陽の営みを言い当てていると思われるが、波も、太陽も、いつかは滅びる個々人の人生の時を全体として一つに束ねる絆であり、未来へつないでゆく柱であると思わせるのである。
　日記を読むと、「人がおかれている宇宙の何か」と共にウルフが「奇妙なこころの状態」を記すことを『波』のテーマとして考えていたらしいことが記されている。では「奇妙なこころの状態」は、どのように記されているのだろうか。『船出』の「部屋を出たり入ったりするということは、人々のこころを出たり入ったりすることだ」[19]という一節が示すように、こころについて語ることは、部屋について語ることに通じるのである。「奇妙なこころの状態」について考えるにあたって、『波』の前作『オーランドウ』で、部屋はどのように描かれているのかみてみよう。
　ウルフは、第五作目の小説である『燈台へ』を1927年に出版しているが、そのころから『燈台へ』の次作となる小説についていろいろ考えていたようだ。日記には、『オーランドウ』になる作品や、『波』となる作品、あるいは『私自身の部屋』（1929）について記されている[20]。
　『オーランドウ』に続いて出版された『私自身の部屋』の冒頭で、女性と小説というテーマが「自分のものである部屋」と関連あることを示唆したウルフは、「小説や詩を書こうとするなら、年収五百ポンドと鍵のかかる部屋を持つことが必要である」[21]と述べている。詩や小説を書くためには、経済的に自立し、誰にも邪魔されず一人で沈思することができる空間を確保する必要がある、と述べた言葉である。『私自身の部屋』で述べたのは部屋と文学との関連だが、その前年に発表された『オーランドウ』にもそれは書き表されている。

第九章　『波』

　『私自身の部屋』を考えている頃にやはりウルフの脳裏にあったと思われる『オーランドウ』で、主人公オーランドウは、十七世紀、まだ男性であった小説の第2章で、ロシアの姫君サーシャに失恋し七日間眠り続けた。そして長い眠りから目覚めたオーランドウは「文学愛にとりつかれた貴族」[22]となり、「自分の部屋に一人」立ち「民族で一番の詩人となり、その名に不滅の輝きをもたらす」[23]ことを誓った。

　青年貴族であったオーランドウの野望を描いたこのくだりは、「詩や詩情」と「特権的な男性の部屋」とが、関連をもつとして描かれていると判断する手がかりとなるだろう。詩人となり、自分の名に不滅の輝きをもたらすことをオーランドウがこころに誓った場所は、館の最上階にある彼の屋根裏部屋である。男性であったときのこのオーランドウの決意は、館の最上階の部屋が詩と功名心に結びついていることを示唆していると言えるだろう。十七世紀の青年貴族オーランドウの屋根裏部屋は、「年収五百ポンドと鍵のかかる部屋」という言葉に相当する部屋なのである。

　しかし民族で一番の詩人になるという野心は、あえなく砕かれてしまう。失意にうちひしがれるオーランドウは館の庭園の向こうにある樫の木が生える丘で寝そべるうちに、「無名であることの価値と、名を持たず深い海の中に戻る波のようであることの喜び」[24]を覚える。樫の根を背に感じて寝そべりながら、オーランドウは営々と働き名もなく生き死んでいった祖先達のことを思い、自分もまた海へ戻っていく波のように名もない者の一人であることの喜びに浸ったのだった。

　「無名であることの価値」、「名を持たず深い海の中に戻る波のようであることの喜び」を述べるオーランドウの言葉は二つのことを示唆している。岸辺にうち寄せた後、大海の深みへ戻っていく波が、名も無き者達に重なり無名性とつながることを示唆すると同時に、「樫の木の下」という場所も、波が無名性と関わると同じように、功名心とは無縁の場所であることを示唆しているのである。館の庭園のむこうにある「樫の木の下」は、女性に変身したオーランドウが二十世紀に書いた詩、声が声に応える昔ながらの歌、恋人同士が交わすつぶやきのように自然に答える言葉で書いた『樫

161

第二部　作品について

の木』という詩稿を、感謝の気持ちと共に埋めよう、と一瞬だが思った場所でもある。「樫の木の下」という空間は、特権的な男性の場所である「館の最上階の屋根裏部屋」とは対称的に、散文のような言葉で書かれる詩と関わり、無名の人々につながる場所であることが示唆される。

『オーランドウ』で示されたのは、「館の最上階の屋根裏部屋」は美しく韻律の整った詩に関わり、特権的な男性のための空間であり、他方無名の人々と結びつく空間である「樫の木の下」は、女性オーランドウが散文に近い口調で書いた詩と関わる、ということである。では『波』で描かれる部屋、すなわちこころは、どのような部屋だろうか。

太陽が登り、陽光が岸辺に打ち寄せる波を照らし始める第3章で、灰色の炎と黒い石炭のむき出しの崖を見下ろしながら、バーナードは「僕はこの人達のうち、どの人間なのだろうか」と自問し、「どの人間かということは、部屋による」[25]と答える。バーナードはまた人生を振り返る第9章で、「たくさんの部屋が——沢山のバーナードがいる」[26]と言い、自分の多面性を「部屋がたくさんある」とも表現している。部屋を人ととらえるバーナードの言葉は、部屋が人や人の意識を表す、という作者ウルフの認識を明示している、と考える根拠となるだろう。『波』で描かれる部屋は、人や人の意識を表すものとして描かれているのである。

『波』は、七人の登場人物がまだ幼子であった時代に始まり、七人の感覚に訴えかける部屋や部屋の外に拡がる庭の印象の描写で始まる。幼子であったこの時代、七人は一つの部屋にいたのだが、やがて七人は成長し、学校に行き、卒業し、各人がやるべき仕事を得てそれぞれの道を歩み始める。彼らは、それぞれ「自分自身の部屋」を持ち、自立したのである[27]。部屋を人と捉えるバーナードの言葉に呼応するかのように、第3章から第7章の間で、インドに行き彼の地で落馬して命を落としたパーシヴァルを除く六人の登場人物の部屋は、六人の登場人物の様子とともに述べられる。

絶えず句を作り、本物の作家とは単純な人間なのだろう、と思うバーナードは、「夕暮れ時、魂の屋根に宿る滴は丸く、色とりどりだ」[28]と思ったり、「僕の存在の屋根から霧が晴れ上がった」[29]あるいは「時は滴を滴らせる。

第九章　『波』

魂の屋根、僕のこころの時間の屋根にできた滴は、形を作りながらその滴を落とす」[30]と、魂や自分の存在やこころの時間を家や部屋にたとえて語る。また作者ウルフと同じように、水たまりを渡れなかった[31]という現実離れしたところのあるロウダは、「喧噪の中に暖かい窪みがある、沈黙の小部屋が」[32]と、喧噪の中の沈黙というエアポケットのような空間を部屋と感じている。そして言葉にオーストラリアの訛りが残るルイスにとっての部屋は屋根裏部屋（attic）で、ルイスは会社で重要な役職についても、「今なお屋根裏部屋をもっている。そこでいつもの本を開く」[33]ことを楽しみとしている。ルイスとは対称的だが、農場を経営し、大地にしっかりと根を張るスーザンにとって、部屋とは区切られた小さな空間ではなく、「エプロンをつけて、スリッパを履いて、一日中歩き回っている家」[34]というたくさんの部屋のある大きな空間だ。だが華やかな恋に明け暮れ、「肉体の中に住む私たちは、肉体の想像力で物事をおおまかにみる」[35]と言うジニイにとって、部屋とは肉体を意味する。しかし学者肌のネヴィルにとって部屋は知性を表すのだろう、「この部屋は私には中心のように思われる……外では線はねじれ交差しているが、線は我々をくるんでとりかこんでいる。我々は中心なのだ……こうして我々の周りに無限に細かい繊維を紡ぎ、我々は一つの体系を創り出す。プラトンやシェイクスピアが含まれるし、あまり重要ではないよく知られていない人たちも含まれるのだ」[36]と述べる。

　小説家を目指すバーナードにとって部屋は魂やこころの時間を表わすが、ローダにとっては喧噪の中の沈黙の空間が部屋だ。ルイスにとっての部屋とは屋根裏部屋だが、大地と共に生きるスーザンには部屋というより部屋の総体である家が似つかわしい。ジニイにとって部屋とは肉体だが、ネヴィルにとって部屋とは、プラトンやシェイクスピアのような重要な人々もあまり重要ではない無名の（obscure）人々も含む、知識の体系を創り出す自分たちと同義だという。そしてそれぞれの人物にとっての部屋のありようは、バーナードが言うように、六人の登場人物の本質を表している、と考えることが出来るだろう。

第二部　作品について

　それぞれの人物の個室とも言える空間にはその住人との関係がみてとれるが、個室とは別の部屋も作中では描かれる。第4章でインドに行くパーシヴァルの送別の会を皆で開くロンドンのフランス料理店[37]、インドで落馬して命を落としたパーシヴァルを悼んで六人が会った第8章のハンプトン宮殿の宿にある「奥行きのあるがらんとしたダイニング・ルーム」[38]、バーナードが「見知らぬあなた」に話しかける第9章のレストラン[39]。どの部屋も何かしらざわめいている大きな部屋である。

　ユングは、自分の夢に出てきた、トランペットのひびきが満ち溢れているホールのような大きな部屋を、人生の表面的な楽しさや世俗性を表す「大きな部屋」と名付け、そこは賑やかな部屋だ、と捉えている[40]。人生の表面的な楽しさや世俗のざわめきを思わせるこの大きな部屋にふさわしいのは、誰だろうか。トランペットの響きが示唆するのは、この部屋が人々の話し声で賑わう部屋であることだが、大勢の人々と言葉でつながるときとりわけ輝きを発するのはバーナードだ。小説の第1章でバーナードはまだ幼い少年だが、「みんなで近寄って一緒に座っていると、言葉で互いに溶けあうね」[41]と、すでに言葉にこだわりを示している。「本当は、僕は他の人々の刺激が必要なんだ」[42]と言うバーナードは、一人の人間や個室にはこだわらない。「孤独は僕の破滅」[43]だと言い、一人でいることを嫌い、「実を言うと、僕は一人の人間や無限に満足するような人たちの一人ではない。個室（private room）は僕を飽きさせるし、空もそうだ。その全ての面が多くの人々にさらされるときだけ、僕という存在は輝く」[44]と感じるバーナードにこそ、賑やかな「大きな部屋」はふさわしいと言えるだろう。

　いつかは小説を書きたいと思っているバーナードは、言葉と深く関わり、絶えず話し、句を集め、人々と話すことで輝きを増す。オーランドウが民族一の詩人になろうと決心したのが彼の屋根裏部屋であったように、思索と関わる詩は「個室」で書かれる、という理解がウルフにはあったと思われるが、物書きになりたいと思い、句を書き留めるバーナードの場合は、個室と結びつくとは言えないようだ。バーナードが好むのは、思索の末に「書かれる言葉」よりも、人々の間で交わされる「話される言葉」だ。話

される言葉を好み、他人と一緒にいることを好むバーナードは、人生の表面性に関わる大きな部屋という空間がふさわしい人物だと言えるだろう。

　ユングは、夢に出てきた音楽が鳴り響くロビーやホールのような大きな部屋に対して、父の部屋と母の部屋を「神秘的な静けさが支配する、畏れを覚えさせる場所だ」[45]と述べている。ホールと両親のそれぞれの個室を、人が交流し賑わうための「大きな部屋」と、静寂が支配し畏れを覚えさせる「個人の部屋」という対比として述べたユングは、父の部屋と母の部屋という「夜の住まいがある一方で、ロビーは白昼の世界とその表面性を意味していた」[46]とも述べている。ホールという大きな部屋は人生の昼間の表面性に結びつき、個室はその背後に隠れた夜の沈黙の思索を示唆している、と述べたのだ。では、大勢の人々が集まるホールとは対照的な、「個室」に似つかわしい人物は誰だろうか。それは「屋根裏部屋の住人ルイス」[47]とバーナードが言う、ルイスにちがいない。

　ルイスは会社で成功し、高い地位に就き、望むところで食事することが出来るし、サリーに家を一軒と二台の車と温室とメロンの珍種を手に入れることができるほど豊かになっても、彼の部屋である屋根裏部屋に帰ってくる[48]。ルイスは屋根裏部屋で学校時代から続けている試みを、一人で再開する。小さな本を開き、詩を一つ読むのだ。一つの詩で充分、と述べ、わずかな雨をもたらすだろうかと詠う "O West Wind" を読む。ルイスは、「孤独は僕の破滅」と言うバーナードとは異なり、一人でいることの幸せを述べる。

　　君たちを非難するが心では慕っているんだ、死の業火を君たちとくぐり抜けるよ。僕が幸せを覚えるのは、一人でいるとき。……でも煙突の通風管を見渡す方が好きだ、火膨れした煙突の上で疥癬にかかって脇腹をかきむしる猫や壊れた窓を見渡し、煉瓦のチャペルの尖塔から響くかすれた鐘の音を耳にする方が好きなんだ[49]。

　一番幸せなのは一人でいるときだというルイスが住んでいるのは、屋根

裏部屋だ。しかしダロウェイ夫人がしのびよる老いの先行きに不安を覚えた屋根裏部屋とは異なり、ルイスの屋根裏部屋は不安にさいなまれる空間ではないようだ。それどころか屋根裏部屋は、ルイスにとって憩いの場でさえある。彼は昼間は船会社で懸命に働き、出世した後も相変わらず屋根裏部屋に住み、夜はそこで詩を読んで楽しむからだ。夜ルイスが詩を読み詩を書くこの部屋は、詩とつながる空間である。

『私自身の部屋』でウルフは、詩を書くためには、誰にも邪魔されることのない部屋を持つことだと述べているが、詩を読み詩を書くルイスの部屋は、『私自身の部屋』で述べた「文学と空間」の関連に該当する部屋だということができる。あるいは、男性だったオーランドウの部屋である「館の最上階の屋根裏部屋」[50]に匹敵する、家父長に許された特権的な部屋を思わせる。

しかしルイスが住む屋根裏部屋は、家父長に許された特権的な部屋に、似てはいるが同質ではない。概して都市部にある家では、家父長である男性の部屋が建物の高所の眺めの良い位置にあるらしいのに対して、ルイスの住む屋根裏部屋は、建物の高所にあることはあるが、そこからの眺めは、『夜と昼』のキャサリンの恋人であるラルフの、特権的な家父長の部屋のそれとも異なるからだ。ラルフは、「ロンドンのすばらしい眺望がありミヤマガラスのいる、家の最上階に部屋を持っていた」[51]のである。ラルフは、父を亡くし豊かではないとはいえ一家の家父長として、自分の都合で他者の入室を拒否できる鍵のかかる部屋を持っており、部屋で考え事をしたいときには、「不在」(OUT) と書いた札をドアに下げて人の立ち入りを禁止できるのだ[52]。その部屋でラルフは心ゆくまで詩を読み、詩作に没頭する。

またルイスの屋根裏部屋は、垂木にかけられたムーア人の頭部を切り刻んだ少年オーランドウの部屋のような奢りに満ちている部屋でもない[53]。ルイスの屋根裏部屋の窓から見えるのは、貧しい家々の破れた窓や痩せた猫、顔を直すために割れた鏡をみるだらしない流し目の街角に立つ女[54]だ。ルイスが心を和ませる屋根裏部屋からの眺めは、地上の貧しい一画を思わ

第九章　『波』

せる眺めだ。地上の貧しい一画を思わせるつつましいルイスの屋根裏部屋は、高みにはあるが名も無い人達が住む地上の貧しい空間に極めて近接した空間だと言うことができる。人が足を踏みしめる地上の空間は、ウルフが『ダロウェイ夫人』で描いているが、無名の人々の過去の記憶が詰め込まれた集合的無意識[55]につながる空間である。

　屋根裏部屋が、『波』の中では貧しく名もない人々を連想させる空間として語られることは、「気が狂った召使い女が家のてっぺんで笑っているのが聞こえた」[56]というバーナードの言葉や、「値打ちのない召使いが、上の屋根裏部屋で笑っているわ」[57]というスーザンの侮蔑的な言葉に見ることができる。本来そういう部屋としてつくられた部屋なのだろうが、『波』のルイスの屋根裏部屋は、家の高所にはあるが決して特権的な空間ではなく、大地に生き、名もなく無名のまま死んでいった無数の人々の記憶につながる、『オーランドウ』の「樫の木の下」という空間に等しい、と見ることができる。ルイスの屋根裏部屋は、無名の人々の記憶が詰め込まれた集合的無意識と結びつく空間なのである。そういうルイスの屋根裏部屋は、その住人であるルイス自身をあらわしている、と言えるだろう。

　というのも、精力的に仕事をこなし会社での地位を築いたとはいえ、ルイスは決して英国の特権的な階級に属する人物ではないからだ。ルイスの父は、破産したブリスベーンの銀行家だ。オーストラリアからイギリスに来ていつまで経ってもオーストラリア訛りが抜けないルイスは、話すときバーナードの口吻を真似てしまう。ルイスの背景は他の人物たち、すなわち、バーナード、ネヴィル、スーザン、ジニイ、ロウダ、とは異なるのである。ルイス以外の者たちは、英国人だからだ。スーザンの父は牧師で、バーナードとネヴィルの父親は紳士階級の出身だ。ロウダには父がいないし、ジニイは祖母とロンドンで暮らしている[58]。ルイスは植民地出身者であるという自分の出自と身に付いた言葉の癖を絶えず卑屈に意識し、その意識から解き放たれることはないのである。

　イギリス本国から遠く海を隔てて離れ、ほとんど地球の反対側に位置するオーストラリアという地の出身だということを意識するからだろうか、

167

第二部　作品について

　ルイスはまだ少年だった頃から、自分は大地に根を張る茎（stalk）だ、と思っている。

>　僕は手に茎を持っている。僕は茎だ。僕は、煉瓦で乾いた大地や湿った大地、鉛や銀の鉱脈を通って、世界の深部に根を張っている。僕は全身が繊維だ。あらゆる振動が僕をふるわせる。大地の重みが僕の肋骨を圧迫する。上のここで、僕の見ることのない目は緑の葉だ。上のここで、僕は真鍮の蛇のベルトを締めたグレイのフランネルを着た少年だ。下のあそこで、僕の目はナイルのそばの砂漠にある石像のまぶたのない目だ。僕は河へと赤い水差しを持って通りすぎる女達を見る。僕は揺れるラクダやターバンを巻いた男達をみる。僕は僕の周りを踏みしめ、揺らし、揺り動かす音を聞く[59]。

　この世の姿は、真鍮製の蛇のベルトを締め、灰色のズボンをはいた少年だが、全身が繊維で、茎で、世界の深部に根を張っている、と第1章で少年ルイスは言う。「僕の根は、鉛と銀の鉱脈を通って、臭気を発散する湿った沼地を抜け、中心で束になっている樫の根で出来た節まで届いている」[60]と、第3章で青年ルイスは言う。「僕は数千年も生きてきた。僕はとても古い樫の梁材を喰いすすむ虫のようだ」[61]と、第6章で中年に達したルイスは言う。インドへ出発するパーシヴァルに別れを言うために七人が集まる第4章では、千の人生をすでに生きたとルイスは言い、「僕はアラブの王子だった。見よ、僕のくつろいだ物腰を。僕はエリザベス朝の偉大な詩人だった。僕はルイ十四世の宮廷の公爵だった」[62]と、過去の各地の高貴な人々にもつながっていると説明する。
　すでに幼児の頃から世界の深部につながる者であることを覚え、青年期には英国を始め古の人々がゼウスやジュピターの木として崇めた樫の木[63]の根につながる存在だと、自身をなぞらえるルイスは、オーストラリア訛りを話すこの世の姿は英国の伝統からははずれてみえるが、本質的には英国の伝統につながる者だ、という自負を抱いている。

第九章　『波』

　ルイスは、「館の最上階の屋根裏部屋」が連想をうむ孤高の沈思とつながる一方で、大地が連想させる過去の無名の人々の記憶とつながり、樫を神託とする主神ゼウスやジュピターの木の根につながっている。孤独ではあるが、「僕は単一で一時的な存在ではない……僕は大地の下を曲がりくねって進む」[64]と感じるルイスは、「我々の長い歴史の、荒々しく雑多な日のつながりを、薄く、厚く、ちぎれた多くの糸を、思い出し一本の大綱に織り込み編み込まなければならなかった」[65]と自分の宿命を覚えている。屋根裏部屋という高みに住む一方で、大地に根を張る古木を思わせるルイスには、木のイメージが与えられている。

　ルイスは木の如く、木のてっぺんのように建物の最上階に位置する屋根裏部屋で一人であることの喜びを味わう一方で、古に緑の葉を繁らせた古木に根の部分でつながっていると思い、太古の記憶として覚えているであろう野獣の足踏みを波の音に聞き、太古の記憶を編み上げることが自分の役割だと感じている。周りの人々と言葉でつながるとき輝きを発するバーナードとは異なり、同時代の人々との水平的なつながりはあまりないようだが、孤独を愛し、自分を「木」と思い過去の人々とのつながりを強く覚えるルイスは、過去につながり未来へのびるという双方向性を帯びた人物だと言えるだろう。ルイスは、過去から未来へという垂直的な時間の流れとともにあるイメージを帯びているのである。

　ウルフは「壁のしみ」(1917) の中で、「私は木について考えるのが好きだ。それは、木から来る、木は育つが、私たちは木がどのように育つのかは知らない。木は私たちにはお構いなく、牧場で森で川辺で、何年も何年も育っている」[66]と、時と共にのびてゆく木への思いを述べている。作家としてごく初期の頃、時間と共にある木への思いを述べたウルフは、ルイスが時の先端と共にのびる樹木のイメージを帯びていることにも示されるように、どうやら時を植物に仮託してとらえていたようだ。

　沈思が無限性をもつことを論じるために、ガストン・バシュラールは、森が本来もっている属性である、「森の無限」(the immensity of the forest)[67]について説明している。森をうたった詩人達の言葉を引用しながら、「内な

る状態」(an inner state)[68]である森は「過去で力をふるう」[69] (forests rein the past) とバシュラールは言う。彼は、「森が私の前、我々の前にあるのに対して、野原や牧場について言うと、私の夢や思い出は耕作や収穫のあらゆる場面に付随している……野原や牧場は私と共に、私の中に、我々と共にあるのを感じる。しかし森は過去で力をふるう」[70]と言うのである。

バシュラールが影響を受けたというユングは、「おとぎ話における精神（ガイスト）」という項目の中で、「無意識はよく森とか水として表現される」[71]と述べているが、野原や牧場として切り開かれる以前の状態である森が、我々のはるかな過去の記憶である集合的無意識とつながっていることを、バシュラールはそう言い表したのではないだろうか。

更に、樹についてバシュラールは、「樹木は、あらゆる本物の生きもののように、『限界のない』存在のなかにとらえられている」[72]と言う。森という無意識に生える樹木は、現在という時の先端とともにあり、さらに未来へのびてゆく無限性につながっている、と考えることができるだろう。そうだとすると、根っこが古木につながっているというルイスは、木のように時の先端にもつながっていると言うことができる。スタイダーは『オーランドウ』の樫の木について語るとき、「木の根は集合的無意識にまで下りてゆき、その枝は意識という空気を呼吸している」と言い、木が我々の集合的無意識と意識とをあらわしていることを指摘している[73]が、ルイスも根の部分で集合的無意識につながっているとみることができるだろう。

『波』の前作は、『オーランドウ』だが、『オーランドウ』がまだ小説としてはっきりとした形となっていない頃の1926年11月23日の日記に、ウルフは「未来は過去から花咲く」という不思議な表現で、『オーランドウ』になると思われる作品について述べている。「一人の女性の神秘的な人生、という考えにとりつかれている、それは一つのことですべてが語られる、時間は完全に消失するだろう」、と述べた後に、「未来は過去から花咲く」、つまり、「花が落ちるというような出来事がそのことを内包するのだ」[74]と記している。花が枯れ大地に落ちると、枯れたその花の種から新芽が芽吹き、再び花が咲き命は受け継がれてゆく。花が落ちるという出来事は、命

の再生の可能性を孕み、「未来が過去から花咲く」という言葉につながる。この表現にもみられるように、ウルフは時間を植物や花のイメージとして捉え、大地に母のイメージをみている[75]ようだ。過去に根を張り、時間の経過と共に未来へ伸長していく植物にたとえられたルイスは、過去と現在だけでなく未来をも視野に入れた、ウルフの歴史感覚を体現する人物だと言えるだろう。自らを「木」と思うルイスはウルフの「歴史的時間」と同義なのである。

　「屋根裏部屋」に住み、「歴史的時間」のイメージを与えられたルイスは、太古の記憶に根を張りながら同時に時間とともに垂直的にのびてゆく木を思わせるが、「大きな部屋」につながるバーナードは、どのようなイメージを与えられているだろうか。既に述べたように、バーナードは部屋を心や心の時間と捉え、滴のように丸く下降するイメージで捉えているが、第7章では時間そのものを、下降する、とも捉えている。

　　滴り落ちる滴は私の青春を失うことに関係はない。この滴の滴りは、細まり一点となる時間だ。躍る光りに覆われた日当たりのよい牧草地である時間は、真昼の野原のようにひろがる時間は、垂れ下がっている。時間は一つの点になる。澱で重くなった滴がコップから垂れ落ちるように、時間は落ちる。これらは真の回帰だ。真の出来事だ[76]。

バーナードは時間を、滴り落ちる滴（drop）、あるいは、光に溢れる日当たりのよい牧草地（sunny pasture covered with a dancing light）、真昼の野原（a field at midday）と捉え、一点へと細くなり、「落ちる」（fall）「回帰する」（cycle）、と捉える。ルイスが垂直的に上に伸びるイメージを与えられているとするなら、バーナードは下降し回帰するイメージを帯びているのである。バーナードにとって、時間は、青春を失うことには関係のない「こころの時間」であり、牧歌的に穏やかに拡がり、一点に集まり、落ち、回帰するものだ。時に関するバーナードのこの思いとの関連を思わせる記述が、1927年3月14日のウルフの日記に見られる。

第二部　作品について

　　　燈台へを書き終わってから数週の間、自分が純白で、おとなしく、考
　　　えがないと思っていた。私はヒロインが思いのままに消えることを考
　　　えていて、花びらが落ちる花、すべてが一つの透明な溝にはめ込まれ
　　　る時間、ということを漠然と考えた。落ちる花びら。でも何もそこか
　　　らは出てこなかった[77]。

　この記述は、どうやら後に『オーランドウ』となる 'The Jessamy Brides' という作品についてのアイディアだ[78]とハッセイは言うのだが、同じ頁に「『オーランドウ』が『波』へと続く（1933年7月8日）」[79]と記しているので、ここに書かれたものが『オーランドウ』と『波』という二つの作品のつながりを示唆していることが推察できる。「花びらが落ちる」、「すべてが一つの透明な溝にはめ込まれる時間」、「落ちる花びら」ということを、ぼんやりと考えたとも述べている。
　ウルフの言葉は、「落ちる花びら」が「透明な溝にはめ込まれる時間」と結びつくことを示唆する。だが「落ちる花びら」とは、何を意味するのだろうか。日記に記された「落ちる花びら」という表現は、作中第4章で、パーシヴァルと食事したときにテーブルにあった赤いカーネーションについてバーナードが言った言葉を連想させる表現である。

　　　あの花瓶に赤いカーネーションがある。ここで座って待っていたとき
　　　にはただ一つの花だったが、今、赤や暗褐色や紫のかかった沢山の花
　　　びらがあって、銀色の色合いを帯びた葉のついた、七つの面の花だ。
　　　あらゆる目がみる花全体がそれ自身の提案をしている[80]。

　あるいは、パーシヴァルがすでにいない小説の第9章では、赤いカーネーションが「六つの人生からできている六面の花になった」[81]とバーナードは言う。バーナードにとってそれぞれの人生は、沢山の花びらのうちのひとひらの花びら（a petal）なのである。バーナードの自己のイメージは茎の先に咲く花の花びらで、他の多数の花びらと共にひとつの「花」を形づ

第九章　『波』

くっており、そのイメージは、他者と平面上に並ぶ水平的な存在だということができる。

　1926年11月23日の日記で述べた「花の落下」(fall of a flower) は、確かに新しい命を再生させ「未来は過去から花咲く」道理につながると言えるだろう。しかし1927年3月14日の日記で述べた「落ちる花びら」(petals falling) は、新しい発芽にはつながらず、「すべてが一つの透明な溝にはめ込まれる時間」という、完結する時間につながることを思わせる。「木」や茎のイメージを与えられたルイスが、一方で大地に深く根を張り天へ未来へと延びてゆく「歴史的時間」を思わせるのに対して、時間を「心の時間」ととらえ自分たち一人一人を茎に咲く「花の花びら」ととらえるバーナードは、茎の先端に咲く「花」のイメージを与えられ、下降し回帰し「完結する時間」のイメージを帯びているのである。

　「太陽は空低く沈んだ」という描写で始まる第7章の「ト書き」では、「いくつかの花びらが庭に落ちてしまった」[82]し、「午後の太陽は野原を暖かくし、日陰に青を注ぎ穀物を赤くする」と、日が傾き野原を暖かくすることが述べられる。「いくつかの花びらが庭に落ちた」という、完結した時間との関連を思わせるト書きの描写は、「そして時は滴を滴らせた」[83]というバーナードの言葉で始まる「語り」に呼応している。人生の最盛期を過ぎ時間が完結し回帰することに傾いていることを示唆する描写で始まる第7章は、登場人物が過去を振り返り始める章なのである。

　第三作の『ジェイコブの部屋』(1922) が、ジェイコブという青年の容貌を様々な人物に語らせ、読者にその外貌を想像させることを通してジェイコブのこころを物語ろうとした「表層の文学の構築」[84]だとするなら、『波』は六人の人物が自分の内面を語る語りの集成で、「内面の文学の構築」だと言うことができるかもしれない。バーナード一人が語る第9章を除いて、それぞれの章で六人の登場人物は交互に語るからだ。彼らが語るのは主として六人の人物の内面だ。だが、六人ないし七人の登場人物は必ずしも固有の人格を持つ独立した存在ではない。バーナードが第8章までを振り返って総括的に語る第9章の言葉を読んでみよう。

第二部　作品について

　　私は一人の人間ではない。私は多くの人々だ。私は結局自分が何者か
　　わからない。ジニイなのか、スーザンなのか、ネヴィルなのか、ロウ
　　ダなのか、それともルイスなのか。あるいは、どうやって私の人生と
　　彼らの人生を区別すればよいのかも[85]。

　自分が多くの人間であり、他の五人の人生と自分の人生をどうやって区別
すればよいのかわからない、というバーナードの言葉は、六人の登場人物
がそれぞれ別個に独立した人物というよりも、一人の人物の六つの分身だ
ということを示していると言えるだろう。バーナードのこの言葉は、『波』
で、「人がおかれている宇宙の何か」とともに描きたい、と日記に述べて
いた「奇妙なこころの状態」と関連があるのではないだろうか。
　それぞれの分身を別個の self と捉えると、六人の中で一番主要な self は
誰だろうか。それまでの時間を振り返って物語の全体がまとめられる第9
章の語り手はバーナードである。一番重要な self は、バーナードだと考え
るのが妥当だろう。そしてそのバーナードの第一の分身は、第9章でバー
ナードがまず挙げるルイスに違いない。単一で垂直的なイメージを帯びる
ルイスと、無数の他者と並ぶ平面的なイメージを帯びるバーナードは、異
なる人物として描かれているかに見えるが、一人の人物の主要な二つの
self として描かれていると思われるのである。
　先に述べたように、バーナードはユングが言う人生の表面性を表すホー
ルという賑やかな部屋のイメージを与えられ、ルイスは背後の部屋である
個室のイメージを与えられている。ホールという表の部屋に対する個室と
いう背後の部屋、あるいは客間と上階の屋根裏部屋、という部屋の位置関
係が示唆するが、「個室」と結びつくルイスは、「表向きの大きな部屋」と
結びつくバーナードの背後の self だと言うことができるだろう。名もない
使用人達と結びつけられ、貧しい路上の空間とよく似た窓からの眺めをも
つルイスの部屋は、無名の人達のイメージとつながる地上の空間を思わせ
る部屋である。そしてルイスの部屋が連想を生む大地が、無名性とつなが
り集合的無意識とつながる空間であることは、『ダロウェイ夫人』でも描

かれているところだ[55]。

　無名性につながる大地のようなルイスの屋根裏部屋は、集合的無意識とつながる空間だと考えることができるのである。その屋根裏部屋に住むルイスは、世界の深部とのつながりを覚え、古の人々が聖なる木として崇めた樫の木の根につながる木だ、と自分を認識している。ルイスの思いは、我々の集合的無意識を言い表しており、ルイスは我々の集合的無意識を体現する人物だと考えることができるだろう。「僕が水に戻すと、そこで輝きを帯びる」[86]とバーナードが言うルイスは、水という無意識[87]に親和する存在なのである。

　一時、ルイスと同棲していた「いつも濡れている泉の精」とバーナードが「水の精」にたとえるローダも、また無意識を表していると思われる。二人がバーナードの背後の存在であることは、ルイスとローダについてバーナードが述べる言葉に表われている。

　　屋根裏部屋の住人ルイス、いつも濡れている泉の精ローダ、二人はそのときの私には肯定的に思えたものに反していた。二人は私には肯定的に思えるもの（結婚したり、家庭に飼い慣らされたり）の反対側のものを示した。私は二人を愛し、同情し、二人の異なる運命を深くうらやみもした[88]。

自分たちの息子や娘達のことを思いながら、我々は継続する者（continuers）だ、相続人（inheritors）だ、とオックスフォード通りを歩きまわりながら、伝統を受け継ぐ正統のものとしての自負を述べるバーナード[89]は、異なる経歴のある昔の友達のことを思う。「屋根裏部屋の住人、ルイス」「いつも濡れている泉の精、ロウダ」は「自分にとっては肯定的（positive）に思えるものの反対のもの」、というバーナードの言葉は、二人がバーナードという主なselfの背後に存在する陰の（negative）selfであることを示唆している、と考えられる。ユングは元型とは常にpositiveとnegativeという要素を持ち、心のバランスをとるというが[90]、positiveとつながるバーナー

第二部　作品について

ドとその反対の存在であるルイスやローダの関係は元型の持つ要素を思わせるものがあり、バーナードを表層の意識、ルイスやローダを深層の無意識、と捉えることができるのである。バーナードの言葉は、ルイスとローダが、バーナードという表層の意識の下にひろがる無意識や集合的無意識を体現する人物であることを示唆している、と言えるだろう。

　自分を「花」と認識するバーナードと、自分を「木」や「茎」と認識するルイスの関係は、美しく咲くバーナードという「花」を陰で支えるルイスという「木」や「茎」、つまり「花と、花を支える木や茎」という関係に仮託されているのである。父権的な社会にあっても、ルイスや父のいないローダやジニーは、紳士階級の父を持ち大学に学んだバーナードやネヴィル、牧師を父に持ちスイスの学校に学び農場を経営するスーザンに比べると、陰の存在に近いことを思わせる。

　小説を締めくくるのは第9章である。第1章から第8章までに語られた六人の人生の時間をバーナードが振り返ってみる第9章のト書きは、太陽が沈み、空と海の区別がつかなくなった世界の様子を物語る。太陽は沈み、波も木々も闇となり、闇は家や丘や木々を覆い、人も木も蝸牛の抜け殻も音のない闇に覆われたのだ。暗く深い、夜のしじま。

　ト書きが暗く静まりかえった夜の到来を示す第9章で、白髪で鈍重な初老の男となったバーナードはある日過去を振り返り、「野原に通じる門」にもたれて、数々の冒険を共にしてきた自我に話しかける。だが、自我は答えない。

　　私の失望の重みが門をグイとあけた。私は門にもたれかかり、年老いた男、灰色の髪をした鈍重な男、自分を色彩のない野原、何もない野原に押し出した[91]。

大きな部屋のイメージと結びつくバーナードだが、「門が開き、野原に入った」このとき、バーナードは別の部屋へ、「野原」(field) というもっと大きな新しい部屋へ入ったことが示唆される。あるいは、大きな部屋から自

然の野原へ出てしまった、とも受け取れる描写だ。バーナードの部屋が、大きな部屋から自然の野原へイメージを変えたことを思わせるこの描写は、ウルフが作品に描いた部屋のイメージが、大きく変貌したことを示していると言えるだろう。

「日当たりのよい野原」とは、止まった時間だとバーナードは言った[92]が、バーナードが入っていった野原（field）とバーナードのこのときの様子は、「森は消えた。大地は影の荒野となった。わびしい景色の静けさを打ち破る音はなかった。雄鳥はなかず、煙は上らず、列車は動かなかった。自己のない男、と私は言った。門に寄りかかる重たい体。死んだ男だ」[93]と重苦しく語られる。

第9章の「ト書き」が描写するのは深い闇と沈黙の夜で、上の「語り」の部分の描写もそれに呼応し、森が消え、大地は影の荒野となり、物音もせず、雄鳥も鳴かず、煙も上らず、列車は止まっていた、と描かれる。その描写に呼応するかのように、バーナードの様子が述べられる。自我をなくした男、死んだ男、とバーナードは言う。若者の激しさと無情さで嘴で叩き、若い頃には人を閉じこめる「魂をおおっている薄く固い殻」（thin hard shell which cases the soul）を、食べたり飲んだり瞼をこすっているうちになくした[94]のだ。

「魂をおおう薄く固い殻」は、本書第二章で述べた'halo'の皮膜を思い起させる。輝く心という炎を覆っていた皮膜（envelope）は、なくなったのである。殻をなくしたバーナードは、「私は誰だ？」と聞く。あれほど熱心に大事にしたこの独自性（identity）は克服され、私と彼らの間には区分（division）はなく、話していると「私はあなた」("I am you.")と感じるバーナードは、このときユングの言う個性化を成し遂げたと言うことができるだろう。バーナードという意識とルイスやローダという無意識はとけあい、一つの全体となったのである。

「私と彼らの間には区分はない。『私はあなた』と感じた」という、バーナードの言葉は、第一作『船出』（1915）でジャングルへ舟でむかうヒロイン達の小旅行を思い出させる。夜になり、聞こえてくるのは木の葉のす

れる音だけというジャングルの深い森の夜の闇の中で、言葉を交わそうというレイチェル達の気持ちは失せ、その言葉は「薄く小さく」[95]なり、小舟の六人の人々は、いつの間にか一つの群となり無言のうちに河岸の暗い陰影を見つめるからだ。『波』での沈黙が支配する夜の帳の中でも、人と人とを隔てる壁は薄くなり、六人の self は互いを見分けられず個別性を失い溶け合った。六人の人物は皮膜を失ってふたたび融合したのである。

『船出』の夜の森の闇の中で薄くなっていったのは「言葉」だが、『波』の闇の野原で薄くなっていったのは自我を覆う膜だ。『船出』と『波』の描写を考えてみると、言葉が薄く小さくなることとは自我を覆う膜を失うことに通じ、個別性をなくすこととつながる、というウルフの理解を示している、と考えることができるだろう。

だが、色もなく物音もしない野原の風景は、やがて色彩をとり戻してくる。「森は青に緑に色づき、野原は徐々に赤色を、金色を、褐色を吸い込んだ」[96]のである。朝が間近い。森も野原も色づき、意識は蘇ってきた。色もなく、物音もしない野原の風景が、言葉を失い魂を覆う皮膜を無くして自我を失ったバーナードを示唆したように、色彩をとり戻してきた野原の様子は、バーナードに起きた変化を示唆している。

絶えず人と話していたバーナードは、今や「沈黙の方がどれほど良いことだろう」[97]と思うに至り、「私には恋人同士が使う小さな言葉、部屋に入ってきた子供達が縫い物をしている母親を見つけて、羽のような明るい色のウールや木綿の切れ端を拾い上げて話すような、一音節の短い言葉が必要だ。わめき声が。叫び声が、わたしには必要だ」[98]と思うようになる。

バーナードの言葉は、女性となった『オーランドウ』の主人公オーランドウが詩を言い表した言葉を思い出させる言葉である。詩とは、自然に、「昔ながらの眩くような歌」[99]で口ごもるように答えてきた、その歌のように「ゆったりとした、恋人同士の交わりのように」密やかな、「声が声に答えるもの」だ、とオーランドウは思ったのだ。『オーランドウ』でも『波』でも、言葉は単純で深い意味を持たない音になっていく。

やがて、夜が明ける兆しが「もう一つのいつもの目覚め。空の星が退い

第九章 『波』

て消える。波と波の間の棒は深くなる。もやの膜は野原を厚く覆う。バラの花には赤みが戻り、寝室の窓の脇にかかっている白いバラにさえ赤みが戻る。鳥がさえずる。小屋の住人は早朝の灯をともす。そう、これが永遠の再生、絶えざる上昇と下降、そして下降と上昇だ」[100]、という描写で描かれる「語り」の描写は、まるで自然の様子を描く「ト書き」のようだ。バーナードが「あなた」と融合した第9章では、「語り」と「ト書き」もまた融合するのである。

　そしてバーナードの内にも波がわき上がる。背を弓なりにして、波が膨れる。新しい欲望が湧いてきたことを感じたバーナードは、「死は敵だ」[101]と思い、死に挑戦しようとする。すると、音が聞こえる。

　　波は岸に砕け散った。

　第10章。岸に波が砕ける音がする。名も無き者となって夜の海へと還っていった波。その音は、傷心のオーランドウが樫の木の下で抱いた、「世に知られぬことの価値、無名ではあるが大海の深みへ戻って行く波のようであることの歓び」[102]を思い出させる。その音は、一日の終わりを告げる音だろうか。それとも一日の始まりを告げる音だろうか。小説を締めくくる「波は岸に砕け散った」という言葉に続いて第1章のト書きを読んでみる。

　　波は岸に砕け散った。（第10章）
　　太陽はまだ昇っていない。海には布のしわのようにかすかにしわがよっているが、空との区別がまだつかない。（第1章）

すると、小説の終わり第10章の一節が語る波の音は、一日の終わりを告げる音でもあり、新しい日の始まりの音でもある、と聞こえてくる。終わりを告げ始まりを予感させる波。終焉と開始を思わせる絶えることのない音。永遠の再生。夜の衰亡と朝の復活を知らせる音。ウルフが日記に記した、

第二部　作品について

ワーズワースの詩が聞こえてくる。「滅びゆく人生の時を／互いに束ねている絆と、／記憶と想いの世界を存在させ、支える／不思議な柱……」。

ウルフが日記に記した「人がおかれている宇宙の何か」である、永遠に回帰する波も太陽も、絆であり柱だ。ユングの言う表向きの賑やかで大きな部屋がふさわしいバーナードは、他の花びらと共に花となる。背後の部屋である屋根裏部屋の住人ルイスは、太古の昔に根を張る樫の木の幹（茎）で、太古の記憶を受け継ぎ時とともに伸びてゆく。バーナードは分身と溶けあい、バーナードの死は次のバーナードの誕生に引き継がれる。ルイスの記憶は無名の人々の記憶として時とともに無名の人々に受け継がれる。生まれ、自我をもち、自我を失い、他者に溶け込み命をつなぎ、永遠へつながる喜びが、うち寄せる波の音に感じられる。波のように無名の者となるとき、我々は大いなる世界の部分として生き延びるのである。

1929年5月28日付けの日記に、このような記述がある。「彼女が窓を開けたとき、私は二つの異なるものを持つだろう。飛び回る蛾、中心に立つ花、植物の絶えざる消滅と再生。葉達の中に彼女はそれを見るだろう」[103] はじめ「蛾」（Moths）と名付けられていた『波』の構想を考えて、述べた言葉である。窓の中には、飛び廻る蛾と中心にたつ花という異なる二つのものがある、とウルフは述べている。中心にたつ花と飛び廻る蛾は、花と木（や茎）を思わせ、ワーズワースのうたう柱と絆を思わせる。

自然や宇宙と共にある我々の人生の時を、垂直的なイメージを持ち「柱」となる木（や茎）であるルイスと、水平状に拡がるイメージをもち「絆」となる花（の花びら）であるバーナードが組み合い、「回帰しつつ伸びていく時間」は描かれたのである。『船出』で二つの人間観と呼応するものとして描かれた、賑やかな表向きの部屋も背後の静かな部屋も、『波』に至って「花」と「木」という植物の部分へとそのイメージを転じ、永遠へつながる「もの」のイメージと重なることになった。少女の頃花壇の花や大地をみていて「あれが全体なんだ」、と閃いたウルフの感性は、『波』で書き表されたようだ。表向きの大きくてにぎやかな部屋と表の背後にある静かな部屋、という二つの部屋のイメージは融合して一つの全体になり、

第九章　『波』

ある部分は大地につながり、ある部分は花、という自然の「もの」へとイメージを変えていった。「人がおかれている宇宙の何か」と「奇妙なこころの状態」を描きたい、と思い混沌の世界を描写することに始まった『波』という小説は、宇宙的な広がり[104]のある永遠へのつながりを描く小説となったのである。

第二部　作品について

終章　『私自身の部屋』——四つの部屋

　『船出』から『波』までの七作品で描かれる部屋と登場人物の意識を考えると、第一作『船出』や第二作『夜と昼』で描かれる「大きくて賑やかな表向きの部屋」とその背後にある「静かな個室」という二つの部屋と意識は、第七作『波』でバーナードに似つかわしい大きな部屋と集合的無意識を思わせるルイスの屋根裏部屋へとつながっていくといえるだろう。さらにバーナードにはたくさんの花びらのある「花」の、ルイスには時間と共にのびてゆく「木」や茎のイメージが与えられた。賑やかで大きな表向きの部屋は「花」、背後の静かな個室は「木」、という「自然のもの」のイメージに変貌したのである。この変貌は、小説を書き始めた頃に二つの「現代小説論」で燃える心を思わせる 'halo' に生をなぞらえたウルフが、晩年人生を振り返ったとき、「私たちは言葉であり、音楽であり、ものそのものである」[1]と人を即物的にとらえたことと関連するだろうか。第六作『オーランドウ　ある自伝』や第七作『波』とほとんど同時期に書かれ、この二作との関連が深いことが指摘される『私自身の部屋』(1928) は、部屋をタイトルとするエッセイである。もっぱらフェミニズムの立場から読まれてきた、と言っても過言ではないこの女性と小説をテーマとして語られたエッセイでは、いくつかの部屋について述べられているが、それらはどのような部屋で、花や木のイメージとどのように関わるのだろうか。

1　鍵のかかる個室（a room with a lock on the door）
　1928年10月のある二日間、ヴァージニア・ウルフはケンブリッジ大学のニューナム女子学寮の文芸クラブ（20日）とガートン女子学寮のオッダー・クラブ（26日）を訪れ、女子学生のために「女性と小説」というテー

終章　『私自身の部屋』

マで講演をしている。この講演の原稿は、『私自身の部屋』として発表されたのだが、そのエッセイの冒頭でウルフは「女性が小説を書こうとするなら、お金と自分の部屋を持たなければならない」[2]ということを述べると前置きし、「小説や詩を書こうとするなら、年収五百ポンドと鍵のかかる部屋を持つことが必要である」[3]という有名な一節を、女子学生達に述べた。続いてその言葉を説明してウルフは、象徴的に語られているが、「年収五百ポンドは瞑想する力を表し、ドアの鍵は自分で思考する力を意味する」[4]ことを述べている。

　平たく言うと、「年収五百ポンド」とは誰かの経済的な庇護に依存することなく自立するに足る、経済的な基盤の必要性を意味し、「鍵のかかる部屋」とはその経済基盤があってはじめて可能になる自分一人のための空間の確保とその部屋での瞑想を意味しているのである。男性には、ことに富裕な階層の家父長には当然のこととして認められていた「鍵のかかる部屋」は、かつて女性や貧しいものたちには与えられたことのない空間だった。いついかなる場合も誰にも邪魔されることなく自分の考えに専心できる鍵のかかる自分自身の部屋を確保さえできれば、女性やあるいは貧しさにあるものにも、瞑想し自分の考えを詩や小説に書く可能性が生まれる、とウルフは断言したのだ。「私自身の部屋」というエッセイのタイトルは、他者の介入を許さず自分が好きな時に好きなように振る舞う（ことに思索にふける）ことのできる鍵のかかる空間を意味する、と理解できるのだが、鍵のかかるその部屋は他者に介入されることのない個人の人格や自我の自立をも示唆している。経済的に自立し、瞑想し自分の考えに専念するためには欠かせないものである独立した空間を確保し、自分らしさをもつことが、創作に大きく関わることを、「年収五百ポンドと鍵のかかる部屋」という個室のイメージにウルフは重ねたのである。

　女性や貧しいもの達が持ち得なかった「年収五百ポンドと鍵のかかる部屋」は、「目下あらゆるフェミニスト学派に、宗教的とでもいうほど引き合いに出される」[5]とジョーンズ（S. Jones）が言うが、フェミニズム批評の対象となってきた部屋でもある。

2　家族共有の居間 (the common sitting-room)

　ウルフはまた、鍵のかかる部屋ほどしばしば批評の対象にはならないが、それとは対称的な別の部屋についても述べている。十六世紀以前の時代は、自分を表現したり何か書きたいという女性の才能や気持ちに理解を示さない時代であったが、十七世紀になると、庶民的長所を供えた中産階級の婦人であるアフラ・ベーン（Afra Behn, 1640-89）が詩を書いて男性と同等の立場で働き、生活していくに足るものを稼いだ。さらに十八世紀末になると多くの中産階級の女性たちが書き始め、十九世紀前半には小説を書き始めたのだった。ウルフは、ジョージ・エリオット（George Eliot, 1819-80）、エミリー・ブロンテ（Emily Brontë, 1818-48）、シャーロット・ブロンテ（Charlotte Brontë, 1816-55）、ジェイン・オースティンという四人の先達の名前を挙げ、彼女たちが書いたものが「詩」ではなく「小説」であり、そのことが中産階級の生まれであることと何か関係があるだろうか、と問う。十九世紀前半の中産階級の家庭には、家族共用のただ一つの「居間」（sitting-room）しかなかったということと、四人の女性作家たちが書いたのが「小説」（novel）であることとは何か関係があるのだろうか、と問うのである。そして、女がものを書こうとすれば、「家族共有の居間」（the common sitting-room）で書くしかなかった[6]、と断定している。

　ウルフの言葉の背後にあるのは、特権的な鍵のかかる「個室」が「韻を踏み形式の整った詩」という伝統に関わり、「居間」という家族の「共有の部屋」が「女性達が散文で書いた小説」という新しい文学の形式と関わる、という示唆だと読みとることができる。「自分の時間と言える時間が三十分とない」とナイチンゲールはこぼした[7]というが、女性の日常は自分のために時間をつかうことは困難な忙しさですぎていたであろうし、空間にしても自分だけの空間をもつことは困難だっただろう。そういう状況にあった（ある）女性がしょっちゅう家族の誰彼や使用人や近隣の人々が出たり入ったりして邪魔が入る居間で何か書こうとしても、精神の集中を必要とする韻をきちんと踏んだ詩を書くことはできなかっただろう。しかし詩ほど精神の集中を必要としない散文や、散文で書かれる小説なら、人々

の共有の空間である居間でも何とか書けただろう、とウルフは推測する。「彼女がどうやってこれだけのものを成し遂げたか、驚くほかありません。別に書斎があって、そこに籠もることができたわけではないのですから。ありとあらゆる仕事の大半は、思いがけない邪魔が入り込んでくる共同の居間でなされたに違いありません」[8]というジェイン・オースティンの甥の言葉を引用して、偉大な作家ジェイン・オースティンが置かれていた状況をウルフは述べている。

　熟考して書かれる形式の整った詩は、「個室」という孤独と関わる私的な空間から生まれ、話し言葉に近い散文は「共有の居間」という多数の人々が共有する公的な空間から生まれる、とウルフは言う。しかし詩といっても、バラッドや民謡という「作者不明」(Anon) として語り継がれてきた口承的な詩は、冬の夜長に糸を紡いだり子供達に低い声で歌って聞かせた女性達がつくったのではないか[9]、というエドワード・フィッツジェラルド (Edward FitzGerald, 1809-83) の言葉を借りながら、「匿名性は女性達の血に流れている。ベールで覆い隠されたいという願いに、(女性達は) 今でもとりつかれている」と述べ、女性は男性ほどには自分の名声にとらわれない、とウルフは述べている[10]。

　「鍵のかかる個室」と「家族共有の居間」と「作者不明」の詩が示唆するのは、様々な人々が共有する空間、語り言葉に近い文章、詠み人が不明な詩、は女性あるいは無名の人々と関わり、特権的な自分一人の空間、思索・熟考の末書き留められる詩、名声は男性と関わる、と捉えられているということである。ウルフにとって、無名の存在と家父長的存在、女性と男性、散文と韻文、覚醒と集中、小説と詩は、「居間」と「個室」の対比に相当するものであり、この二つの部屋は居間とその上階の個室という階層的なイメージ[11]を帯びているのである。

3　寝室兼居間 (a bed-sitting-room)

　十九世紀はじめ頃の、男性とは違う女性の文体を部屋と関連させて捉えたのち、「自然な簡潔さ、女性の書き物の叙事詩時代は、終わったのかも

第二部　作品について

しれない」、「女性は自己表現の手段としてではなく、芸術として書き物を用い始めたのかもしれない」[12]と語ったあと、ウルフは「まさにこの十月」に『人生の冒険』(*Life's Adventure*)という小説を第一作目の作品として出版した、メアリー・カーマイケル(Mary Carmichael)について述べる。「まさにこの十月」というのだから、メアリーはケンブリッジ大学のニューナム女子学寮とガートン女子学寮の女子学生のために「女性と小説」というテーマで講演をした1928年10月現在の女性作家ウルフではないか、と思わせる。「あまりに多くの事実を積み上げすぎる」し、「瞑想的(contemplative)ではなく自然主義作家(naturalist-novelist)になりそうだと思われる」メアリーは、シャーロット・ブロンテやエミリー・ブロンテ、ジェイン・オースティンやジョージ・エリオットたちのような、自然愛や燃えるような想像力や荒々しい詩情や優れた機知のある天才ではなく、十年も経てばその作品を出版社がパルプに戻してしまうような才女に過ぎない、とウルフは言う。しかしメアリーには、彼女よりも遙かに優れた才能の女性でさえ五十年前には持ち合わせていなかった強みがある。メアリーは女性として書いているが、自分が女性であることを忘れた女性として書いているのである。その結果、彼女が書いたものには、性を意識していないときにだけ生じる特質が満ちあふれており、それはよいことだ[13]とウルフは言う。

　競馬場の垣の脇でうるさくわめく群衆のように女に対して口うるさい男たちの声を後目に、メアリーは全力を尽くして（女性と男性を隔てている）垣を飛び越えた。飛び越えた向こうにはまた垣があり、その向こうにも垣がある。天才どころか時間もお金も暇も十分に持たない無名の若い女性でありながら、女性という枠を飛び越えて最初の作品を書いていることを考えると、なかなか良いものを書いている、とウルフが認めるメアリーの部屋は、「寝室兼居間」(a bed-sitting-room)という部屋[14]である。

　「寝室兼居間」という自分だけのための空間をもつメアリーは、シェイクスピアの架空の妹ジュディスやジェイン・オースティンたちよりもはるかに恵まれた状況にいる。ジュディスは自分のための空間を持たず、何か

を書くときは、おそらく「納屋の二階のリンゴ置き場でこっそりと少しばかりのものを書いた」[15]のだし、オースティンは人の気配がすると手元を隠しながら、家族共用の居間ですばらしい小説を書き上げたからだ。

　ジュディスやオースティンが書いた空間を、それぞれ十六世紀のあるいは十八世紀から十九世紀における女性の空間であるととらえるなら、二十世紀のメアリーの部屋は、かつては恵まれた男性のものであった「鍵のかかる個室」の要素を持つ女性の部屋だと言えるだろう。十六世紀の「個室」と詩、十九世紀の「共有の居間」と小説というように、文学や文体と絡めてとらえられていた「個室」と「共有の居間」の関連を考えると、居間を兼ねた寝室で書かれるメアリーの書き物は、（共有の居間で書かれた）散文と（個室で書かれた）整った文体との混合体のような文体を示唆しているのではないかと推測できる。「寝室兼居間」という二十世紀の空間は、先に述べた無名の存在と家父長的存在、女性と男性、散文と韻文、覚醒と集中、小説と詩、というそれまで対照的と捉えられていた諸要素の統合や融合の可能性をも意味しているのである。

　「寝室兼居間」という融合的な性格を帯びる「融合的な部屋」は、ウルフが「芸術の狭い橋」（"The Narrow Bridge of Art"）で述べた、新しい小説の形式についての言葉を思い起こさせる部屋である。

> それは散文で書かれるだろうが、詩の特性を多分に備えた散文で書かれるだろう。詩のもつ高揚のようなものがあるが、散文のもつ凡庸も多分にあるだろう。劇的ではあるが、劇ではない。演じられるのではなく、読まれるだろう[16]。

詩がもつ高揚感と散文の平易さとを備えた文章で書かれた、劇のような形式が新しい小説になる、という言葉は、『波』を思い出させる。『波』は、融合的性格を帯びた「自然派の作家になりそうな女性」が住む二十世紀の部屋に相応する作品だ、とみることもできるのである。

　メアリー・カーマイケルが住む部屋が融合的性格を帯びる「寝室兼居間」

であることを述べた後、ウルフは第6章で、創造という技が成し遂げられる前には、男性性と女性性の融合が起こっていなければならない、と次のように述べている。

　純粋に単純に男性であったり女性であったりするのは致命的である。人は男性らしい女性であるか、あるいは女性らしい男性でなければならない。……創造的芸術が成し遂げられる前には、女性と男性の間には心の同調が生じなければならない[17]。

　個性化に相応すると思われる男性性と女性性の融合という、創作における両性具有的な感性がもたらす力を説いたあと、ウルフはある条件が整えば詩人ジュディスの命を受け継ぐ詩人が生まれるだろう、と言う。すなわち(1)「個人として生きる小さな別々の生命ではなく、真の命である共有の生命」[18]としてあと一世紀を我々が生き延びること、(2) 年に五百ポンドと自分自身の部屋をもつこと、(3) 思うところを正確に書く自由な慣習と勇気を持つこと、(4) 家族共有の居間から少し逃れて人間を人間同士の関係ばかりではなく、空や木々やその中にあるすべてとの関連において見ること、である。そういう条件が整えば、シェイクスピアの妹であった亡き詩人は、何度も脱いできた肉体をまとって、彼女の兄がそうしたように、彼女の先駆者であった名もない生命から自分の命を引き出し、たとえ貧しく無名のものの中からでもまた生まれてくるだろう[19]、と名も無き人々の命である「共有の生命」のなかから、詩人の肉体をまとって再び生まれ出る文学の可能性を示唆して『私自身の部屋』は終わる。

4　「私たち自身の部屋」(rooms of our own)

　『船出』から『波』までの七つの作品に描かれる部屋あるいは人の意識を考えた後、『オーランドウ　ある伝記』や『波』の構想を練ることと並行して書かれたと思われる『私自身の部屋』を読むと、十六世紀の「鍵のかかる個室」、十九世紀の「家族共有の居間」さらに二十世紀の「寝室兼

終章　『私自身の部屋』

居間」という時代に呼応した文学に関わる部屋の変貌は、ウルフの作品に描かれる登場人物の人物像の変貌のありようにも呼応しているのではないか、と気付く。すなわち、『夜と昼』で自立した自己を求め、「自分の部屋に対する主権を認識し、部屋を自分の王国とした」キャサリン[20]の「鍵のかかる個室」から、「捧げものであり、統合であり、創造である」[21]と、パーティーに人々を集めることに喜びを見いだすダロウェイ夫人や、晩餐に集まってくる人々を「溶け込ませ、流れを起こし、創造するという努力のすべてが私にかかっていた」[22]と感じるラムジー夫人が輝く「客間」や「居間」という「共有の部屋」へ、さらに「たくさんのバーナードが、たくさんの部屋がある」[23]と言い、「私は一人の人間ではない。私は多くの人々だ。私は結局自分が何者かわからない」[24]と述べる、五人の男女の友人たちと溶けあい自分と彼らとの区別がつかなくなるバーナードが好む「融合的な部屋」へという部屋の変貌は、『私自身の部屋』で時代に呼応して変貌すると述べられる三つの部屋の変貌に呼応している、と言うことができるからである。「個室」から「共有の部屋」へ、さらに「融合的な部屋」へ、という文学史に呼応すると思われる文学に関わる部屋の変貌は、「鍵のかかる個室」と関わる名声にとらわれがちな男性的である登場人物の意識が、「共有の居間」と関わる他者と溶けあう女性的な意識へ、「寝室兼居間」が示唆する男性と女性の枠を越えた両性具有的な意識へと、変貌を遂げたことに呼応している。だが、なぜ部屋は男性の部屋から女性の部屋へ、さらに両性具有性を帯びるそれへと変貌し、作品の登場人物の意識は、他に抜きんでようとする男性的な意識から他と溶けあう女性的な意識へ、さらには両性具有的な意識へと変貌するのだろうか。

　第一作から第七作までのウルフの作品を読むと、前期五作品の主な登場人物であるレイチェル（『船出』）、キャサリン（『夜と昼』）、ジェイコブ（『ジェイコブの部屋』）、セプティマス（『ダロウェイ夫人』）、ラムジー夫人（『燈台へ』）たちは、本書ではあまり触れていないのだが、生を謳歌しているというよりも、死を意識したり死へむかっていることが指摘できるだろう。小説の結末を考えると、レイチェルは熱病のために亡くなり、高揚する幸

第二部　作品について

福感にあふれるキャサリンはラルフと共に死を思わせる方向へ向かって歩みをすすめ[25]、ジェイコブは小説の冒頭ですでに亡く、構想の段階では生き残るはずだったセプティマスは結局死を選び、亡くなる前ラムジー夫人は自分の命が消えることを思うからだ。しかし登場人物たちが例外なく死を思わせる方向にむかっているわけではない。後半期に書かれた『オーランドウ　ある伝記』、『波』、それに『私自身の部屋』を読むと、四百年近くを変身という再生を果たして生き延びるオーランドウの人物像が示し、『波』の夜明けを思わせる夜の海の波音が示唆し、詩人ジュディスの再来を暗示する『私自身の部屋』の結末が示唆するように、それらの作品の結末で描かれるのは、変身や再生という、死を越えて生き延びる生だからである。この後期の三つの作品でウルフが描いたのは、生への回帰を前提とする死だと思われる。

　再生を前提とする死が描かれるのは、第四作『ダロウェイ夫人』ですでに始まっていると言ってもよいだろう。セプティマスの死についてダロウェイ夫人が「死とは挑戦だ。死とは伝達の試みだ」[26]と述べるとき、その意味するものは、再生への試み、生命を繋いでゆくことへの試みだと思われるからだ。その試みは、『燈台へ』で人々の記憶のなかに生き延びようとするラムジー夫人に受け継がれ、『オーランドウ　ある伝記』で変身という再生を果たすオーランドウに具現化され、『波』でバーナードの言う「死は敵だ」[27]という再生を願う気持ちの死への挑戦として描かれ、『私自身の部屋』で詩人ジュディスの肉体をまとって再び生まれ出る文学の可能性に託されているように思われる。

　こうしてウルフの第一作『船出』から第七作『波』までを読んでみると、ウルフが各作品で描く登場人物の意識とその変貌は、第一章で述べたダウソンの「投影の撤退の理論」に呼応している、と言えるのではないだろうか。

　人が、「自分たちと自分たちが住んでいる世界との違いに無意識である状態」である第一の段階は、自我を認識しない『船出』のレイチェルを思わせる、と言えるだろう。また、権威や「差異」を意味する「他者」から

終章　『私自身の部屋』

分離する状態で、人が「次第に独自の主体性 (identity) を探求する過程を指す」第二段階は、自分の部屋を瞑想する空間とできないことに悩む『夜と昼』のキャサリンの心情そのものである。そして人が独自の道徳律 (ethical code) を確認し組み立てるために、「絶えず社会の集合的道徳体系 (collective morality) という秤にかけて試す段階」である第三段階は、ギリシャへの旅行で無意識にひそむ女性性を覚えて幸福感にひたる『ジェイコブの部屋』のジェイコブや、『ダロウェイ夫人』の、狂気という社会の認識を逃れようとするセプティマスや、セプティマスに自分と似たものをみいだすダロウェイ夫人を思わせる。さらに、「あるがままの現実の世界がみえてくる段階」である第四段階は、『オーランドウ　ある伝記』のオーランドウの詩に対する思いの変化に通じるかもしれない。小説始めの、格調高く韻律正しい詩を書き当代一の詩人になろう、というオーランドウ少年の詩と名声への野望は、青年期、壮年期を経て女性となり、結婚して母となってから抱く詩への思いとは違っているからだ。二十世紀のオーランドウは、つぶやくように自然に応える言葉こそが詩だ、と思ったのである。ユングは、個人の心の発展を、「エゴの支配から自己の王国」へ、単なる「個人的な価値から非個人的で集合的な意味のあるもの」[28]に向かって抜け出てゆくと捉えたというが、オーランドウは個人的な価値を求める意識を抜け出て、非個人的で集合的な意味を求める、という変貌を遂げたのである。そして、「我々自身の生来の傾向を問う意識、を始めるときに始まる」とユングが言う第五段階は、自分が何ものかわからなくなり、生を求めて死に戦いを挑む『波』のバーナードを思わせる。作品の登場人物達の意識の変貌は、ユングの指摘する方向性を段階を追いつつ辿っている、と言うことができるのである。ウルフの作品には統一感がない、という指摘はウルフの作品の特質を言い得ている。登場人物の意識は、作品ごとに変貌しているのである。そしてユングが、人は変貌を遂げてそれで終わるのではなくそこから再びはじまる、というように、ウルフが作品を通して伝えたかったのは、死を超えて生きのびる生ではなかっただろうか。

　再び生まれ出ることを願う気持ちは、『オーランドウ　ある伝記』を書

第二部　作品について

いたころ主人公オーランドウのことを考えて日記に記した「未来は過去から花咲くだろう」[29]という言葉にみてとれる。この言葉は、「第八章　『オーランドウ　ある伝記』——樫の木と木曜日にみる集合的無意識」で述べたが、枯れてしまった花（死）が新しく芽吹く（再生）ことを毎春繰り返し、花が過去から未来へ命をつないでゆくことを示唆しているからだ。また、『波』を考えているころ日記に記した「花びらが落ちるという考えと遊んで」[30]、「植物の絶えざる消滅と再生」[31]を思ったという言葉は、命をつないでゆく植物の「命の循環」や「再生」をテーマとした小説を書きたい、という思いを示していると理解できる。これらの言葉は、太古の人々が毎年春になると命を生み出す大地や自然に「母なる神」を思い畏怖を覚えたように、現代作家であるウルフもまた大地や自然につながる自分を思い自然に敬愛の念を覚えたのではないか、と思わせる。ウルフの中で、死は絶対的なものとしてではなく、植物が大地に落ちて再び春に芽吹くように、再び生まれ出るために母の胎内に還るが如く捉えられており、「未来は過去から花咲くだろう」という脱構築的な表現として言い表されていると考えられるのである。そして命をつなぐことが可能であるのは、限定的な生を生きる個人が自我を無くし無名のものとなるとき、無名の人たちのものである共有の生命に溶けこみ、生き延びるからではないだろうか。植物のように自然の「もの」になるときその命はつながれ、木や植物が数百年、数千年という時間を生きのびるように人の命もまた生きのびる、という感覚をウルフは抱いたように思われる。

　詩人を生み出す可能性のある「真の命である共有の生命」[18]とは、男性でもなく女性でもない無名の者となり、共有の生命に溶け合い生き延びてゆく命だ。そして創造の力を生むとウルフが言うのは、男性的でもあり女性的でもあるという、両性具有性である。「男性的でもあり女性的でもある」という両性具有的感性は、「男でもなく女でもない」という無名性に通じるように思われる。抜きんでて傑出した芸術を生み出す両性具有性は、共有の命に溶け込み命を連綿とつないでゆく無名性に、無限大の記号のように脱構築的に通じるのである。

終章　『私自身の部屋』

日記に記された植物に関する言葉や、再生を前提とする両性具有性と無名性のあいだに見られる脱構築的つながりは、『私自身の部屋』でウルフが述べる、部屋の変貌にも見ることができる。「鍵のかかる個室」から「共有の居間」へ、更に「寝室兼居間」へと、時代の変遷とともに描かれた部屋と文体の変化は、その百年後に詩人を生み出す可能性を、私たちのそれぞれが年収五百ポンドと「私たち自身の部屋」[32] (rooms of our own) をもつことに再びみいだしているのである。

5　まとめ

では、人々から抜きんでることにつながる両性具有性と人々にとけこもうとする無名性という、ユングの言葉で言うなら 'positive' と 'negative' に相当すると考えられる矛盾と見えるものを、女性であり作家である一人の人間としてウルフはどのようにとらえていたのだろうか。芸術家が、芸術家と彼もしくは彼女、という二つの意識をもつ人間だとすると、最初の小説を発表し「現代小説論」で作家としての信条を述べたころのウルフの意識には、「創造者としての意識」と「女性としての意識」があるように思われる。女性であるウルフの「創造者としての意識」は、男性性を獲得することにより両性具有性を備えてより高い芸術性と名声を求め、血に匿名性が流れている「女性としての意識」は、無名の他者にとけ込もうとする、という対称的なものだったのかもしれない。だが、対称的ともみえるこの意識はどちらも無名性に裏打ちされるものだ、という理解がウルフにはあったのではないだろうか。そのことは登場人物の言葉に言いあらわされているように思われる。

「存在し行動する全てものは、広がり、輝き、話し、消えゆく。そして人は収縮して自分自身、楔形の黒い芯、他人には見えない何者か、に引き締まってゆく」[33]ことを信じる（『燈台へ』の）ラムジー夫人の、自分とリリー、カーマイケルの三人は、「我々の幻影の下には暗く広がり底知れず深いものがあり、時折表面に上ると、それを人々が我々だと思うのだ、ということを感じなくてはいけない」[34]という、創造に携わる者たちへ向け

られた言葉。ロンドンの街路をピーターとバスで行く(『ダロウェイ夫人』の)まだ若かったクラリッサが、「自分が話したこともない人々、通りの女性、カウンターの後ろの男性、木や納屋にまで奇妙な親近感を感じる」[35]のは、「現れている我々の幻影は、広く広がっている見えない部分に比べると、とても瞬間的だからだ」、という言葉。二人の主人公の言葉は、創造者としての自己も、女性としての自己も、無名の共有の命から命を引きついでいるとウルフが理解していたことを裏書きしているように思われる。

　ウルフが作品で描いた登場人物の意識も『私自身の部屋』で描かれる部屋も、女性性と男性性が融合し無名性へと変貌している。この変貌は、死と生が分かたれるのではなくどこかでつながり未来へ命をつなぐ、という死生観に裏打ちされているように思われる。固有の肉体の生命が長い時間を生き延びるはずはなく、創造者であれ無名の者であれ、個人の生命は終結しその意識も途絶える。だが無名の共有の生命としての集合的無意識は人々の遺伝子に共通する因子として刻まれ、長い時間を生き延びるのだろう。第一章で述べたが、投影を抜け出る過程は完全な円形となるがそれで終わりではないというダウソンの言も、ユングの理論の特徴は再生をみることにあるというスナイダーの言も、心理に対するユングの姿勢は生命の相互の関係にありポストモダンだ、というサーマンの言も、そのことを言い当てているように思われる。

　『船出』にみられる「表向きの大きな部屋」と「背後の個人の部屋」というユングの夢に出てきた二つの部屋が表す人の心は、『波』に至るとそれぞれ、意識を代弁するバーナードと、無意識を代弁するルイスにつながっている。バーナードの命は終結したとしても、ルイスという無意識はその死を越えて生き延びるのである。二つの現代小説論で述べられた個々人の輝く心を美しく覆う皮膜 'halo' は、『波』のバーナードが人生を振り返って「あの魂を包む薄くて硬い殻をなくしてしまった。あれは若い頃には人を閉じこめるものだ」[36]と述べる言葉が示すように、日々の暮らしのなかで皮膜をなくし、最終的には、ウルフが過去を振り返って述べた言葉、「全

終章　『私自身の部屋』

世界は芸術作品であり、私たちは芸術作品の部分なのだ。……私たちは言葉であり、音楽であり、ものそのものである」[37]という、即物的とも思える世界の一部としての無名の自己へと変貌していったのかもしれない。そして変貌を重ねて名も無き人となり、名も無き人の群れに溶け込み未来へ引きつがれていく生は、二つの世界大戦のはざまという混迷する時代を生き大地の血脈を思わせる川の流れに身をゆだねた、ウルフ自身が希求する生でもあったのではないだろうか。

注

第一章　部屋とユング

1　I was looking at the flower bed by the front door; "That is the whole", I said. I was looking at a plant with a spread of leaves; and it seemed suddenly plain that the flower itself was a part of the earth; that a ring enclosed what was the flower; part earth; part flower... Two of these moments ended in a state of despair. The other ended, on the contrary, in a state of satisfaction. When I said about the flower "That is the whole," I felt that I had made a discovery. I felt that I had put away in my mind something that I should go back [to], to turn over and explore. ... And so I go on to suppose that the shock-receiving capacity is what makes me a writer, ... I feel that I have had a blow... It is the rapture I get when in writing I seem to be discovering what belongs to what; making a reach what I might call a philosophy; at any rate it is a constant idea of mine; that behind the cotton wool is hidden a pattern; that we - I mean all human beings - are connected with this; that the whole world is a work of art; that we are parts of the work of art. *Hamlet* or Beethoven quartet is the truth about this vast mass that we call the world. But there is no Shakespeare, there is no Beethoven; certainly and emphatically there is no God; we are the words; we are the music; we are the thing itself. And I see this when I have a shock. (Woolf, Virginia. "A Sketch of the Past" *Moments of Being*. Ed. Jeanne Schulkind. New York and London: Harcourt Brace Jovanovich, 1976. 71-72頁)

2　Physical movement was the only refuge, in and out of rooms, in and out of peoples' minds, seeking she knew not what. (Woolf, Virginia. *The Voyage Out*. London: Hogarth, 1990. 275頁)

3　But now let me ask myself the final questions, as I sit over this grey fire... which of these people am I? (Woolf, Virginia. *The Waves*. London: The Hogarth Press, 1990. 51頁)

4　I mark Henry James's sentence: Observe perpetually. Observe the oncome of age. Observe greed. Observe my own despondency. (Woolf, Virginia. *The Diary of Virginia Woolf. Vol.5*. Ed. Anne Olivier Bell. London: The Hogarth Press, 1978. 357-

358頁）

5　Experience ... is an immense sensibility, a kind of huge spider-web of the finest silken threads suspended in the chamber of consciousness.（James, Henry. *The Future of the Novel Essays on the Art of Fiction*. Ed. Leon Edel. New York: Vintage Books, 1956. 12頁）

6　1919年に発表した"Modern Novels"に修正と加筆を施し1925年に発表したのが"Modern Fiction"である。

7　Woolf, Virginia. "Modern Fiction" *Collected Essays*. Vol. 2. New York: Harcourt, Brace & World, Inc., 1967. 107-108頁

8　カール・グスタフ・ユングは、1875年スイス連邦トゥルガウ州で生まれた。父は改革派協会牧師だった。フロイトとの関係に焦点を当てた経歴は次の通りである。

1900年パリ大学医学部を卒業し、1902年に学位論文「いわゆるオカルト現象の心理と病理」を提出し医学博士号を授与された。1905年から1909年までチューリッヒ大学医学部精神科上級医、1913年まで同私講師として精神神経学と心理学の講義を担当した。1906年にフロイトの諸論文に没頭し、1907年にウィーンのフロイトを訪ね、初めて会見する。1909年大学病院を辞しチューリッヒ郊外にプラクシス（クリニック）を開設した。同年に米国クラーク大学にフロイトとともに招かれ、連想法について講演をする。またブロイラーおよびフロイトの『心理学・精神病理学年報』編集を担当する。1911年フロイトらと国際精神分析学会を創立し、その初代会長に就任した。1912年、ニューヨークのフォーダム大学で精神分析理論の講義をする。1913年フロイトの精神分析から離れて、分析心理学を樹立した。1961年逝去。享年85歳。

チューリッヒ連邦工科大学（ETH）から与えられた名誉博士号は、「人間の心の全体性と対極性、そしてその統合傾向を再発見せし者、科学技術の時代に生きる人間の危機的現象を言い当てし者、人類の原象徴と個性化の過程を見いだせし者に与う」と彼の業績を讃えている。（山中康裕編『ユング』講談社2001年. 192-196頁を参考にした）

9　Young-Eisendrath, Polly & Dawson, Terence (eds.). *The Cambridge Companion to JUNG*. Cambridge, UK: Cambridge University Press, 1997. 94頁（以後同書からの引用は、*The Cambridge Companion to JUNG* 頁数と記す）

10　Jung, C. G. *Memories, Dreams, Reflections*. Trans. Richard and Clara Winston. Record. and Ed. Aniela Jaffe. New York: Vintage Books, 1989. 213-214頁（以後同書

からの引用は *Memories, Dreams, Reflections* 頁数と記す）

11　*Ibid.* 158-159頁　英文は第三章注31参照。

12　*Ibid.* 160頁

13　Stevens, Anthony. *Jung.* Oxford: Oxford University Press, 1994. 14頁 日本語訳については、A. スティーヴンズ著『ユング』（鈴木　晶訳　講談社 1995年）を参考にした。

14　*The Cambridge Companion to JUNG* 91頁

15　ユングは心理を分析するとき、心理の構造（Structure）を重視した。（*Ibid.* 122頁）

16　"Jung, literature, and literary criticism"（*Ibid.* 255-280頁）

17　投影とは、「人が無意識のうちに自分の観念や特質を他者（あるいはモノ）に賦与する状況を言う。たとえば、自分の無意識に内在する女性的なものに呼応する女性に魅せられた男性は、彼女に恋をする。感覚やイメージや思考は他者に投影されうるのである。人は、否定的な感覚もまた他者に投影する。例えば、ある女性は友人に恨みを持っている、だから彼女の友人は怒っていると想像する」というものだとダウソンは説明している。（*Ibid.* 318頁）

18　*Ibid.* 267頁

19　Stevens, Anthony. *Jung* 33頁　第六章注2参照。

20　Snider, Clifton. "Jungian Theory and Its Literary Application" *The Stuff That Dreams Are Made On An Jungian Interpretation of Literature.* Illinois: Chiron Publications, 1991. 1-28頁（以後同書からの引用は *The Stuff That Dreams Are Made On* 頁数と記す）

21　Snider, Clifton. "Androgyny in Virginia Woolf: Jungian Interpretations of *Orlando* and *The Waves*" *The Stuff That Dreams Are Made On* 87-101頁

22　*Ibid.* 93-94頁

23　ユング, C.G. 著『元型論』林　道義訳　紀伊国屋書店　1999年. 100-101頁

24　ガストン・バシュラールは、1884年にフランス北東部シャンパーニュ地方で生まれ、電信技師として苦学を重ねながら、数理科の学士号と電信技師の資格を取った。1919年、35歳の時に改めて大学に入学し直して哲学を専攻した。1920年には学士号を取り、1927年『近似的認識についての試論』および『物理学の一問題の進展についての研究個体における熱の伝播』の二論文によって、ソルボンヌから文学博士の学位を授けられた。1930年にはディジョン大学哲学

科教授に、1940年にはソルボンヌの教授（科学史、科学哲学）に就任した。1916年、その独創的な業績に対して文学大賞を授けられた。1962年逝去。
（バシュラール，G.著『瞬間の直感』掛下栄一郎訳　紀伊国屋書店　1997年. 145-146頁を参考にした。）

25　Givens, Seon (ed.). *James Joyce: Two Decades of Criticism.* New York: The Vanguard Press, 1963. 202頁

26　*The Cambridge Companion to JUNG* xii頁

27　Snider, Clifton. *The Stuff That Dreams Are Made On* 11頁
Individuation means becoming a single, homogeneous being, and, in so far as 'individuality' embraces our inner-most, last, and incomparable uniqueness, it also implies becoming one's own self. We could therefore translate individuation as 'coming to self-hood' or 'self-realization' (*Two Essays on Analytical Psychology,* 1953. 182頁)
Individuationとは、「人が『分割できない個』、つまり独立した、分割できない統一体、すなわち『全体』、になるプロセスを意味する」（*CW* 9i, para. 490）とユングは言っている。この定義にしたがって、『ユング心理学辞典』（A.サミュエルズ、B.ショーター、F.プラウト著　山中康裕監修　創元社　1994年）では'Individuation'は「個性化」と説明・和訳されている。（52-55頁）

28　Snider, Clifton. *The Stuff That Dreams Are Made On* 12頁

29　*The Cambridge Companion to JUNG* 99頁参照

30　Snider, Clifton. *The Stuff That Dreams Are Made On* 12頁

31　*Ibid.* 14頁

32　*The Cambridge Companion to JUNG* 53頁

33　*Ibid.* 270頁

34　*Ibid.* 255頁

35　代表的な「元型」批評家であるNonthrop Fryeの文学批評についてスナイダーは、フライ自身が創り上げたという点でユングの文学理論と同じように文学の「外」のものであり、だからといってどちらの理論も正当性や妥当性に傷がつくわけではない、とする。スナイダーはまた、フライは元型を「ある詩と他の詩を結ぶシンボルで、我々の文学的な経験を統合し統一する助けとなる」と定義し、元型を文学に限定することによって元型の宇宙を縮小しているが、ユング批評は、文学に見られる元型のイメージを形作っているものはあらゆる人々にとって精神的な意味を持つイメージやシンボルの大きな複合体の部分だ、

ということがわかっている、としている。(*The Stuff That Dreams Are Made On* 4頁)

主要な批評学派の分類についてまとめられた『知の教科書　批評理論』(丹治愛編　講談社　2003年)でも、ノンスロップ・フライの元型批評とユング批評とは異なることが、「……フライは、『原型』が蓄積されている場所としてユングの『集合的無意識』の存在をかならずしも認めてはいません。『原型』はまずはテクスト上に存在しているものだったのです」(15頁) と記されている。

36　Snider, Clifton. *The Stuff That Dreams Are Made On*　1頁
37　*Ibid.*　3頁
38　*The Cambridge Companion to JUNG*　89頁
39　*Ibid.*　91頁
40　*Ibid.*　92頁
41　*Ibid.*　94頁
42　*Ibid.*　95頁
43　*Ibid.*　99-100頁
44　*Ibid.*　103頁
45　*Ibid.*　105頁
46　*Ibid.*　109-110頁
47　*Ibid.*　113-114頁
48　*Ibid.*　115-116頁
49　*Ibid.*　119-120頁
50　発達学派にはいくつかの流れがある。以下はその流れについて説明したものである。クライン (Melanie Klein)、ビヨン (Wilfred Bion)、ウィニコット (Donald Winnicott)、ボウルビイ (John Bowlby) を含む傑出した医師や理論家が、1940年代以降ロンドンの英国心理分析協会 (British Psycho-Analytical Society) のなかに英国対象関係学派 (British object relations school) (*Ibid.* 123-128) の基礎をつくった。(*Ibid.* 123頁) またこれとは別に、1940年代にロンドンのタヴィストック診療所 (1948年から) と幼児観察研究の精神分析学研究所 (Institute of Psycho-Analysis) (1960年から) でも、緊密に連携して研究をすすめる伝統が育っていた。1970年代はじめにタヴィストック診療所出身者に指導を受けたグループに、児童の分析研究にすでに経験のあるフォーダム (Michael Fordham) 博士が加わり、分析心理学協会 (Society of Analytical Psychology) で、近年では英国精神療法協会ユング分析訓練過程による研究グループができた。(*Ibid.* 133頁)

ユング学派の臨床医は、クラインの展開が幼児期の精神分析的調査の最適な方法であることを見いだした。身体あるいは本能に基づく経験というクラインの考えは、元型を通じて現れる本能的な経験に基づく深い心の構造の存在に関するユングの発見に呼応したのである。ユングは身体に基づく経験の心のイメージを元型と呼び、クラインはそれらを部分対象（part object）と呼んだ。（*Ibid.* 124頁）クラインやウィニコット、ビオン等の研究とフォーダム・モデルの関連により、ユング派心理学研究のなかに児童発達の研究が設けられることとなり、フォーダムは分析心理学の「ロンドン発達学派」（London developmental school）として現在言及されるものの基盤を形成する臨床的及び理論的理解に貢献した。（*Ibid.* 134頁）フォーダムは彼の臨床研究から推論し、本来の自己や初期の統合を仮定することによって、ユングがまず述べる自己の概念は、幼児の発達に変えられ基礎となることを示したのである。（*Ibid.* 135頁）脱統合（deintegration）と再統合（reintegration）のプロセスを通して、いかにして精神が時間を経て深さと同一性（identity）とを生じるか、ということをフォーダムのモデルが示すのを、多くのロンドン・ユング学派は見いだしている。（*Ibid.* 137頁）

51　*Ibid.* 124頁

52　*Ibid.* 89頁　なお、サーマン（Sherry Salman）は、ユングのモデルを構成しているのは分離と the Self という二つの「反意」（opposites）であり、これが三つの方向に分離し、古典学派は自己（the Self）に、元型学派は心理の分離に、発達学派は無意識からの個別化の過程に、それぞれ重点を置いた、とする。（*Ibid.* 63頁）

53　スナイダーは、元型については、次のように述べている。

元型とは単なる仮説である。それは証明できないし、元型の意味を完全に知ることもできない。ただ、わかっているのは、元型の中心的な特徴がその二元性にあることである。それはいつも陽（positive）のそして陰（negative）の趣を持っているということだ。元型は、精神（psyche）の不均衡が引き起こされたときにはいつでも、イメージやシンボルを生み出すために個人の中で活動する。元型は独特の自立性を示すものなのである。従って個人は、不均衡を補おうとする元型的な夢やファンタジー（単に個人に対置するものとしての）をもつのである。同様のことが、共同体（それはいつも集合的意識をもっているのだが）についても言える。もし大勢のグループの集合的意識あるいは集合的無意識に不均衡が生じると、元型的なイメージが神話や民話やもっと形の整った文学に

あらわれる。(Snider, Clifton. *The Stuff That Dreams Are Made On* 3頁)
当代のユング理論の信奉者エディンガー（Edward F. Edinger）は「精神（psyche）に対する元型とは、身体に対する本能である」と言っている。(*Ibid.* 5頁)

54 *Ibid.* 3頁
55 *The Cambridge Companion to JUNG* 276頁参照
56 Thakur, N. C. *The Symbolism of Virginia Woolf.* London: Oxford University Press, 1965. 92頁
57 J. L. ボルヘス, M. D. バスケス著『ボルヘスのイギリス文学講義』中村健二訳　国書刊行会　2001年. 140頁
58 Bowlby, Rachel. ed. & inst. *Virginia Woolf.* London & New York: Longman, 1992. 168頁
59 ユングの「心理学」は、フロイトの精神分析学（*psychoanalysis*）や学問としての純粋科学である実験心理学（*experimental psychology*）と区別するために、分析心理学（*analytical psychology*）と一般に呼ばれている。(Stevens, Anthony. *Jung* XII頁)
60 Hussey, Mark. *Virginia Woolf A to Z: A Comprehensive Reference for Students, Teachers, and Common Readers to Her Life, Work and Critical Reception.* New York: Facts On File, 1995. 224頁　ただし、*Virginia Woolf A to Z* では、フロイトに関する言及は皆無である。
61 Jung, C. G. 1934a Siegmund Freud in his historical setting. *CW* 15: 33-40. Princeton, N. J.: Princeton University Press, 1966. 39頁
62 Snider, Clifton. *The Stuff That Dreams Are Made On* 6頁
63 Jung, C. G. 1931a. On the relation of analytical psychology to poetry. *CW* 15: 65-83. Princeton, N. J.: Princeton University Press, 1966. 75頁
64 *Ibid.* 86頁
65 *The Cambridge Companion to JUNG* 92頁
66 Snider, Clifton. *The Stuff That Dreams Are Made On* 14頁
67 *The Cambridge Companion to JUNG* 99-100頁

第二章　ウルフとユング

1 We are the words; we are the music; we are the thing itself ... (Woolf, Virginia. "A Sketch of the Past". *Moments of Being* 72頁)

注

2　'Modern Novels'（1919）は、1925年に *The Common Reader* に収録して発表された 'Modern Fiction' と混同されがちだが、この二つは同じものというよりは、'Modern Fiction' が 'Modern Novels' の論旨を強調し、より正確に断定的に自己の立場を表現したものである。(Tadanobu Sakamoto, ' "Modern Novels" and "Modern Fiction" ― A Study of Some Discrepancies ― '『英文学研究』（日本英文学会）43巻2号　1967年．215-228頁)

3　The mind, exposed to the ordinary course of life, receives upon its surface a myriad impressions ― trivial, fantastic, evanescent, or engraved with the sharpness of steel. From all sides they come, an incessant shower of innumerable atoms, composing in their sum what we might venture to call life itself: and to figure further as the semi-transparent envelope, or luminous halo, surrounding us from the beginning of consciousness to the end. Is it not perhaps the chief task of the novelist to convey this incessantly varying spirit with whatever stress or sudden deviation it may display, and as little admixture of the alien and external as possible? ("Modern Novels", underline not in the original) (*TLS*. April 10. 1919. 189.)

4　Look within and life, it seems, is very far from being 'like this'. Examine for a moment an ordinary mind on an ordinary day. The mind receives a myriad impressions ― trivial, fantastic, evanescent, or engraved with the sharpness of steel. From all sides they come, an incessant shower of innumerable atoms; and as they fall, as they shape themselves into the life of Monday or Tuesday, the accent falls differently from of old; the moment of importance came not here but there ... Life is not a series of gig lamps symmetrically arranged; life is a luminous halo, a semi-transparent envelope surrounding us from the beginning of consciousness to the end. Is it not the task of the novelist to convey this incessantly varying, this unknown and uncircumscribed spirit, whatever aberration or complexity it may display, with as little mixture of the alien and external as possible?　(Woolf, Virginia. "Modern Fiction" *Collected Essays Vol. 2*. New York: Harcourt, Brace & World, Inc., 1967. 106頁)

5　Locke, John. *An Essay Concerning Human Understanding*. London: Penguin Books, 1997. 158頁

6　The senses at first let in particular ideas, and furnish the yet empty cabinet: and the mind by degrees growing familiar with some of them, they are lodged in the memory, and names got to them. (*Ibid.* 65頁)

ロックは心を白紙の状態 (tabla rasa) ととらえたが、ユングは経験に出会い反応するとき、その人個有の対応をする、ととらえていたと、ハートは指摘している。(*The Cambridge Companion to JUNG* 90-91頁)
7 Richter, Harvena. *Virginia Woolf The Inward Voyage*. Princeton University Press, 1970. ⅷ頁
8 "the importance of the physical *angle of vision* at which an object is seen in determining our subjective experience of it" (Moore, G. E. *Philosophical Studies*. New York: Harcourt Brace, 1922. 185-196頁)
9 distinguishing between individual and universal modes of perception (*Ibid*. 31-96頁)
10 *Ibid*. 155頁 & 172-175頁
11 Richter, Harvena. *Virginia Woolf The Inward Voyage* 21頁
12 坂本公延著『ブルームズベリーの群像 創造と愛の日々』研究社 1995年. 103-107頁参照
13 Richter, Harvena. *Virginia Woolf The Inward Voyage* 19頁
14 Woolf, Virginia. Nigel Nicolson Ed. *The Letters of Virginia Woolf Vol.1 1888-1912*. New York: Harcourt Brace Jovanovich, 1975. 340頁 & 364頁
15 Woolf, Leonard. *The Journey not the Arrival Matters*. London: The Hogarth Press, 1970. 49頁
16 Moore, G. E. *Philosophical Studies* 20頁
17 "Modern Novels" と "Modern Fiction" については、「ヴァージニア・ウルフ研究」創刊号の巻頭論文として、吉田安雄氏の考察がある。この考察で吉田氏はアレン (Allen, Walter. *The English Novel*. London: Phoenix House, 1954. 330頁) とリヒター (Richter, Harvena. *Virginia Woolf The Inward Voyage* 9-10頁) が "halo" という言葉を W. ジェームズ (William James) が使っている事を指摘している、と述べた上で、1919年当時、ブルームズベリー・グループのようなインテリ階級ではこの言葉は常識になっていた、とギゲ (Guiguet, Jean. *Virginia Woolf and Her Works*. Trans. Jean Stewart. London: Hogarth Press, 1965. 33-34頁) の論考を根拠として、ウルフと W. ジェームズの直接的な関連に疑問をなげかけている。(『ヴァージニア・ウルフ研究』創刊号 1984年. 4頁)
なお、James の表記については「ジェイムズ」あるいは「ジェームズ」という二通りの表記があるが、本書では『心理学』(ウィリアム・ジェームズ著 今田寛訳 東京 岩波書店 1993年) で用いられている「ジェームズ」を採用し

た。なお、引用部では「ジェイムズ」となっている場合もある。
18 Richter, Harvena. *Virginia Woolf The Inward Voyage* 21頁
19 *Ibid.* 9-10頁
20 Rationalism sticks to logic and the empyrean. Empiricism sticks to the external senses. Pragmatism is willing to take anything, to follow either logic or the senses, and to count the humblest and most personal experiences. She will count mystical experiences if they have practical consequences. (Rowe, Stephen. *The Vision of JAMES*. London: Vega, 2001. 114頁)

合理論は論理と天上なるものに執着し、経験論は外的な感覚に執着する。プラグマティズムは、どんなものでもすすんで受け入れ、論理にも感覚にも従い、まったく取るに足りない個人的な経験をも考慮に入れる。実際的な結果をもたらすのであれば、超自然的な経験をも検討する。

訳出に当たっては、『ウィリアム・ジェイムズ入門 賢く生きる哲学』（本田理恵訳 日本教文社 平成10年）を参考にした。

21 And throughout his work he fought the separation between thought and action, mind and body, conception and perception ... He discovered and articulated an ecumenical perspective that both encourages our uniqueness and gives us very good reason to celebrate the company of one another. (Rowe, Stephen. *The Vision of JAMES* 10-11頁)

22 同論文を、1912年には自著である *Essays in Radical Empiricism* に収録している。

23 坂本公延著『ブルームズベリーの群像 創造と愛の日々』4頁

24 Consciousness, then, does not appear to itself chopped up in bits. Such words as 'chain' or 'train' do not describe it fitly as it presents itself in the first instance. It is nothing jointed; it flows. A 'river' or a 'stream' are the metaphors by which it is most naturally described. *In talking of it hereafter, let us call it the stream of thought, of consciousness, or of subjective life.* (James, Williams. *The Principles of Psychology*. New York: Dover Publications, 1950. 239頁)

日本語に訳すにあたっては、ウィリアム・ジェームズが *The Principles of Psychology* を短縮して教科書として使いやすくした *Psychology: Brief Course*（1892年）を翻訳したジェームズ, ウィリアム著『心理学 上』今田 寛訳（岩波書店 1993年.）222頁を参考にした。

25 What must be admitted is that the definite images of traditional psychology form

but the very smallest part of our minds as they actually live. The traditional psychology talks like one who should say a river consists of nothing but pailsful, spoonful, quartpotsful, barrelsful, and other moulded forms of water. Even were the pails and the pots all actually standing in the stream, still between them the free water would continue to flow. It is just this free water of consciousness that psychologists resolutely overlook. Every definite image in the mind is steeped and dyed in the free water that flows round it. With it goes the sense of its relations, near and remote, the dying echo of whence it came to us, the dawning sense of whither it is to lead. The significance, the value, of the image is all in this halo or penumbra that surrounds and escorts it, — or rather that is fused into one with it and has become bone of its bone and flesh of its flesh; leaving it, it is true, an image of the same *thing* it was before, but making it an image of that thing newly taken and freshly understood. (*Ibid.* 255頁)

26　so the sense of the whither, the foretaste of the terminus, must be due to the waxing excitement of tracts or prosesses ... (*Ibid.* 257頁)
日本語訳はジェイムズ, ウィリアム著『心理学　上』今田　寛訳　231頁を参考にした。

27　Let us use the words *psychic overtone, suffusion*, or *fringe*, to designate the influence of a faint brain-process upon our thought ... (*Ibid.* 258頁)

28　ユング, C. G. 著『元型論』林　道義訳　紀伊国屋書店　1999年．44頁

29　*Ibid.* 46頁

30　この文章には長い注がついている。冒頭で「ジェイムズは意識の『周辺を越えた場』についても述べており、これを、イギリス心霊研究学会の創設者の一人であるフレデリック・W. H. マイアーの『識閾下の意識』と同一視している」ことについて、意識と無意識とのかかわりに関するジェームズの理解について著者のユングは次のように述べている。「……私たちは意識の周辺に含まれているものにはあまり注意を払わないが、それにもかかわらず、それはそこに存在しているのであって……あたかも『磁場』のように私たちの周辺にあり、この磁場内で、私たちのエネルギーの中心は、意識の現在段階が次の段階に移行するにつれて、あたかも磁針のように回転する。私たちの過去の記憶の全蓄積はこの周辺のかなたに漂っており、ちょっと触れただけで、すぐに入ってこようと身構えているのである。……わたしたちの意識的生活のどの瞬間においても、現実的にあるものと、ただ潜在しているだけのものとのあいだに引かれる境界線は実にぼんやりとしているので、ある種の心的要素については、私た

ちがそれを意識しているか否かを語ることは、つねに困難である。」(*Ibid*.「IX 心の本質についての理論的考察」の註45参照 406頁)

31 　*Ibid*. 316頁

32 　ユングは、心の障害の本質を人間のこころ全体の枠組の中でとらえることを学んだのは、ジュネーブの哲学者テーオドール・フルールノワとウィリアム・ジェイムズという二人の著書である、と述べている。(*Ibid*. 79頁)
その他にも、ユングは『タイプ論』の中で、ジェイムズの『プラグマティズム』(1907) の中の「軟らかい心—硬い心」(Tender-minded、Tough-minded) という概念が内向性—外向性に当たると論じている。(*Ibid*.「I　集合的無意識の概念」の註10参照 438頁)

33 　ユングは、「元型」という項目の中で宗教的理念と両親との関係の理解に関してフロイトの理解に批判的言を述べている。(*Ibid*.「III　元型—とくにアニマ概念をめぐって」の註19, 20, 21参照 439頁)

34 　*Ibid*. 100-101頁

35 　It was one's body feeling, not one's mind. (Woolf, Virginia. *To the Lighthouse*. London: Hogarth Press, 1977. 275頁)

36 　But what she wished to get hold of was that very jar on the nerves, the thing itself before it has been made anything. (*Ibid*. 297頁)

37 　One wanted fifty pairs of eyes to see with, she reflected. Fifty pairs of eyes were not enough to get round that one woman with, she thought. Among them must be one that was stone blind to her beauty. (*Ibid*. 303頁)

第三章　『船出』——表向きの部屋と背後の部屋

1 　Woolf, Virginia. *The Voyage Out*. London: Hogarth, 1990. 80頁

2 　To feel anything strongly was to create an abyss between oneself and others who feel strongly perhaps but differently. (*Ibid*. 30頁)

3 　... the image of a lean black widow, gazing out of her window, and longing for some one to talk to ... (*Ibid*. 63頁)

4 　... a human being is not a set of compartments, but an organism. Imagination, Miss Vinrace ... conceive the state as a complicated machine; we citizens are parts of that machine. (*Ibid*. 63頁)

5 　Still, there's the mind of the widow — the affections; those you leave untouched.

(*Ibid.* 63頁)

6 I think I had a conception, but I don't think it made itself felt. What I wanted to do was to give the feeling of a vast tumult of life ... (Woolf, Virginia. *Virginia Woolf and Lytton Strachey: Letters.* Ed. Leonard Woolf & James Strachey. London: Hogarth, 1956. 57頁)

7 坂本公延著『ヴァージニア・ウルフ　小説の秘密』研究社　1978年．30頁

8 Shakespeare 作　*Macbeth* より

    ... Out, out brief candle!
 Life's but a walking shadow, a poor player,
 That struts and frets his hour upon the stage,
 And then is heard no more; It is a tale
 Told by an idiot, full of sound and fury,
  signifying nothing. (Act V, Sc. 5.)

9 Across his eyes passed a procession of objects black and indistinct, the figure of the people picking up their books, their cards, their balls of wool, their work-baskets, and passing him one after another on their way to bed. (*The Voyage Out* 398頁)

10 The narrative calls Hirst by his Christian name now (the creation in the gospel of John is not of the world, but the Word.) (Harper, Howard. *Between Language and Silence: The Novels of Virginia Woolf.* Baton Rouge & London: Louisiana State UP, 1982. 55頁)

11 *Ibid.* 56頁

12 You can't see my bubble; I can't see yours; all we see of each other is a speck, like the wick in the middle of that flame. The flame goes about with us everywhere; it's not ourselves exactly, but what we feel; the world is short, or people mainly; all kinds of people. (*The Voyage Out* 110頁)

13 The lamps were lit; their lustre reflected itself in the polished wood ... (Woolf, Virginia. *Night and Day.* London: Hogarth, 1990. 483頁)

14 She thought how obscure he still was to her, save only that more and more constantly he appeared to her a fire burning through its smoke, a source of life. (*Ibid.* 485頁)

15 the semi-transparent envelope, or luminous halo, surrounding us from the beginning of consciousness to the end. (Woolf, Virginia. "Modern Novels." *TLS.* April 10. 1919. 189.)

16 You could draw circles round the whole lot of them, and they'd never stray outside. (*The Voyage Out* 108頁)
17 I say everything's different. No two people are in the least the same. (*Ibid.* 108頁)
18 And all those people down there going to sleep ... thinking such different things ... (*Ibid.* 174頁)
19 The recurrent room-window symbolism is simply another way for Mrs. Woolf to state the unresolved tension between two worlds of experience that is the source of her art. On the one hand is the world of the self, the time-bound, landlocked, everyday world of the masculine ego, of intellect and routine, where people live in fear of death, and where separations imposed by time and space result in agony. On the other hand is a world without a self — watery, emotional, erotic, generally associated with the feminine sensibility — where all of life seems blended together in a kind of "halo," where the individual personality is continually being dissolved by intimations of eternity, and where death reminds us of a sexual union. (Naremore, James. *The World Without a Self: Virginia Woolf and the Novel*. New Haven and London: Yale UP, 1973. 245頁)
20 Throughout her fiction and essays, Virginia Woolf uses the room as an objectification of individual personality, to suggest the ultimate isolation of the individual ego, bound in by walls. (*Ibid.* 243頁)
21 Meisel, Perry. *The Absent Father: Virginia Woolf and Walter Pater*. New Haven and London: Yale UP, 1980. 182頁
22 Minow-Pinkney, Makiko. *Virginia Woolf and the Problem of the Subject*. Brighton: Harvester, 1987. 66頁
23 DeBattista, Maria. *Virginia Woolf's Major Novels: The Fables of Anon*. New Haven: Yale UP, 1980. 37頁
24 Usui, Masami. *Search for Space: Transformation from House as Ideology to Home and Room as Mythology in Virginia Woolf's Novels*. Diss. Michigan State University, 1989. Ann Arbor: UMI, 1989. 362-363頁
25 *The Voyage Out* 100頁
26 the largest room in the hotel, which was supplied with four windows, and was called the Lounge, although it was really a hall ... (*Ibid.* 101頁)
27 The conversation in these circumstances was very gentle, fragmentary, and

intermittent, but the room was full of the indescribable stir of life. (*Ibid.* 393頁)
28　Jung, C. G. *Contributions to Analytical Psychology.* Trans. H. G. & Cary F. Baynes. New York: Harcourt, Brace, 1928 (Bollingen Series, Vol. XV) 118-119頁
29　... there is ground for taking the houses as a *tool for analysis* of the human soul ... Not only our memories, but the things we have forgotten are "housed." Our soul is an abode. And by remembering "houses" and "rooms," we learn to "abide" within ourselves. (Bachelard, Gaston. *The Poetics of Space.* 1958. Trans. Maria Jolas. Boston: Beacon, 1994. xxxvii 頁)
30　To Jung, the house was an image of the psyche. (Stevens, Anthony. *Jung* 32-33 頁)
31　I dreamed once more that my house had a large wing which I had never visited. I resolved to look at it, and finally entered. I came to a big double door. When I opended it, I found myself in a room set up as a laboratory ... This was my father's workroom. However, he was not there. On shelves along the walls stood hundreds of bottles containing every imaginable sort of fish ... Then I myself went, and found a door which led to my mother's room. There was no one in it ... The room was very large, and suspended from the ceiling were two rows of five chests each, hanging about two feet above the floor. They looked like small garden pavilions ... I knew that this was the room where my mother, who in reality had long been dead, was visited ... Opposite my mother's room was a door. I opened it and entered a vast hall; it reminded me of the lobby of a large hotel ... A brass band was playing loudly; I had heard music all along in the background, but without knowing where it came from. There was no one in the hall except the brass band blaring forth dance tunes and marches. The brass band in the hotel lobby suggested ostentatious jollity and worldliness. No one would have guessed that behind this loud facade was the other world, also located in the same building. The dream-image of the lobby was, as it were, a caricature of my bonhomie or worldly joviality. But this was only the outside aspect; behind it lay something quite different, which could not be investigated in the blare of the band music: the fish laboratory and the hanging pavilions for spirits. Both were awesome places in which a mysterious silence prevailed. In them I had the feeling: Here is the dwelling of night; whereas the lobby stood for the daylight world and its superficialitiy. (Jung, C. G. *Memories, Dreams, Reflections.* 213-214頁) ユングは上記の記述の少し後に、「同じ夢の中で私の母は別離した心の守護者であることは、同じく注目に値する」

(It is equally remarkable that in the same dream my mother was a guardian of departed spirits.) と述べている。(*Ibid.* 214頁)

Carl G. Jung 著 *Memories, Dreams, Reflections* の日本語への訳出に際しては、『ユング自伝―思い出・夢・思想―』I、II（ヤッフェ編　河合隼雄・藤縄　昭・出井淑子訳　みすず書房　2000年）を参考にした。

32　Jung, C. G. *Memories, Dreams, Reflections* 214頁

33　Why, she reflected, should there be this perpetual disparity between the thought and the action, between the life of solitude and the life of society, this astonishing precipice on one side of which the soul was active and in broad daylight, on the other side of which it was contemplative and dark as night? (*Night and Day* 325頁)

34　How little we can communicate! ... This reticence ―this isolation ―that's what's the matter with modern life! (*The Voyage Out* 73頁)

35　*Ibid.* 104頁

36　In population it is a happy compromise, for Portuguese fathers wed Indian mothers, and their children intermarry with the Spanish. (*Ibid.* 89-90頁)

37　They talk to one as if they were equals. As far as I can tell there are no aristocrats. Here the servants are human beings. (*Ibid.* 96頁)

38　Beresford, J. D. "Experiment in the Novel." *Tradition and Experiment in Present ―Day Literature.* New York: Haskell House, 1966. 51頁

39　the heart of the night (*The Voyage Out* 282頁)

40　The great darkness had the usual effect of taking away all desire for communication by making their words thin and small;... they clustered together... looking at the same spot of deep gloom on the banks. (*Ibid.* 282頁)

41　There were sudden cries; and then long spaces of silence, such as there are in a cathedral when a boy's voice has ceased and the echo of it still seems to haunt about the remote places of the roof. (*Ibid.* 285頁)

42　he had written twenty lines of his poem on God, and the awful thing was that he'd practically proved the fact that God exist. (*Ibid.* 296頁)

43　*Ibid.* 244頁

44　While all her tormentors thought that she was dead, she was not dead, but curled up at the bottom of the sea. There she lay, sometimes seeing darkness, sometimes light, while every now and then some one turned her over at the bottom of the sea. (*Ibid.* 363頁)

45　Rosenman, Ellen Bayuk. *The Invisible Presence: Virginia Woolf and the Mother-Daughter Relationship*. Baton Rouge and London: Louisiana State UP, 1986. 25頁

46　I think I had a conception, but I don't think it made itself felt. What I wanted to do was to give the feeling of a vast tumult of life, as various and disorderly as possible, which shoul be cut short for a moment by the death, and go on again — which Forster says I didn't do. (*Virginia Woolf and Lytton Strachey: Letters* 57頁) 注6に同じ

47　Perhaps she was aware that the heart of her fiction was silence. (Naremore, James. *The World Without a Self: Virginia Woolf and the Novel* 246頁)

第四章　『夜と昼』――女性の三つの部屋

1　Woolf, Virginia. "Modern Fiction". *Collected Essays Vol 2*. New York: Harcourt, Brace & World, Inc., 1967. 104-107頁

2　Woolf, Virginia. "A Sketch of the Past". *Moments of Being*. 70頁

3　「過去のスケッチ」("A Sketch of the Past") の最初の辺りでは、beingを「思い出」、non-beingを「現在」、と述べている。

4　Everyday includes much more non-being than being ... When it is a bad day the proportion of non-being is much larger ... The real novelist can somehow convey both sorts of being. I think Jane Austen can; and Trollope; perhaps Thackeray and Dickens and Tolsty. I have never been able to do both. I tried — in *Night and Day*; and in *The Years*. ("A Sketch of the Past" *Moments of Being* 70頁)

5　Smith, Lenora Penna. "Rooms and the Construction of the Feminine Self" in *Virginia Woolf: Themes and Variations Selected Papers from the Second Annual Conference on Virginia Woolf*. Ed. Vara Neverow-Turk and Mark Husssey. New York: Pace U P., 1993. 217頁

6　She ... killed herself one winter's night and lies buried at some cross-roads where the omnibuses now stop outside the Elephant and Castle (Woolf, Virginia. *A Room of One's Own and Three Guineas*. London: The Hogarth Press, 1984. 45頁)

7　Perhaps she scribbled some pages up in an apple loft on the sly ... (*Ibid*. 44頁)

8　It appeared that nobody ever said a thing they meant, or ever talked of a feelling they felt ... (*The Voyage Out* 30頁)

9　*Ibid.* 170-172頁

10　She ... caressing them for flowers and even pebbles in the earth had their own life and disposition, and brought back the feelings of a child to whom they were companions. (*Ibid.* 180頁)

11　the very words of books were steeped in radiance (*Ibid.* 181頁)

12　curled up at the bottom of the sea (*Ibid.* 363頁)

13　Perhaps she was aware that the heart of her fiction was silence. (Naremore, James. *The World Without a Seplf: Virginia Woolf and the Novel* 246頁)

14　... she had no aptitude for literature. She did not like phrases. She had even some natural antipathy to that process of self-examination, that perpetual effort to understand one's own feeling, and express it beautifully, fitly, or energetically in language ... She was, on the contrary, inclined to be silent; she shrank from expressing herself even in talk, let alone in writing. (Woolf, Virginia. *Night and Day*. 1919. London: Hogarth, 1990. 35頁)

Night and Day の日本語訳出にあたっては、『夜と昼』(亀井規子訳　みすず書房 1987年) を参考にした。

15　*Ibid.* 35頁

16　But try thinking of Katharine [Hilbery] as Vanessa, not me; and suppose her concealing a passion for painting as forced to go into society ... (Woolf, Virginia. *The Letters of Virginia Woolf. Vol. 2.* Ed. Nigel Nicolson and Joanne Trautmann. New York: Harcourt Brace Jovanovich, 1976. 400頁)

17　It was a place where feelings were liberated from the constraint which the real world puts upon them; and the process of awakenment was always marked by resignation and a kind of stoical acceptance of facts. (*Night and Day* 131頁)

18　It was only at night, indeed, that she felt secure enough from surprise to concentrate her mind to the utmost. (*Ibid.* 37頁)

19　as she looked up the pupils of her eyes so dilated with starlight that the whole of her seemed dissolved in silver and spilt over the ledges of the stars for ever and ever indefinitely through space. (*Ibid.* 184頁)

20　To read poetry is essentially to daydream. (Bachelard, Gaston. *The Poetics of Space* 17頁)

21　in her mind mathemataics were directly opposed to literature (*Night and Day* 37頁)

22 Leonardi, Susan J. "Bare Placea and Ancient Blemishes: Virginia Woolf's Search for New Language in *Night and Day*", *Novel,* 19, Winter 1986: 150-163. *Virginia Woolf Critical Assessments. Vol. 3* 146頁

23 *Ibid.* 153頁

24 *Ibid.*

25 Squier, Susan Merrill. "Transition and Revision: The Classic City Novel and Virginia Woolf's *Night and Day*", *Women Writers and the City: Essays in Feminist Literary Criticism,* ed. Susan Merrill Squier, Knoxsville, 1984: 114-133. *Virginia Woolf Critical Assessments. Vol. 4* 127頁

26 She looked back meditatively upon her past life ... When she thought of their day it seemed to her that it was cut into four pieces by their meals. (*The Voyage Out* 222頁)

27 *Night and Day* 325頁

28 a room cut off from the rest of the house, large, private — in which she could play, read, think, defy the world, a fortress as well as a sanctuary (*The Voyage Out* 125頁)

29 Rosenman, Ellen Bayuk. *The Invisible Presence: Virginia Woolf and the Mother-Datughter Relationship* 31頁

30 Richter, Harvena. *Virginia Woolf: The Inward Voyage* 17頁

31 in and out of rooms, in and out of people's minds (*The Voyage Out* 275頁)

32 Intellectual freedom depends upon material things. Poetry depends upon intellectual freedom. (*A Room of One's Own and Three Guineas* 101頁)

33 The division in our life was curious. Downstairs there was pure convention: upstairs pure intellect. But there was no connenction between them. ("A Sketch of the Past" *Moments of Being* 135頁)

34 Mansfield, Katherine. "A Ship Comes into the Harbour" *Athenaeum,* 156, 21 November 1919: 1227. Rpr. *Virginia Woolf Critical Assessments. Vol. 3* 110頁

35 Forster, E. M. 'Virginia Woolf' (The Rede Lecture 1941) *Two Cheers for Democracy.* London, 1942. Rpr. *Virginia Woolf Critical Assessments. Vol. 1* 116頁

36 *Night and Day* 137頁

37 *Ibid.* 117頁

38 ジェイン・オースティンが小説を書いたとき、自分の部屋をもっていたわけではなく、家族の共有の居間で書いたこと、そして、他の人が部屋に入って

きたときには、原稿となる紙切れをかくしたり、吸いとり紙の下に入れたりしたことを、ウルフは述べている。(*A Room of One's Own and Three Guineas* 62頁)

39　Why, she reflected, should there be this perpetual disparity between the thought and the action, between the life of solitude and the life of society, this astonishing precipice on one side of which the soul was active and in broad daylight, on the other side of which it was contemplative and dark as night? (*Night and Day* 325頁)

40　Stevens, Anthony. *Jung* 32-33頁

41　Here is the dwellilng of night; whereas the lobby stood for the daylight world and its superficiality. (Jung, C. G. *Memories, Dreams, Reflections* 214頁)

42　His endeavour, for many years, had been to contol the spirit, and at the age of twenty-nine he thought he could pride himself upon a life rigidly divided into the hours of work and those of dreams; the two lived side by side without harming each other. (*Night and Day* 117頁)

43　the facts that not only was the house of excruciating ugliness, which Ralph bore without complaint, but that it was evident that every one depended on him, and he had a room at the top of the house, with a wonderful view over London, and a rook. (*Ibid.* 463頁)

44　But instead of of settling down to think, he rose, took a small piece of cardboard marked in large letters with the word OUT, and hung it upon the handle of his door. (*Ibid.* 19頁)

45　Klein, Kathleen Gregory. "A common Sitting Room: Virginia Woolf's Critique of Women Writers." *Virginia Woolf Centenial Essays.* Ed. Aleaine K. Ginsberg and Laura Moss Gottlieb. New York: The Whitson, 1983. 214頁

46　I've dreamt about you; I've thought of nothing but you; you represent to me the only reality in the world. (*Night and Day* 284頁)

47　she was in fancy looking up through a telescope at white shadow-cleft disks which were other worlds, until she felt herself possessed of two bodies, one walking by the river with Denham, the other concentrated to a silver globe aloft in the fine blue space above the scum of vapours that was covering the visible world. (*Ibid.* 287頁)

48　Cumings, Melinda Feldt. "*Night and Day*: Virginia Woolf's Visionary Synthesis of Reality". *Modern Fiction Studies,* 18, Autumn 1972: 339-349. Rpr. *Virginia Woolf Critical Assessments. Vol. 3* 122頁

49　Having absorbed the unwelcome thought, her mind went on with additional vigour, derived from the victory ... And yet it was broad daylight; there were sounds of knocking and sweeping, which proved that living people were at work on the other side of the door and the door, which could be thrown open in a second, was her only protection against the world. But she had somehow risen to be mistress in her own kingdom; assuming her sovereignty unconscioulsy. (*Night and Day* 461頁)

50 Snider, Clifton. *The Stuff That Dreams Are Made On* 11頁 (*Two Essays on Analytical Psychology,* 1953. 182頁)

51 *The Cambridge Companion to JUNG* 99頁

52 ... give her a room of her own and five hundred a year, let her speak her mind and leave out half that she now puts in, and she will write a better book one of these days. She will be a poet ... (*A Room of One's Own and Three Guineas* 88頁)

53 *Night and Day* 470頁

54 These narrow bricks prove that it is five hundred years old ... they may have said six. (*Ibid.* 177頁)

55 She seemed a compound of the autumn leaves and the winter sunshine ... she showed both gentleness and strength ... (*Ibid.* 155頁)

56 Being, as they were, rather large and conveniently situated in a street mostly dedicated to offices off the Strand, people who wished to meet ... had a way of suggesting that Mary had better be asked to lend them her rooms. (*Ibid.* 39頁)

57 She would lend her room, but only on condition that all the arrangements were made by her. (*Ibid.*)

58 she was brown-eyed, a little clumsy in movement, and suggested country birth and a descent from respectable hard-working ancesters, who had been men of faith and integrity ... (*Ibid.* 40頁)

59 *Ibid.* 39頁

60 *Ibid.* 68頁

61 *Ibid.* 69頁

62 Hussey, Mark. *Virginia Woolf A to Z: A Comprehensive Reference for Students, Teachers, and Common Readers to Her Life, Work and Critical Reception* 188頁

63 expressing herself very clearly in phrases which bore distantly the taint of the platform (*Night and Day* 121頁)

64 Her vision ... needed a persistent effort of thought, stimulated in this strange way by the crowd and the noise ... (*Ibid.* 246-247頁)

注

65　ブリッグス（Julia Briggs）は、「現代小説論」を TLS に発表した1919年に発表した『夜と昼』は、現実と架空の区別がまだできていないとしている。
("Night and Day: The Marriage of Dreams and Realities" *Reading Virginia Woolf*. Edinburgh: Edinburgh University Press, 2006. 60頁)
66　坂本公延著『ヴァージニア・ウルフ　小説の秘密』研究社　1978年．75頁
67　"A Sketch of the Past" *Moments of Being* 70頁
68　Hafly, James. *The Glass Roof: Virginia Woolf as Novelist*. London: Russell & Russell, 1963. 27頁
69　Lee, Harmione. *The Novels of Virginia Woolf*. London: Methuen, 1977. 70頁
70　Harper, Howard. *Between Language and Silence: The Novels of Virginia Woolf* 84頁

第五章　『ジェイコブの部屋』――男性の部屋

1　絵画作品や写真や音楽との関連で論じられることのある『ジェイコブの部屋』について、20世紀初頭に分野を超えて起こった芸術運動との関わり、特に現代芸術の巨匠として知られるパブロ・ピカソの作品と『ジェイコブの部屋』との関わりを、下記の論考で考察した。「Virginia Woolf と Picasso ―『ジェイコブの部屋』に見る『動き』」(広島女学院大学大学院言語文化論叢　第2号　1999年3月　53-70頁)
2　「グレート・アーティスト」第5巻　ピカソ　同朋社出版　17頁
3　What the unity shall be I have yet to discover: the theme is a blank to me; but I see immense possibilities in the form I hit upon more or less by chance 2 weeks ago.
(Woolf, Virginia. *The Diary of Virginia Woolf. Vol. 2*. Ed. Anne Olivier Bell. London: The Hogarth Press, 1978. 14頁)
4　Kazan, Francesca. 'Description and the Pictorial in *Jacob's Room*,' ELH, 55, Fall 1988: 701-19. *Virginia Woolf Critical Assessments. Vol. 3*. Ed. Eleanor MacNees, East Sussex: HELM Information, 1994. 236頁
5　Richter, Hervena. "Hunting the Moth: Virginia Woolf and the Creative Imagination." Ralph Freedman, ed. *Virginia Woolf*. 13-28頁
6　Jung, C. G. *Contributions to Analytical Psychology*. Trans. H. G. & Cary F. Baynes. New York: Harcourt, Brace, 1928. 1-928: 118-9
7　Bachelard, Gaston. *The Poetics of Space*. 1958. xxxvii頁

8　Stevens, Anthony. *Jung* 32-33頁
9　Jung, C. G. *Memories, Dreams, Reflections* 214頁
10　*Ibid.* 214頁
11　*Ibid.*
12　"He left everything just as it was," Bonamy marvelled. "Nothing arranged. All his letters strewn about for anyone to read ... " ... The eighteenth century has its distinction. These houses were built, say, a hundred and fifty years ago. The rooms are shapely, the ceilings high; over the doorways a rose or a ram's skull is carved in the wood. Even the panels, painted in raspberry-coloured paint, have their distinction ... Listless is the air in an empty room, just swelling the curtain; the flowers in the jar shift. One fibre in the wicker arm-chair creaks, though no one sits there. Bonamy crossed to the window. Pickford's van swung down the street. The omnibuses were locked together at Muddy's corner. Engines throbbed, and carters, jamming the brakes down, pulled their horses sharp up. A harsh and unhappy voice cried something unintelligible. And then suddenly all the leaves seemed to raise themselves ... "Such confusion everywhere! "exclaimed Betty Flanders, bursting open the bedroom door ... " What am I to do with these, Mr. Bonamy? "She held out a pair of Jacob's old shoes.
　(Woolf, Virginia. *Jacob's Room.* London: Hogarth. 1990　173頁)
原文を日本語に直す際、『ジェイコブの部屋』(出淵敬子訳　みすず書房　1977年) を参考にした。
13　Marcus, Laura. *Virginia Woolf.* Plymouth UK: Northcote House Publishers Ltd, 1997. 91頁,
　(Noble, Joan Russell (ed.). *Recollections of Virginia Woolf.* London: Peter Owen. 1972. 76頁)
14　*Ibid.* 91頁
15　My doubt is how far it will include enclose the human heart ── Am I sufficiently mistress of my dialogue to net it there? For I figure that the approach will be entirely different this time: no scaffolding; scarcely a brick to be seen; all crepuscular, but the heart, the passion, humour, everything as bright as fire in the mist. (*The Diary of Virginia Woolf. Vol. 2* 13-14頁)
16　Mepham, John. *Virginia Woolf A Literary Life* 76頁
17　Kazan, Francesca. 'Description and the Pictorial in *Jacob's Room*,' ELH, 55, Fall 1988: 701-19. *Virginia Woolf Critical Assessments. Vol. 3* 231頁

18 Mepham, John. *Virginia Woolf A Literary Life* 71頁
19 "I want to write a novel about Silence," he said; "the things people don't say ... (*The Voyage Out* 229頁)
20 *Ibid.* 352-363頁
21 Shaefer, Josephine. *The Three-Fold Nature of Reality*. The Hague: Mouton. 1965. 51頁
22 *Night and Day* 325頁
23 坂本公延著『ヴァージニア・ウルフ 小説の秘密』79頁
24 Harper, Howard. *Between Language and Silence The Novels of Virginia Woolf*. 85頁
25 *Ibid.* 102頁
26 Harper, Howard (*Between Language and Silence The Novels of Virginia Woolf* 102頁) や Minow-Pinkney, Makiko (*Virginia Woolf & The Problem of The Subject* 35頁), Kiely, Robert (' "Jacob's Room": A Study in Still Life.' *Modern Critical Views Virginia Woolf*. Ed. Harold Bloom. New York: Chelsea House Publishers, 1986. 201頁) 等がこのことを指摘している。また、吉田良夫氏は、第14章とケンブリッジのネヴィル・コートの部屋の関連を指摘している(吉田良夫著『ヴァージニア・ウルフ論』葦書房 平成3年. 107-108頁)。
27 "These houses ... were built, say, a hundred and fifty years ago. The rooms are shapely, the ceilings high; over the doorway a rose, or a ram's skull, is carved in the wood. The eighteenth century has its distinction." (*Jacob's Room* 64頁) (第5章)
28 The eighteenth century has its distinction. These houses were built, say, a hundred and fifty years ago. The rooms are shapely, the ceilings high; over the doorways a rose or a ram's skull is carved in the wood. (*Ibid.* 173頁) (第14章)
29 Minow-Pinkney は、ドアに彫られた羊の頭蓋骨は、古典ギリシアやローマの彫刻を復古した18世紀のモチーフだと言う。(*Virginia Woolf & The Problem of The Subject* 32頁)
30 Harper, Howard. *Between Language and Silence The Novels of Virginia Woolf* 102頁
31 "distinguished-looking" (*Jacob's Room* 64頁)
32 矢本貞幹著『イギリス文学思想史』研究社 1974年. 80頁
33 Watt, Ian. *The Rise of the Novel*. Middlesex: Penguin Books. 1963. 16頁
34 志子田光雄著『英国文学史要』金星堂 1992年. 41頁

35　現代美術の色々なグループが、「動き」を作品に取り入れようという芸術思想を宣言した20世紀初頭は、車が各地で走り始めた時代でもあった。ベンツ、ダイムラー、フォード、プジョー、キャデラック等という、現在良く知られている自動車はこのころ開発されており、日本でも1905年に蒸気自動車が走り始めている。車ばかりではなく、飛行機や飛行船もこの頃飛行を始めている。

36　*Jacob's Room*　173頁

37　Woolf, Virginia. "Mr. Bennett and Mrs. Brown." *The Captain's Death Bed and Other Essays*. London: Hogarth, 1981. 91頁

38　20世紀はじめに起こった様々な運動について、美術の分野から述べた *Concepts of Modern Art* では、以下のように述べている。「今世紀の始め頃、ゆったりと流れていた絵画の思想が、突然遮断されたように見えた。これは、明らかに、世界全体を見る見方に生じた変化を反映していた。社会、政治、経済の変化は、……伝統的権威主義的な制度とその価値の緩やかな崩壊に並ぶものだった。……多くのアーティスト達が、過去を疑問視し拒絶することを作品に扱ったのだが、単に姿勢でしかなかったそのことが、本物の革命となった。反伝統的な変化と刷新に対する反伝統的な情熱は、あらゆるアートの典型であったけれど、それは視覚芸術でもっとも顕著であり、ゆっくりと一般大衆の賛同を得ていったのだった。この 'New Spirit' が、文学や音楽へ受け入れられるようになるには、時間がかかった。」(Stangos, Nikos. (ed.). *Concepts of Modern Art*. London: Thames and Hudson. 1985.　7頁)

39　a man with a red moustache & a young man in grey smoking a pipe (*Jacob's Room* 59頁)

40　Willey, Basil. *The Eighteenth-century Background Studies on the Idea of Nature in the Thought of the Period*. Middlesex: Penguin Books, 1962 (1940). 9頁

41　Either we are men, or women. Either we are cold, or we are sentimental. Either we are young, or growing old. In any case life is but a procession of shadows, and God knows why it is that we embrace them so eagerly, and see them depart with such anguish, being shadows. (*Jacob's Room* 66頁)

42　*Ibid*. 58頁

43　the same shadow bursting the same faces; the leathern curtain of the heart flaps wide (*Ibid*. 60頁)

44　moulded into a single thickness & eternally the pilgrims trudge (*Ibid*. 61頁)

45　ウルフは日記に、「何故人生は、そんなにまで悲劇的なのだろう。……何故

注

ずっと終いまで歩くことになるのだろう」(*The Diary of Virginia Woolf. Vol. 2.* 72頁) と書いているが、同じページに、この悲劇的な感覚は、「我々の世代の者にとっては広く浸透した感覚」だとも述べている。

46　a human being is not a set of compartments, but an organism. (*The Voyage Out* 63頁)

47　矢本貞幹著『イギリス文学思想史』研究社　1974年．78頁

48　Listless is the air in an empty room, just swelling the curtain; the flowers in the jar shift. One fibre in the wicker arm-chair creaks, though no one sits there. (*Jacob's Room* 173頁)（第14章）

49　Listless is the air in an empty room, just swelling the curtain; the flowers in the jar shift. One fibre in the wicker arm-chair creaks, though no one sits there. (*Ibid.* 33頁)（第3章）

50　Minow-Pinkney, Makiko. *Virginia Woolf & The Problem of The Subject* 35頁

51　The lid shut upon the truth. (*Jacob's Room* 64頁)

52　on the table lay paper ruled with a red margin ── an essay (*Ibid.* 33頁)

53　Kazan, Francesca. 'Description and the Pictorial in *Jacob's Room*,' ELH, 55, Fall 1988: 701-19, 239頁

54　Phillips, Kathy J. *Virginia Woolf against Empire.* Knoxville: The University of Tennessee Press. 1994. 122頁

55　Jung, C. G. *Memories, Dreams, Reflections* 214頁

56　*Ibid.*

57　What sculptured faces, what certainty, authority controlled by piety, although great boots march under the gowns. In what orderlay procerssion they advance. (*Jacob's Room* 26頁)

58　every insect in the forest (*Ibid.* 26頁)

59　Panken, Shirley. *Virginia Woolf and the "Lust of Creation" A Psychoanalytic Exploration.* Albany: State University of New York Press, 1987. 104頁 & Mepham, John. *Virginia Woolf A Literary Life* 77頁

60　"we are the words; we are the music; we are the thing itself" ("A Sketch of the Past" *Moments of Being* 72頁)

61　pursuing their lips (*Jacob's Room* 60頁)

62　the leathern curtain of the heart (*Ibid.*)

63　Julian the Apostate (*Ibid.* 40頁)

221

64 *Ibid.* 34頁
65 *Ibid.* 35頁
66 *Ibid.* 36頁
67 Minow-Pinkney, Makiko. *Virginia Woolf & The Problem of The Subject* 53頁
68 　第一次世界大戦は1914年に勃発し、1918年に終結した。この作品が第一次世界大戦と関連を持つことは、いくつかの批評で指摘されている。ズワードリング（Alex Zwerdling）は、ジェイコブの姓であるフランダース（Flanders）が戦争詩 "In Flanders Fields" で歌われているように、死を意味していたし、また実際に第一次世界大戦で戦死した英国兵の約3分の1は、フランダース地方で戦死したと指摘している。(Zwerdling, Alex. *Virginia Woolf And The Real World.* Berkley: Univ. of California Press. 1986. 64頁)
作中に出てくるスカーボロ（Scarborough）は、1914年にドイツ軍によって攻撃を受けているが、それは1778年以来始めてイギリスに加えられた砲火だった。
　(Usui, Masami. "The German Raid on Scarborough in *Jacob's Room.*" *Virginia Woolf Miscellany 35.* 7頁)
69 *Jacob's Room* 66頁
70 Minow-Pinkney, Makiko. *Virginia Woolf & The Problem of The Subject* 53頁
71 He was impressionable; but the word is contradicted by the composure with which he hollowed his hand to screen a match. He was a young man of substance. (*Jacob's Room* 30頁)
72 　坂本公延著（『ヴァージニア・ウルフ　小説の秘密』82-85頁）を始め、二人の語り手を指摘したハフリー（James. Hafley, *The Glass Roof.* 1954. Univ. of California Press. 52頁）や、語り手への不信や矛盾を説くベイジン（N. T. Bazin. *Virginia Woolf and the Androgynous Vision.* New Brunswick, N. J.: Rutgers U P. 1973. 98頁）などの議論が既にある。
73 It is no use trying to sum people up. One must follow hints, not exactly what is said, nor yet entirely what is done ... (*Jacob's Room* 25頁)
74 *Ibid.* 27頁
75 　*A Room of One's Own* においても、女性は犬と同列に置かれるものとして説明される。「女が芝居をするのは、犬がダンスをするようなものだ」とか、ジョンソンが言ったという「女が説教するのは、犬が後ろ足で歩くようなものだ。うまくはないが、とにかく、やってのけるというだけで驚くに値する」、あるいはそれをもじった「女が作曲するのは、犬が後ろ足で歩くようなものだ。」とい

う言葉をウルフは紹介している。(*A Room of One's Own and Three Guineas* 82頁)
76　Marcus, Laura. *Virginia Woolf.* Plymouth: Northcote House. 1997. 85頁
77　*Jacob's Room* 25頁
78　「プラトンとギリシャは、小説の中心」だとするハンセン (Hansen, Clare. *Women Writers Virginia Woolf.* Hampshire and London: Macmillan Press, 1994. 44頁) は、ギリシャ文明は logocentric philosophy の揺篭だと言い、ズワードリングは、ジェイコブの思想が個人的なものではなく彼の社会に馴染みのヘレニズムを反映している (Zwerdling, Alex. *Virginia Woolf And The Real World* 77頁) とし、ビショップも大学での日々から、アクロポリスへの途上でのサンドラ・ウィリアムズとの恍惚の瞬間までのジェイコブの成長を統括しているのは、「ギリシャ精神」(Bishop, Edward. *Macmillan Modern Novelists Virginia Woolf.* Hampshire and London: Macmillan Education, 1991. 39頁) だと言っている。
79　チューター制にしろ、パブリック・スクール制にしろ、ジェントルマンの教養は、ギリシャ・ローマの古典研究を通じて培われたが、その教養に国際性を加えて支配階級としての仕上げをする最終関門がグランド・ツアーであった。グランド・ツアーの目的は、フランス語やイタリア語など外国語の修得と、外国の文化や生活様式に対する見聞を広めることに置かれ、期間は、17～18歳から2、3年というのが、普通のところであった。(長島伸一著『世紀末までの大英帝国』法政大学出版局　1996年. 63-64頁)
80　*Jacob's Room* 149頁
81　Though the opinion is unpopular it seems likely enough that bare places, fields too thick with stones to be ploughed, tossing sea-meadows half-way between England and America, suit us better than cities. (*Ibid.* 139頁)
82　There is some-thing absolute in us which despises qualification. It is this which is teased and twisted in society. People come together in a room. "So delighted," says somebody, "to meet you," and that is a lie. (*Ibid.* 140頁)
83　It is the only chance I can see of protecting oneself from civilization. (*Ibid.* 141頁)
84　"He has not said a word to show that he is glad to see me," thought Bonamy bitterly. (*Ibid.* 160頁)
85　But the wind was rolling the darkness through the streets of Athens, rolling it, one might suppose, with a sort of trampling energy of mood which forbids too close an analysis of the feelings of any single person, or inspection of features. All faces ―

Greek, Levantine, Turkish, English — would have looked much the same in that darkness. (*Ibid.* 157頁)

86　the artistic sense of the Greek preferred to mathematical accuracy (*Ibid.* 144頁)

87　*Ibid.* 145頁

88　*Ibid.* 146頁

89　his gloom ... it was not that he himself happened to be lonely, but that all people are. (*Ibid.* 139頁)

90　ジェイコブの故郷であるコーンウォールは、先史時代から対岸のブルターニュ半島や地中海との交流が盛んで、巨石記念物が多く残っている。また、ローマ人、サクソン人の侵入にも最後まで抵抗して、アーサー王伝説の舞台にもなり、独自のケルト文化を保持した。しかしノルマン・コンクェスト (1066) までには、イングランドにほぼ同化されたという歴史を持つ。(『世界大百科事典』平凡社)

91　he had never suspected how tremendously pleasant it is to be alone; out of England; on one's own; cut off from the whole thing. (*Jacob's Room* 136頁)

92　Probabaly he had never been so happy in the whole of his life (*Ibid.* 139頁)

93　Poresky, Louise. *The Elusive Self Psyche and Spirit in Virginia Woolf's Novels.* London and Toronto: Associated Univ. Presses, 1981. 74頁

94　*Ibid.* 85頁

95　草稿版を読むと、小説の最後が一度は下記のように書かれていることがわかる。
"What is one to do with these, Mr. Bonamy?"/ She held out a pair of Jacob's old shoes./ They both laughed./ The room waved behind her tears. (Bishop, Edward L. (ed.). *Virginia Woolf's Jacob's Room The Holograph Draft.* New York: Pace Univ. Press, 1998. 275頁)

　　　　第六章　『ダロウェイ夫人』——空間と意識の階層

1　I want to give life & death, sanity & insanity; I want to criticize the social system, & to show it at work, at its most intense — (Woolf, Virginia. *The Diary of Virginia Woolf. Vol. 2* 248頁)

2　Beer, Gillian. *Virginia Woolf: The Common Ground.* Edinburgh: Edinburgh University Press, 1996. 52頁

注

3 Woolf, Virginia. *Mrs. Dalloway.* London: Hogarth Press, 1990. 1頁
4 坂本公延著『ヴァージニア・ウルフ　小説の秘密』研究社　1978年．95頁
5 *Mrs. Dalloway* 6頁
6 *Ibid.* 107頁
7 the perfect hostess（*Ibid.* 5頁）
8 I love walking in London ... Really, it's better than walking in the country.（*Ibid.* 3頁）都市での散歩を楽しむことに関しては、近著『ダロウェイ夫人』（窪田憲子編著　ミネルヴァ書房　2006年）で多角的に論じられている。
9 Mepham, John. *Virginia Woolf A Literary Life* 98-99頁
10 ... but that somehow in the streets of London, on the ebb and flow of things, here, there, she survived, Peter survived, lived in each other, she being part, she was positive, of the trees at home ... part of people she had never met; being laid out like a mist between the people she knew best, who lifted her on their branches as she had seen the trees lift the mist, but it spread ever so far, her life, herself.（*Mrs. Dalloway* 6頁）
日本語への訳出にあたっては、『ダロウェイ夫人』（近藤いね子訳　みすず書房　1986年）および、『ダロウェイ夫人』（丹治　愛訳　集英社　2000年）を参考にした。
11 She had the oddest sense of being herself invisible; unseen; unknown; there being no more marrying, no more having of children now, but only this astonishing and rather solemn progress with the rest of them, up Bond Street, this being Mrs. Dalloway; not even Clarissa any more; this being Mrs. Richard Dalloway.（*Mrs. Dalloway* 8頁）
12 *Ibid.* 25-26頁
13 シェイクスピアのロマンス劇『シンベリン』の登場人物イモジェン（Imogen）は、シンベリン王の娘で王位後継者。王の命に反して密かに結婚したイモジェンに怒った王は、彼女を監禁する。イモジェンは夫から不義の疑いをかけられたため、城を抜けだしウェールズの山中に隠遁すると、幼いとき誘拐された二人の兄に出会う。男装して薬を飲み仮死状態になるがやがて目ざめ、王と再会し夫とも和解を果たす。『ダロウェイ夫人』の作中ダロウェイ夫人がふと口ずさむ「恐れるな夏の日の暑さを」（"Fear no more the heat o' th'sun"）という一節は、イモジェンが死んだと思った二人の兄王子がイモジェンを悼んで歌う歌の一節である。死と再生、仲違いと和解のテーマはシェイクスピア後年の

ロマンスに共通している。

14　There was an emptiness about the heart of life; an attic room.（*Mrs. Dalloway* 26頁）

15　She was not old yet. She had just broken into her fifty-second year.（*Ibid.* 31頁）

16　"If I had married him, this gaiety would have been mine all day!" ... "I am alone for ever"（*Ibid.* 40頁）

17　She felt very young; at the same time unspeakably aged.（*Ibid.* 5頁）

18　ユングは、1909年にアメリカ、マサチューセッツ州にある Clark 大学へフロイトとともに講演に招かれている。7週間の間に二人はそれぞれの夢の研究について話したが、その時ユングがフロイトに話したのがこの夢の話である。

19　This was the dream. I was in a house I did not know, which had two stories. It was "my house." I found myself in the upper story, where there was a kind of salon furnished with fine old pieces in rococo style. On the walls hung a number of precious old paintings. I wondered that this should be my house, and thought, "Not bad." But then it occurred to me that I did not know what the lower floor looked like. Descending the stairs, I reached the ground floor. There everything was much older, and I realized that this part of the house must date from about the fifteenth or sixteenth century. The furnishings were medieval; the floors were of red brick. Everywhere it was rather dark. I went from one room to another, thinking, "Now I really must explore the whole house." I came upon a heavy door, and opened it. Beyond it, I discovered a stone stairway that led down into the cellar. Descending again, I found myself in a beautifully vaulted room which looked exceedingly ancient. Examining the walls, I discovered layers of brick among the ordinary stone blocks, and chips of brick in the mortar. As soon as I saw this I knew that the walls dated from Roman times. My interest by now was intense. I looked more closely at the floor. It was of stone slabs, and in one of these I discovered a ring. When I pulled it, the stone slab lifted, and again I saw a stairway of narrow stone steps leading down into the depth. These, too, I descended, and entered a low cave cut into the rock. Thick dust lay on the floor, and in the dust were scattered bones and broken pottery, like remains of a primitive culture. I discovered two human skulls, obviously very old and half disintegrated. Then I awoke.（Jung, C. G. *Memories, Dreams, Reflections* 158-159頁）

20　It was plain to me that the house represented a kind of image of the psyche — that is to say, of my then state of consciousness, with hitherto unconscious additions.

Consciousness was represented by the salon. (*Ibid.* 160頁)

21　Jung, C. G. *Memories, Dreams, Reflections* 160頁

22　A. スティーヴンスはこの夢について、「夢に出てきた家はユングの心をイメージしており、上階は彼の意識的人格を、一階は彼が後に*個人的*無意識と呼ぶ、無意識の第一レベルをあらわし、また一番下のレベルに位置する岩に掘られた洞窟では、*集合的*無意識に到達した。そこで彼は、*彼のなかにある原始人の世界を見出した*」と解説している。(Stevens, Anthony *Jung* 32-33頁)

23　*Ibid.* 161頁

24　ユングは、個人的な無意識の下にはより深くより重要な層があり（後に、彼はそれを集合的無意識、と呼んだ）、そこには可能性として人類の心的遺産の全てが含まれていると考えた。分裂病の患者の妄想や幻覚を研究し、それらの中には世界各地の神話や民話に見いだされるのと同じ象徴やイメージが含まれていることを発見した彼は、全ての人間に共通する力強い心の基盤が存在し、その基盤の上に個人は自分の私的な人生経験を築きあげるのだと結論づけた。

　　(Stevens, Anthony. *Jung* 14頁)

「元型」という言葉は、プラトンの「イデア」と同じ意味をもって、すでに古代に表れていた（ユング、C. G. 著『元型論』100頁）という。

25　Stevens, Anthony. *Jung* 44頁

26　... how could they know each other? (*Mrs. Dalloway* 134頁)

27　Odd affinities she had with people she had never spoken to, some woman in the street, some man behind a counter—even trees, or barns. (*Ibid.* 135頁)

28　... since our apparitions, the part of us which appears, are so momentary compared with the other, the unseen part of us, which spreads wide, the unseen might survive, be recovered somewhere attached to this person or that, or even haunting certain places, after death ... perhaps— perhaps. (*Ibid.* 135頁)

29　Harper, Howard. *Between Language and Silence: The Novels of Virginia Woolf* 121頁

30　Jung, C. G. *Memories, Dreams, Reflections* 161頁

31　All the being and the doing, expansive, glittering, vocal, evaporated; and one shrunk, with a sense of solemnity, to being oneself, a wedge-shaped core of darkness, something invisible to others. (*To the Lighthouse* 99頁)

32　... our apparitions, the things you know us by, are simply childish. Beneath it is all dark, it is all spreading, it is unfathomably deep; but now and again we rise to the surface and that is what you see us by.（*Ibid.* 99-100頁）

33　Jung, C. G. *Memories, Dreams, Reflections* 161頁

34　It is the voice of history, myth, legend.（Richter, Harvena. *Virginia Woolf The Inward Voyage* 14頁）

35　the day of a collective resurrection of spirits（Bloom, Harold ed. *Modern Critical Interpretations Virginia Woolf's Mrs. Dalloway* 90-92頁）

36　*Mrs. Dalloway* 70頁

37　With the house image we are in possession of a veritable principle of psychological integration.（Bachelard, Gaston. *The Poetics of Space* xxxvi頁）

38　... when we dream of the heights we are in the rational zone of intellectualized projects. But for the cellar ... the dream is at work. When it comes to excavated ground, dreams have no limit.（*Ibid.* 18頁）

39　I should say a good deal about The Hour, & my discovery; how I dig out beautiful caves behind my characters; I think that gives exactly what I want; humanity, humour, depth. The idea is that the caves shall connect, & each comes to daylight at the present moment ―（*The Diary of Virginia Woolf. Vol. 2* 263頁）「時間」は『ダロウェイ夫人』のワーキング・タイトルで、ウルフは日記で『ダロウェイ夫人』を「時間」と呼んでいた。

40　It took me a year's groping to discover what I call my tunnelling process, by which I tell the past by instalments ...（*Ibid.* 272頁 1923年10月15日付け）

41　she went on tunnelling her way into her picture, into the past.（*To The Lighthouse* 267頁）

42　『燈台へ』に登場する画家のリリー・ブリスコーは、小説の第三部「燈台へ」で、10年後に再び絵筆をとる。第一部「窓」で描かれたラムジー家の別荘での日々を追憶しながらカンバスに向い絵を描いていたリリーは、「ドアが開き」（*To The Lighthouse* 264頁）、「絵の具の青に筆を浸すと過去に筆を浸し」（*Ibid.* 265頁）、「絵へ過去へとトンネルを掘り進む」（*Ibid.* 267頁）と感じると描写される。リリーにとって「過去の追憶」とは「部屋に入る」ことであり、また「過去の追憶」が「絵」と同義であることが示されている。

43　The devision in our life was curious. Downstairs there was pure convention: upstairs pure intellect.（"A Sketch of the Past" *Moments of Being* 135頁）

44　フロイトとウルフの繋がりについては、「ヴァージニア・ウルフはフロイトに直接会った数少ない文学者の一人であり、出版者という立場から1924年前後

注

から生涯を通じてフロイトの作品に何らかの形で接していたのみならず、フロイトや精神分析学に関係する多くの人々に取り囲まれていた」という武井ナヲエ氏の緻密な検証が既にある。(『ヴァージニア・ウルフ研究』第5号　1988年．9頁)

45　Stevens, Anthony. *Jung* 15頁 "Friendship with Freud" (*Ibid.* 12-16頁) 参照。フロイトとの訣別までの事情が述べられている。

46　Young-Eisendrath, Polly & Dawson, Terence (eds.). *The Cambridge Companion to JUNG* xii頁

47　"Jung's alleged anti-Semitism" (Stevens, Anthony. *Jung* 113-122頁) に経緯が詳しく述べられ、次のように締めくくられている。「ユングに対する非難を続ける人たちは……可能性として、抑圧されたファシスト的、反ユダヤ主義的、あるいは反キリスト教的な自分自身の影に十分取り組まないで、それらの影をユングに投影するときに出てくる自己満足の喜びを楽しんでいるのだ。」

48　ユングの「心理学」は、フロイトの精神分析学 (psychoanalysis) や学問としての純粋科学である実験心理学 (experimental psychology) と区別するために、分析心理学 (analytical psychology) と一般に呼ばれている。(Stevens, Anthony. *Jung* xii頁)

49　Catherine R. Stimpson は、フェミニスト批評の流れを述べる中で、1970年代のはじめに 'archetype' に焦点を当てるユング理論への傾倒があった、と述べている。(Bowlby, Rachel (ed. & inst.) *Virginia Woolf.* 168頁)

50　a perception, not only of the pastness of the past, but of its presence (Eliot, T. S. *Selected Prose.* Ed. John Hayward. Hamondsworth, Middlesex: Penguin Books, 1953. 23頁)

51　the most important expression which the present age has found *James Joyce*:
(Givens, Seon (ed.). *James Joyce: Two Decades of Criticism.* New York: The Vanguard Press, 1963. 198頁)

52　*Ibid.* 202頁

53　エリオットはジョイスが現代と古代の間に類似性をみて作品の枠組みをつくったことについて、「現代史という空虚と無秩序に形と意味を与える方法」で、「すでにイェイツ氏によって漠然と示された……さきゆき吉兆と出ている手法」であり、「心理学、民族学、そして『金枝篇』が協力して……語りの代わりに神話的手法を用いることができる」と評価している。(*Ibid.* 201-202頁)

54　Woolf, Virginia. *Mrs. Dalloway.* New York: The Modern Library, 1928. vi頁

55 Richter, Harvena. *Virginia Woolf The Inward Voyage* 64頁

56 Poole, Roger. *The Unknown Virginia Woolf.* New Jersey London: Humanities Press, 1990. 143頁

57 例えば、クラリッサとセプティマスを結ぶものは、感情の抑圧だ（Edel, Leon. *The Modern Psychological Novel.* New York: Grosset & Dunlap, 1955. 132頁）し、二人とも feeling を再び捉えようとあがいている（Poresky, Louise. *The Elusive Self Psyche and Spirit in Virginia Woolf's Novels* 108頁）とする意見や、ヴァージニアと創造上の人物であるセプティマスの絶望は「感じる」ことができないということにあり（Poole, Roger. *The Unknown Virginia Woolf* 140頁）、セプティマスはヴァージニアの persona として、男性の外観を与えられているのだ（*Ibid.* 266頁）とするものなどである。

58 *Mrs. Dalloway* 77頁

59 *Ibid.* 76頁

60 *Ibid.* 79頁

61 *Ibid.* 20-21頁

62 So, thought Septimus, looking up, they are signalling to me. Not indeed in actual words; that is, he could not read the language yet; but it was plain enough, this beauty, this exquisite beauty, and tears filled his eyes as he looked at the smoke words languishing and melting in the sky and bestowing upon him in their inexhaustible charity and laughing goodness one shape after another of unimaginable beauty and signalling their intention to provide him, for nothing, *for ever,* for looking merely, with beauty, more beauty! Tears ran down his cheeks. (*Ibid.* 17-18頁)

63 Meisel, Perry. "Virginia Woolf and Walter Pater; Selfood and The Common Life" *Modern Critical Interpretations Virginia Woolf's Mrs. Dalloway.* Ed. Harold Bloom. New York: Chelsea House Publishers, 1988. 74頁

64 the country in the city (Marcus, Laura. *Virginia Woolf.* Plymouth UK: Northcote House Publishers Ltd, 1997. 69頁)

65 ... cool, lady-like, critical; or ravishing, romantic, recalling some field or English harvest. He saw her most often in the country, not in London. (*Mrs. Dalloway* 135-136頁)

66 that the human voice in certain atmospheric conditions ... can quicken trees into life ... And the leaves being connected by millions of fibres with his own body (*Ibid.* 18頁)

The earth thrilled beneath him. Red flowers grew through his flesh; their stiff leaves rustled by his head. (*Ibid.* 59頁)
67　She was a flowering tree. (*Ibid.* 131頁)
68　セプティマスを「植物王」だとみなす、柴田徹士氏の分析（柴田徹士著『小説のデザイン』研究社　1990年．79頁）も参考にした。
69　*Mrs. Dalloway* 74頁
70　Taplin, Kim. *Tongues in Trees*. Devon: Green Books, 1989. 35頁
71　*Ibid.* 33頁
72　川崎寿彦著『森のイングランド』平凡社　1989年．242頁
73　this warm place, this pocket of still air, which one comes on at the edge of a wood sometimes in the evening, when, because of a fall in the ground, or some arrangement of the trees ... warmth lingers, and the air buffets the cheek like the wing of a bird. (*Mrs. Dalloway* 127頁)
74　川崎寿彦著『森のイングランド』232頁
75　Men must not cut down trees. There is a God. (*Mrs. Dalloway* 20頁)
76　for there is a spirit in the woods
77　Mepham, John. *Virginia Woolf A Literary Life* 92頁
78　The decisive role which memory plays in Virginia Woolf's moments of being brings out her affinity with Wordsworth, specifically with his emphasis on 'Emotion recollected in tranquility.' ("Introduction" *Moments of Being* 21頁)
79　Sackville-West, Victoria. Virginia Woolf and "Orlando." *The Listner,* January 27, 1955. 157-158頁
80　I found the Wordsworth letters my only drug. (*The Diary of Virginia Woolf Vol. 5* 295頁)
81　Blackstone, Bernard. *Virginia Woolf: A Commentary*. New York: Harcourt Brace, 1949. 79頁＆96頁
82　Richter, Harvena. *Virginia Woolf The Inward Voyage* 88-89頁
83　*Ibid.* 64頁
84　Frazer, James. *The Golden Bough*. Wordsworth Edition Limited. Hertfordshire, 1993. 160頁
85　She felt glad that he had done it. (*Mrs. Dalloway* 165頁)
86　この章のセプティマス部分は、筆者の既発表稿「Virginia Woolf とロマンティシズム―Septimus にみるロマン派詩人の面影―」（『英詩評論』第10号　中国四

国イギリス・ロマン派学会刊　平成6年6月刊）に基づく。

　　　　第七章　『燈台へ』――空間の意識から意識の空間へ

1　At times we think we know ourselves in time, when all we know is a sequence of fixations in the spaces of the being's stability — a being who does not want to melt away, and who, even in the past, when he sets out in search of things pasts, wants time to "suspend" its flight. In its countless alveoli space contains compressed time. That is what space is for.（Bachelard, Gaston. *The Poetics of Space*　8頁）
日本語への訳出に際しては、『空間の詩学　ガストン・バシュラール』（岩村行雄訳　思潮社　1986年）を参考にした。
2　But I wrote the book very quickly; and when it was written, I ceased to be obsessed by my mother. I no longer hear her voice; I do not see her. I suppose that I did for myself what psycho-analysts do for their patients. I expressed some very long felt and deeply felt emotion.（"A Sketch of the Past" *Moments of Being*　81頁）
3　... get on to *To the Lighthouse*. This is going to be fairly short: to have father's character done complete in it; & mothers; & St Ives; & childhood; & all the usual things I try to put in — life, death &c. But the center is father's character, sitting in a boat, reciting We perished, each alone, while he crushes a dying mackerel — However, I must refrain.（*The Diary of Virginia Woolf Vol. 3*　18頁）
4　But while I try to write, I am making up " To the Lighthouse" — the sea is to be heard all through it. I have an idea that I will invent a new name for my books to supplant "novel". A new — by Virginia Woolf. what? Elegy?（*Ibid.*　34頁）
5　And Lily, painting steadily, felt as if a door had opened, and one went in and stood gazing silently about in a high cathedral-like place, very dark, very solemn.（Woolf, Virginia. *To the Lighthouse*　264頁）
6　And as she dipped into the blue paint, she dipped too into the past there.（*Ibid.* 265頁）日本語への訳出にあたっては、『燈台へ』（伊吹知勢訳　みすず書房　1986年）を参考にした。
7　She went on tunnelling her way into her picture, into the past.（*Ibid.* 267頁）
8　ジョン・ロックは、人の記憶に情景が絵として記憶される、ということを、人間の知性（understanding）を「暗い部屋」（the dark room）にたとえ、*An Essay Concerning Human Understanding*（1690）の「記憶」（Of Retention）の項

で、次のように述べている。

For, methinks, the *understanding* is not much unlike a closet wholly shut from light, with only some little opening left, to let in external visible resemblances, or ideas of things without; would the pictures coming into such a dark room but stay there, and lie so orderly as to be found upon occasion, it would very much resemble the understanding of a man, in reference to all objects of sight, and the ideas of them.

(Locke, John. *An Essay Concerning Human Understanding* 159頁)

というのは、知性は、光からまったく遮断され、ただ外部の可視的類似物すなわち外の事物（もの）の観念を中へ入れる小さなある隙間があるだけの、小部屋にさほど違わないように、私には思われる。もしこうした暗室へ運びこまれた絵がとにもかくにもそこにあって、必要なとき見いだされるように順序よく並んでいるとしたら、この小部屋は視覚の全対象とその観念に関連した人間知性にたいへんよく似ただろう。（『人間知性論』第二巻　大槻春彦訳　岩波書店233頁）

9　But the Edwardians were never interested in character in itself; or in the book in itself. They were interested in something outside. ("Mr. Bennett and Mrs. Brown" *Collected Essays Vol. 1* 327頁)

10　Woolf, Virginia. *A Writer's Diary*. London: The Hogarth Press, 1975. 80頁

11　she created drawing-room and kitchen, set them all aglow; bade him take his ease there, go in and out, enjoy himself.（*To the Lighthouse* 35頁）

12　And the whole of the effort of merging and flowing and creating rested on her. (*Ibid.* 131頁)

13　*Ibid.*

14　And it was an offering; to combine, to create... (Woolf, Virginia. *Mrs. Dalloway* 107頁)

15　*A Writer's Diary* 80頁

16　*To the Lighthouse* 150-152頁

17　how I dig out beautiful caves behind my characters ... the caves shall connect, & each comes to daylight at the preset moment (*The Diary of Virginia Woolf. Vol. 2* 263頁)

18　to discover what I call my tunnelling process, by which I tell the past by instalments (*Ibid.* 272頁)

19　Stevens, Anthony. *Jung* 32-33頁

20 Jung, C. G. *Memories, Dreams, Reflections* 158-162頁

21 Jung, C. G. *Symbols of Transformation: An Analysis of the Prelude to a Case of Schizophrenia.* Trans. R. F. C. Hull. 2nd ed. Princeton, N. J.: Princeton University Press, 1956. 219頁参照

22 community of feeling with other people which emotion gives as if the walls of partition had become so thin that practically (the feeling was one of relief and happiness) it was all one stream, and chairs, tables, maps, were hers, were theirs, it did not matter whose ... (*To the Lighthouse* 175-176頁)

23 Julian the Apostate (*Jacob's Room* 40頁)

24 the feeling was one of relief and happiness (*To the Lighthouse* 175頁)

25 Life is not a series of gig-lamps symmetrically arranged; life is a luminous halo, a semi-transparent envelope surrounding us from the beginning of consciousness to the end. ("Modern Fiction" *Collected Essays Vol. 2* 106頁)

26 Richter, Harvena. *Virginia Woolf The Inward Voyage* 21頁

27 *To the Lighthouse* 93-94頁

28 Naremore, James. *The World Without a Self: Virginia Woolf and the Novel* 144頁

29 With her foot on the threshold she waited a moment longer in a scene which was vanishing even as she looked, and then, as she moved ... it had become, she knew, giving one last look at it over her shoulder, already the past. (*To the Lighthouse* 172-173頁)

30 They would, she thought, going on again, however long they lived, come back to this night; this moon; this wind; this house: and to her too. (*Ibid.* 175頁)

31 community of feeling with other peple... as if the walls of partition had become so thin that... it was all one stream... (*Ibid.*)

32 Children don't forget, children don't forget ... We are in the hands of the Lord. (*Ibid.* 101頁)

33 この項、Snider, Clifton. *The Stuff That Dreams Are Made On* 6-7頁

34 Bell, Clive. *Civilization and Old Friends.* Chicago: The University of Chicago Press, 1973. 113頁

35 Bachelard, Gaston. *The Poetics of Space* 8頁

36 The unconscious abides. Memories are motionless, and the more securely they are fixed in space, the sounder they are. (*Ibid.* 9頁)

37 Woolf, Virginia. *To the Lighthouse The original holograph draft.* Ed. Susan Dick.

　　　　　　　　　　　　　　　　　　　　　　　　　　　　注

London: The Hogarth Press, 1983. Appendices 48頁
38　Zwerdling, Alex. *Virginia Woolf and the Real World* 193頁
39　*A Writer's Diary* 80頁
40　... say with her children (yet two had been base-born and one had deserted her),... (*To the Lighthouse* 203頁)
41　Kaehle, Sharon & German, Howard. "*To the Lighthouse:* Symbol and Vision," *Bucknell Review* 10, 1 (1962): Virginia Woolf *To the Lighthouse.* 199頁
42　"the day of a collective resurrection of spirits" (Bloom, Harold (ed.). *Modern Critical Interpretations Virginia Woolf's Mrs. Dalloway* 91-92頁)
43　*Mrs. Dalloway* 70頁
44　*To the Lighthouse* 210頁
45　... and faint and flickering, like a yellow beam or the circle at the end of a telescope, a lady in a grey cloak, stooping over her flowers, went wandering over the bedroom wall, up the dressing-table, across the washstand, as Mrs. MacNab hobbled and ambled, dusting, straightening ... (*Ibid.* 211頁)
46　Bachelard, Gaston. *The Poetics of Space* 9頁
47　Whorf, Benjamin Lee. *Language, Thought and Reality: Selected Writings,* Ed. John B. Caroll. Cambridge, Mass: 1956. 151頁
48　"It was one's body feeling, not one's mind." (*To the Lighthouse* 275頁)
49　(Chapter 3) She decided that there is that very distant and entirely silent little boat Mr. Ramsay was sitting with Cam and James. Now they had got the sail up ... she watched the boat take its way with deliberation past the other boats out to sea. (*Ibid.* 250-251頁)
(Chapter 5) Yes, that is their boat, Lily Briscoe decided, standing on the edge of the lawn. (*Ibid.* 262頁)
(Chapter 7) Now again ... she looked at the bay beneath her ... There was a brown spot in the middlle of the bay. It was a boat. Yes, she realized that after a seccnd. (*Ibid.* 279-280頁)
(Chapter 9) Distance had an extraordinary power; they had been swallowed up in it, she felt, they were gone for ever, they had become part of the nature of things. (*Ibid.* 288頁)
50　Kaehle, Sharon & German, Howard. "*To the Lighthouse*: Symbol andVision," *Bucknell Review* 10, 1 (1962): Virginia Woolf *To the Lighthouse.* 199頁

51　*To the Lighthouse* 289頁

52　for her feeling for Mr. Ramsay changed as he sailed further and further across the bay. (*Ibid.* 294頁)

53　Jung, C. G. *Symbols of Transformation: An Analysis of the Prelude to a Case of Schizophrenia* 219頁

54　*A Room of One's Own and Three Guineas*　4頁

55　... I had to think myself out of the room, back into the past, before the war indeed, and to set before my eyes the model of another luncheon party held in rooms not very far distant from these; but different. (*Ibid.* 11頁)

56　*To the Lighthouse* 264頁

57　Experience ... is an immense sensibility, a kind of huge spider-web of the finest silken threads suspended in the chamber of consciousness. (James, Henry. *The Future of the Novel Essays on the Art of Fiction* 12頁)

58　"Topics that may come in: How her beauty is to be conveyed by the impression that she makes on all these people." (*To the Lighthouse The original holograph draft* 48頁)

59　community of feeling with other people which emotion gives (*To the Lighthouse* 175頁)

60　ユングは、文学の形態の一つである "visionary" は集合的無意識から湧いてくると述べている。(Snider, Clifton. *The Stuff That Dreams Are Made On* "An Jungian Interpretation of Literature"　6頁)

61　Naremore, James. *The World Without a Self: Virginia Woolf and the Novel* 144頁

62　Not as oneself did one find rest ever, in her experience ... but as a wedge of darkness (*To the Lighthouse* 100頁)

63　All the being and the doing, expansive, glittering, vocal, evaporated; and one shrunk, with a sense of solemnity, to being oneself, a wedge-shaped core of darkness (*Ibid.* 99頁)

64　... she, Lily, Augustus Carmichael, must feel, our apparitions, the things you know us by, are simply childish. Beneath it is all dark, it is all spreading, it is unfathomably deep; but now and again we rise to the surface and that is what you see us by. (*Ibid.* 100頁)

65　... since our apparitions, the part of us which appears, are so momentary compared with the other, the unseen part of us, which spreads wide, the unseen might

survive, be recovered somehow attached to this person or that, or even haunting certain places, after death ... perhaps ― perhaps.（*Mrs. Dalloway*　135頁）
66　"a perception, not only of the pastness of the past, but of its presence"（Eliot, T. S. *Selected Prose*. Ed. John Hayward. Hamondsworth, Middlesex: Penguin Books, 1953.　23頁）
67　坂本公延著『ヴァージニア・ウルフ　小説の秘密』172頁
68　"the most important expression which the present age has found"（Givens, Seon (ed.). *James Joyce: Two Decades of Criticism*　198頁）
69　*Ibid*.　202頁
70　With a curious physical sensation, as if she were urged forward and at the same time must hold herself back ...（*To the Lighthouse*　244頁）

第八章　『オーランドウ　ある伝記』――樫の木と木曜日にみる集合的無意識

1　この場合筆者が意味するのは、18世紀に一大ブームとなり独自の様式を完成させた「英国風形式庭園」というより、我々日本人が漠然と抱いているイギリス風の庭、すなわち「イギリスの国土の特性を反映した、控えめな空間にセンスよく植物を配置した、花の色遣いが巧みな庭」、「イギリス人の国民性に根ざした、華美よりは抑制を目指した庭」（赤川　裕著『英国ガーデン物語　庭園のエコロジー』研究社　1997年．3‐4頁）である。
2　1908年に祖父が亡くなり、16歳のヴィタは「ノール」を相続出来ないことを知らされる。1930年に、ケント州のシシングハースト城（Sissinghurst Castle）を購入する。彼女の家系と同じくエリザベス朝に廃した一族の砦と農園だったものが、彼女の目に触れたときには何百年も捨て置かれて廃屋と化していた。〈シシングハースト〉の情趣は多分にヴィタの文学者としての感性に支えられたものだったが、その情緒といい雰囲気といい、いわば空中に浮遊する香気のようなものをしっかりと定着させ構造化させる要素としての「小空間造型」という点で、夫のハロルド・ニコルソンが貢献した。（*Ibid*.　66-71頁から抜粋）
3　1927年10月5日（水）
.. a biography beginning in the year 1500 & continuing to the present day, called Orlando: Vita; only with a change about from one sex to another.（Woolf, Virginia. *The Diary of Virginia Woolf. Vol. 3*　161頁）
4　1927年10月22日（土）

I am writing Orlando half in a mock style very clear & plain, so that people will understand every word. But the balance between truth & fantasy must be careful. It is based on Vita, Violet Trefusis, Lord Lascellas, Knole, etc. (*Ibid.* 162頁)

『オーランドウ』は、ウルフが日記に「遊び心」で書いた、と記したためか、評価は二分していたようだ。大方の批評は作品をあまり高く評価せず、まともな批評の対象として取り上げられることは少なかったことをハッセイは指摘している。(Hussey, Mark. *Virginia Woolf A to Z: A Comprehensive Refrence for Students, Teachers, and Common Readers to Her Life, Work and Critical Reception* 204-206頁)

5　1927年10月9日（日）Vita 宛て

... suppose Orlando turns out to be Vita; and its all about you and the lusts of your flesh and the lure of your mind ... Your excellence as a subject arises largely from your noble birth. (But whats 400 years of nobility, all the same?) ... Also, I admit, I should like to untwine and twist again some very odd, incongruous strands in you ... and also, as I told you, it sprung upon me how I could revolutionise biography in a night ... I am reading Knole and The Sackvilles. Dear me; you know a lot: you have a rich dusky attic of a mind. (Woolf, Virginia. *The Letters of Virginia Woolf. Vol. 3.* Ed.Nigel Nicolson and Joanne Trautmann. New York: Harcourt Brace Jovanovich, 1976. 428-429頁)

6　ヴィタ・サックヴィル＝ウエストの次男ナイジェル・ニコルソンは、文通に始まったヴィタとヴァージニアの交友が徐々に親密さを増し、双方が親密さを愛だと認めるまでには長い時間がかかったが、二人のぎこちない関係が恋愛に発展したと述べている。ヴィタは思春期の頃から、自分の内に少年や男性ではなく同性に惹かれるものがあることに気づいていたし、ヴァージニアも女性に惹かれることを認めており、1924年末ヴィタとの親密さが強まったころ、ヴァージニアは日記に「女性と親しくなるのはなんという喜びだろう。男性との関係よりずっと個人的で、秘密めいている」と書いた。二人の関係は1924年頃から断続的に三年ほど続いたようだ、とニコルソンは述べている。(ニコルソン, ナイジェル著『ヴァージニア・ウルフ』市川　緑訳　岩波書店　2002年. 86〜91頁)

またコーズ (Caws, Mary Ann) は、ヴィタの長詩 'The Land' をヴァージニアが大変気に入ったことを知った夜に二人が結ばれたと述べ、ヴィタへのヴァージニアの長いラブレターが『オーランドウ』であり、ヴァージニアにとって「母

親と娘、姉妹と友人としての役割を自由に動き回る」ヴィタは、ヴァージニアの最後まで親密な存在であり続け、「あなたは私にすばらしい幸福を与えてくれました」とヴァージニアが1940年に書いている、と述べている。(Caws, Mary Ann. *Virginia Woolf*. New York: The Overlook Press, 2001. 70頁)

7　『農事詩』からの引用文は、「私の心も疑いはしない　これらのことに言葉でうちかち／その卑しさに優美をあたえる栄光を」(Nor does my heart doubt how glorious it is to conquer / these matter with words and give their humbleness grace.) (*Virgil's Georgics: a new verse*. translation by Janet Lembke. New Haven: Yale University Press, 2005. 50頁)というもの。ウルフはヴィタの詩については、「ヴィタの本 *The Land* が新聞を賑わしている。受賞した詩。──それが私のからかい──嫉妬の名残としての、あるいは批評感覚としての、かもしれない……でもテーマと作風は、とても滑らかで、穏やかで、私が嫌いなものかも知れない。多分、私の頽廃。」(1927年6月23日付け *The Diary of Virginia Woolf. Vol. 3* 141頁)と、ヴィタの詩を認めながらも複雑な思いを記している。

8　ヴィタはシシングハースト城に移り住んだ1930年に "Sissinghurst" という詩を書いた。この詩はヴァージニア・ウルフに捧げられ、ホガース出版から1931年に出版された。(Caws, Mary Ann Ed. Nicolson, Nigel. Foreword. *Vita Sackville-West Selected Writings*. New York: PALGRAVE, 2002. 331頁)

9　*Ibid*. 12頁

10　詩の潮流は、ジョージ5世治世（1910-1936）時代の「ジョージアンの詩の中に田園詩が発達した。デイヴィス（W. H. Davies, 1871-1940）が選出した『二十世紀抒情短詩』（*Shorter Lyrics of the Twentieth Century*）をみると、如何に田園にかたむいているかがわかる。自然詩は」エドワード王（1901-1910）時代の「エドウォーディアンの特色といってもよい。そして verse で書いているものが多い」（西脇順三郎著『T. S. エリオット』研究社　昭和63年．2頁）というから、1926年に『大地』で自然をうたったヴィタの詩は、詩の潮流からはずれていたということだろうか。

11　*The Diary of Virginia Woolf Vol. 3* 115頁

12　But if our descendants do ever emerge, after this sad age of empty darkness, into a fuller light, they will surely look back on us ... (*Vita Sackville-West Selected Writings* 177頁)

13　"Remember us—if at all—not as lost / Violent souls, but only / As the hollow men." (*The Diary of Virginia Woolf Vol. 3* 115頁)

14　*Vita Sackville-West Selected Writings* 169頁

15　it is absurd to think of poetry as something separate from current life, shut away in an air-tight compartment. Literature must always, to a certain extent, hold the mirror up to general tendencies of thought. It is possible of course that we may witness, or that our children may witness, a return to the perennial problems which occupy men's minds ... (*Ibid.* 177頁)

16　half laughing, half serious; with great splashes of exaggeration. (Woolf, Virginia. *A Writer's Diary* 120頁)

17　But the balance between truth and fantasy must be careful. (*Ibid.* 117頁)

18　坂本公延著『閉ざされた対話』桜楓社　1969年．269-300頁

19　日本語の訳出にあたっては、『オーランドー』（杉山洋子訳　国書刊行会1945年）を参考にした。
Green in nature is one thing, green in literature another. Nature and letters seem to have a natural antipathy; bring them together and they tear each other to pieces. The shade of green Orlando now saw spoilt his rhyme and split his metre. (Woolf, Virginia. *Orland A Biography.* London: The Hogarth Press, 1990.　5頁)

20　オーランドウが住むのは「館の最上階」("the house, at the top of which he lived") (*Orland A Biography* 3頁) にあり、彼の部屋が屋根裏部屋であることは、「彼の屋根裏部屋」(his attic room) (*Ibid.*) と言う言葉で示される。オーランドウの部屋は、「館の最上階の屋根裏部屋」である。

21　Was not writing poetry a secret transaction, a voice answering a voice? ... What could have been more secret, she thought, more slow, and like the intercourse of lovers, than the stammering answer she had made all these years to the old crooning song of the woods, and the farms and the brown horses standing at the gate, neck to neck, and the smithy and the kitchen and the fields, so laboriously bearing wheat, turnips, grass, and the garden blowing irises and fritillaries? (*Ibid.* 213頁)

22　坂本公延著『閉ざされた対話』286頁

23　... and the historiacl sense involves a perception, not only of the pastness of the past, but of its presence; the historical sense compels a man to write not merely with his own generation in his bones, but with a feeling that the whole of the literature of Europe from Homer and within it the whole of the literature of his own country has a simultaneous existence and composes a simultaneous order. (Eliot, T. S. *Selected Prose.* Ed. John Hayward. Hamondsworth, Middlesex: Penguin Books, 1953.　23頁)

24 It has the importance of a scientific discovery ... It is a method for which the horoscope is auspicious. Psychology ... ethnology, and The Golden Bough have concurred to make possible what was impossible even a few years ago. Instead of narrative method, we may now use the mythical method. It is, I seriously believe, a step toward making the modern world possible for art ...（Givens, Seon (ed.). *James Joyce: Two Decades of Criticism* 202頁）

25 Stevens, Anthony. *Jung* 14頁

26 坂本公延著『閉ざされた対話』259頁

27 Yet I am now & then haunted by some semi mystic very profound life of a woman, which shall all be told on one occasion; & time shall be utterly obliterated; future shall somehow blossom out of the past. One incident — say the fall of a flower — might contain it.（*The Diary of Virginia Woolf. Vol. 3* 118頁）

28 The English disease, a love of Nature（*Orlando A Biography* 90頁）

29 20世紀の初頭、科学作家ジーンズ（James Jeans）や数学者ラッセル（Burtrand Russell）や生理学者ハルディン（L. B. S. Haldene）等が天文学の進歩を述べたといい、ウルフもこれらの科学者達の作品を読んで文学にも取り入れようと考えたことを、近著 *Virginia Woolf and the Discourse of Science* では述べている。ウルフの作品を文学と科学の関連から読んだこの批評で著者のヘンリー（Holly Henry）は、ウルフが読んだ科学書の中でも、ジーンズの著書がウルフの興味を引いたようだ、と述べている。(Henry, Holly. *Virginia Woolf and the Discourse of Science.* Cambridge: Cambridge University Press, 2003. 5頁）1920年代後半には、英国とアメリカでベストセラーとなったあまり専門的にすぎない天文学書が国際的な注目を集めた、という。1929年1月に刊行された *The Universe around Us* が、特に衆目を集めたようだ。ウルフが月食を体験しようと出かけたのも、こられの書物に述べられる、地球と宇宙の新しい見方に刺激をうけたのかもしれない。もっとも、父レズリーが登山家であったので、ウルフの興味の方向は、その影響もあったのかも知れない、ともヘンリーは考えているようだ。(*Ibid.* 2頁）

30 Now I must sketch out the Eclipse ... It was getting grey - still a fleecy mottled sky ... Pale & grey too were the little uncompromising Yorkshire farms ... I thought how we were like very old people, in the birth of the world - druids on Stonehenge: ... There was no color. The earth was dead. That was astonishing moment: ... I had very strongly the feeling as the light went out of some vast obeisance; something kneeling

down, & low & suddenly raised up, when the colours came ... We had seen the world dead. This was within the power of nature. Our greatness had been apparent too ... how can I express the darkness? It was a sudden plunge, when one did not expect it: being at the mercy of the sky: our own nobility: the druids; Stonehenge; and the racing red dogs; all that was in ones mind. Also, to be picked out of ones London drawing room & set down on the wildest moors in England was impressive. (*The Diary of Virginia Woolf Vol. 3* 142-144頁)

31　She had the same brooding meditative temper, the same love of animals and nature, the same passion for the country and the season. (*Orlando A Biography* 153頁)

32　I have found my mate," she murmured. "It is the moor. I am nature's bride," she whispered, giving herself in rapture to the cold embraces of the grass ... (*Ibid.* 161頁)

33　*Ibid.* 201頁

34　*Ibid.* 202-205頁

35　Trees, she said. (Here another self came in.) I love trees (she was passing a clump) growing there a thousand years. And barns (she passed a tumble-down barn at the edge of the road. She carefully avoided it.) And the night. But people (here another self cam in). People? (She repeated it as a question.) I don't know ... I like peasants. I understand crops. (*Ibid.* 203頁)

36　a certain grandmother of his had worn a smock and carried milkpaines. (*Ibid.* 13頁)

実際、ヴィタの母方の家系にはスペインとジプシーの血が流れていた。「英国の古い著名な家系の貴族であるヴィタ・サックヴィル＝ウェストは、スペインとジプシーの彩り豊かな混血を喜んだ。彼女はそれを母方の常にない環境から授かっている。……ヴィタは彼女の祖母ペピータ・デュラン (Pepita Duran) に特に興味を持っていた。彼女は既婚であったにもかかわらず、ヴィタの祖父サックヴィル＝ウェスト卿と情を交わした。ペピータは、スペイン人曲芸師をしていて理髪師と結婚した母からジプシーの血を受け継いだ」と、M. A. コーズは、ヴィタが美しい母方の祖母ペピータに流れるジプシーの血をひくことを述べている。(*Vita Sackville-West Selected Writings* 1-2頁)

37　There was no trace in it ... of the modern spirit. It was composed with a regard to truth, to nature, to the dictates of the human heart, which was rare indeed, in these days of unscrupulous eccentricity. (*Orlando A Biography* 183頁)

38　Thakur, N. C. *The Symbolism of Virginia Woolf.* London: Oxford University Press, 1965. 92頁

39　Orlando, the hero of [Woolf's] most famous novel, is not only an individual, he is the archetype of an ancient family. He lives three hundred years, and during his long story he changes sex.（Caws, Mary Ann and Luckhurst, Nicola (eds.). *The Reception of Virginia Woolf in Europe.* London: Continuum, 2002. 235頁）

40　集合的無意識とは、心理学者のユングが用いた言葉である。ユングは、個人的な無意識の下にはより深くより重要な層があり、そこには可能性として人類の心的遺産の全てが含まれていると考えた。後に、ユングはその基盤を集合的無意識と呼んだ。分裂病の患者の妄想や幻覚を研究し、それらの中には世界各地の神話や民話に見いだされるのと同じ象徴やイメージが含まれていることを発見したユングは、全ての人間に共通する力強い心の基盤が存在し、その基盤の上に個人は自分の私的な人生経験を築きあげるのだと結論づけた。
（Stevens, Anthony. *Jung* 14頁）

41　ナショナル・トラスト財団のシンボルマークも、樫の木である。樫の木に対する英国人の思い入れの強さが感じられる。

樫の木に託したウルフ自身の気持ちは、ウルフの後年の日記（1930年11月8日土曜日）の記述にもよく表れている。この日、エリオットが「『ユリシーズ』, 秩序，神話」で、神話的手法の必要性について意識した最初の同時代人だと讃えたイェイツ（W. B. Yeats 1865-1939）について、「幅があり、厚みがあり、固い樫の木の楔のようだ」（"He is very broad; very thick; like a solid wedge of oak."）
（*The Diary of Virginia Woolf Vol. 3* 329頁）と、その存在の重厚さを樫の木にたとえ、讃えている。

42　The tree had grown bigger, sturdier, and more knotted since she had known it, somewhere about the year 1588, but it was still in the prime of life.（*Orland A Biography* 212頁）

43　ジェームズ・フレイザー著『金枝篇』（一）永橋卓介訳　岩波書店　8頁

44　本文の日本語の訳出に当たっては、『金枝篇』（永橋卓介訳　岩波書店 2002年）を参考にした。

The worship of the oak tree or of the oak god appears to have been shared by all the branches of the Aryan stock in Europe. Both Greeks and Italians associated the tree with their highest god, Zeus or Jupiter, the divinity of the sky, the rain, and the thunder. Perhaps the oldest and certainly one of the most famous sanctuaries in

Greece was that of Dodona, where Zeus was revered in the oracular oak. The thunder-storms which are said to rage at Dodona more frequently that anywhere else in Europe, would render the spot a fitting home for the god whose voice was heard alike in the rustling of the oak leaves and in the crash of thunder ... Again, Zeus wielded the thunder and lightning as well as the rain ... In ancient Italy every oak was sacred to Jupiter, the Italian counterpart of Zeus; and on the Capital at Rome the god was worshipped as the deity not merely of the oak, but of the rain and the thunder ... When we pass from southern to central Europe ... among the Celts of Gaul the Druids esteemed nothing more sacred than the mistletoe and the oak on which it grew; they chose groves of oaks for the scene of their solemn service, and they performed none of their rites without oak leaves. "The Celts," says a Greek writer, "worship Zeus, and the Celtic image of Zeus is a tall oak." ... Indeed the very name of Druids is believed by good authorities to mean no more than "oak men." In the religion of the ancient Germans the veneration for sacred groves seems to have held the foremost place, and according to Grimm the chief of their holy trees was the oak. It appears to have been especially dedicated to the god of thunder, Donar or Thunar, the equivalent of the Norse Thor ... That the Teutonic thunder god Donar, Thunar, Thor was identified with the Italian thunder god Jupiter appears from our word Thursday, Thunar's day, which is merely rendering of the Latin *dies Jovis*. Thus among the ancient Teutons, as among the Greeks and Italians, the god of the oak was also the god of the thunder. Moreover, he was regarded as the great fertilising power, who sent rain and caused the earth to bear fruit ... In these respects, therefore, the Teutonic thunder god again resembled his southern counterparts Zeus and Jupiter ... From the foregoing survey it appears that a god of the oak, the thunder, and the rain was worshipped of old by all the main branches of the Aryan stock in Europe, and was indeed the chief deity of their pantheon. (Frazer, James. *The Golden Bough*. Wordsworth Edition Limited. Hertfordshire, 1993. 159-161頁)

45　They came out of the northern mists wearing coronets on their heads. (*Orlando A Biography* 4頁)

46　Some grains of the Kentish or Sussex earth were mixed with the thin, fine fluid which came to him from Normandy. (*Ibid.* 13頁)

47　... the first Lord of the family, who had come from France with the Conqueror ... (*Ibid.* 42頁)

48　木曜日に対するこだわりが見えるのは、『オーランドウ』だけではない。以下に記すのは、木曜日に出版されたウルフの小説である。

　　『ダロウェイ夫人』：1925年5月14日（木）

　　『燈台へ』：1927年5月5日（木）にアメリカ版とホガース版

　　『オーランドウ』：1928年10月2日（火）にアメリカ限定版、1928年10月11日（木）にホガース版

　　『私自身の部屋』：1929年10月21日（月）にアメリカ版、1929年10月24日（木）にホガース版

　　『波』：1931年10月8日（木）

また、ブルームズベリー・グループは、父レズリーの死後スティーブン家の子供たちがハイドパーク・ゲートからゴードン・スクエアに移ってきた1904年10月に、「木曜の夕べ」"Thursday Evenings" としてはじめられており、木曜日に対するこだわりが感じられる。10月1日の来訪者は、サクソンシドニー・ターナー（Saxon Sidney-Turner）一人だったという。（Edel, Leon. *Bloomsbury. A House of Lions*. New York: J. B. Lippincott Co., 1979. 125頁）

49　*Orland A Biography* 84頁

50　*Ibid*. 193頁

51　坂本公延著『ヴァージニア・ウルフ　小説の秘密』190-191頁

　　　　第九章　『波』——花と木にみる意識と無意識

1　I was looking at the flower bed by the front door; "That is the whole", I said. I was looking at a plant with a spread of leaves; and it seemed suddenly plain that the flower itself was a part of the earth; that a ring enclosed what was the flower; and that was the real flower; part earth; part flower.（Woolf, Virginia. "A Sketch of the Past" *Moments of Being* 71頁）

2　坂本太郎・家永三郎・井上光貞・大野晋校注『日本書紀』（一）岩波書店 16頁

3　It will be written in prose, but in prose which has many of the characterisitics of poetry. It will have something of the exaltation of poetry, but much of the ordinariness of prose. It will be dramatic, and yet not a play. It will be read, not acted.（Woolf, Virginia. *Collected Essays Vol. 2* 224頁）

本文の日本語訳は坂本公延氏訳を参考にした。

4　坂本公延著『ヴァージニア・ウルフ　小説の秘密』208-209頁

5　*Ibid.* 232頁

6　Woke up perhaps at 3. Oh its beginning its coming — the horror? — physically like a painful wave swelling about the heart — tossing me up. I'm unhappy! Down — God, I wish I were dead. Pause. But why am I feeling this? Let me watch the wave rise. I watch. Vanessa. Children. Failure. Yes; I detect that. Failure failure. (The wave rises). Oh they laughed at my taste in green paint! Wave crashed. I wish I were dead! I've only a few years to live I hope. I cant face this horror any more-(this is the wave spreading out over me). (Woolf, Virginia.*The Diary of Virginia Woolf Vol. 3* 110頁)

7　Thursday 30 September, 1926

I wish to add some remaraks to this, on the mystical side of this solitude; how it is not oneself but something in the universe that one's left with. It is this that is frightening & exciting in the midst of my profound gloom, depression, boredom, whatever it is: One sees a fin passing far out. What image can I reach to convey what I mean? Really there is none I think. The interesting thing is that in all my feeling & thinking I have never come up against this before. Life is, soberly & accurately, the oddest affair; has in it the essence of reality. I used to feel this as a child — couldn't step across a puddle once I remember, for thinking, how strange-what am I? &c. But by writing I dont reach anything. All I mean to make is a note of a curious state of mind. I hazard the guess that it may be the impulse behind another book. At present my mind is totally blank & virgin of books. I want to watch & see how the idea at first occurs. I want to trace my own process. (*Ibid.* 113頁)

8　as if a fin rose in the wastes of silence; and then the fin, the thought, sinks back into the depths, spreading round it a little ripple of satisfaction, content. (Woolf, Virginia. *The Waves.* London: The Hogarth Press, 1990. 183頁)

9　波についての各章の描写を抜き出してみよう。

1章　*As they neared the shore each bar rose, heaped itself, broke and swept a thin veil of white water across the sand. The wave paused, and then drew out again, ...* (*Ibid.* 1頁)

2章　*Blue waves, green waves swept a quick fan over the beach, circling the spike of sea-holly and leaving shallow pools of light here and there on the sand ... Meanwhile the concussion of the waves breaking fell with muffled thuds, like logsfalling, on the shore.* (*Ibid.* 16頁)

3 章　*Light almost pierced the thin swift waves as they raced fan-shaped over the beach ... The waves drummed on the shore ...*（*Ibid.* 46-48頁）

4 章　*They fell with a regular thud. They fell with the concussion of horses' hooves on the turf. Their spray rose like the tossing of lances and assegais over the riders' heads. They swept the beach with steel blue and diamond-tipped water. They drew in and out with the energy, the muscularity, of an engine which sweeps its force out and in again.*（*Ibid.* 70頁）

5 章　*The waves broke and spread their waters swiftly over the shore. One after another they massed themselves and fell the spray tossed itself back with the energy of their fall. The waves were steeped deep-blue save for a pattern of diamond-pointed light on their backs which rippled as the backs of great horses ripple with muscles as they move. The waves fell; withdrew and fell again, like the thud of a great beast stamping.*（*Ibid.* 98頁）

6 章　*The waves massed themselves, curved their backs and crashed. Up spurted stones and shingle. They swept round the rocks, and the spray, leaping high, spattered the walls of a cave that had been dry before, and left pools inland, where some fish stranded lashed its tail as the wave drew back.*（*Ibid.* 109頁）

7 章　*The waves no longer visited the further pools or reached the dotted black line which lay irregularly marked upon the beach ....*（*Ibid.* 120頁）

8 章　*But the waves, as they neared the shore, were robbed of light, and fell in one long concussion ...*（*Ibid.* 138頁）

9 章　*The waves breaking spread their white fans far out over the shore, sent white shadows into the recesses of sonorous caves and then rolled back sighing over the shingle.*（*Ibid.* 157頁）

10章　*The waves broke on the shore.*（*Ibid.* 199頁）

日本語訳は、川本静子氏の訳文（『波』みすず書房　1987年）から引用した。また、本論考中の他の日本語の訳出にあたっても、同書を参考にした。

10　坂本公延著『ヴァージニア・ウルフ　小説の秘密』204-205頁

11　シェイクスピア作　Sonnet 60 番

　　Like as the waves make towards the pebbled shore,
　　So do our minutes hasten to their end,
　　Each changing place with that which goes before,
　　In sequent toil all forwards do contend.
　　Nativity once in the main of light,

Crawls to maturity, wherewith being crowned,
Crookéd eclipses, 'gainst his glory fight,
And Time that gave, doth now his gift confound.
Time doth transfix the flourish set on youth,
And delves the parallels in beauty's brow,
Feeds on the rarities of nature's truth,
And nothing stands but for his scythe to mow.
  And yet to times in hope my verse shall stand,
  Praising thy worth, despite his cruel hand.

波が磯によせるように
時間は終焉へと急ぐ。
前に行くものと代わり合い
われこそはと争いすすむ。
光りの海へ生まれ出たものは
成熟へと這い、栄冠を得るが、
邪な蝕が栄光へと打ちかかり、
時は与えたものを今、破滅させる。
時は若者の艶やかな頬を突き刺し、
美しいものの額に平行線を掘り、
世にも稀な真の美点を貪り食う。
時の大鎌には何者も薙ぎ倒されずにはいない。
  だが私の時はその残忍さに耐え、
  待ち望まれる遠い後の世まで生きながらえる。 （坂本公延訳）

12　坂本公延著『ヴァージニア・ウルフ　小説の秘密』204頁
13　フランツ，M-L. フォン著『ユング　現代の神話』高橋　巌訳　紀伊國屋書店　1993年．34頁
14　In the morning it rises from the nocturnal sea of unconsciousness and looks upon the wide, bright world which lies before it in an expanse that steadily widens the higher it climbs in the firmament. In this extension of its field of action caused by its own rising, the sun will discover its own significance, it will see the attainment of the greatest possible height, and the widest possible dissemination of its blessings, as its goal. In this conviction the sun pursues its course to the unforeseen zenith — unforeseen, because its career is unique and individual, and the culminating point

could not be calculated in advance. At the stroke of noon the descent begins. And the descent means the reversal of all the ideals and values that were cherished in the morning. The sun falls into contradiction with itself. It is as though it should draw in its rays instead of emitting them. Light and warmth decline and are at last extinguished ... (*CW* VIII, para. 778) (Stevens, Anthony. *Jung* 61頁)
日本語訳については、『ユング』(鈴木晶訳) を参考にした。
15 ト書き部分の太陽の描写をまとめてみよう。
 1章 *The sun had not yet risen. The sea was indistinguishable from the sky, except that the sea was slightly creased as if a cloth had wrinkles in it. Gradually as the sky whitened a dark line lay on the horizon dividing the sea from the sky and the grey cloth became barred with thick strokes moving, one after another, beneath the surface, following each other, pursuing each other, perpetually.* (*The Waves* 1頁)
 2章 *The sun rose higher ... The sun laid broader blades upon the house.* (*Ibid.* 16頁)
 3章 *The sun rose. Bars of yellow and green fell on the shore ... Now, too, the rising sun came in at the window ...* (*Ibid.* 46-47頁)
 4章 *The sun, risen, no longer couched on a green mattress darting a fitful glance through watery jewels, bared its face and looked straight over the waves ... The sun fell in cornfields and woods ... The sun fell in sharp wedges inside the room.* (*Ibid.* 70-71頁)
 5章 *The sun had risen to its full height. It was no longer half seen and guessed at, from hints and gleams, as if ... Now the sun burnt uncompromising, undeniable ... The sun beat on the crowded pinnacles of southern hills and glared into deep, stony river beds ... At midday the heat of the sun made the hills grey as if shaved and singed in an explosion ... The sun struck straight upon the house, making the white walls glare between the dark windows.* (*Ibid.* 96-97頁)
 6章 *The sun no longer stood in the middle of the sky. Its light slanted, falling obliquely.* (*Ibid.* 108頁)
 7章 *The sun had now sunk lower in the sky ... The aftetnoon sun warmed the fields, poured blue into the shadows and reddened the corn.* (*Ibid.* 120頁)
 8章 *The sun was sinking ... The evening sun, whose heat had gone out of it and whose burning spot of intensity had been diffused, made chairs and tables mellower and inlaid them with lozenges of brown and yellow.* (*Ibid.* 138-139頁)
 9章 *Now the sun had sunk. Sky and sea were indistinguishable.* (*Ibid.* 157頁)
16 Stevens, Anthony. *Jung* 61頁

17　*The Diary of Virginia Woolf Vol. 3* 247頁

18　The matter that detains us now may seem,
　　To many, neither dignified enough
　　Nor arduous, yet will not be scorned by them,
　　Who, looking inward, have observed the ties
　　That bind the perishable hours of life
　　Each to the other, & the curious props
　　By which the world of memory & thought
　　Exists & is sustained.
　　（Wordsworth's *Prelude* (1850 version) Book VII, 458-466）
　　（*The Diary of Virginia Woolf Vol. 3* 247頁）

19　Woolf, Virginia. *The Voyage Out* 275頁

20　1926年9月15日（水）付けの日記には "Perhaps The Waves or Moths (Oct. 1929)" (*The Diary of Virginia Woolf Vol. 3* 113頁)、1927年3月14日（月）の日記には "Orlando leading to Waves (July 8th 1933)" (*Ibid.* 131頁) という書き込みがあり、『波』と『オーランドウ』とが並行して脳裏にあったことが推察できる。

21　It is necessary to have five hundred a year and a room with a lock on the door if you are to write fiction or poetry. (Woolf, Virginia. *A Room of One's Own and Three Guineas* 98頁)

22　Woolf, Virginia. *Orland A Biography* 43頁

23　Standing upright in the solitude of his room, he vowed that he would be the first poet of his race and bring immortal lustre upon his name. (*Ibid.* 48頁)

24　... the value of obscurity, and the delight of having no name, but being like a wave which returns to the deep body of the sea ... (*Ibid.* 63頁)

25　But now let me ask myself the final question, as I sit over this grey fire, with its naked promontories of black coal, which of these people am I? It depends so much upon the room. (*The Waves* 51頁)

26　"There are many rooms — many Bernards." (*Ibid.* 174頁)

リヒターは 'There are many rooms — many Bernards .... nor do I always know if I am man or woman" (*Ibid.* 199頁) というバーナードの言葉を Physical Realm を構成するイメージとして図式化している。(Richter, Harvena. *Virginia Woolf The Inward Voyage* 248頁)

27　ウルフ自身が部屋をもったときのことを、四人が「分離した部屋をもつこ

と」が四人が「分離する」ことに等しいことを述べている。

"By the time I had that room, when I was fifteen that is, "we four" — "us four" as we called ourselves — had become separate. That was symbolized by our separate rooms." ("A Sketch of the Past" *Moments of Being* 107頁）

28　The drop that forms on the roof of the soul in the evening is round, many-coloured.（*The Waves* 51頁）

29　All mists curl off the roof of my being（*Ibid.* 57頁）

30　"And time," said Bernard, "lets fall its drop. The drop that has formed on the roof of the soul falls, on the roof of my mind time, forming its drop.（*Ibid.* 121頁）

31　1926年9月30日付けの日記に次のような記述がある。ウルフ自身が子供の頃、水たまりを渡れなかったようだ。

"Life is, soberly & accurately, the oddest affair; has in it the essence of reality. I used to feel this as a child — couldn't step across a puddle once I remember, for thinkng, how strange — what am I?"（*The Diary of Virginia Woolf Vol. 3* 113頁）

32　There are then warm hollows grooved in the heart of the uproar, alcoves of silence ...（*The Waves* 105頁）

33　Yet I still keep my attic room. There I open the usual book.（*Ibid.* 111頁）

34　I pad about the house all day long in apron and slippers ...（*Ibid.* 113頁）

35　we who live in the body see with the body's imagination things in outline.（*Ibid.* 116頁）

36　Now this room seems to me central ... Outside lines twist and intersect, but round us, wrapping us about. Here we are central ... Thus we spin round us infinitely fine filaments and construct a system. Plato and Shakespeare are included, also quite obscure people, people of no importance whatsoever.（*Ibid.* 118頁）

37　*Ibid.* 76頁

38　*Ibid.* 140頁

39　*Ibid.* 164頁

40　Jung, C. G. *Memories, Dreams, Reflections* 214頁

41　"But when we sit together, close," said Bernard, "we melt into each other with phrases ..."（*The Waves* 7頁）

42　The truth is that I need the stimulus of other people.（*Ibid.* 51頁）

43　Solitude is my undoing.（*Ibid.* 144頁）

44　The truth is that I am not one of those who find their satisfaction in one person, or in infinity. The private room bores me, also the sky. My being only glitters when all its facets are exposed to many people. (*Ibid.* 123頁)

45　Jung, C. G. *Memories, Dreams, Reflections* 214頁

46　*Ibid.*

47　Louis the attic dweller (*The Waves* 173頁)

48　But still I return, I still come back to my attic, hang up my hat and resume in solitude that curious attempt which I have made since I brought down my fist on my master's grained oak door. I open a little book. I read one poem. One poem is enough. (*Ibid.* 133頁)

49　I condemn you. Yet my heart yearns towards you. I would go with you through the fires of death. Yet am happiest alone ... Yet I prefer a view over chimney-pots; cats scraping their mangy sides upon blistered chimney-stacks; broken windows; and the hoarse clangour of bells from the steeple of some brick chapel. (*Ibid.* 146頁)

50　*Orlando A Biography* 3頁

51　he had a room at the top of the house, with a wonderful view over London, and a rook. (*Night and Day* 463頁)

52　*Ibid.* 19頁

53　オーランドウがムーア人の頭部を刀でつつく屋根裏部屋は、オーランドウの精神が、「アフリカの野蛮な原野で月の下で暮らしていた異教徒」に対する奢りに満ちていることを示している。(「第八章『オーランドウ　ある伝記』──樫の木と木曜日にみる集合的無意識」参照。)

54　*The Waves* 112頁

55　大地と無意識とが関連することは、「第六章　『ダロウェイ夫人』──空間と意識の階層」で述べた。

56　some witless servant could be heard laughung at the top of the house (*The Waves* 166頁)

57　A worthless servant laughs upstairs in the attic. (*Ibid.* 166頁)
屋根裏部屋が、一般的に狂気と結びつけて考えられるのは、*Mad Woman in the Attic* の序文で、著者のギルバート (Sandra M. Gilbert) が "... there are and always have been two distinct, if deeply bonded, human beings, each with her own view of the world and, more particularly, of women (mad or sane), of attics and parlors ..." (Gilvert, Sandara M. and Gubar, Susan. *The Madwoman in the Attic*. New Haven: Yale University Press, 2000 (1979). xv頁) と述べていることにも表れている。

58　*The Waves* 10頁

59　I hold a stalk in my hand. I am the stalk. My roots go down to the depths of the world, through earth dry with brick, and damp earth, through veins of lead and silver. I am all fibre. All tremors shake me, and the weight of the earth is pressed to my ribs. Up here my eyes are green leaves, unseeing. I am a boy in grey flannels with a belt fastened by a brass snake up here. Down there my eyes are the lidless eyes of a stone figure in a desert by the Nile. I see women passing with red pitchers to the river; I see camels swaying and men in turbans. I hear tramplings, tremblings, stirrings round me.　(*Ibid.*　4頁)

60　My roots go down through veins of lead and silver, through damp, marshy places that exhale odours, to a knot made of oak roots bound together in the centre. (*Ibid.* 61頁)

61　I have lived thousands of years. I am like a worm that has eaten its way through the wood of a very old oak beam. (*Ibid.* 110頁)

62　*Ibid.* 83頁

63　『金枝篇』には「樫の木の崇拝」(The Worship of the Oak) という一章が設けられ、古代の人々がオークを崇めていたことが詳しく述べられている。

64　I am not a single and passing being ... I go beneath ground tortuously ... (*The Waves* 134頁)

65　My destiny has been that I remember and must weave together, must plait into one cable the many threads, the thin, the thick, the broken, the enduring of our long history, of our tumultuous and varied day. (*Ibid.* 134頁)

66　Wood is a pleasant thing to think about. It comes from a tree; and trees grow and we don't know how they grow. For years and years they grow, without paying any attention to us, in meadows, in forests, and by the side of rivers ― all things one likes to think about. (Woolf, Virginia. "The Mark on the Wall" *A Hounted House and Other Short Stories.* London: The Hogarth Press, 1944. 47頁)

67　Bachelard, Gaston. *The Poetics of Space*　185頁

68　*Ibid.* 187頁

69　*Ibid.* 188頁

70　The forest is a before-me, before-us, whereas for fields and meadows, my dreams and recollections accompany all the different phases of tilling and harvesting ... I feel that fields and meadows are with me, in the with-me, with-us. But forests reign in the past.（*Ibid.* 188頁）

71　ユング，C. G. 著『元型論』林　道義訳　252頁

72　the tree, like every genuine living thing, is taken in its being that "knows no bounds."（*The Poeteics of Space* 200頁）

73　Snider, Clifton. *The Stuff That Dreams Are Made On* 93頁

74　1926年11月23日付けの日記に、「未来は過去から花咲く」との記述がある。
Yet I am now & then haunted by some semi mystic very profound life of a woman, which shall all be told on one occasion; & time shall be utterly obliterated; future shall somehow blossom out of the past. One incident - say the fall of a flower - might contain it.（*The Diary of Virginia Woolf. Vol. 3* 118頁）「第八章　『オーランドウ ある伝記』——樫の木と木曜日にみる集合的無意識」参照。

75　ルイスが述べる「僕は既に千年も生きている。毎日僕は覆いをとる—掘り起こす。僕は自分の遺骸を女性が数千年も前につくった砂の中に見る。そのとき僕はナイルの歌を聞き、鎖を巻いた獣の足踏みする音を聞く」という言葉を読むと、ウルフが大地に母のイメージをみていることがうかがえる。
I have lived a thousand lives already. Every day I unbury — I dig up. I find relics of myself in the sand that women made thousands of years ago, when I heard songs by the Nile and the chained beast stamping.（*The Waves* 83頁）

76　The drop falling has nothing to do with losing my youth. This drop falling is time tapering to a point. Time, which is a sunny pasture covered with a dancing light, time, which is widespread as a field at midday, becomes pendant. Time tapers to a point. As a drop falls from a glass heavy with some sediment, time falls. These are the true cycles, these are the true events.（*Ibid.* 122頁）

77　Monday 14 March, 1927
For some weeks, since finishing The Lighthouse I have thought myself virgin, passive, blank of ideas. I toyed vaguely with some thoughts of a flower whose petals fall; of time all telescoped into one lucid channel through wh. my heroine was to pass at will. The petals falling. But nothing came of it.（*The Diary of Virginia Woolf. Vol. 3* 131頁）

78　Hussey, Mark. *Virginia Woolf A to Z* 200頁

79　Orlando leading to The Waves. July 8th 1933（*The Diary of Virginia Woolf. Vol. 3* 131頁）

80　There is a red carnation in that vase. A single flower as we sat here waiting, but now a seven-sided flower, many-petalled, red, puce, purple-shaded, stiff with silver-tinted leaves — a whole flower to which every eye brings its own contribution （*The Waves* 82頁）

81　the red carnation ... become a six-sided flower; made of six lives. （*Ibid.* 152頁）
82　Some petals had fallen in the garden. （*Ibid.* 120頁）
83　And time ... lets fall its drop. （*Ibid.* 121頁）
84　坂本公延著『ヴァージニア・ウルフ　小説の秘密』92頁
　筆者は、「Virginia Woolf と Picasso──『ジェイコブの部屋』に見る動き」（広島女学院大学大学院論叢　第 2 号　1999年．53-70頁）で、『ジェイコブの部屋』が多数の視点からみるジェイコブの外面を描写し、ジェイコブの内面を示唆しようとしていることを論じた。
85　I am not one person; I am many people; I do not altogether know who I am — Jinny, Susan, Neville, Rhoda, or Louis; or how to distinguish my life from theirs. （*The Waves* 185頁）
　なおリヒターは、バーナードのこの言葉を図式化し、Mental Realm を構成するイメージとし、Bernard を "language story-teller and pharase-maker"、Neville を "conscious ordering power of the mind"、Louis を "memory history and time"、Percival を "spirit sun light"、Rhoda を "unconscious the dreaming imagination"、Jinny を "creative energy fire and motion"、Susan を "creative feminine principle" と描き表している。(Richter, Harvena. *Virginia Woolf The Inward Voyage* 247頁)
86　I return him to the pool where he will acquire lustre. （*The Waves* 163頁）
87　ユングは「おとぎ話における精神（ガイスト）」という項目の中で、「無意識はよく森とか水として表現される」（『元型論』252頁）と言ったり、別の箇所では、「水とは心理学的に言えば、無意識の中に沈んでしまった精神（ガイスト）である」（*Ibid.* 46頁）と言っている。
88　Louis, the attic dweller; Rhoda, the nymph of the fountain always wet; both contradicted what was then so positive to me; both gave the other side of what seemed to me so evident (that we marry, that we domesticate); for which I love them, pitied them, and also deeply envied them their different lot. （*The Waves* 173頁）
89　太陽が天頂に達した第 5 章で、人生の絶頂期に六人の敬愛の的だったパーシヴァルがインドで馬から落ちて亡くなる。パーシヴァルの死を聞いて、ネヴィルは「世界の光りは消えてしまった」(The lights of the world have gone out.)（*The Waves* 98頁）と言い、バーナードは、「私の息子が生まれた。パーシヴァルが亡くなった」（*Ibid.* 100頁）とパーシヴァルの死と自分の息子の誕生を並記

する。そして「連続は戻ってくる。一つのものは別のものにつながる―稀な秩序だ。」(The sequence returns; one thing leads to another — the unusual order (*Ibid.* 102頁)と、パーシヴァルと自分の息子の生命がつながるものであることを示唆する。

90 The archetype is only an hypothesis. It cannot be proved; nor can we ever fully know the meaning of an archetype. We do know, however, that the central characteristic of the archetype is its duality: it always contains the potential to have both positive and negative effects. Within the individual, the archetype is stirred to produce images or symbols whenever an imbalance in the psyche is struck. Thus, the archetype exhibits a peculiar autonomy. (Snider, Clifton. "Jungian Theory and Its Literary Application" *The Stuff That Dreams Are Made On* 3頁)
元型は仮説であり、証明はできない。あるいは元型の意味を完全に知ることもできない。我々にわかっているのは、元型の中心には二元性があるということだ。元型にはいつも、陽(positive)と陰(negative)という両面の影響をもつ可能性がある。心理の不均衡に襲われるときはいつも、元型は個人のうちにイメージや象徴を生みだす。こうして元型は独特の自立性をあらわす。

91 The heaviness of my despondency thrust open the gate I leant on and pushed me, an elderly man, a heavy man with grey hair, through the colourless field, the empty field. (*The Waves* 191頁)

92 *Ibid.* 122頁

93 The woods had vanished; the earth was a waste of shadow. No sound broke the silence of the wintry landscape. No cock crowed; no smoke rose; no train moved. A man without a self, I said. A heavy body leaning on a gate. A dead man. (*Ibid.* 191頁)

94 I have lost in the process of eating and drinking and rubbing my eyes along surfaces that thin, hard shell which cases the soul, which, in youth, shuts one in — hence the fierceness, and the tap, tap, tap of the remorseless beaks of the young. And now I ask, 'Who am I?' I have been talking of Bernard, Neville, Jinny, Susan, Rhoda and Lous. Am I all of them? Am I one and distinct? ...There is no division between me and them. As I talked I felt 'I am you.' This difference we make so much of, this identity we so feverishly cherish, was overcome. (*Ibid.* 193-194頁)

95 their words sound thin and small (*The Voyage Out* 282頁)

96 The woods throb blue and green, and gradually the fields drink in red, gold, brown. (*The Waves* 192頁)

97　*Ibid.* 198頁

98　I need a little language such as lovers use, words of one syllable such as children speak when they come into the room and find their mother sewing and pick up some scrap of bright wool, a feather, or a shred of chintz. I need a howl; a cry.（*Ibid.*）

99　*Olando A Biography* 213頁

100　Another general awakening. The stars draw back and are extinguished. The bars deepen themselves between the waves. The film of mist thickens on the fields. A redness gathers on the roses, even on the pale rose that hangs by the bedroom window. A bird chirps. Cottagers light their early candles. Yes, this is the eternal renewal, the incessanat rise and fall and fall and rise again.（*The Waves* 199頁）

101　Death is the enmy.（*Ibid.*）

102　*Olando A Biography* 63頁

103　... when she opens the window & the moths come in. I shall have the two different currents ── the moths flying along; the flower upright in the centre; a perpetual crumbling & renewing of the plant. In its leaves she might see things happen.（*The Diary of Virginia Woolf Vol. 3* 229頁）

104　『波』を完成し校正していた1930年から1931年の間に、ウルフは当時人気のあったジーン（James Jean）の天文学書、*The Universe Around Us*（1929）や *The Mysterious Universe*（1930）を読んでいる。著者ジーンが、科学者と芸術家の作品にみられる相似に当時注目していたため、宇宙の生成を語るために数理的な宇宙映画をプロデュースする映像作家のように天文学者を性格づけた *The Mysterious Universe* の最終章 "Into the Deep Waters" に、ウルフが興味を覚えたのかもしれない、と著者ヘンリーは述べている。(Henry, Holly. *Virginia Woolf and the Discourse of Science The Aesthetics of Astronomy* 93頁)

終章　『私自身の部屋』──四つの部屋

1　Woolf, Virginia. "A Sketch of the Past". *Moments of Being* 72頁

2　"a woman must have money and a room of her own if she is to write fiction ..."（Woolf, Virginia. *A Room of One's Own and Three Guineas*　4頁）

　日本語の訳出にあたっては、『自分だけの部屋』（川本静子訳　みすず書房 1988年）を参考にした。
なお、川本静子氏訳では書名は『自分だけの部屋』であるが、本書では「私自

身という部屋」という意味あいを込めて、『私自身の部屋』と訳した。

3　it is necessary to have five hundred a year and a room with a lock on the door if you are to write fiction or poetry. (*Ibid.* 98頁)

4　... symbolism, that five hundred a year stands for the power to contemplate, that a lock on the door means the power to think for oneself ... (*Ibid.* 99頁)

5　Jones, Suzanne W. *Writing the Woman Artist: Essays on Poeteics, Politics, and Portraiture.* Philadelphia: University of Pennsylvania Press, 1991. 113頁

6　Had it something to do with being born of the middle class, I asked; and with the fact ... that the middle-class family in the early nineteenth century was possessed only of a single sitting-room between them? If a woman wrote, she would have to write in the common sitting-room. (*A Room of One's Own and Three Guineas* 62頁)

7　*Ibid.*

8　*Ibid.*

9　I would venture to guess that Anon, who wrote so many poems without singing them, was often a woman. It was a woman Edward Fitzgerald, I think, suggested who made the ballads and the folk-songs, crooning them to her children, beguiling her spinning with them, or the length of the winter's night. (*Ibid.* 46頁)

10　Anonymity runs in their blood. The desire to be veiled still possesses them. (*Ibid.* 47頁)

11　ウルフが若い頃、父親レズリー・スティーブンの書斎の棚から「新しい本」を取り出すために二階に上がって父と話し、その傑出した世俗離れぶりに愛着を覚えるが、下の居間におりると兄のジョージの話すゴシップに聞き入った、と記している（"A Sketch of the Past" *Moments of Being* 135-136頁）箇所で、「下の階では慣習、上の階では知性という分断があった」と記しているのは、建物の構造と知的生活の関連性について述べたものだろう。

12　*A Room of One's Own and Three Guineas* 74頁

13　She wrote as a woman, but as a woman who has forgotten that she is a woman, so that her pages were full of that curious sexual quality which comes only when sex is unconscious of itself. (*Ibid.* 86頁)

14　*Ibid.* 87頁

15　Perhaps she scribbled some pages up in an apple loft on the sly ... (*Ibid.* 44頁)

16　It will be written in prose, but in prose which has many of the characterisitics of poetry. It will have something of the exaltation of poetry, but much of the ordinariness of prose. It will be dramatic, and yet not a play. It will be read, not acted. (Woolf, Virginia. "The Narrow Bridge of Art". *Collected Essays Vol 2* 224頁)

17　It is fatal to be a man or woman pure and simple; one must be woman-manly or man-womanly ... some collaboration has to take place in the mind between the woman and the man before the art of creation can be accomplished. (*A Room of One's Own and Three Guineas* 97頁)
なおスナイダーは、この箇所を引用して、ウルフの考えがユングの考えに極めて似ている、と指摘している。(Snider, Clifton. *The Stuff That Dreams Are Made On* 93-94頁)

18　"the common life which is the real life and not of the little separate lives which we live as individuals" この場合 'life' が意味するのは、「生活」あるいは「命」の二つが考えられるが、続く内容から考えると「命」と理解する方が妥当であると思われる。

19　For my belief is that if we live another century or so — I am talking of the common life which is the real life and not of the little separate lives which we live as individuals — and have five hundred a year each of us and rooms of our own; if we have the habit of freedom and the courage to write exactly what we think; if we escape a little from the common sitting-room and see human beings not always in their relation to each other but in relation to reality; and the sky, too, and the trees or whatever it may be in themselves ... then the opportunity will come and the dead poet who was Shakespeare's sister will put on the body which she has so often laid down. Drawing her life from the lives of the unknown who were her forerunners, as her brother did before her, she will be born ... she would come if we worked for her, and that so to work, even in poverty and obscurity, is worth while. (*A Room of One's Own and Three Guineas* 105頁)

20　キャサリンは自分の部屋に対する主権を認識し、部屋の主 (mistress in her own kingdom) としての自分を認識し、部屋を「自分の王国」とした。(*Night and Day* 461頁)

21　Woolf, Virginia. *Mrs. Dalloway* 107頁

22　Woolf, Virginia. *To the Lighthouse* 131頁

23　Woolf, Virginia. *The Waves* 174頁

24　*Ibid.* 185頁

25　『夜と昼』の最終章で互いの気持ちを確認したキャサリンとラルフは、幸

福感に包まれて町をゆくが、その様子は、下の引用でみられるように、「死」を思わせる表現で描写されている。

「彼らは勝利者であり生の主人であったが、同時に（先方に見える）炎に吸い込まれて炎を明るくし、自分たちの信念をためすために生命を投げ出すものでもあった」(They were victors, masters of life, but at the same time absorbed in the flame, giving their life to increase its brightness, to testify to their faith.) (*Night and Day* 483頁)

26　Death was defiance. Death was an attempt to communicate ... (*Mrs. Dalloway* 163頁)

27　Death is the enemy. (*The Waves* 199頁)

28　*The Cambridge Companion to JUNG* 99頁

29　future shall somehow blossom out of the past. One incident ── say the fall of a flower ── might contain it. (Woolf, Virginia. *The Diary of Virginia Woolf Vol. 3* 118頁)

30　I toyed vaguely with some thoughts of a flower whose petals fall (*Ibid.* 131頁)

31　a perpetual crumbling & renewing of the plant (*Ibid.* 229頁)

32　*A Room of One's Own and Three Guineas* 106頁

33　*To the Lighthouse* 99頁

34　*Ibid.* 100頁

35　*Mrs. Dalloway* 135頁

36　*The Waves* 193頁

37　"A Sketch of the Past" *Moments of Being and Three Guineas* 72頁

引用・参照文献

引用文献

I　ヴァージニア・ウルフ作品

Woolf, Virginia. *The Voyage Out*. London: The Hogarth Press, 1990.
―――. *Night and Day*. London: The Hogarth Press, 1990.
―――. *Jacob's Room*. 1922. London: The Hogarth Press, 1990.
―――. *Mrs. Dalloway*. London: The Hogarth Press, 1990.
―――. *Mrs. Dalloway*. New York: The Modern Library, 1928.
―――. *To the Lighthouse*. London: The Hogarth Press, 1977.
―――. *To the Lighthouse The original holograph draft*. ed. Susan Dick. London: The Hogarth Press, 1983.
―――. *Orland A Biography*. London: The Hogarth Press, 1990.
―――. *The Waves*. London: The Hogarth Press, 1990.
―――. *A Room of One's Own and Three Guineas*. London: The Hogarth Press, 1984.
―――. "Modern Fiction" *Collected Essays Vol. 2*. New York: Harcourt, Brace & World, Inc. 1967.
―――. "Mr. Bennett and Mrs. Brown." *The Captain's Death Bed and Other Essays*. London: The Hogarth Press, 1981.
―――. "Mr Bennett and Mrs Brown." *Collected Essays. Vol. 1*. London: The Hogarth Press, 1966.
―――. "Modern Novels" *TLS*. April 10. 1919. 189.
―――. "The Narrow Bridge of Art." *Collected Essays Vol. 2*. New York: Harcourt, Brace & World, Inc. 1967.
―――. *A Haunted House and Other Short Stories*. London: The Hogarth Press, 1944.
―――. "A Sketch of the Past" *Moments of Being*. ed. Jeanne Schulkind. New York and London: Harcourt Brace Jovanovich, 1976.
―――. *The Diary of Virginia Woolf. Vol. 2*. ed. Anne Olivier Bell. London: The Hogarth Press, 1978.
―――. *The Diary of Virginia Woolf. Vol. 3*. ed. Anne Olivier Bell. London: The

Hogarth Press, 1978.
―――. *The Diary of Virginia Woolf. Vol. 5.* ed. Anne Olivier Bell. London: The Hogarth Press, 1978.
―――. *A Writer's Diary.* London: The Hogarth Press, 1975.
―――. *The Letters of Virginia Woolf Vol. 1.* 1888-1912. ed. Nigel Nicolson and Joanne Trautmann. New York: Harcourt Brace Jovanovich, 1975.
―――. *The Letters of Virginia Woolf. Vol. 2.* 1912-1922. ed. Nigel Nicolson and Joanne Trautmann. New York: Harcourt Brace Jovanovich, 1976.
―――. *The Letters of Virginia Woolf. Vol. 3.* 1923-1928. ed. Nigel Nicolson and Joanne Trautmann. New York: Harcourt Brace Jovanovich, 1977.
―――. *Virginia Woolf and Lytton Strachey: Letters.* ed. Leonard Woolf & James Strachey. London: The Hogarth Press, 1956.

II 論文・研究書・書籍

Allen, Walter. *The English Novel.* London: Phoenix House, 1954.
Bachelard, Gaston. *The Poetics of Space.* trans. Maria Jolas. Boston: Beacon, 1994.
Bazin, Nancy Topping. *Virginia Woolf and the Androgynous Vision.* New Brunswick, N. J.: Rutgers UP, 1973.
Beer, Gillian. *Virginia Woolf: The Common Ground.* Edinburgh: Edinburgh University Press, 1996.
Bell, Clive. *Civilization and Old Friends.* Chicago: The University of Chicago Press, 1973.
Beresford, J. D. "Experiment in the Novel." *Tradition and Experiment in Present-Day Literature.* New York: Haskell House, 1966.
Bishop, Edward. *Macmillan Modedrn Novelists Virginia Woolf.* Hampshire and London: Macmillan Education, 1991.
Bishop, Edward L. (ed.), *Virginia Woolf's Jacob's Room The Holograph Draft.* New Yord: Pace Univ. Press, 1998.
Blackstone, Bernard. *Virginia Woolf: A Commentary.* New York: Harcourt Brace, 1949.
Bloom, Harold (ed.). *Modern Critical Interpretations Virginia Woolf's Mrs. Dalloway.* New York: Chelsea House Publishers, 1988.
Bowlby, Rachel (ed. & inst.) *Virginia Woolf.* London & New York: Longman, 1992.
Briggs, Julia. *"Night and Day:* The Marriage of Dreams and Realities" *Reading*

Virginia Woolf. Edinburgh University Press, 2006.

Caws, Mary Ann & Luckhurst, Nicola (eds.). *The Reception of Virginia Woolf in Europe.* London: Continuum, 2002.

Caws, Mary Ann. *Virginia Woolf.* New York: The Overlook Press, 2001.

Caws, Mary Ann (ed.) Nicolson, Nigel. (Foreword.) *Vita Sackville-West Selected Writings.* N. Y.; PALGRAVE, 2002.

Cumings, Melinda Feldt. "*Night and Day:* Virginia Woolf's Visionary Synthesis of Reality". Modern Fiction Studies, 18, Autumn 1972: 339-49. Rpr. *Virginia Woolf Critical Assessments. Vol. 3.* ed. Eleanor MacNees. London: Helm Information, 1994.

DeBattista, Maria. *Virginia Woolf's Major Novels: The Fables of Anon.* New Haven: Yale UP, 1980.

Edel, Leon. *Bloomsbury. A House of Lions.* New York: J. B. Lippincott Co., 1979.

Edel, Leon. *The Modern Psychological Novel.* New York: Grosset & Dunlap, 1955.

Eliot, T. S. *Selected Prose.* ed. John Hayward. Hamondsworth, Middlesex: Penguin Books, 1953.

Forster, E. M. 'Virginia Woolf' (The Rede Lecture 1941) *Two Cheers for Democracy.* London, 1942. Rpr. *Virginia Woolf Critical Assessments. Vol. 1.* ed. Eleanor MacNees. London: Helm Information, 1994.

Frazer, James. *The Golden Bough.* Wordsworth Edition Limited. Hertfordshire, 1993.

Gilbert, Sandra M. and Gubar, Susan. *The Madwman in the Attic.* New Haven: Yale University Press, 2000.

Givens, Seon (ed.). *James Joyce: Two Decades of Criticism.* New York: The Vanguard Press, 1963.

Guiguet, Jean. *Virginia Woolf and Her Works.* trans. Jean Stewart. London: The Hogarth Press, 1965.

Hafly, James. *The Glass Roof: Virginia Woolf as Novelist.* London: Russell & Russell, 1963.

Hanson, Clare. *Women Writers Virginia Woolf.* Hampshire and London: Macmillan Press, 1994.

Harper, Howard. *Between Language and Silence: The Novels of Virginia Woolf.* Baton Rouge & London: Louisiana State UP, 1982.

Henry, Holly. *Virginia Woolf and the Discourse of Science.* Cambridge; Cambridge

University Press, 2003.

Hussey, Mark. *Virginia Woolf A to Z: A Comprehensive Reference for Students Teachers, and Common Readers to Her Life, Workd and Critical Reception.* New York: Facts on File, Inc., 1995.

James, Henry. *The Future of the Novel Essays on the Art of Fiction.* ed. Leon Edel. New York: Vintage Books, 1956.

James, William. *The Principles of Psychology.* New York: Dover Publications, 1950.

―――. *Psychology: Brief Course.* New York: Henry Holt and Co., 1892.

Jones, Suzanne W. *Writing the Woman Artist: Essays on Poeteics, Politics, and Portraiture.* Philadelphia: University of Pennsylvania Press, 1991.

Jung, C. G. *Contributions to Analytical Psychology.* trans. H. G. & Cary F. Baynes. New York: Harcourt, Brace, 1928. (Bollingen Series, Vol. XV).

―――. *The Collected Works of C. G. Jung,* ed. Herbert Read, Michael Fordham, and Gerhard Adler (20 vols.; London: Routledge, 1953-78).

―――. *Memories, Dreams, Reflections.* trans. Richard and Clara Winston. record. and ed. Aniela Jaffe. New York: Vintage Books, 1989 (1961).

―――. 1931a. On the relation of analytical psychology to poetry. *CW* 15: 65-83. Princeton, N. J.: Princeton University Press, 1966.

―――. 1934a Siegmund Freud in his historical setting. *CW* 15: 33-40. Princeton, N. J.: Princeton University Press, 1966.

―――. *Symbols of Transformation: An Analysis of the Prelude to a Case of Schizophrenia.* trans. R. F. C. Hull. 2nd ed. Princeton, N.J.: Princeton University Press, 1956.

Kaehle, Sharon & German, Howard. "*To the Lighthouse*: Symbol and Vision," *Bucknell Review* 10, 1 (1962): Virginia Woolf *To the Lighthouse.*

Kazan, Francesca. 'Description and the Pictorial in *Jacob's Room*,' ELH, 55, Fall 1988: 701-19. *Virginia Woolf Critical Assessments. Vol. 3.* ed. Eleanor MacNees, London: Helm Information. 1994.

Kiely, Robert. "*'Jacob's Room'*: A Study in Still Life.' *Modern Critical Views Virginia Woolf.* ed. Harold Bloom. New York: Chelsea House Publishers, 1986.

Klein, Kathleen Gregory. "A common Sitting Room: Virginia Woolf's Critique of Women Writers." *Virginia Woolf Centenial Essays.* ed. Aleaine K. Ginsberg and Laura Moss Gottlieb. New York: The Whitson, 1983.

Lee, Harmione. *The Novels of Virginia Woolf.* London: Methuen, 1977.

Leonardi, Susan J. "Bare Places and Ancient Blemishes: Virginia Woolf's Search for New Language in *Night and Day*", *Novel,* 19, Winter 1986: 150-63, *Virginia Woolf Critical Assessments, Vol. 3.* ed. Eleanor MacNees. London: Helm Information, 1994.

Locke, John. *An Essay Concerning Human Understanding.* London: Penguin Books, 1997.

Mansfield, Katherine. "A Ship Comes into the Harbour" *Athenaeum,* 156, 21 November 1919: 1227. Rpr. *Virginia Woolf Critical Assessments. Vol. 3.* ed. Eleanor MacNees. London: Helm Information, 1994.

Marcus, Laura. *Virginia Woolf.* Plymouth UK: Northcote House Publishers Ltd, 1997.

Meisel, Perry. *The Absent Father: Virginia Woolf and Walter Pater.* New Haven and London: Yale UP, 1980.

―――. "Virginia Woolf and Walter Pater; Selfood and The Common Life." *Modern Critical Interpretations Virginia Woolf's Mrs. Dalloway.* ed. Harold Bloom. New York: Chelsea House Publishers, 1988.

Mepham, John. *Virginia Woolf A Literary Life.* London: Macmillan, 1991.

Minow-Pinkney, Makiko. *Virginia Woolf and the Problem of the Subject.* Brighton: Harvester, 1987.

Moore, G. E. *Philosophical Studies.* New York: Harcourt Brace, 1922.

Naremore, James. *The World Without a Self: Virginia Woolf and the Novel.* New Haven and London: Yale UP, 1973.

Noble, Joan Russell (ed.). *Recollections of Virginia Woolf.* London: Peter Owen, 1972.

Panken, Shirley. *Virginia Woolf and the "Lust of Creation" A Psychoanalytic Exploration.* Albany: State University of New York Press, 1987.

Phillips, Kathy J. *Virginia Woolf against Empire.* Knoxville: The University of Tennessee Press, 1994.

Poole, Roger. *The Unknown Virginia Woolf.* New Jersey London: Humanities Press, 1990.

Poresky, Louise. *The Elusive Self Psyche and Spirit in Virginia Woolf's Novels.* London and Toronto: Associated Univ. Presses, 1981.

Richter, Harvena. *Virginia Woolf The Inward Voyage.* Princeton University Press, 1970.

———. "Hunting the Moth: Virginia Woolf and the Creative Imagination." *Virginia Woolf: Revaluation and Continuity*. ed. Ralph Freedman. Berkeley: Umiversity of California Press, 1980.

Rosenman, Ellen Bayuk. *The Invisible Presence: Virginia Woolf and the Mother-Daughter Relationship*. Baton Rouge and London: Louisiana State UP, 1986.

Rowe, Stephen. *The Vision of JAMES*. London: Vega, 2001.

Sackville-West, Victoria. 'Virginia Woolf and "Orlando."' *The Listner*, January 27, 1955.

Shaefer, Josephine. *The Three-Fold Nature of Reality*. The Hague: Mouton, 1965.

Shulkind, Jeanne (ed.). *Virginia Woolf Moments of Being Unpublished Autobiographical Writings*. New York and London: Harcourt Brace Jovanovich, 1976.

Smith, Lenora Penna. "Rooms and the Construction of the Feminine Self." *Virginia Woolf: Themes and Variations Selected Papers from the Second Annual Conference on Virginia Woolf*. ed. Vara Neverow-Turk and Mark Husssey. New York: Pace UP, 1993.

Snider, Clifton. *The Stuff That Dreams Are Made On An Jungian Interpretation of Literature*. Illinois: Chiron Publications, 1991.

Squier, Susan Merrill. 'Transition and Revision: The Classic City Novel and Virginia Woolf's *Night and Day*', *Women Writers and the City: Essays in Feminist Literary Criticism*, ed. Susan Merrill Squier, Knoxville, 1984: 114-33. *Virginia Woolf Critical Assessments. Vol. 1.* ed. Eleanor Macnees, London: Helm Information, 1994.

Stangos, Nikos. ed. *Concepts of Modern Art*. London: Thames and Hudson, 1985.

Stevens, Anthony. *Jung*. Oxford: Oxford UP, 1994.

Taplin, Kim. *Tongues in Trees*. Devon: Green Books, 1989.

Thakur, N. C. *The Symbolism of Virginia Woolf*. London: Oxford University Press, 1965.

Usui, Masami. "The German Raid on Scarborough in *Jacob's Room*." *Virginia Woolf Miscellany* 35.

———. *Search for Space: Transformation from House as Ideology to Home and Room as Mythology in Virginia Woolf's Novels*. Diss. Michigan State University, 1989. Ann Arbor: UMI, 1989.

Virgil. *Virgil's Georgics:* Lembke, Janet (trans.). New Haven: Yale University Press,

2005.

Watt, Ian. *The Rise of the Novel.* Middlesex: Penguin Books, 1963.

Willey, Basil. *The Eighteenth-century Background Studies on the Idea of Nature in the Thought of the Period.* Middlesex: Penguin Books, 1962.

Woolf, Leonard. *The Journey not the Arrival Matters.* London: The Hogarth Press, 1970.

Whorf, Benjamin Lee. *Language, Thought and Reality: Selected Writings.* ed. John B. Caroll. Cambridge, Mass: 1956.

Young-Eisendrath, Polly & Dawson, Terence (eds.). *The Cambridge Companion to JUNG.* Cambridge UK: Cambridge University Press, 1997.

Zwerdling, Alex. *Virginia Woolf And The Real World.* Berkley: Univ. of California Press, 1986.

赤川　裕著『英国ガーデン物語　庭園のエコロジー』研究社　1997年．

川崎寿彦著『森のイングランド』平凡社　1989年．

坂本太郎・家永三郎・井上光貞・大野　晋校注『日本書紀』（一）岩波書店　2002年．

坂本公延著『ヴァージニア・ウルフ　小説の秘密』研究社　1978年．

坂本公延著『閉ざされた対話』桜楓社　1969年．

坂本公延著『ブルームズベリーの群像　創造と愛の日々』研究社　1995年．

サミュエルズ, A., ショーター, B., プラウト, F. 著『ユング心理学辞典』山中康裕監修　創元社　1994年．

志子田光雄著『英国文学史要』金星堂　1992年．

武井ナヲエ著「フロイト博士とウルフ」『ヴァージニア・ウルフ研究』第5号　日本ヴァージニア・ウルフ協会　1988年．

丹治　愛編『知の教科書　批評理論』講談社　2003年．

長島伸一著『世紀末までの大英帝国』法政大学出版局　1996年．

西脇順三郎著『T. S. エリオット』研究社　1988年．

バシュラール, G. 著『瞬間の直感』掛下栄一郎訳　紀伊國屋書店　1997年．

フランツ, M-L・フォン著『ユング　現代の神話』高橋　巌訳　紀伊國屋書店　1993年．

ボルヘス, J. L., バスケス, M. D. 著『ボルヘスのイギリス文学講義』中村健二訳　国書刊行会　2001年．

山中康裕編『ユング』(講談社選書メチエ206) 講談社　2001年.
矢本貞幹著『イギリス文学思想史』研究社　1974年.
ユング, C. G. 著『元型論』林　道義訳　紀伊國屋書店　1999年.
吉田良夫著『ヴァージニア・ウルフ論』葦書房　平成3年.
吉田安雄著「"Modern Fiction"再考」『ヴァージニア・ウルフ研究』創刊号　日本ヴァージニア・ウルフ協会　1984年.
ロック, ジョン著『人間知性論』第二巻　大槻春彦訳　岩波書店　1972年.
「グレート・アーティスト」第5巻　ピカソ　同朋社出版.

参照文献

Woolf, Virginia. "Kew Gardens." 1919. *A Haunted House.* London: Hogarth, 1943.
———. "The Mark on the Wall." 1917. *A Haunted House.* London: Hogarth, 1943.
Gilpin, William. *Remarks on Forest Scenery, and other Woodland Views, relative chiefly to Picturesque Beauty illustrated by the Scenes of New Forest in Hampshire.* 2vols. London, 1791.
ウルフ, ヴァージニア著『オーランドウ』杉山洋子訳　国書刊行会　1945年.
ウルフ, ヴァージニア著『ジェイコブの部屋』出淵敬子訳　みすず書房　1977年.
ウルフ, ヴァージニア著『自分だけの部屋』川本静子訳　みすず書房　1988年.
ウルフ, ヴァージニア著・J. シュルキンド編『存在の瞬間　回想記』出淵敬子ほか共訳　みすず書房　1983年.
ウルフ, ヴァージニア著『ダロウェイ夫人』近藤いね子訳　みすず書房　1986年.
ウルフ, ヴァージニア著『ダロウェイ夫人』丹治　愛訳　集英社　2000年.
ウルフ, ヴァージニア著『ダロウェイ夫人』富田　彬訳　角川書店　平成15年.
ウルフ, ヴァージニア著『燈台へ』伊吹知勢訳　みすず書房　1986年.
ウルフ, ヴァージニア著『灯台へ』御輿哲也訳　岩波書店　2004年.
ウルフ, ヴァージニア著『波』川本静子訳　みすず書房　1987年.
ウルフ, ヴァージニア著『夜と昼』亀井規子訳　みすず書房　1987年.
ギヴンズ, S. 編「『ユリシーズ』と秩序と神話」『J. ジョイス―二十年の批評』
窪田憲子編著　シリーズもっと知りたい名作の世界⑥『ダロウェイ夫人』ミネ

引用・参照文献

　　　　ルヴァ書房　2006年.
柴田徹士著『小説のデザイン』研究社　1990年.
ジェームズ，ウィリアム著『心理学　上』今田　寛訳　岩波書店　1993年.
スティーブンス，A.著『ユング』鈴木　晶訳　講談社　1995年.
バシュラール，ガストン著『空間の詩学』岩村行雄訳　思潮社　1986年.
フレイザー，ジェームズ著『金枝編』永橋卓介訳　岩波書店　2002年.
ユング，C.G.著『ユング自伝——思い出　夢　思想』Ⅰ＆Ⅱ　A.ヤッフェ編
　　　　河合隼雄・藤縄　昭・出井淑子訳　みすず書房　2000年.
ロウ，S.C.著『ウィリアム・ジェームズ入門』本田理恵訳　日本教文社　平成
　　　　10年.
中国四国イギリス・ロマン派学会機関誌『英詩評論』第10号　1995年.
日本英文学会　　『英文学研究』43巻　2号　1967年.
広島女学院大学大学院論叢　第2号　1999年.
『世界大百科事典』平凡社.
聖書

ヴァージニア・ウルフ年譜

1882年1月25日	アデリーン・ヴァージニア・スティーブン　ロンドンハイドパーク・ゲート22番地に誕生　子供時代をロンドンとコーンウォールのセント・アイヴスの別荘タランド・ハウスで（夏期）過ごす
1895年5月	母ジュリア49才で亡くなる
1897年	異父姉ステラ結婚後まもなく亡くなる
1904年2月	父レズリー・スティーブン71才で亡くなる
10月	ゴードン・スクエア46番地に移る　「木曜の夕べ」としてブルームズベリー・グループの会合が始まる
1906年11月	姉ヴァネッサ　兄エイドリアン　兄トビーとギリシャ旅行に
	チフスに罹った兄トビー・スティーブン26才で亡くなる
	兄エイドリアンとヴァージニアはフィッツロイ・スクエア29番地に転居
1907年2月	姉ヴァネッサ　クライブ・ベルと結婚
1909年2月	リットン・ストレイチーの求婚を受け入れ一晩考える
1912年8月12日	レナード・ウルフと結婚
1914年7月	オーストリアがセルビアに宣戦布告　第一次世界大戦勃発
10月	ウルフ夫妻　リッチモンドに転居
1915年3月26日	『船出』刊行
1917年1月25日	ウルフ夫妻　ホガース出版社をはじめることにする
7月	ホガース社から刊行第一号として「壁のしみ」刊行
1918年	第一次世界大戦終結
1919年5月12日	「キュー植物園」刊行
9月1日	イースト・サセックス州ロドメルのモンクス・ハウスに転居
10月20日	『夜と昼』刊行
1921年4月	『月曜日か火曜日』刊行

1922年10月27日	『ジェイコブの部屋』刊行
1924年 1 月 9 日	ウルフ夫妻　ロンドン　タヴィストック・スクエア52番地にホガース社と共に転居を決める
1925年 4 月23日	『一般読者』刊行
5 月14日	『ダロウェイ夫人』刊行
1927年 5 月 5 日	『燈台へ』刊行
1928年10月 1 日	『オーランドウ　ある伝記』刊行
1929年10月24日	『自分だけの部屋』刊行
1931年10月 8 日	『波』刊行
1932年10月13日	『一般読者』刊行
1933年10月 5 日	『フラッシュ』刊行
1934年10月25日	『ウォルター・シッカート』刊行
1937年 3 月15日	『歳月』刊行
7 月20日	甥のジュリアン・ベルがスペイン市民戦争に参加し事故死
1938年 6 月 2 日	『三ギニー』刊行
1939年 9 月 3 日	英仏がドイツに宣戦布告　第二次世界大戦勃発
1940年 7 月25日	『ロジャー・フライ』刊行
10月20日	タヴィストック・スクエアが爆撃され52番地などの家がなくなっていることを確認
11月23日	『幕間』脱稿
1941年 3 月28日	ロドメルのウーズ川に入水
7 月17日	『幕間』刊行

あとがき

　「詩や小説を書こうとするなら、年収五百ポンドと鍵のかかる部屋を持つことが必要である」。『私自身の部屋』に書かれたこの言葉を読んだときの驚きを、そのときの部屋の風景と共に、今でも覚えている。『私自身の部屋』を読むようにと紹介して下さったのは、坂本公延先生だった。当時私は広島大学総合科学部に勤めていたが、いい年をしながら自分が何をしたいのかまだわからない、というあせりのうちに日々を過ごしていた。私がいたのは、人々が「共有する部屋」で、いつでも誰が入ってきてもよい部屋だった。経済的に自立し鍵のかかる部屋で働きたい、と強く思いはじめていた私の気持ちをそのまま言い表したウルフの言葉に、私は一読してとらえられ、そのまま二十年以上が過ぎた。そして「部屋」に対するウルフの思いへの共感は、いつの間にか私の博士論文のテーマにつながった。ウルフの作品に読み取れる登場人物の意識や部屋は、読む作品ごとに変貌しており、その変貌は私自身の変貌に重なるようにも思えた。

　坂本先生のご指導の下でまとめた博士論文を提出してから四年もの時間が経ってしまった。論文完成後のいささか混乱した頭を整理するのに時間がかかり、提出後すぐに発表すべきであった考察に、序論を書き直したうえで全体に修正と加筆を施し、ようやく発表することができた。だが、読んでおくべきであった考察や論考・著作の多さにあらためて気付き、日が経つにつれこころが萎縮しそうになる。

　時にひもの切れた風船のように風任せになりがちだった考察に、ひもをひきつつ道筋を示していただいた坂本公延先生には、心からの感謝を申し上げる。頭で考えるよりも筆の方が先に進んだ感のある『波』と『私自身の部屋』に関する考察は、ユング風に言うなら、内なる私の無意識が書かせたものかもしれない。自信が持てない結論だったが、論文を審査してい

ただいた深澤　俊先生（中央大学教授）がおっしゃった一言に、本を出版するという勇気をいただいた。ありがたく感謝申し上げる。同時に論文審査にあたって貴重なご意見をいただいた児玉実英先生（広島女学院大学大学院）にも、博士論文を出版するようにと折にふれて激励下さった広島市立大学山本　雅教授（平成20年4月1日から広島国際大学教授）にも、二十年来油絵を指導していただき、絵画の見方について多くをご教示いただいた元広島大学教授林　林男先生にも、心からの感謝を申し上げる。

　本書は全十章からなるが、このうちの七章については、既に発表したものに修正を加えたり加筆したり編集を施したものである。ここに一覧として掲げ、発表の機会を与えていただいたことを感謝したい。

　　　第二章「ウルフとユング」
　　　　　　（発表題：ヴァージニア・ウルフと二人のジェームズと C. G. ユング）
　　　　　広島女学院大学大学院「言語文化論叢」第9号　平成18年3月
　　　第三章「『船出』——表向きの部屋と背後の部屋」
　　　　　　（発表題：『船出』における重層構造としての部屋のイメージ）
　　　　　日本ヴァージニア・ウルフ協会機関誌『ヴァージニア・ウルフ研究』
　　　　　第14号　平成9年9月
　　　第四章「『夜と昼』——女性の三つの部屋」
　　　　　　（発表題：ウルフの二つの部屋——『船出』と『夜と昼』の部屋のイメージに見る女性像）
　　　　　『言語の空間——牛田からのアプローチ』英宝社　平成12年3月
　　　第五章「『ジェイコブの部屋』——男性の部屋」
　　　　　　（発表題：『ジェイコブの部屋』にみる時代への抵抗）
　　　　　広島市立大学国際学部紀要「広島国際研究」第6号　平成12年8月
　　　第六章「『ダロウェイ夫人』——空間と意識の階層」
　　　　　　（発表題： Virginia Woolf と Carl Jung —— *Mrs. Dalloway* における空間と意識）

広島女学院大学大学院『言語文化論叢』第6号　平成15年3月

第七章「『燈台へ』——空間の意識から意識の空間へ」
　　（発表題：思い出の絵画性——空間としての部屋から意識としての部屋へ）

広島女学院大学大学院『言語文化論叢』第5号　平成14年3月

第八章「『オーランドウ　ある伝記』——樫の木と木曜日にみる集合的無意識」
　　（発表題：「樫の木」と「木曜日」——『オーランドウ』に読むヴァージニア・ウルフの歴史的感覚）

広島女学院大学大学院『言語文化論叢』第7号　平成16年3月

　最後に、広島女学院大学大学院でご指導をいただいた先生方や図書館、事務の方たちに、同僚の（同僚だった）方たちに、いろいろな時代や場での友人に、感謝の気持ちを伝えたい。そして私がつながるすべての人に、大切な私の家族に、とりわけ論文の完成を前に亡くなった両親と兄に、出版の報告と感謝の意をとどけたい。
　最後の最後になるが、修正の多い原稿に辛抱強く対応してくださった溪水社の木村社長に感謝申し上げる。

平成20年3月20日

索　引

ア行

アーノルド（Arnold, Matthew）78
アディソン（Addison, Joseph）138
　『カトー』（*Cato*）138
アドラー（Adler, Alfred）20
アレン（Allen, Walter）204
イェイツ（Yeats, William B.）229, 243
イーデル（Edel, Leon）109
イモジェン（Imogen）97, 114, 225
インド（India）97, 162, 164, 168, 255
ヴァージル（Virgil）135, 138
　『農事詩』（*Georgics*）135, 138, 239
ヴァネッサ（Venessa）→ベル
ウィニコット（Winnicott, Donald）18, 200, 201
ヴィタ（Vita）112, 134, 136, 137, 143, 145, 150, 237-239, 242
　『シシングハースト』（*Sissinghurst*）136
　『大地』（*The Land*）135, 151, 239
　『庭園』（*The Garden*）135
ウィトゲンシュタイン（Wittgenstein, Ludwig）26, 28
ヴィンレース、レイチェル（Vinrace, Rachel）37-40, 43, 44, 46-50, 54-60, 65, 66, 68, 75, 80, 178, 189, 190
ウェストミンスター（Westminster）94, 95
ウェルズ（Wells, H. G.）23, 116
ウォーフ（Whorf, Benjamin Lee）126
ウォルシュ、ピーター（Walsh, Peter）94, 131, 193

臼井雅美（Ususi, Masami）43
ウルフ、レナード（Woolf, Leonard）27, 73, 106
ウルフ、ヴァージニア（Woolf, Virginia）3-7, 19, 23-30, 32, 39, 42, 43, 58, 59, 65, 70-74, 76, 77, 79, 89, 94, 95, 98, 103, 105, 106, 112, 115, 116, 120, 122, 123, 129-131, 133, 134, 137, 139, 141, 142, 152, 159, 160-162, 164, 166, 167, 169, 178, 182, 184-186, 190, 192, 204, 214, 220, 223, 228, 230, 238, 239, 241, 250, 251, 254, 257-259
　『オーランドウ　ある伝記』（*Orlando: A Biography*）134-151, 3, 10, 12, 19, 21, 154, 160, 162, 170, 172, 178, 188, 190, 191, 238, 245, 250
　「過去のスケッチ」（"A Sketch of the Past"）4, 6, 23, 52, 53, 83, 106, 115, 212
　「壁のしみ」（"The Mark On the Wall"）68, 169
　「キュー植物園」（"Kew Gardens"）68, 83
　「芸術の狭い橋」（"The Narrow Bridge of Art"）152, 153, 157, 187
　「現代小説論」（"Modern Fiction"）7, 23-25, 27, 32, 120, 203, 204
　「現代小説論」（"Modern Novels"）5, 6, 23-25, 27, 32, 120, 203, 204
　『歳月』（*The Years*）3, 53
　『三ギニー』（*Three Guineas*）3

277

『ジェイコブの部屋』(*Jacob's Room*) 70-93, 3, 6, 10, 53, 67, 68, 95, 119, 173, 191, 217
「小説という芸術」("The Art of Fiction") 7, 129
『ダロウェイ夫人』(*Mrs. Dalloway*) 94-114, 3, 10, 120, 125, 131, 132, 167, 174, 190, 191, 225, 228, 245
『燈台へ』(*To the Lighthouse*) 115-133, 3, 10, 12, 32, 105, 134, 190, 228, 245
『波』(*The Waves*) 152-181, 3, 6, 8, 10, 12, 21, 182, 187, 188, 190-192, 194, 245, 250, 257
『普通の読者』(*The Common Reader*) 23, 120, 203
『船出』(*The Voyage Out*) 37-51, 3, 6, 8, 10, 26, 54, 55, 57-59, 71, 75, 92, 177, 178, 182
『フラッシュ』(*Flush, A Biography*) 4
「ベネット氏とブラウン夫人」("Mr. Bennett and Mrs. Brown") 79, 116, 117
『幕間』(*Between the Acts*) 3
『夜と昼』(*Night and Day*) 52-69, 3, 5, 10, 41, 46, 75, 92, 95, 119, 166, 182, 189, 191, 216, 259
『ロジャー・フライ伝』(*Roger Fry: A Biography*) 4
『私自身の部屋』(*A Room of One's Own*) 182-194, 3, 6, 8, 53, 59, 68, 128, 160, 161, 166, 222, 245
暈 (halo) 5, 6, 24, 25, 27, 29-32, 41, 120, 177, 182, 194
英国心理分析協会 (British Psycho-Analytical Society) 200

英国大使館 (British Embassy) 146
英国対象関係学派 (British Object Relations School) 200
エディンガー, E. F. (Edinger, Edward F.) 198, 202
エリオット (Eliot, Thomas Stearns) 12, 21, 28, 83, 96, 107, 114, 132, 136, 139, 141, 142, 145, 150, 229, 243
『荒地』(*The Waste Land*) 107, 140
「うつろな人」("Hollow Men") 136
「伝統と個人の才能」("Tradition and the Individual Talent") 107, 114, 132, 139
「プルーフロックの恋歌」("The Love Song of J. Alfred Prufrock") 83
「『ユリシーズ』, 秩序, 神話」("*Ulysses*, Order, and Myth") 107, 140, 243
エリオット、ジョージ (Eliot, George) 184, 186
エリザベスⅠ世 (Elizabeth Ⅰ) 135
オヴィド (Ovid) 140
『変身譚』(*Metamorphoses*) 140
オースティン、ジェイン (Austen, Jane) 53, 60, 61, 82, 184-187, 214
オーストラリア (Australia) 167, 168
オーランドウ (Orlando) 131-139, 141, 142, 144-146, 148, 150, 161, 162, 164, 166, 178, 179, 190-192, 240, 252
オリンピア (Olympia) 90, 91

カ行

カザン (Kazan, Francesca) 71, 74, 82

カーマイケル（Carmichael）93, 102, 131-133, 193
カミングス（Cummings, Melinda Feldt）63
川崎寿彦（Kawasaki, Toshihiko）112
ギゲ（Guiguet, Jean）204
キーツ（Keats, J.）111, 112
キーリー（Kiely, Robert）76, 219
ギリシャ（Greece）72, 88-91, 191, 223
ギルピン（Gilpin, William）111
　Remarks on Forest Scenery, and Other Woodland Views 111
キュビズム（Cubism）70
グッドフェロー、ロビン（Goodfellow, Robin）111
クライン（Klein, Kathleen Gregory）63
クライン（Klein, Melanie）18, 200, 201
グリーン、ニック（Greene, Nick）138, 145
ゲーテ（Goethe, Johann Wolfgang von）122
　『ファウスト』（*Faust*）122
ケルト（Celt）113, 142, 145, 147, 148, 224
ケーレ＆ジャーマン（Kaehle, Sharon & German, Howard）125, 128
ケンブリッジ（Cambridge）54, 77, 81-85, 87, 90, 91
元型（archetype）15, 18, 19, 71, 100, 200, 201, 227
元型学派（The Archetypal School）15, 16, 18, 19, 71, 100, 119, 200, 201
コーズ（Caws, Mary Ann）238, 242
個性化（Individuation）12-14, 16, 18, 21, 64, 91, 177, 188, 199
古典学派（The Classical School）15, 16, 18, 19
ゴールズワージー（Galsworthy, John）23, 116
コンラッド（Conrad, Joseph）70
コーンウォール（Cornwall）72, 90-92, 224

サ行

坂本公延（Sakamoto, Tadanobu）21, 76, 86, 95, 140, 149, 153, 157, 222
サーカー（Thakur, N. C.）19, 145
サッカレイ（Thackeray, William Makepeace）53
サックヴィル＝ウェスト、ヴィクトリア（Sackvilles-West, Victoria）→ ヴィタ
サックヴィル＝ウェスト、トマス（Sackvilles-West, Thomas）135
サーマン（Salman, Sherry）14, 194, 201
サンタ・マリーナ（Santa Marina）37, 39, 40, 42, 44, 46-49, 57, 58
シェイクスピア（Shakespeare, William）5, 23, 54, 75, 111, 157, 163, 186, 188, 225, 247
　『十二夜』（*Twelfth Night*）54, 75
　『シンベリン』（*Cymbeline*）97, 225
　『ソネット60番』（*Sonnet 60*）157, 247
　『ハムレット』（*Hamlet*）4, 23
　『マクベス』（*Macbeth*）39, 40
シェーファー（Shaefer, Josephine）75
ジェームズ、ウィリアム（James, William）22, 27-32, 120, 129, 204-207
ジェームズ、ヘンリー（James, Henry）7, 28, 129

ジニー (Jinny) 154, 163, 167, 176
集合的無意識 (collective unconscious) 8, 9, 13, 101, 103-105, 107, 114, 119, 121-123, 130, 131, 140, 145, 150, 167, 170, 174-176, 182, 194, 201, 236, 243
ジュディス (Judith) 53, 54, 65, 186, 187, 190
ジュピター (Jupiter) 147-149, 168
ジョイス、ジェームス (Joyce, James) 12, 21, 29, 52, 70, 122, 132, 140, 229
『ユリシーズ』(Ulysses) 107, 122, 132, 140, 151
ジョーンズ (Jones, Suzanne W.) 183
ジーン (Jean, James) 241, 257
スキアー (Squier, Susan Merrill) 58
スーザン (Susan) 154, 163, 167, 176
スティーブン、エイドリアン (Stephen, Adrian) 106
スティーブン、カリン (Stephen, Karin) 106
スティーブン、ジュリア (Stephen, Julia) 3, 115
スティーブン、ジョージ (Stephen, George) 59, 258
スティーブン、トビー (Stephen, Thoby) 4, 53, 72
スティーブン、レズリー (Stephen, Leslie) 3, 28, 59, 241, 258
スティーヴンス (Stevens, Anthony) 9, 12, 71, 100, 119, 227
スティンプソン (Stimpson, Catherine R.) 19
ストレイチー、リットン (Strachey, Lytton) 39, 50
ストーンヘンジ (Stonehenge) 143, 144

スナイダー (Snider, Clifton) 12-15, 19, 20, 122, 130, 170, 194, 199, 201, 259
スペンサー (Spenser, Edmund) 111
スミス、セプティマス (Smith, Septimus) 108-113, 189-191, 229-231
スミス (Smith, Lenora Penna) 53
ズワードリング (Zwerdling, Alex) 85, 88, 124, 222, 223
精神分析学 (psychoanalysis) 17, 18, 20, 107, 202, 229
ゼウス (Zeus) 147, 148, 168
世界大戦 (World War) 3, 85, 124, 194, 222
創世記 (Genesis) 152

タ行

タイレシアス (Tiresias) 140-142
ダウソン (Dawson, Terence) 10-15, 19, 190, 194, 198
武井ナヲエ (Takei, Naoe) 229
ダチェット、メアリー (Datchet, Mary) 55, 65-68
ダロウェイ、エリザベス (Dalloway, Elizabeth) 94, 237
ダロウェイ、クラリッサ (Dalloway, Clarissa) 94-97, 101-107, 110, 113, 117, 120, 126, 128, 131, 166, 189-191, 193, 225, 229
ダロウェイ、リチャード (Dalloway, Richard) 96, 97
タンズリー (Tansley) 57
ダンテ (Dante) 122
チョーサー (Chaucer, Geofrey) 52
デイヴィス (Davis, Margaret Llewelyn) 67

索 引

ディケンズ（Dickens, Charles）53
ディバティスタ（DiBattista, Maria）43
デカルト（Descartes, René）17
デューイ（Dewey, John）28
デリダ（Derrida, Jacques）17
デナム、ラルフ（Denham, Ralph）41, 54, 55, 60, 62, 63, 75, 166, 190, 259
投影（projection）10-13, 15, 18, 229
洞窟（cave）104, 105, 113, 114, 119
トムスン（Thomson, James）138
『四季』（The Seasons）138
ドルイド（Druid）143, 144, 147, 148
トルストイ（Tolstoy, Lev）53
トロループ（Trollope, Anthony）53
トンネル（tunnel）104, 105, 113, 114, 119

ナ行

ナイチンゲール（Nightingale, Florence）184
ニコルソン、ハロルド（Nicolson, Harold）134, 143, 237
二十世紀（Twentieth Century）47, 78, 79, 81, 135, 138, 144, 161, 187, 188, 191, 220, 241
『日本書紀』（Chronicles of Japan）152
ネアモア（Naremore, James）42, 51, 56, 121, 131
ネヴィル（Neville）154, 163, 167, 176, 255

ハ行

ハースト、セント・ジョン（Hirst, St. John）40-42, 48, 49
ハーディ、トマス（Hardy, Thomas）28

ハート（Hart, David）16, 204
ハーパー（Harper, Howard）40, 50, 69, 76, 77, 101, 219
バーナード（Bernard）6, 154, 155, 161-165, 167, 171-180, 182, 189-192, 250, 255
ハイネマン賞（Heinemann Prize）136
パーシヴァル（Percival）154, 162, 168, 172, 255
バシュラール（Bachelard, Gaston）12, 44, 57, 71, 103, 104, 106, 108, 123, 124, 126, 169, 170, 198
ハッセイ（Hussey, Mark）67, 172, 238
発達学派（The Developmental School）15, 17, 18, 200, 201
ハフリー（Hafley, James）69, 86, 222
パンケン（Panken, Shirley）83
ハンセン、クレア（Hansen, Clare）88, 223
ビア（Beer, Gillian）94
ビオン（Bion, Wilfred）18, 200, 201
ピカソ（Picasso, Pablo）70, 217
ピーター（Peter）94-97, 101
ビッグ・ベン（Big Ben）94
ビショップ（Bishop, Edward）88, 223
ピット（Pitt, Christopher）78
ヒューイット、テレンス（Hewet, Terrence）37, 39-42, 46, 48, 54, 75
ヒルベリー、キャサリン（Hilbery, Katharine）41, 46, 54-68, 75, 82, 95, 119, 166, 189-191, 259
ヒルマン（Hillman, James）16, 17
ブアトン（Bourton）94, 97, 101, 102, 110
ファーブル（Fabre, Jean Henri）83
『昆虫記』（Souvenirs entomologiques）83

281

フィッツジェラルド（FitzGerald, Edward）185
フィリップス（Phillips, Kathy）82
プール（Poole, Roger）108, 109
フォースター（Forster, Edward Morgan）60, 117
フォーダム（Fordham, Michael）18, 200, 201
部分対象（part object）201
フライ、ノンスロップ（Frye, Nonthrop）199, 200
プラグマティズム（Pragatism）27, 205
ブラックストン（Blackstone, Bernard）112
プラトン（Plato）163, 223, 227
フランダース、ジェイコブ（Flanders, Jacob）53, 54, 70-78, 81, 82, 84-92, 95, 120, 173, 189-191, 222-224, 255
フランダース、ベティー（Flanders, Betty）73, 82
ブリッグス、ジュリア（Briggs, Julia）67, 217
ブリスコー、リリー（Briscoe, Lily）32, 102, 105, 115, 116, 126, 128, 131, 133, 193, 228
ブルームズベリー・グループ（Bloomsbury Group）26, 27, 204, 245
ブレイク（Blake, William）122
フレイザー（Frazer, James）146, 147, 149, 150
　『金枝篇』（*The Golden Bough*）12, 113, 140, 145, 146, 149, 229
フロイト（Freud, Siegmund）17, 18, 20, 21, 31, 106, 107, 202, 207, 226, 228, 229

ブロンテ、エミリー（Brontë, Emily）184, 186
ブロンテ、シャーロット（Brontë, Charlotte）184, 186
分析心理（学）（analytical psychology）17, 18, 20, 202, 229
ベイジン（Bazin, Nanci Topping）86, 222
ペーター（Pater, Walter）28
ベートーベン（Beethoven）5, 23
ベーン、アフラ（Behn, Afra）184
ベネット、アーノルド（Bennett, Arnold）23, 116
ベル、ヴァネッサ（Bell, Vanessa）27, 56, 143
ベル、クライブ（Bell, Clive）123, 143
ベルグソン（Bergson）28
ベレスフォード（Beresford, J. D.）47
ヘンリー（Henry, Holly）241
ボウルビィ、ジョン（Bowlby, John）18, 200
ボウルビィ、レイチェル（Bowlby, Rachel）19
ホガース（Hogarth）106, 108, 239
ホーソンデン賞（Hawthornden Prize）135
ポープ（Pope, Alexander）81
　『人間論』（*An Essay On Man*）81
ホーマー（Homer）139
ボルヘス（Borges, Jorge Luis）19, 145
ポレスキー（Poresky, Louise）19, 91, 109

マ行

マーカス、L.（Marcus, Laura）73, 88, 110
マイゼル（Meisel, Perry）43, 109

マクナブ夫人（Mrs. MacNab）125, 130
マッカーシー（MacCarthy, Desmond）27
マロリー（Malory, Thomas）111
マンスフィールド、キャサリン（Mansfield, Katherine）60
ミノオ＝ピンクニー（Minow-Pinkney, Makiko）43, 76, 81, 86, 219
ミラー（Miller, Hillis）103, 125
ムア（Moore, George Edward）22, 26, 27, 31, 120
メーファム（Mepham, John）74, 75, 96, 112,

ヤ行

矢本貞幹（Yamoto, Tadayoshi）78
ユーフロジニー（Euphrosyne）38, 39, 46
屋根裏部屋（attic）97, 98, 102-105, 114, 137, 161-163, 165-167, 169, 175
ユング（Jung, Carl Gustav）7-22, 31, 44-46, 48, 61, 64, 66, 71, 72, 89, 91, 95, 98, 100-104, 106-108, 113, 119, 122, 123, 128, 130, 140, 157, 158, 164, 165, 170, 174, 175, 177, 180, 191, 193, 194, 197, 198, 201, 202, 204, 206, 207, 210, 226, 227, 229, 236, 243, 255, 258
吉田安男（Yoshida, Yasuo）204
吉田良夫（Yoshida, Yoshio）76, 219

ラ行

ラカン（Lacan, Jacques.）17
ラッセル、バートランド（Russel, Bertrand）26, 241
ラムジー夫人（Mrs. Ramsay）20, 32, 102, 116-128, 130-133, 189, 190, 193
リー（Lee, Harmione）69
リヒター（Richter, Harvena）21, 22, 26, 27, 59, 71, 103, 108, 112, 120, 204, 250
ルイ十四世（Louis XIV）168
ルイス（Louis）154, 163, 165, 171, 173-177, 180, 182, 194, 254
レオナーディ（Leonardi, Susan J.）57
歴史的感覚（historical sense）107, 132, 139, 142, 145, 171
錬金術（alchemy）11
ロック（Locke, John）26, 116, 204, 232
ローゼンマン（Rosenman, Ellen Bayuk）50, 59
ローダ（Rhoda）154, 163, 167, 175-177
ローレンス（Lawrence, D. H.）70, 117
ロンドン（London）38, 46-50, 54, 55, 57, 58, 62, 66, 67, 72, 77, 78, 82-85, 89-91, 94-96, 102, 108, 110, 143, 164, 166, 167, 193
ロンドン発達学派（London developmental school）201

ワ行

ワーズワース（Wordsworth, William）112, 159, 160, 180
『プレリュード』（*The Prelude*）112, 159
「ハシバミ採り」（"Nutting"）112
ワイリー（Willey, Basil）79
ワット（Watt, Ian）78

著 者

土井　悠子
（どい　ゆうこ）

広島女学院大学大学院博士後期課程修了
広島市立大学国際学部准教授　博士（文学）

ヴァージニア・ウルフ──変貌する意識と部屋

2008年3月20日　発　行

著者　土　井　悠　子
発行所　株式会社　溪水社
　　　　広島市中区小町1-4（〒730-0041）
　　　　電　話(082)246-7909
　　　　FAX(082)246-7876
　　　　E-mail:info@keisui.co.jp
製　版　広島入力情報処理センター
印　刷　互恵印刷／製　本　日宝綜合製本

ISBN978-4-86327-016-9　C3097